백성

백성 15

제4부 | 사람 탈 짐승 탈

김동민 대하소설

문이당

차례

제4부 | 사람 탈 짐승 탈

무라마치와 무라니시

천주당天主堂. 하느님인 천주님을 모신 집.

그 고을 배나무골에 나타난 하얀 피부, 파란 눈의 외국인 신부.

유서 깊은 그 남방 고을은 오래전부터 목牧을 비롯하여 우병영, 관찰부 등이 있어 경남의 행정 중심지였다. 따라서 목사, 병마절도사, 관찰사, 아전 등 관리가 많았고, 유림과 토호세력들도 깊숙이 뿌리를 내리고 있었다.

그리하여 그곳은 당연히 외래 종교들이 쉽사리 자리를 잡지 못할 수밖에 없는 실정이었다. 그런 퍽 좋지 못한 환경과 여건 속에서 처음 시작된 그 신부의 선교 활동이 장차 어떻게 될 것인가는 불 보듯 빤한 일이었다. 그중의 하나로 초기부터 아전들과 망나니들의 모질고 끈덕진 방해가 가해지기 시작했다.

"신부님, 신부님."

혁노는 아까부터 계속해서 애타는 목소리로 엄 신부를 부르고 있었다. 하지만 엄 신부는 꼭 감은 두 눈을 뜨지 않았다. 요동도 하지 않는 석고상 같았다.

"엄 신부님."

"……."

아무리 갈구해도 아무런 응답을 하지 않는 하느님처럼 말이 없는 엄 신부 앞에서 혁노는 금방이라도 와락 울음을 터뜨릴 것 같은 얼굴로 변해갔다. 혁노에게는 그 순간이 너무나 길고 고통스러웠다. 지옥의 시간이 그럴 것이다.

혁노는 엄 신부의 본명이 무엇인지 잘 모른다. 조선식 이름으로 개명한 그의 고향이나 가족관계 등에 대해서도 아는 바가 없었다. 무엇보다도 엄 신부 자신이 그런 것들에 대해서는 전혀 관심이 없어 보였다. 어쩌면 의식적으로 그런 것들을 멀리하려는 게 아닌가 싶기도 했다. 물론 그렇게 하는 이면에는 나름의 이유가 있을 것이다.

확실하게 알고 있는 건 단 두 가지뿐이다. 그가 그 고을에 최초로 부임한 신부라는 것. 그리고 저 병인박해 당시 뇌옥에 갇혔어도 오로지 '혈화血花'를 외치면서 붉은 비명에 간 아버지 전창무의 한을 씻어줄 하느님의 심부름꾼이라는 것.

혁노는 아직도 생생하게 기억하고 있다. 얼이와 원채도 가담한 농민군이 성을 향해 나아갈 때, 그는 성경책을 들고 그 속에 섞여 있었다. 그날 그렇게 한 그의 심정을 알 사람이 몇이나 될까. 물론 하느님을 알아달라고 그런 짓을 하기도 했지만, 자꾸만 푸슬푸슬 무너져 내리려는 자신의 마음을 다잡기 위한 마음이 강하기도 했었다.

혁노가 그의 어머니 우 씨와 함께 충청도에 있다가 그 고을에 온 이후로 지금까지 숙식을 해결해오고 있는 소촌역 천주학 공소에도 신부가 없지는 않았다. 물론 거기는 본당보다도 작은 교회 단위여서 주로 상주하지는 않고 정기적으로 방문하는 신부이기는 하였다. 그런가 하면, 그곳은 공소 교우들의 모임 장소이기도 했다.

그러나 혁노는 대원군의 병인박해 당시 아버지가 순교한 그 고을에서 선교 활동을 하는 엄 신부에게 더욱더 깊은 감정을 품고 있었다. 지금 충청도 땅에서 몰래 선교에 임하고 있는 어머니도 이런 사실을 알면 무척 기뻐할 것이었다. 드디어 그 고을에 남편 뒤를 이어 복음을 전할 신부가 생겼다는 사실에 당장이라도 허겁지겁 달려올지도 모른다.

"혁노 총각."

얼마나 시간이 흘러갔는지 모르겠다. 한참 만에 눈을 뜬 엄 신부가 어눌한 조선말로 혁노를 불렀다. 그는 얼핏 혀가 짧은 조선인 같았다.

"예, 신부님."

혁노는 앉은 채 상체를 똑바로 하고 엄 신부를 바라보았다. 그가 여느 서양인들처럼 구슬을 연상케 하는 크고 새파란 눈을 반짝이며 물었다.

"지금 혁노 총각이 있는 공소가 창설된 게 여러 해가 되었지요?"

혁노는 느닷없는 그 질문에 멀뚱한 눈으로 대답했다.

"예, 한 십 년 가차이 돼 갑니더."

"십 년."

그렇게 되뇌는 엄 신부의 단아한 입술 사이로 깊은 한숨 소리가 흘러나왔다.

"후우. 어떻게 그 기나긴 세월을 견뎌올 수 있었을까."

"……."

혁노 가슴이 더없이 뭉클해지면서 또다시 눈물이 솟아나려고 하였다. 눈물이 골짝 난다고 하듯이, 부모만 떠올리면 너무나도 억울하고 아픈 마음에 버릇이 돼버린 모양이었다.

'신부님이 에나 심이 드시는갑다.'

고개를 꺾은 자세로 깊은 시름에 잠겨 있는 엄 신부를 뿌예지는 눈빛으로 훔쳐보며 혁노는 생각했다.

'저런 말씀꺼지 하시는 거 본께 알것다.'

혁노 머릿속에 아전들과 망나니들이 떼를 지어 우 몰려와서 행패를 부리던 일이 또렷이 되살아났다. 당장 이 고을을 떠나지 않고 자꾸 그따위 엉터리 서양 귀신 이야기로 선량하고 순박한 우리 백성들을 현혹하면 절대로 그냥 두지 않겠다고 으름장을 놓았다. 다음에는 순순히 말만 하고 돌아가지 않을 거라고 할 땐 소름이 돋는 살기마저 느껴야 했다.

"혁노 총각은 그냥 소촌역으로 가시오. 가서 이곳에는 다시 오지 마시오."

한참 동안 난동을 피우던 아전들과 망나니들이 집어삼킬 듯이 노려보다가 돌아간 후, 엄 신부가 납덩이같이 딱딱하고 그믐밤처럼 어두운 낯빛으로 혁노에게 당부한 말이었다.

"신부님!"

혁노는 눈에 불을 켜고 악에 받친 모습으로 말했다.

"지는 겁 안 납니더! 하나도 안 무섭심니더!"

그러고는 벽면에 걸려 있는, 성모 마리아가 아기 예수를 안고 미소 짓는 그림을 쳐다보며 기도하는 목소리로 말했다.

"우리 뒤에는 하느님이 계시고, 성모 마리아님이 계신다 아입니꺼?"

엄 신부의 밀가루를 바른 듯 하얀 얼굴에 단풍잎 같은 붉은 기운이 퍼졌다.

"행여 혁노 총각에게 무슨 일이라도 생길까 싶어 그러는 것이니, 고집부리지 말고 제발 내 말대로 해주시오."

혁노 얼굴도 금방 타오를 것처럼 보였다.

"붙들리 가갖고 지 몸에 햇화가 피어나거로 태장을 맞아도 괜안심니더."

아버지 전창무의 순교가 더욱 큰 무게를 담고 다가오는 것을 온몸으로 느끼면서 혁노는 결심을 꺾지 않았다.

"아입니더. 하매 맞아죽을 각오도 돼 있심니더, 신부님."

엄 신부는 무척이나 답답하고 안타까운지 고개를 절레절레 흔들었다.

"허, 아니 될 말. 혁노 총각은 오래오래 살아남아서 해야만 할 일이 많은 몸이오. 부디 그 몸을 아껴야 하오. 함부로 해서는 하느님의 진노를 살 수도 있어요. 무릇, 하느님께서 만물을 창조하실 때에는 깊은 뜻이 있지요."

"신부님! 지가 한분 묵은 멤은 무신 일이 있어도 지키나갑니더."

그때 일이 떠올라 혁노는 한층 더 가슴이 먹먹해져 왔고 말이 제대로 되질 않았다.

"그러이, 그러이……."

하지만 엄 신부 입에서는 혁노 마음을 더 아프게 하는 소리가 나오기 시작했다. 그의 말 한마디 한마디는 그대로 혁노 가슴을 깎아내리는 대팻날이었다.

"소촌역에 우리 천주교 공소가 들어서기 훨씬 이전부터……."

엄 신부는 가슴에 십자형의 성호를 한번 긋고 나서 말을 계속했다.

"신명을 바쳐 열심히 선교 활동을 하시다가 그만 이곳 포교에 잡혀 처형당한 혁노 총각 선친을 생각하면……."

그가 아직도 한참 젖먹이였을 때 돌아가신 아버지였기에 그 얼굴을 전혀 떠올릴 수 없는 혁노 눈앞에 한 순교자의 모습이 어른거렸다.

'아부지, 울 아부지!'

눈도 코도 입도 보이지 않고 그저 형체만 흐릿하게 살아 있는 그였지만, 그 사람이 나의 아버지라는 사실만은 자신이 믿는 신앙처럼 대단히 확고하게 받아들여졌다. 그것은 마음 그 자체로만 볼 수 있고 만질 수 있는 영적인 존재로 숨 쉬는 거였다.

"그런 훌륭한 아버님을 둔 혁노 총각이 아닌가요."

혁노에게 마귀가 내는 소리보다도 더 무서운 소리가 엄 신부에게서 나왔다.

"상상도 하기 싫은 일이지만, 만약 홀어머니가 계시는 혁노 총각까지 잘못되면 어찌합니까."

혁노는 물론이고 엄 신부도 목이 메는지 제대로 말을 이어가지 못했다.

"그것은…… 우리의 빛이시고 생명이신 하느님…… 모든 것의 주인 되시는 당신께서도…… 결코 원치 않으실……."

엄 신부는 마귀와 대적하는 신자의 모습을 보였다.

"오, 목 없는 무덤이라니? 그가 하늘나라에 가셨다 할지라도, 아아!"

저 무두묘 이야기는 누구에게나 마음을 헐고 깎아내리게 하는 순교 사건이 아닐 수 없을 것이다. 그냥 보통 무덤이라고 하더라도 슬플진대, 머리 없이 몸통만 묻혀 있는 무덤이다, 그 원통함과 애잔함이야 오죽하겠는가? 때로 원귀와 연관 지어 크나큰 공포를 느끼는 이들도 없지는 않았다.

"내가…… 말하고 싶은 것은…… 그것보다도……."

엄 신부 이야기는 끊어질 듯 끊어질 듯 가까스로 이어졌다. 그의 말 하나하나는 피로 찍어내는 것 같았다. 그의 말 속에는 의식 있는 사람들 심정을 더할 나위 없이 아프고 안타깝게 하는 것이 있었다. 결코, 그래서는 아니 될 것임에도 불구하고 현실은 그것을 피하지 못했다.

그 당시 뇌옥에 갇혀 온갖 모진 고문을 당하여 초주검이 되었어도 끝끝내 배교를 하지 않고, 체포된 지 불과 석 달 만에 남강 백사장에서 참혹하게 효수형을 당한 전창무의 이야기는, 언제부터인가 실제로 있었던 역사적인 사건이 아니라 단지 하나의 전설이나 설화처럼 변해가고 있다는 사실이었다.

"이라다가 세월이 한거석 더 흘러가모, 혁노 니 아부지가 사람들이 지이낸 이약 속에 나오는 인물맹커로 돼삐릴까 애가 탄다 아이가."

언젠가 비화가 혁노에게 한 소리였다. 그러고는 이런저런 이야기들을 긴 한숨 섞어가며 들려주던 비화는 아마 한평생을 두고 잊지 못할 것이다.

아직 어린 핏덩이였던 혁노를 데리고 어디론가 잠적해 버렸던 우 씨. 그로부터 몇 년 후, 얼굴을 흰 천으로 가리고 남들 이목을 피해 나루터 집을 찾아왔던 우 씨. 남편 전창무 순교가 역사 속에 파묻혀 버리지 않도록 지켜달라고 눈물로 부탁하던 그녀 모습이 비화 눈에 바로 어제인 양 선했다.

그곳 진영의 으뜸 장관인 영장의 집행으로 참수형을 당한 전창무, 그의 머리를 긴 장대에 매달아 사람들 눈에 잘 띄는 성문 앞에 걸어 놓았던 날, 하늘은 어찌 그다지도 차갑고 푸르렀던가?

엄 신부가 그 고을 천주교 선교에 그토록 매달리는 것은 전창무의 그 순교 사건에 대해 들었기 때문이었다. 저 유명한 김대건 신부 순교만큼이나 숭고한 죽음이었다. 그리하여 이런 고을에 살고 있는 백성이라면 어떤 어려움이나 희생이 따르더라도 반드시 하느님 나라로 인도해야겠다는 비장한 각오를 다졌다.

그런 엄 신부이니만큼 혁노를 대하는 정이 남다를 수밖에 없었을 것이다. 아들까지 그의 아버지가 겪은 비극을 똑같이 맞이하게 할 수는 없지 않겠냐고 스스로에게 몇 번이나 다짐받았다.

"성모승천축일聖母昇天祝日이 얼마나 남았지?"

엄 신부가 마치 자신에게 묻듯 그렇게 중얼거렸다. 성모 마리아께서 하늘에 오르신 것을 축하하는 날.

"이 땅에서 우리 천주교가 자유를 얻는 날, 그날이 바로 그런 날이 아닐지."

그가 하는 말들이 모두 저 주기도문같이 다가오는 엄 신부와 마주하고 있는 혁노의 눈에는, 그림 속의 성모 마리아가 승천할 자세를 취하고 있는 것처럼 보였다.

"오, 주여! 주여!"

엄 신부 얼굴은 자기감정에 겨운 듯 점점 더 상기되어가고 있었다. 그가 하느님의 종이 되지 않았다면 나루터집에 사는 안석록처럼 예술을 하는 사람이 되었을 거라는 생각을 혁노는 오래전부터 품었었다.

"불의 심판이 내리는 날이면, 날이면."

그때다. 계속해서 혼잣말처럼 하는 엄 신부를 지켜보고 있던 혁노가 홀연 자리에서 벌떡 일어서며 말했다.

"신부님! 지는 고마 나가볼랍니더."

"아, 그러려고?"

엄 신부는 혁노의 갑작스러운 행동에 흠칫, 놀라는 표정이 되었으나 성직자답게 여전히 차분한 어조를 놓치지 않았다.

"다가오는 성모승천축일에는……."

엄 신부의 눈길은 성모 마리아의 품에 안겨 있는 아기 예수를 향하고 있었다. 그 눈은 물로 헹군 듯이 맑아 차라리 서럽게 다가왔다.

'그는 무신 운맹을 타고 시상에 태어났기에 저런 삶을 살고 있는 기꼬?'

자기 조국에서 이역만리 떨어진 남의 나라에 와서 선교하는 그의 운명도 좀 안됐다고 여겨지는 혁노였다. 당사자는 그가 하는 사역을 통해 남다른 보람과 기쁨을 느낀다고 얘기하겠지만, 아직은 내 신앙심이 너무 얕은 탓인지는 몰라도, 그를 향한 애잔한 감정은 어쩔 수가 없다고 마음속으로 고개를 내젓기도 하였다.

"우리 신자들 다 같이 모여 잔치를 열기로 합시다."

혁노의 생각은 어느 곳을 어떻게 나돌고 있든지 간에, 하느님의 정원에서 한없는 은혜와 즐거움을 맛보는 듯한 엄 신부였다.

"예, 신부님."

배나무골에서 나온 혁노는 상촌나루터를 향해 곧장 내달렸다. 예전부터 배가 많이 나는 마을답게 곳곳에 가꿔놓은 게 배밭이었다. 하지만 그때 혁노 눈에는 그게 전혀 들어오지 않았다. 지금쯤 낙육재에 공부하러 갔던 얼이와 준서가 집에 돌아와 있을 것이다. 그 두 사람이 미치도록 보고 싶었다.

그런데 혁노의 짐작이 빗나갔다. 얼이와 준서 두 사람 모두 집에 없었다. 계산대에 앉아 있는 재영에게 꾸벅 인사를 하고 다시 나루터집에서 나왔다. 갑자기 온몸에서 기운이 쫙 빠지면서 어디든 그대로 드러눕고 싶었다. 그리고 몸을 내려놓는 그 자리가 곧 아버지가 잠들어 계시는 무두묘일 거라는 생각이 들었다.

불의 심판. 엄 신부에게서 그 말을 듣는 순간 혁노 머릿속에 번개같이 떠오른 게 바로 저 조선목재에서 얼이와 그가 저질렀던 일이었다.

'시방 와서 돌이키 생각해 봐도 아찔하다 아이가.'

그날 될 수 있는 한 그 현장에서 멀찍이 떨어져 있어야 한다는 일념에 무작정 뛰어서 그곳을 벗어난 그들이었다. 거기에서 서성거리고 있다가 혹시라도 운산녀나 민치목의 눈에 띄게 되면 그들을 방화범으로 지목할 것은 자명한 일이었다. 상상만으로도 여간 불안하지 않았다.

어쩌면 붉은 빛이 감도는 갈색 말을 모는 그 늙은 마부가 얼이를 발견했을 수도 있었다. 또한, 운이 나쁘면 그때 길을 가던 행인이나 목재상 안에 있던 누군가의 눈에 발각되었을 여지도 없지는 않았다. 목격자가 누구든 위험하기는 마찬가지였다.

'하느님께 우리를 보호해주시라꼬 기도드리는 거 외에는 할 수 있는 기 아모것도 안 없나.'

어쨌거나 그날 두 사람은 현장에서 빠져나와 은신처로 삼듯 흰 바위로 가서 시간이 좀 지날 때까지 초조하게 기다렸다. 이제 얼마 지나지 않아 온 상촌나루터에 조선목재가 불탔다는 소문이 쫙 퍼질 것을 크게 기대하였다.

어쩌면 지금쯤 모두가 구경하러 그곳으로 무리를 지어 몰려가 있을지도 몰랐다. 천벌을 면치 못할 악질 같은 소리지만, 세상에서 최고 신나고 재미있는 구경거리가 남의 집에 불이 난 것을 보는 거라고 하지 않던가? 더욱이 이번에 발생한 그 화재 사건의 대상은 온 고을 사람들이 하나같이 증오하고 꺼리는 동업직물 집안에서 하는 사업장인 것이다.

"새이야."

"으응?"

"인자……."

"그라자."

이윽고 더 긴 말이 필요 없는 상황에서 그런 말을 주고받은 후에 두 사람은 흰 바위에서 일어섰다. 이 정도 시간이 지났으면 되었다 여겨졌다. 그리하여 그곳에 강한 자력이라도 붙은 듯 자꾸 빨라지려는 걸음으로 나루터집으로 돌아와서 손님들 반응을 유심히 지켜보았다. 남들 귀에도 들릴 만큼 마구 뛰노는 가슴을 억눌렀다.

그런데 참으로 이상했다. 그 많은 손님 가운데 누구도 화재 사건을 입에 올리지 않는 것이다. 아니, '불'이라는 그 소리 하나도 나오지를 않았다. 불은 모조리 불에 타서 없어져 버리기라도 한 것 같았다.

"……."

목을 빼고 귀를 세우며 기다리고 기다리다가 그만 지친 그들은 살림채로 들어갔다. 얼이 방에 벌렁 드러누운 두 사람은 한동안 말이 없었다.

이럴 수가? 엄청난 허탈감이 밀려들었다. 느낌이 나빴다. 그것도 그냥 단순히 나쁘다는 정도가 아니라 최악이었다.

"성아, 이기 대체 우찌 된 기꼬?"

마침내 궁금해서 도저히 이대로 있을 수 없다는 듯 혁노가 메마른 입술을 혀로 축여가며 물었다.

"그런께 말이다. 분맹히 말 꼬랑대이에 불이 붙은 거를 봤는데."

얼이는 제 눈이 뭔가 잘못되었나 하고 의아해하는 눈치였다.

"맞다, 내도 봤다."

혁노가 얼른 말했다.

"그랬제?"

얼이가 확인했다.

"하모."

얼이는 두 번 세 번 다그치듯 했다.

"봤다. 그 말이 꼬랑대이에 불이 붙어갖고, 상구 놀래서 목재상 안으로 마구 달려 들어가는 거를 똑똑히 봤다 아이가."

혁노는 좀 더 자신 있게 고개까지 끄덕여 보였다.

"그란데?"

얼이가 상을 크게 찌푸리며 너무나 분하다는 목소리로 말했다.

"고마 실패한 기라."

그러더니 벌떡 일어나 앉았다.

"시, 실패?"

"……."

혁노 반문에 얼이는 말없이 생각에 잠겼다.

"그랄 리가?"

혁노가 믿을 수 없다는 듯 몸을 일으켰다.

"우리 함 가 보까?"

"아이다."

얼이가 맥없이 고개를 가로저었다.

"우짜모……."

눈빛이 매서워졌다.

"함정인지도 모린다."

혁노가 놀라 소리 질렀다.

"함정?"

짐승을 잡으려고 파놓은 허방다리에 빠져 허우적거리는 사람 같았다.

"함정이라 캤나, 성아."

얼이가 입술을 꾹 깨물었다.

"와 이런 말이 있다 아이가? 도독은 반다시 지가 도독질을 한 그 장소에 한 분은 다시 나타난다쿠는 말."

"그기 무신 소리고?"

혁노가 선량해 보이는 눈을 크게 뜨고 물어왔다. 그 눈빛이 자기가 아주 어렸을 때 본 그의 어머니 우 씨와 많이 닮았다는 생각을 했다.

"내 말은, 우리가 거 나타나모 말이다."

얼이는 두 눈을 치뜨고 허공을 노려보면서 질긴 물건을 잘근잘근 씹는 듯한 느낌이 들게 말을 이었다.

"운산녀하고 치목이 고것들이 고마 알아뻘랑가 모리것다는 뜻이제."

"그거는 그렇다."

잠시 침묵이 흐른 후에 혁노가 입을 열었다.

"우쨌든 그래도 불이 났다 아이가."

고개를 갸웃하였다.

"짜다라 지내가는 사람 중에 우떤 누라도 그거를 봤을 끼고, 그라모 조선목재에 불이 났다쿠는 소리를 안 했을 리도 없는 기라."

가게채에서 손님들 말소리가 간헐적으로 들려왔다. 두 사람 눈에 높이 치솟았던 불길이 낮게 사그라지는 광경이 보이는 성싶었다.

"내도 그기 젤 이상키는 하다. 이해가 안 돼도 이리 안 될 수가 있나?"

그 말끝에 얼이가 다시 말했다.

"암만캐도 넘들이 알아채리기 전에 불을 껐을 공산이 크다."

혁노는 늙은이 같은 한숨을 내쉬었다.

"그 짐작이 맞는갑다. 안 그라고서야 이랄 리가 없제."

기대가 크면 실망도 크다던가. 한숨 소리만 방을 가득 채웠다. 조금 있다가 혁노가 도저히 현실로 받아들일 수 없다는 얼굴로 말했다.

"우찌 그리 퍼뜩 불길을 잡을 수 있었을꼬?"

얼이가 주먹으로 가슴을 치며 팔딱 뛸 사람처럼 하였다.

"그런께 미치삐것다 아이가!"

평소 물새들의 소리가 그치지 않는 남강이 이상하리만치 조용했다. 물새들 모두가 조선목재 화재 현장으로 날아간 것도 아닐 것이다.

"바람도 장난이 아이었는데……."

그러면서 혁노가 훅 내뿜는 입김에 그의 이마에 드리워진 앞 머리카락이 나부끼는 것을 보며 얼이가 '끙' 하고 앓는 소리로 말했다.

"우리가 그래서 이날로 날을 잡았다 아인가베."

혁노가 천사와 마귀의 존재를 믿는 천주학 신자다운 소리를 했다.

"해나 구신, 불구신이 방해한 것가?"

"불구신?"

"응."

"강 속에 살고 있는 물구신을 데꼬 갈 거를 잘몬했나?"

"물구신? 물은 불하고 상극인데, 가마이 있자, 그라모 우리가 시방꺼지 핸 이약이 우찌 돌아가는 기제?"

잠시 머릿속으로 정리를 하는 양 아무 말들이 없다가 그들 입에서 똑같이 요상한 웃음소리가 나왔다. 그건 웃는다기보다 전신의 힘이 빠져 빈사 상태에 이른 사람이 신음하는 쪽에 더 가까웠다.

"흐흐."

그게 마지막이었다. 둘이서 온갖 소리를 주고받았지만, 아무것도 밝혀낸 것이 없었다. 시간이 갈수록 참으로 불가사의가 아닐 수 없다는 생각만이 그들을 멍청하게 몰아갔다.

연한 갈색 꽃잎 모양이 수도 없이 그려진 그 방의 벽지가, 마치 크게 벌린 수십 개의 입을 가진 무슨 물체처럼 보였다. 그 입들이 그들을 보고 깔깔대고 있는 듯한 착각마저 일었다.

그런데 배나무골 엄 신부에게서 '불의 심판'이란 그 말을 듣는 순간, 혁노는 왠지 모르게 조선목재에 반드시 화재가 일어났을 거라는 예감이 들었다. 그건 어떤 계시나 영감과도 유사한 것이었다. 그래서 위험을 무릅쓰고라도 그곳에 가 보자고 할 참으로 그렇게 단숨에 나루터집까지 달려왔다. 또한, 만약에 실패했다면 이대로 있어서는 안 되고 한 번 더 시도해 봐야 하지 않겠느냐고 물어보고 싶기도 하였다.

'우쨌든 얼이 새이를 만내봐야것다. 불구신이고 물구신이고 모돌띠리 하느님 밑에 있는 것들인께 하느님만 뫼실 수 있다모 되는 기라.'

혁노는 나루터집에서 멀리 떨어지지 않고 계속 그 주변을 서성거렸다. 지난날 재영과 치목이 그랬던 것과 똑같았다. 한데도 얼이 모습은 어디에고 나타날 기미가 보이지 않았다. 그 시각, 얼이와 준서는 상촌 나루터 나무숲이 있는 모래밭에서 다른 젊은이들과 함께 원채에게 조선 전통무예 택견을 배우고 있다는 사실을 혁노는 깜빡 잊고 있었다.

'할 수 없다 아이가.'

마침내 혁노는 결심했다. 나 혼자라도 일단 거기 가 봐야겠다. 혁노는 숱한 인파와 가마, 우마차 사이를 뚫고 조선목재를 향해 걸어갔다. 남강 최대 규모의 나루터답게 번성하기 이를 데 없었다.

그곳으로 가는 도중에 미치광이 행세를 하던 당시의 혁노를 아직도 기억하고 있는 듯한 사람들도 몇 만났다. 약간 고개를 갸웃거리며 혁노를 뚫어지게 바라보는 것이다.

그렇지만 그들은 대개가 긴가민가하는 눈치였다. 그만큼 혁노가 몰라볼 만큼 많이 달라져 있다는 얘기가 될 것이다. 다행스러운 일이긴 했다. 인간들은 시간이 지나면 망각하게 된다는 것, 그것이 반드시 가슴 아프고 나쁜 것만은 아닌 성싶었다. 산기슭을 따라 흐르는 강물도 궁금한지 혁노를 따라오는 것 같았다.

'아, 생각나네. 잘 계시는가 모리것다.'

검은 얼굴의 뱃사공들을 보자 지난날 거기 상촌나루터 터줏대감이었던 꼽추 달보 영감이 떠올랐다. 맹쭐에 의해 익사할 뻔했던 얼이 형 목숨을 구해주었다는 늙은 뱃사공이었다. 그러고는 그제야 혁노는 생각을 해내었다. 지금 얼이와 준서는 그 달보 영감의 큰아들 원채에게 조선의 전통무예인 택견을 배우고 있을 것이다.

혁노는 계속해서 걸어갔다. 강바람이 살랑살랑 불었다. 벼와 무를 교환하려는 많은 상인과 농민들이 그야말로 쉴 새 없이 나룻배에서 내리기도 하고 타기도 하는 광경이 보였다. 비록 고달픈 삶에 찌든 모습들이었지만 정겹고 행복해 보였다. 문득, 아버지도 저들처럼 평범하게 살았더라면 비명에 돌아가시지 않았을 것을, 하는 마음이 짠하게 일었다.

'아, 시방 내가 무신?'

지금까지는 단 한 번도 그런 생각을 한 적이 없었다. 그의 마음속에서 언제나 아버지는 누구보다 자랑스럽고 훌륭한 순교자로서 살아 숨 쉬고 있었다. 삼정승 육판서가 부럽지 않았다. 하지만 너무나 일찍 하느님의 부르심을 받은 당신이었다.

　'각중애 와 이라노?'

　뜬금없이 지독한 갈증이 덤벼들었다. 남강에 머리를 처박고 그 물이라도 벌컥벌컥 들이켜고 싶을 정도의 타는 목마름이었다. 몸뿐만 아니라 마음까지도 깡그리 타서 한 줌 재가 되어 허공으로 흩어져 버릴 것 같았다. 그러면 정말 자유스러워지려나.

　혁노 시선이 근처 주막에 머물렀다. 거기는 시원한 막걸리 한 사발 걸치려는 사람들로 제법 북적거리고 있었다. 혁노는 나도 술 한잔 마시고 싶다는 유혹을 뿌리치며 점차 조선목재 가까이 다가가고 있었다. 운명이 올 때까지 기다리는 것이 아니라 자기 스스로 운명을 찾아 나서는 심정이었다.

　바로 그 시각.

　바깥세상과 단절된 것 같은 조선목재 밀실 안에서는 끝도 없는 밀담들이 오가고 있었다. 그런데 그 이야기 내용이 대단히 진지하고 긴박하여 그곳 사물들도 죄다 숨을 죽인 채 듣고 있는 듯했다.

　"대체 우떤 겁도 없는 늠이 감히 우리한테 그런 짓을 핸 기고?"

　"간이 배때지 밖으로 빠지나온 늠인 기라요."

　운산녀와 나눈 그 이야기 끝에 치목이 뱀눈을 가느다랗게 뜨며 깊은 생각에 잠기는 모습을 했다.

　"마부 말로는, 아즉 상구 젊은 늠겉이 비이더라 글 캤다 아인가베."

　"확실치는 몬하다 안 쿠디요."

선부른 예단豫斷은 되레 위험할 수도 있으니 삼가라고 경고하는 투의 운산녀 말에 치목은 굵은 고개를 끄덕거렸다.

"하기사 똑똑히 볼 갱황(경황)이 오데 있었것소. 불시에 그런 일을 당하기 되모 내라도 가리방상할 끼라요."

"그거는 안 틀린 소리요."

운산녀는 조선목재에 들이닥친 그 심각하고 황당한 사건을 억지로라도 범상하게 받아들이려고 하는 빛이었다.

"그 정도만 본 거도 대단한 마부제."

"그래봤자 지가 마부는 마부 아인가베."

"참, 아재는 내가 하는 말끝마다 딱딱…….."

분위기가 좀 썰렁해지면서 잠시 끊어지는가 했더니 다시 이어지는 대화였다.

"그나저나 그눔이 그냥 보통 눔이 아인 거는 틀림없소."

그곳 밀실 어두운 한쪽 구석에 숨어 있기라도 한 것처럼 거기를 매섭게 노려보면서 치목이 제 짐작을 내비쳤다.

"언청이 아이모 째보라 쿠요?"

평소의 기갈은 어디로 가고 적잖게 질린 표정을 짓는 운산녀였다.

"말 꼬랑대이에 불을 붙인다쿠는 거도 예사가 아이지만도…….."

치목은 싸우려는 자세를 취해 보이며 말을 이었다.

"그리키나 막 세게 달리는 수레에서 뛰어내린 걸로 봐서는 틀림없이 무술을 마이 닦은 눔이 아인가 싶거마."

운산녀가 버거움을 느끼는 얼굴로 곱씹었다.

"무술을 닦은 눔."

치목은 잔뜩 경계하는 목소리였다.

"그것도 상당한 수준인 모냥이요."

운산녀는 이름 그대로 구름 낀 산처럼 눈빛이 흐릿해졌다.

"간도 덕석만 하다 아이요."

부담을 갖는 대상이다 보니 이야기가 자꾸 길어지고 있었다. 치목이 손가락으로 자기 머리통을 가리키면서 마음에 새기듯 말했다.

"대갈빼이도 핑비매이로 핑핑 잘 돌아가는 눔 겉소."

그들이 내는 소리는 밀실 벽에 가 닿았다가 바닥으로 흩어져 내렸다.

"하모요. 말 꼬랑대이에 불을 붙이갖고 우리 목재상을 태워 없앨 꾀를 궁리해낸 거 보모 맞소."

그런데 실로 가공할 이야기들이 흘러나오기 시작한 것은 다음 순간부터였다. 그날 현장의 마당에 가득 쌓아놓은 목재 더미들도 그 기억을 떠올리면 또 한 번 놀라 와르르 굴러 내릴 정도였다.

"우쨌든 에나 큰일 날 뻔했다 아이요. 그 칼잽이들이 없었다모 말이오."

운산녀 입에서 떨어진 소리였다. 칼잡이들…….

"아, 그자들!"

치목의 음성도 사뭇 흔들렸다. 그는 고개를 절레절레 내저었다.

"시방 생각을 해봐도 도통 안 믿기요."

운산녀는 거기 밀실 공기가 답답한 사람처럼 가슴이 불룩해지도록 숨을 들이쉬고 나서 말했다.

"내중에 돌아봐도 그랄 끼거마는."

"내는 더 돌아보기도 싫소."

밀실과 정문 중간쯤이라고 추정되는 곳에서 마차에 실어온 목재를 땅바닥에 부릴 때 나는 소리가 희미하게 들려왔다.

"그기 구신이제 오데 사람이요?"

운산녀는 아직도 꿈에서 깨어나지 못하는 기색이었다. 갈수록 나오는 소리들이 비상했다.

"시상에, 그리 미쳐서 날뛰는 말을, 단 한칼에 처치하다이!"

치목도 솔직히 너무 부럽다는 표정을 지었다.

"그런 칼솜씨라모, 시상에 무서블 끼 머가 있것소."

말이 '히히힝!' 하고 내지르는 소리가 흡사 다른 세상에서처럼 들렸다가 가뭇없이 사라져 갔다.

"아재 실력도 그 정도는 충분히 된께 서분해할 거는 없소."

치목을 위로해주기 위해서인지, 아니면 그녀 스스로에게 동업자가 든든하다는 것을 주입시켜 용기를 얻기 위해서인지, 하여튼 그러던 운산녀가 어느 순간 참으로 신기하고 감격스럽다는 얼굴로 말했다.

"증말 하늘이 우리를 도운 기요. 생각을 함 해보소. 우찌 딱 그때 그 사람들이 우리 목재상 앞을 지내가고 있었는고 말이요."

그런데 거기서 운산녀 목소리가 다른 사람이 된 것처럼 확 바뀌었다. 그러자 그냥 밖에서 보기와는 완전히 다른 아방궁 같은 그곳 밀실 공기 속에도 우 긴장감이 몰려드는 느낌이었다.

"그거는 그렇는데 안 있소, 아재."

운산녀는 무슨 무서운 비밀 이야기를 꺼내는 품새였다.

"그 사람들 쪼매 이상한 데가 없었소?"

일순, 듣고 있던 치목 안색도 확연히 달라졌다. 그는 으스스하다는 듯 되물었다.

"거도 그리 봤소?"

운산녀 본집에 있는 안방이 무색하리만치 화려하게 치장해 놓은 그 안을 한 번 휘 둘러보고 나서 약간 두렵다는 투로 말했다.

"그렇거마요. 쪼매가 아이라 한거석 이상했다 아이요."

수상하고 괴기스럽기까지 한 분위기가 감돌기 시작했다.

"곰곰 생각해보모, 곰 다리가 넷이라더이."

운산녀는 그 일을 처음부터 되살려보는 낯빛이 되었다.

"해갖고 있는 차림새도 그랬고, 머보담도 말씨가 영……."

운산녀 그 말이 끝나기도 전이었다.

"맞소, 맞소! 그 말씨가 그랬소!"

치목은 세상에 다시없을 것을 발견한 사람처럼 몹시 흥분한 표정이 되었다. 운산녀 얼굴에서 평상시의 안하무인인 도도함은 씻은 듯이 사라지고 대신 오싹한 기운이 서렸다.

"그날은 하도 크기 놀래고 다급했던 김에 자세히 살펴볼 여유가 없었지만도, 시방 와서 가마이 생각해본께 요상한 구석이 하나둘이 아인 기라요."

치목이 기억을 더듬는 빛으로 말했다.

"그라고 본께 생긴 것도 오덴가 좀 달랐소."

그러던 치목이 홀연 불침이라도 맞은 사람처럼 화들짝 놀라면서 외쳤다.

"헉! 가, 가마이 이, 있어 보소!"

운산녀는 뾰족한 턱에 경련을 일으키듯 하였다.

"아, 아재?"

치목은 치뜬 운산녀 눈이 어지러울 정도로 이리저리 칼을 휘두르는 시늉을 하였다.

"그 카, 칼 솜씨하고 마, 말투하고?"

끝까지 듣지도 않고 운산녀가 단말마처럼 소리를 질렀다.

"하, 하모! 우, 우리 조, 조선 사람들이 아, 아이요!"

치목이 으르렁거리는 어투로 짧게 내뱉었다.

"왜눔들이오, 왜눔들."

밀실 안은 공기 흐름이 멈춰 버리는 것 같았다. 둘 다 한참 동안 입을 열지 못했다. 그들 눈앞에 악몽과도 같았던, 그날의 광경이 펼쳐져 보였다.

꼬리에 불이 붙은 말이 목재상 넓은 마당이 좁아라 광마狂馬같이 설쳐대고 있는데, 그 감사나운 기세에 누구도 손을 쓰지 못한 채 그저 우두망찰하여 바라보고만 있었다. 말꼬리에 붙은 불이 거기 가득히 쌓아놓은 목재에 옮겨붙기만 하면 모든 것은 그야말로 끝장이었다. 화마火魔에 건물이 소실되는 건 극히 한순간의 일일 것이다. 아니, 건물도 건물이지만 사람도 미처 빠져나가지 못해 불에 타서 죽는 자가 속출할 수도 있는 위험한 상황이었다.

한데 그 일촉즉발의 위기 속에서였다. 언제 어디서 나타났는지 약간 깡마른 몸매의 두 사나이가 제멋대로 날뛰는 말을 향해 겁도 없이 달려들고 있었다. 여느 때와 다름없이 밀실에 있다가 그 소란통에 놀라 부리나케 밖으로 뛰어나온 운산녀와 치목은, 마당에 있던 다른 인부들과 함께 더없이 경악에 찬 눈으로 지켜보았다.

"……."

매섭게 번뜩이는 칼날. 쉽게 볼 수 없는 긴 칼이었다. 그때 그 장소에 있는 사람들 가운데 그런 칼을 본 이는 없을 것이다. 그건 일찍이 이 땅에 있지 않았던 종류의 칼이었다.

그러나 길게 보고 있을 겨를이 없었다. 두 사나이 중 나이가 좀 더 들어 보이는 자가 칼을 한 번 휘두른다 싶은 찰나, 온 세상을 뒤엎어 버릴 듯이 날뛰던 말이 거짓말같이 땅바닥에 그대로 폭삭 주저앉고 말았다. 그리고 그와 동시에 세찬 분수처럼 허공으로 마구 솟구치는 시뻘건 피…….

'휘~익.'

나머지 사내의 칼도 허공을 갈랐다. 앞의 사내와 마찬가지로 거의 잘 보이지 않을 만큼 재빠른 동작이었다. 그러자 아직 숨이 조금 붙어 있는지 약간 꿈틀거리던 말이 순식간에 잠자듯이 조용해졌다. 정확하게 말의 급소를 찌른 두 개의 칼이었다. 실로 귀신도 놀라 뒤로 나자빠질 칼솜씨였다.

그리하여 말이 쓰러지면서 세게 엉덩방아를 찧는 바람에 불길은 저절로 잡혔다. 제 몸뚱이가 제 꼬리에 붙은 불을 꺼준 것이다.

"우짜모!"

"이랄 수가?"

모두가 감탄과 경악의 소리를 내면서 두 사내를 빙 에워쌌다. 어느새 그 사내들은 전혀 아무렇지도 않은 모습들을 하고 품에서 끄집어낸 수건으로 칼날에 묻어 있는 말의 피를 닦아내고 있었다. 게다가 마치 물기나 먼지를 제거하는 것과 다를 바 없어 보이는 심상한 표정들이었다.

말 그대로 전광석화와도 같은 동작들이었다. 인간이 그럴 수 있다는 게 믿어지지 않았다. 그 화려하기까지 한 몸놀림을 직접 목격한 사람들은 하나같이 입을 다물지 못했다. 잠시 비현실 세계 속으로 갔다가 현실 세계로 돌아온 것 같은 기분에서 헤어나지 못하는 표정들이었다.

"앞으로 살아가면서 서로 만날 일이 많을 것이니, 우리 신분에 대해서는 꼭 알려고 하지 마시고……."

먼저 칼을 휘두른 나이 좀 더 든 사내 말이었다.

"그래도 안에 좀 들어가셔서 술이라도 한잔하시고 가이소."

운산녀 권유에 이번에는 나이가 밑인 사내가 입을 열었다.

"다음에 먹기로 하고 오늘은……."

둘 다 몸을 돌려세우려고 하는데, 치목도 그들 몸을 붙잡을 것같이 하며 말했다.

"아입니더, 이대로 보내드리모 우리가 서분하지예."

하지만 정체불명의 그 사내들은 어쩐지 그곳에서 빨리 나가고 싶어 하는 눈치였다. 비록 영웅 심리가 없는 자들이라 할지라도 그건 좀 의아스러운 일이었다. 어떻게 보면 누구를 쫓거나 그 반대로 무엇에 쫓기는 자들 같기도 하고, 또 달리 보면 자기들이 많은 사람 앞에 노출되는 것을 좀 꺼리는 자들 같기도 하였다.

그리하여 그것은 지극히 짧은 순간적인 사건으로 끝나고 만 셈이었다. 칼잡이들은 이내 사람들 눈앞에서 바람같이 모습들을 감추었다. 그러나 모두는 죽어 널브러져 있는 말과 사나이들이 사라진 곳을 번갈아 바라보며 한참이나 그대로 서 있었다.

"······."

운산녀와 치목은 훤한 백주에 두 눈 빤히 뜨고 꿈을 꾼 기분이었다. 그렇게 느껴질 만큼 그 모든 일은 꿈속과도 같이 행해졌다. 어쨌든 꿈이었든 그보다 더한 무엇이었든 간에, 화재는 막을 수 있었다는 사실이 가장 다행스럽고 중요했다. 목재상 소실로 인한 피해도 물론 큰 타격이겠지만, 그보다도 그 사건이 온 고을에 쫙 퍼지게 될 뻔했으니 말이다.

그들 입장에서는 섬나라 오랑캐든 중국 되놈이든 눈알이 푸른 구슬을 박은 것처럼 새파란 서양놈이든, 상관없이 은인임에는 틀림이 없었다. 나에게 잘해주는 사람이 좋은 사람이라는 억지 논리가 여기서도 적용되었다. 운산녀는 그자들과 어울리고 싶기도 했으며 귀신도 놀라 도망갈 정도의 칼 솜씨는 경이를 넘어서서 존경하고 싶을 지경이었다.

치목 또한 다를 바 없었다. 그는 지금껏 살아오면서 그렇게 두려운 상대는 만나본 기억이 없었다. 싸움이라면 누구든 한번 붙어볼 용의가 있었고, 또한 호락호락하게 지지는 않을 것이라고 자신했다. 그뿐만 아니라 운산녀 사주를 받아 소긍복을 죽인 살인범으로 간덩이가 부을 대로 부어 있는 상태였다.

여하튼 그자들이 사용한 칼은 그때까지 말로만 들었던 소위 '닛뽄도' 가 틀림없었다. 일본 사무라이들이 잔인하고 무서운 실력자들이란 소문은 들었지만, 그까짓 것들은 내 쇠 주먹 한 방과 번개와 같은 발길질 한 번이면 단숨에 거꾸러뜨릴 수 있다고 장담했다. 심지어 괜히 손발이 근질근질할 때면 은근히 그자들과 어서 대결을 벌일 기회가 오기를 바라기도 하였다.

그런데 힘깨나 쓰는 장정 몇 사람이 한꺼번에 달려들어도 제압하기가 여간 힘들지 않을, 몸에 불이 붙어 미친 것같이 제멋대로 날뛰는 말을, 단 한칼에 처치해버리는 그 가공할 솜씨라니! 그것은 '신의 칼'이지 인간의 칼이 아니었다. 신검神劍이다.

한편, 그 광경을 목격한 조선 사람들이 그렇게 경악과 감탄에 빠진 채 여전히 넋을 잃고 있을 때, 그 눈부신 맹활약을 펼쳤던 두 사나이는 조선목재에서 멀찍이 떨어진 남강 가에 서서 이야기를 나누고 있었다.

"조센진 놈들이 놀라 바라보던 일을 생각하면 아직도 통쾌해."

"지금도 우리가 누군지 얘기하느라고 정신들이 없겠지."

강 위에는 높게 혹은 낮게 날아다니고 있는 흰빛과 잿빛 물새들이 보였다.

"그런 구경은 죽었다가 깨나도 쉽지 않을 테니까."

"우리 신분을 알면 기절해버릴 놈도 있을 걸?"

바로 무라마치와 무라니시 형제였다.

"그건 그렇고 말이야, 형."

"왜?"

"우리가 죽인 그 말, 정말 맛있게 생겼지 않았어?"

"멋이 아니고 맛?"

"그래, 맛."

그러면서 입맛까지 다시는 무라니시였다.

"가만!"

"응?"

"너 지금 무슨 말을 하려고 그래?"

"지금 생각해도 입안에 군침이 막 돈다고."

"시끄러!"

무라마치가 얼른 주위를 둘러보며 동생을 나무랐다.

"우리가 일본인이란 것이 탄로 나라고 그러는 거야?"

"그, 그건……."

그 말꼬리에 붙었던 불을 상기시키는 빛을 한껏 내뿜으며 시나브로 저물어 가는 서녘 하늘을 올려다보면서 무라마치가 단속시켰다.

"아직은 때가 아냐."

무라니시는 새삼 깨달았다는 양 되뇌었다.

"때."

그들이 그러고 있는 사이에도 물새들 숫자는 많아졌다가 적어졌다가 변화무쌍하기 이를 데 없었다.

"모든 건 때가 있다고 했잖아?"

"알았어. 그런데 참, 조센진 놈들은 말고기를 먹지 않는다면서?"

무라마치가 가소롭다는 표정을 지었다.

"그것 때문에 말고기를 먹는 우리 대 일본 국민을 야만 민족이라고 비웃는다잖아."

무라니시 낯빛이 대번에 벌겋게 변했다.

"야만 민족?"

강물이 갑자기 급하게 흐르기 시작하는 것 같았다.

"정말 괘씸한 것들이지."

무라마치는 이빨 가는 소리로 말했다.

"이제 두고 보라고. 아까 우리가 해친 말처럼 조센진 놈들도 그렇게 하나하나씩 죽여줄 테니까. 흐흐."

"씨를 말려야지. 킥킥."

그들 형제는 발끝으로 먼지가 폴폴 일어날 만큼 모래밭을 함부로 파헤쳤다. 그들이 해친 조선인들을 파묻을 무덤이라도 만들려고 하는 것으로 비쳤다.

"그 자리에 우리 일본인 씨를 뿌리고 말이지? 하하."

무라마치 웃음 끝을 물고 무라니시도 징그럽고 해괴한 웃음을 지었다. 짐승의 피를 본 직후인지라 더 악마적인 근성이 발동하고 있을 것이다.

"우리 꽃을 피우고 열매를 맺고 말이야. 낄낄."

문득, 천년 세월을 부단히 흘러오고 있는 남강 물이 그 흐름을 딱 멈추는 것처럼 보였다. 그 위로 일본인들의 음흉하고 소름 끼치는 웃음소리가 퍼져 나갔다.

호주 선교사 달렌

성내 안골 백 부잣집.

이제는 백 부자도 염 부인도 죽고 없는 집이다. 백 부잣집 1세대는 사라지고 2세대가 그 대저택을 지키고 있다.

그러나 아무리 세대가 바뀌어도 거기 드넓은 정원에 파수꾼같이 우뚝 서 있는 아름드리 오동나무는 예전 그대로이다. 그 집의 훌륭한 가풍家風을 전혀 상실하지 않고 고스란히 간직하고 있는 모습이다.

기와지붕의 도리 밖으로 내민 처마 끝에 푸른 하늘빛이 묻어나 있다. 그 하늘가를 날고 있는 것은 흰 구름을 잘라내어 만든 듯한 형상의 하얀 비둘기였다.

지금 그곳 사랑채에는 누구든 들으면 굉장히 놀랄 손님이 와 있었다. 조선 사람이 아니었다. 그렇다고 일본인이나 중국인도 아니었다. 그렇다면 태평양 건너 미국인도 아니었다. 일본인이나 중국인보다는 미국인과 더 가깝게 생긴 모습이기는 하였다.

그와 마주 보고 앉아 있는 사랑방 주인은 백 부자의 장남 범구였다.

그는 그 외국인 손님과는 초면이 아닌 성싶었다. 그리고 방문객 또한 격식은 차려도 부담이 느껴질 정도로 어렵게 주인을 대하는 빛은 그다지 없었다.

"우리가 한성에서 처음 만났던 게 언제였지요?"

외국인 손님 물음에 범구는 감개무량한 얼굴로 대답했다.

"그런께 말입니더. 증말 화살보담도 더 빠른 기 세월이라더이 맞는 거 겉심니더."

"그동안 많은 변화도 있었던 것 같군요."

별다른 장식은 없지만, 격조 높아 보이는 사랑방 책장과, 문방사우가 가지런히 놓인 탁자를 둘러보는 외국인 눈빛이 비상했다.

"예, 잘 보싯심니더."

범구가 천천히 고개를 끄덕이며 수긍했다.

"변화라는 게 꼭 발전이라고는 할 수 없겠지만……."

외국인은 조선말을 꽤 유창하게 구사했다. 문득 범구의 안색이 어두워졌다. 그 방 벽면에 붙어 있는 검은 붓글씨와 비슷한 빛이었다. 그는 외국인이 한 말을 입안으로 가만히 되뇌었다.

"밴화, 발전."

부모의 타계. 물론 세상도 크게 바뀌었지만 그래도 근년에 그의 신상에 일어났던 가장 큰 변화를 들라면 단연 부모가 세상을 떴다는 그 슬프고 가슴 아픈 일이다. 비록 나이를 먹어도 어버이가 없으니 천애 고아가 된 몸이 참으로 서글프고 외로웠다.

'내가 외국인 손님 앞에서 와 이라노.'

범구는 또 우울해지려는 마음을 다잡기 위해 좀 더 목소리를 높였다.

"하지만도 시방 달렌 선교사님께서 계획하고 계시는 그 큰일에 비하모 아모것도 아이지예."

"아, 무슨 말씀을?"

외국인이 손사래를 쳤다. 범구가 등을 곧추세우며 말했다.

"지가 받아들이기에는 그렇십니더. 달렌 선교사님은……."

달렌 선교사. 달렌…….

그렇다면 지금 그 외국인은 호주 사람이라는 이야기였다. 호주 사람이라니. 눈을 닦고 귀를 의심할 노릇이었다. 호주 사람이 그 고을에?

그런데 그때부터 그 자리에서 흘러나오는 소리야말로 진실로 경천동지할 내용이 아닐 수 없었다.

"여기 백 부잣집 같은 명문 집안에서 저희에게 협조만 해 주신다면, 이 고을에 여학교를 세우는 일은 한결 쉬울 것입니다."

여학교. 이 고을에 학교를, 그것도 여학교를 세우는 일이라니!

"이기 꿈은 아이것지예, 달렌 선교사님?"

범구도 여간 흥분하고 고조된 낯빛이 아니었다. 그는 가슴에 손바닥을 갖다 대면서 말했다.

"듣기만 해도 심장이 멎는 거 겉십니더. 우리 고을에 여핵조라이."

깨끗이 깎은 턱수염이 파르스름한 달렌은 입가에 흐뭇한 미소를 지었다. 그러고는 마치 자국어를 가르치듯 했다.

"미션스쿨이지요, 미션스쿨."

달렌 말을 그대로 따라 해보는 범구 음성이 심히 떨려 나왔다.

"미션스쿨, 미션스쿨."

그런 범구 얼굴을 가만히 응시하고 있던 달렌이 아섭다는 투로 말했다.

"그게 아마 1886년인가 그랬지요?"

"무신?"

범구가 되묻자 달렌은 앞날을 내다보는 얼굴에서 기억을 더듬는 얼굴로 바뀌었다. 그는 퍽 아련한 목소리가 되었다.

"미국 선교사 스크랜튼 부인이 한성에 조선 최초의 여자학교인 저 이화학당을 처음 세운 해를 말하는 것입니다."

"아, 이화학당!"

범구가 사뭇 감탄조로 말하면서 고개를 여러 번 끄덕였다.

"이 사람도 그리 알고 있심니더. 물론 학문보담은 종교적인 목적이 쪼끔 더 앞선 거로는 봅니더마는."

그러자 달렌은 약간 머쓱한 기색을 비쳤다.

"종교적인 목적이 앞섰다고요."

범구는 내가 할 필요도 없는 소리를 공연히 했구나 싶어 얼른 말머리를 돌렸다.

"우쨌든 저희 조선으로서는 증말 고맙고 반가븐 일이지예."

범구는 얼굴 전체 윤곽이 아버지 백 부자보다는 어머니 염 부인을 많이 닮아 있었다. 특히 눈언저리는 그대로 빼 박았다.

이화학당. 조선 최초의 사립여학교.

달렌은 호주가 미국보다도 한발 늦었다는 그 사실이 못내 아쉽고도 자존심이 상한다는 눈치였다.

"그 미션스쿨 이름은 생각해 두신 기 있심니꺼?"

범구는 그것도 무척 궁금하다는 듯 조심스럽게 물었다. 그러자 달렌도 극히 삼가는 음색으로 대답했다.

"지금 생각으로는, 정숙학교가 어떨까 합니다만……."

"정숙핵조."

그 소리를 입속으로 가만 되뇌며 범구는 천천히 눈을 감았다. 여학교 교명校名이 정숙학교라는 것이다.

그의 감은 눈 저쪽으로 그 학교 정경이 펼쳐져 보이고, 그곳에서 열심히 공부하고 있는 조선 여자아이들 모습도 떠올라 보였다. 남자아이들이 아니라 여자아이들이다.

그런데 그는 곧바로 눈을 떠야 했다. 방문 밖에서 해맑은 처녀 음성이 들려왔던 것이다.

"아부지, 다밉니더."

그러자 그 소리를 들은 범구 얼굴 가득히 당장 환한 미소가 피어났다. 그는 더할 나위 없이 온후한 목소리로 말했다.

"오, 다미가? 얼릉 들오이라."

달렌의 푸른 눈동자가 한층 빛났다.

"예, 아부지."

큰 방문이 소리 없이 열리면서 그 음성만큼이나 하얗게 맑고 깨끗한 얼굴의 다미가 아주 조심스럽게 방으로 들어왔다.

"다미야."

범구 목소리가 인자하면서도 근엄했다.

"우선에 인사부텀 올리거라."

그는 마주 앉은 사람을 눈짓으로 가리키며 신분을 알려주었다.

"한양서 오신 달렌 선교사님이신 기라."

"예."

다미는 대갓집 출신답게 아주 예의 바른 자세로 큰절을 올렸다.

"어이, 어이구!"

인사를 받으면서 다미를 바라보는 달렌 얼굴에 무척 부러워하는 빛이 번졌다. 그는 이런 칭송의 말도 잊지 않았다.

"참으로 훌륭한 따님을 두셨습니다. 어떻게 저런 고운 따님을 두셨는지요."

범구가 손을 내저으며 너털웃음을 터뜨렸다.

"허허. 과찬의 말씀을."

다미를 보면서 말했다.

"모지라는 기 너모 많은 여식입니더."

그러고 나서 그는 앉은 자리에서 달렌에게 깊숙이 고개를 숙여 보였다.

"앞으로 큰 가르침을 주시길 부탁드립니더."

그런 아버지를 옆에서 지켜 보는 다미 눈빛이 출렁거렸다. 호수같이 깊고 그윽한 기운이 감도는 눈동자는 크고 검었다.

"천만의 말씀입니다. 오히려 제가 부탁을 드려야지요."

달렌도 덩달아 희고 단아한 이마를 낮추었다. 종교를 알리고 널리 전도하는 선교사의 전형적인 면모를 갖추었다.

"서로 도움서 살아가모 좋은 일도 마이 있을 기라고 봅니더. 큰 시각으로 보모, 귀국貴國하고 저희 조선에 도움이 되는 일 말입니더."

그런 거국적인 담론까지 내비친 다음에 범구는 절을 하고 나서 그때까지 그대로 서 있는 딸에게 말했다.

"앉거라."

"예, 아부지."

다미는 꼭 그림자가 움직이듯 치맛자락 서걱거리는 소리 하나 내지 않고 조용하게 아버지 가까운 자리에 앉았다. 그것을 눈여겨본 달렌이 또 감탄해 마지않았다.

"참으로 정숙한 조선 처녀로군요."

근동에서 대갓집으로 알려진 백 부잣집 손녀답게 무척 예의범절에 밝다는 것을 누구나 한눈에 알아볼 수 있었다. 하루에도 수백 명의 사람을 접하는 비화가 감탄했을 정도니 어떤 사람 눈에도 그렇게 비칠 것은 당연했다.

그런데 방금 달렌이 다미를 놓고 한 그 말이 범구의 귀에 묘한 여운을 남겼다. 달렌은 '정숙한'이라는 말을 입에 올렸다. 그가 이 고장에 세우려고 하는 그 여자학교 교명으로 생각하고 있는 것이 '정숙학교'라고 하지 않았던가? '정숙'이라는 말을 머리에 얹은 학교인 것이다. 어쩌면 달렌은 의도적으로 '정숙한'이라는 말을 끌어와 썼는지도 모른다. 어쨌거나 범구는 이것도 미리 정해져 있는 숙명 같다는 기분이 들어 가슴에 여울이 졌다.

한편, 다미는 무척이나 궁금해하는 기색이었다. 대체 아버지가 무슨 연유로 외국인 선교사 앞에 자기를 불렀는지 통 알 수가 없었다. 여기에는 보통 아닌 큰 까닭이 분명히 있을 텐데 아무리 짚어 봐도 묘연하기만 하였다.

"다미야."

범구는 그런 딸의 표정을 읽었는지 이내 용건을 꺼내기 시작했다.

"놀래지 말고 애비 말 잘 들거라."

"예."

다소곳이 대답하는 딸에게 범구는 감정이 벅차오르는 소리로 일러주었다.

"여게 앉아 계신 달렌 선교사님께서는, 인자 곧 우리 고을에서 엄청시리 큰 일을 하실 계획이신 기라."

다미는 살짝 눈을 들어 유난히 푸르스름한 턱수염이 인상적인 달렌 얼굴을 보았다. 그는 처음부터 계속해서 쭉 다미를 향해 무엇인가 의미심장한 웃음을 지어 보였다. 범구가 연이어 입을 열었다.

"말하자모 안 있나, 우리 고을 최초의 근대여성 교육의 효시가 될 핵조를 설립하실 끼다, 그런 이약이제."

"……."

그 말을 들은 다미는 한층 멍한 낯빛을 지었다. 평소 근동에서 영민하기로 알려진 그녀였지만 지금 아버지 말씀을 제대로 알아들을 수가 없었다. 그건 그녀가 세상에 태어나서 이날까지 들어왔던 그 어떤 이야기보다 생경한 것이었다.

근대여성 교육의 효시가 될 학교를 설립한다니? 근대여성 교육이라니? 여성교육? 남자가 아니고 여자에게? 그러면 여자에게도 가르침을?

"와 뭔 소린고 퍼뜩 이해가 안 가는 기가? 하하하."

범구는 사랑방 한쪽 벽에 붙어 있는 풍경화에 시선을 주면서 웃음과 함께 말했다. 그 고을의 유명한 촉석루 그림이었는데, 전체적인 색조가 차갑고 깨끗한 분위기를 자아내는 그것은 바로 안석록 화공의 작품이었다.

"아부지."

다미의 탐스러운 귓불이 붉어졌다. 얼른 이해가 안 되는 게 아니라 오래 새겨 봐도 그건 마찬가지일 것이다. 그런 딸을 건너다보며 범구는 재미있다는 듯이 또 한바탕 더 웃고 나서 설명을 곁들였다.

"무신 이약인고 얼릉 납득이 안 될 끼다."

자식을 대하는 그의 얼굴에서는 부모를 모두 떠나보낸 깊은 슬픔과 회한의 그늘이 순간적으로나마 많이 가시고, 그 대신 오랜만에 밝고 활기에 찬 기운이 떠올라 있었다. 그래서 예전부터 사람에게는 꼭 자식이 있어야 한다는 말이 생겨났지 싶었다.

"하지만도 너모 복잡하거로 생각할 필요 없고, 그냥 애비가 하는 말 있는 그대로 받아들이모 되는 기라."

고풍스러운 장식대 위에 정연히 놓여 있는 백자와 청자도 열심히 귀를 기울이는 것 같았다.

"핵조를 세워서 여자들한테 근대교육을 시킨다, 그런 이약이다."

달롄과 눈길을 한번 마주치고 나서 범구가 하는 말이었다.

"여자들…… 근대교육……."

그래도 다미는 여전히 아리송한 낯빛을 풀지 못했다. 그럴 수밖에 없었다. 학교에서는 남자에게만 교육을 시키는 시대였다. 따라서 그 당시 학교라고 하면 처음부터 여자와는 아예 연관이 없었다. 그런데 여자를 교육시킬 학교라니?

"아, 그리고 말이지요."

그때 가끔 고개를 끄덕일 뿐 묵묵히 범구 말을 들으며 다미 표정을 살피고 있던 달렌이 더욱 놀랄 소리를 꺼냈다.

"그 학교가 세워지면, 다미 양, 방금 이름이 다미라고 했지요? 다미, 우리 다미 양도 그 학교에 와서 공부를 해야겠지요."

"예에?"

다미는 이제 막 내가 무슨 말을 들었나 하는 빛으로 아버지만 멀거니 바라보았다. 범구는 딸에게 보다 상세한 것을 알려줄 필요를 느꼈다.

"한성에는 이화학당이라고 해서, 여자들을 갈카주는 핵조가 하매 맨들어져 있제."

"이화학당예."

다미도 들어는 본 학교였다. 범구는 감격에 겨운 목소리로 말을 이어갔다.

"그래서 달렌 선교사님께서는 우리 고을에도 그런 여핵조를 세워갖고 여성 교육에 앞장을 서실라쿠는 뜻을 갖고 계신 기라."

"아, 우리 고을에도?"

알기보다는 모르는 채로 귀 기울여 듣고 있던 다미는 등골을 쫙 훑고 지나가는 전율을 느꼈다. 갈수록 세상은 큰 소용돌이에 휩싸인다는 것은 어렴풋이 감지하고 있었지만, 우리 고을에도 이런 큰바람이 불어오고 있구나! 하는 생각에 찬물을 끼얹은 듯 정신이 번쩍 들었다.

"말씀 다 하셨으면 이제 제가……."

달렌이 푸른 눈을 들어 그들 부녀를 보면서 입을 열었다. 그리고 달렌이 들려주는 이야기들은 아직 세상 물정 한참 어두운 다미에게는, 하나같이 병아리가 부화하듯 기존의 낡은 껍질을 깨고 새로운 세계로 나가는 것 같은 충격이 아닐 수 없었다.

"아, 그렇심니꺼?"

백 부자와 염 부인이 아직 생존해 있을 당시 한양을 자주 오르내리던 범구도, 달렌 입에서 나오는 이런저런 소리에는 적잖게 감응하고 동요하는 빛을 엿보였다.

"저는 개인적으로 언더우드 선교사를 존경합니다."

달렌도 자신의 이야기에 도취했는지 흥분되는 모습을 보였다. 솔직한 성격을 가진 성직자의 면모를 보여주는 성싶었다.

"그분은 고아들을 모아 구세학당을 개교하셨지 않습니까?"

범구가 거북등 모양의 무늬가 고상한 방문이 흔들릴 만큼 큰소리로 물었다. 촉석루 그림은 안석록에게서 구입한 것이었고, 그 방문은 문대 아버지인 서봉우 도목수의 손을 거쳐서 들어온 것이었다. 물론 거기 사랑채 전체를 설계하고 지은 이도 서봉우였다.

"고아들을예?"

아버지와 마찬가지로 다미 또한 도무지 믿을 수 없었다. 부모가 없는 아이들까지 모아 가르치다니. 그런 아이들은 먹고 입고 자고 하는 가장 기초적인 생활을 꾸려나가는 것만 해도 여간 힘에 부치지 않을 텐데.

"그러니까 선교사라고 하면, 남보다 불쌍하고 가진 것 없는 사람들을 위할 수 있는 그런 구세학당을 더……."

그때 달렌은 남에게 들려준다기보다 스스로에게 선교사의 바른 길을 깨우쳐주려는 사람처럼 비쳤다. 선교사라는 사람들은 어떤 사람들이기에 범인凡人들은 상상도 할 수 없는 이런 일을 할 수 있는 것일까.

"제중원 부설 국립의학교 말입니다."

다미로서는 열 번을 들어도 기억하기 힘들 만큼 생소한 이름이 아닐 수 없었다. 경악할 소리는 그 정도로만 그친 게 아니었다.

"양반 자제들이 입학을 하지 않는 바람에, 신입생을 뽑는 데 여간 크나큰 어려움을 겪지 않았지요."

"그래서예?"

범구 물음에 달렌은 다미를 한번 보고 나서 대답했다.

"그래서 각 관아에서 차출해준 기녀들로 첫 번째 입학생을 채워야 했고요."

범구가 더더욱 놀란 얼굴로 물었다.

"아, 관아에서 기녀들을 차출해주었다는 말씀입니꺼? 시, 신입생으로예?"

다미도 또다시 귀를 의심했다.

'기생들을 핵조에?'

푸른 별을 연상시키는 눈을 반짝이며 범구의 반응을 지켜보고 있던 달렌 얼굴에 자못 흥미롭다는 빛이 살아났다.

"그럼요. 더 들어보실래요?"

범구는 달렌에게 다가앉을 것같이 하였다.

"예."

달렌은 동양 물건이 새롭고 신기한지 탁자 위의 문방사우를 눈여겨보면서 또 말했다.

"그 기녀들은 단지 용모만 아름다운 게 아니고 두뇌도 우수하여 훌륭한 의학도의 싹을 보였다는 겁니다."

범구 입에서는 연방 경탄하는 소리가 나왔다.

"허어, 그거 참."

기녀와 의학도. 아무리 아귀를 맞춰보려고 해도 서로 연결이 되지 않는 대상이었다. 달렌은 할 이야기가 넘쳐나는 모양이었다.

"더 근사한 일은요, 가령 파티 석상 같은 데서 그녀들이 부르는 권주가 덕분에 분위기가 그렇게 좋을 수가 없었고, 또오……."

"……."

다미는 아버지 얼굴만 바라보았고, 범구도 간간이 딸 얼굴을 바라보았다. 달렌이 꺼내는 이야기 속에는 비록 난해한 말들이 들어 있기는 해도, 부녀가 다 같이 새롭게 안 사실에 감격과 흥분의 빛을 감추지 못했다.

"문제가 없는 것도 아니에요."

달렌의 말이 또 변화를 일으키는 듯했다. 범구가 염려스러운 얼굴을 했다.

"아, 문제가?"

저 원산학사라든지 육영공원에 대한 것은, 조선인으로서 저절로 얼굴이 붉어지는 이야기들이 아닐 수 없었다. 원산학사는 학교를 세웠으니 학생들의 벼슬길을 열어 달라고 청원을 하는가 하면, 육영공원은 양반 학생들의 불성실한 수업 태도로 그만 문을 닫고 말았다는 것이다.

"가마이 보이, 핵조를 세우는 것도 중요하지만도, 그거를 잘 운영하는 기 더 중요한 거 겉심니더."

"역시 잘 보십니다. 대단하시군요. 바로 그겁니다."

범구 말에 달렌은 바로 그것이라고 강조하더니 이렇게 덧붙였다.

"그렇기 때문에 여기 백 부잣집 같은 댁의 도움이 꼭 필요한 것입니다."

"아, 저희가 무신 도움이 될 수 있것심니꺼?"

범구가 그만 쑥스러운 표정을 짓자, 달렌은 그게 아니란 듯 열띤 목소리로 늘어놓기 시작했다.

"아니, 아니에요. 정말이에요. 우선 학생 모집도 그렇고, 공부하는 자세도 그렇고, 또 그 밖에도 여러 가지 면에서 절실합니다."

다미는 정말 세상이 상상할 수 없을 정도로 엄청나게 바뀌고 있다는 생각을 다시 한번 더 하지 않을 수 없었다. 그녀는 문득 수재들이 많이 수학하고 있다고 알려진 그 고을 낙육재가 떠올랐다. 상촌나루터의 나루터집 비화 아들 준서와 우정댁 아들 얼이도 다닌다는 낙육재였다.

그 생각 끝을 물고 곧장 그려지는 게 준서 얼굴이었다. 빡보. 마마신이 할퀴고 간, 영원히 지울 수 없는 고통과 저주의 흔적이었다.

'본 얼골은 자기 어머이를 닮아 참 영리하거로 생긴 거 겉었는데 안됐다.'

그날 나루터집을 다녀온 후로 이상하게 그녀 가슴에서 좀체 떠나지 않는 준서였다. 그녀를 보고 그리도 당황해 어쩔 줄 몰라 하던 그였다. 그리고 그런 아들을 지켜보면서 굉장히 난삽한 빛을 띠던 그 어머니의 표정도 잊을 수 없었다.

'그 집안도 본디 보통 가문은 아이라꼬 들었는데.'

비록 한때는 그녀 집 일감을 떼어 근근이 목에 풀칠하던 가난뱅이였지만, 지금은 근동에서 알아주는 땅 부자로 알려져 있다는 비화다. 그녀 아버지 김호한은 일찍이 문무를 겸비한 무관 출신으로 모두의 존경을 한 몸에 받았으며, 그 윗대 김생강은 천석꾼이었다고 했다. 그리고 상세한 내막까지야 알 수가 없지만, 저 동업직물을 운영하는 임배봉과의 악연에 대해서도 어느 정도 알고 있었다.

'그 두 집안 사이의 싸움이 그리키나 심하다 캤제.'

그렇지만 그런 다미도 자신의 친할머니 염 부인이 배봉에게 시달리다가 끝내 목을 맸다는 사실은 까마득히 모르고 있었다.

하지만 영리한 다미는 아직도 확신하고 있다. 비화는 분명히 뭔가를 알고 있었다. 그리하여 언젠가는 반드시 비화에게 할머니의 갑작스러운 자살에 대한 비밀을 낱낱이 알아내리라고 작심하였다.

"그런께네 말하자모……."

그때 문득 들려온 아버지 말이 다미 귀를 잡아끌었다.

"우리 조선은 아즉꺼정도 우리 스스로의 심 하나만을 갖고는, 미래를 담보하기에는 너모 일쪽다는 이약일까예?"

그에 대한 달렌의 답변이었다.

"그렇지만 이미 시대는 조선 청년들을 난세의 소용돌이 속으로 밀어넣고 있다고 보셔야 할 것입니다."

그런 다음에 그가 한다는 말이 또 가볍지 않았다.

"우리 다미 양도 예외일 수는 없겠지요."

'나도?'

다미 가슴이 풀숲 방아깨비같이 풀쩍 뛰었다. 그 고을 공동묘지가 있는 선학산으로 오르는 길섶의 수풀에 유난히 많은 방아깨비였다.

'난세의 소용돌이. 아, 말만 들어도 떨린다.'

꽤 무겁고 긴 침묵이 흐른 후에 범구가 돌파구를 찾으려는 사람처럼 입을 열었다.

"지가 알고 있기로는, 방금 말씀하신 그 제중원에 대한 고종 황제 폐하의 기대가 상구 대단하시다던데, 그기 사실입니꺼?"

격자창 쪽에 놓인, 그 방 주인이 완상하는 난초의 향이 좀 더 짙어지는 것 같았다. 무릇 향기로운 사람은 가까이하면 할수록 더욱 마음이 끌리는 법이라더니, 그 난초 또한 날이 갈수록 정이 드는 것이었다.

"외국인이 건립한 뱅원이라 놔서 말입니더."

범구는 다미에게 미리부터 향학열을 심어주기 위한 의도를 보였다.

"지보담은 달렌 선교사님께서 더 잘 아실 꺼 겉애서 여쭙는 깁니더마는."

다미가 보기에는, 남자 손이라고는 믿어지지 않게, 마치 옥으로 빚은 것같이 새하얀 손으로 푸르스름한 턱을 매만지고 있던 달렌이 고개를 끄덕끄덕하였다.

"맞는 말씀입니다. 오죽하셨으면 백성을 구제한다는 의미의 제중원이라는 이름까지 하사하셨겠습니까?"

"예에."

범구는 감격스러운 빛을 보였고, 다미도 눈시울이 젖어오는 느낌이었다.

"제가 전해 듣기로는 말이에요."

달렌은 중요한 기밀을 들려주는 모습이었다.

"폐하께서는 제중원에 설립된 의학부의 조선인 학생들을 훗날 군의관으로 임명할 포부까지 품고 계신다고 합니다."

범구는 한층 자세를 똑바로 잡았다.

"허어, 그 정돕니꺼?"

맞았다. 다미는 훗날에 가서야 알게 된 사실이지만, 당시 청국의 매우 심한 간섭과 파탄 직전의 국가 재정적 큰 위기에도 불구하고, 고종은 텅텅 빈 국고를 샅샅이 뒤져서 중국 상하이로부터 근대화사업에 필요한 서적을 3만여 권이나 사들였다. 바야흐로 망국의 길로 들어서는 한 나라의 비극적 제왕으로서 그가 기댈 수 있었던 것은, 오로지 미래에 대한 한 가닥 희망뿐이었을지 모른다.

"문제는……."

잠시 뜸을 들이고 나서 말했다.

"일본이란 나라인 것 같습니다."

"이, 일본예?"

달렌 입에서 불시에 튀어나온 일본 이야기에 범구는 흠칫, 놀라는 기색이었다. 다미 역시 그만 간담을 졸여야 했다.

일본의 조선 무단 진출 소문은 이미 파다하게 퍼져 있었다. 그렇지만 외국인의 입에서까지 그런 소리가 흘러나올 정도까지 이르렀다는 자각에 걷잡을 수 없는 마음들이었다.

"물론 저도 직접 목격한 일은 아니고……."

달렌의 말끝이 이제까지와는 다르게 자주 끊어지고 있었다.

"역시 어디서 들은 소식입니다만……."

"아, 예."

달렌은 믿어지지 않을 정도로 많은 것을 알고 있고, 또한 그만큼 조심스러워한다는 것을 쉬 느낄 수 있었다.

"벌써 십 년 가까이 돼 가는 그 이야기가 자꾸 떠올라서……."

그의 안색은 희다 못 해 창백해 보일 지경이었다.

"무신 이약 말씀입니꺼?"

범구 물음이 삭풍에 나부끼는 겨울날 나무이파리처럼 떨렸다. 난초 잎이 파르르 미세한 움직임을 띠어 보였다.

"그러니까 그게 말입니다."

달렌은 잠깐 기억을 더듬는 눈치더니 다시 입을 열었다.

"함경도 원산에 있는 장덕산인가 하는 곳의 일본인 거류지에서……."

순간, 범구 안색이 싹 바뀌었다. 말도 크게 흔들려 나왔다.

"아, 그 방곡령 사건?"

이번에는 달렌도 놀라는 표정을 지었다.

"알고 계시는 일입니까?"

범구가 신음소리를 내듯 짧게 답했다.

"예."

그러면서 범구는 진저리를 쳤다. 지금도 그 광경을 똑똑히 기억한다.

그해 10월, 저 마식령 산줄기를 타고 내려오는 장덕산 기슭의 일본인 거류지에서 있었던 사건이다.

그 당시 그는 아버지 명을 받고 원산에 갔던 적이 있었다. 그게 무슨 용무였던지는 이제 기억에 흐릿하지만, 그날 목격했던 그 일은 시간이 흐를수록 희미해지는 게 아니라 더 또렷이 되살아나는 것이었다. 그만큼 충격이 컸다는 얘기가 되겠다.

칼을 쓰고 북을 등에 진 죄수 하나가 수많은 군중에게 에워싸여 있었다. 형리가 그 죄수의 등에 매달린 북을 칠 때마다, 피범벅이 돼 있는 죄수의 몸 위로 군중의 돌팔매가 날아들었다. 너무나 끔찍한 게 푸줏간에 걸려 있는 고깃덩어리를 보는 기분이었다. 찢어지는 듯한 여인들의 고함도 뒤를 이었다.

－왜놈에게 곡식을 판 저 역적 놈을 죽여라!

조선 군중들의 엄청난 분노가 불러오는 피가 온 세상을 붉게 적실 것 같았다. 그때 그런 기세라면 대궐 담장이라도 뛰어넘을 것처럼 험악해 보였다. 세상의 끝은 그다지 먼 곳에 있지 않았다.

그 장면을 숨죽여가면서 지켜보고 있는 범구 머릿속에, 밥과 죽을 만들기 위해 잡곡을 키질하는 젊은 조선 아낙네들 모습이 자리 잡았다. 크나큰 흉년인 데다가 일본으로의 쌀 수출마저 겹치는 바람에 조선인의 식량 사정은 갈수록 악화되는 실정이었다.

그런 속에서 일본인에게 곡식을 판 조선인은 민족 반역자요, 천하의 매국노가 아닐 수 없었다. 메마른 들판 위에서는 굶어 죽어가는 개가 이미 굶어 죽어 있는 사람의 시신을 뜯어먹었다. 또한, 뼈에 조금 붙어 있는 살점은 역시 허기진 까마귀들 몫이었다.

그뿐이었던가? 범구가 또 잊을 수 없는 게 있었다. 그것은 쫓기듯이 그곳을 벗어나서 원산항에 도착했을 때 일이다.

막 출항을 서두르고 있는 일본의 상선 위를 향하여 적지 않은 조선 군사들이 함께 우르르 뛰어오르고 있었다. 그 배에는 곡식과 대두大豆가 가득 실려 있었다. 곧이어 일본인들이 내지르는 붉은 비명소리가 온 바다를 메웠다. 조선 군사들은 함부로 짓밟혀 형편없이 뭉개져 버린 쭉정이 알곡까지 거두었다.

조선 백성들의 일본을 겨냥한 강한 분노와 적개심은 하늘 밑구멍을 찌를 듯했다. 거기 원산항이 개항되자 약삭빠르기로 둘째가라면 서러워할 일본은 원산에 그들 총영사관을 세우고는 함남지방의 미곡을 싹쓸이해 가고 있었다.

"청나라 위안스카이란 자가 한양을 지 손안에다가 넣고, 조선 국왕보담도 더 큰 권력을 휘두르고 있었지예."

범구의 말을 귀담아듣고 있는 달렌의 생소하면서도 매혹적인 파란 눈이 빛났다. 영특한 다미의 까만 눈도 반짝였다.

"그리 된께네……."

범구의 표정은 좀 더 심각해져서 아슬아슬해 보이기까지 했다.

"일본은 벨수 없이 다린 방법으로 나왔던 기지예."

"무슨 방법?"

달렌은 아시아 국가들에 관해 상당히 관심이 높아 보였다.

"그네들이 영국에서 수입한 면제품이라든가 성냥 겉은 거를 조선인한테 팔고, 그 대신에 조선 쌀하고 쇠가죽, 금덩어리를 갖고 갔던 깁니더."

범구는 그 말을 하면서 분을 이기지 못하는 모습이었다.

"그것도 오만 가지 수단 방법을 안 가리고 말이지예."

달렌이 낯을 붉히며 정의의 사도처럼 말했다.

"일본 사람들이 참 나쁜 사람들입니다. 어떻게 남의 나라를 곤경과 파탄에 빠뜨릴 그런 짓들을 할 수가 있다는 겁니까?"

그때 얼핏 다미 눈에 들어온 가늘고 연약해 보이는 난초가 힘없고 불쌍한 조선 사람들을 떠올리게 했다. 비록 아직은 한참 어린 나이였지만 작금의 정세는 다미 또래 아이들에게 일찍부터 그런 자각심을 일깨워주고 있는지도 몰랐다.

"그거뿐이 아입니더."

노기를 거두지 못하는 범구의 말에 달렌이 서양인 특유의 몸짓인 듯 양쪽 어깨를 세우면서 두 눈을 크게 뜨고 물었다.

"또 있습니까?"

범구는 사랑방 천장이 내리 앉아라 크고 깊은 한숨을 내쉬었다.

"밤새거로 해도 다 몬 합니더."

다미 눈에 아버지가 다른 사람 같아 보였다. 얼마 전에 세상을 뜬 할아버지의 많은 재산에 힘입어 아버지는 총각 시절부터 조선팔도 곳곳을 여행할 기회를 자주 접했다. 그리고 그런 아버지 덕분에 다미 또한 간접적이나마 적지 않은 견문과 학식을 구비한 여자로 성장할 수 있었다.

그런데 다미는 그전까지 미처 깨닫지 못하고 있었지만, 범구는 딸에게 근대교육을 시킬 작정이었고, 그래서 작심하고 그 자리에 다미를 불렀다. 여자에게는 오직 예의범절만을 강요하던 그 당시로는 파격적인 결정이 아닐 수 없었다.

범구는 슬하에 2남1녀를 두고 있었다. 하지만 아들들보다 외동딸에게 더 깊고 많은 애정을 쏟고 있었다. 특히 여자들도 배워야 한다는 앞선 사고방식은 비화와 거의 같았다. 많이 보고 많이 듣고 많이 읽은 결과였다.

나아가 범구에게 그런 근대사상을 심어준 사람은 죽은 어머니 염 부인이었다. 아니, 더 정확히 털어놓자면 비어사 주지 진무 스님이었다.

진무 스님은 비화에게 그랬던 것과 마찬가지로 염 부인에게도 여성 교육의 필요성을 거듭 강조했던 것이다.

그런데 범구의 아내, 그러니까 다미 어머니 표 씨는 철저한 유교 가문 출신의 맏딸이었다. 그래서 딸의 교육문제를 놓고 남편과 가끔 의견이 상충할 때도 있었다.

"인자는 시상이 이전하고는 상구 배꼇다는 거 모리요?"

남편 말에 표 씨는 드러내놓고 이러니저러니 하지는 못했다. 하지만 마음속으로는 이런 생각을 하였다.

'여자가 공부는 해서 머한다꼬.'

일감을 떼러 자주 자기 집에 들르는 비화를 염두에 두고 내심 중얼거렸다.

'밥이나 잘 짓고 바느질이나 잘하모 되지.'

그런 식이었다. 그리고 그게 그 시대를 사는 조선 여인네들의 공통된 의식이었다. 그러니까 표 씨는 가장 정상적이고 확고하게 당대의 기준에 맞추어 생활하고 있었다고 할만했다. 최고가는 전형적이고 모범적인 조선 여인상像이라고 해야 할까.

"배움의 터전은 무궁무진한 거예요."

"논하고 밭도 갈고 일구는 거에 따라갖고 달라지는 벱이라꼬 봅니더."

어쨌거나 범구와 달렌의 대화 내용은 다시 맨 처음으로 돌아왔고, 다미는 머지않아 그 고을에 들어서게 될 정숙학교에서 남자들처럼 공부를 하게 될 수도 있을 거라는 꿈에 가슴이 더할 수 없이 설레었다.

"다미 양!"

달렌도 범구와 많은 대화를 나누자 다미에게 거는 기대가 더욱 커지는 모양이었다.

"동무들 중에 공부하고 싶어 하는 사람이 있으면 꼭 학교에 데리고 왔으면 해요. 공부, 공부, 참 좋은 거잖아요."

다미는 고개를 끄덕이며 흡족한 미소를 짓고 있는 아버지를 보고 나서 대답했다.

"예."

달렌은 순리대로 살아가는 사람 같은 겉보기와는 달리 억지 부리듯 하였다.

"아, 공부에 별로 취미가 없는 벗들도요. 우리가 그들도 공부를 좋아하도록 만들 자신이 있거든요. 하하."

다미가 받아들이기에, 외국인들은 상대방 나이라든가 신분, 직위 따위에는 상관없이 모두에게 말을 높이는 언어 습관이 있는 듯싶었다. 그것도 의도적이라기보다 거의 무의식적으로 몸에 밴 일상적인 버릇 같았다.

그렇지만 그게 좋은 건지 나쁜 건지는 잘 모르겠다. 어쩌면 바람직한 것 같기도 하고 또 달리 생각하면 뭔가 위계질서가 무너지는 것 같아 썩 마음에 들지 않는 것 같기도 해서 다소 혼란스럽기까지 하였다.

하여튼 그건 그렇다 치고, 우리 고을에 여자들도 배울 수 있는 학교가 세워진다는 사실 자체만으로도 날아갈 것처럼 기뻤다. 그러면 나도 서당에서 도령들이 그렇게 하듯 큰소리를 내어가며 실컷 책을 읽어보리라. 얼마나 부러웠던가. 팔랑팔랑 책장을 넘기는 소리는 또 얼마나 듣기 좋을지 몰라.

물론 다미 집에는 천자문과 동몽선습 같은 책자는 있었다. 그녀 오라버니들이 사서나 삼경 등을 보고 있을 때 어깨너머로 그것을 살짝 훔쳐본 적도 있었다. 간혹 의미도 전혀 모르면서 무조건 이것저것 베껴보기까지 하였다. 하지만 그것은 어디까지나 그녀 혼자만의 비밀스러운 짓이었고, 심지어 큰 죄를 저지르기라도 한 듯 누가 알까 봐 공연히 가슴을 졸이기도 했었다.

"다미, 다미, 우리 다미야."

오빠들은 세상에 하나밖에 없는 여동생이 아주 귀엽다고 머리를 쓰다듬어주면서도 가르쳐줄 생각까지는 못하는 것 같았다. 남들이 부러워하는 고등교육까지 받았다는 그들이 그 정도였다. 당시 남자들로서는 당연한 일이긴 했다.

"애비 이약 잘 듣거라."

범구가 딸에게 당부하는 소리가 방을 울렸다.

"앞으로 우리 달렌 선교사님을 니 글 스승으로 깍듯이 뫼시고 부지런히 배와야만 한다, 알것제?"

"예, 아부지."

"공부하는 여자가 공부 안 하는 남자보담도……. 더 이약하지 않아도 내 말이 뭔 말인고 알아들었을 기라고 본다."

"예, 아부지."

다미가 아버지께서 하시는 말씀마다 얼른 그렇게 응하면서 또다시 바라본 달렌은, 몸에 밴 습관처럼 그 하얀 손을 들어 푸르스름한 턱을 매만지며 서양인들 특유의 태평스럽고 넉넉한 웃음을 만들어 보였다.

오지랖 넓은 짓은

"오 군수 직위가 머시더라?"

"오 군수 직위라 캤나?"

"하모."

"참서관이었다 아인가베."

"칫! 참서관?"

그곳 백성들 사이에 그즈음 무슨 돌림병처럼 한창 나도는 대화들이었다.

"그란데 각중애 그거는 와?"

"으뱅부대한테 효수행 당했던 일이 기억나갖고 그란다."

"으뱅부대!"

"와? 니도 들어본께 쫌 그렇나."

"내는 들으모 안 되는 소리가?"

"머? 에나 함 해볼래?"

분위기가 사뭇 살벌해졌다. 그 속에는 빈정거림도 다분히 섞여 있었다. 더욱더 큰 문제는 누구도 이런 이야기를 그만두라고 막고 나서지 않는다는 사실이었다. 그러니까 기울어질 대로 기울어져 버린 민심이라는 증거인 것이다. 그렇다면 그 끝이 어떠할지는 구태여 지켜보지 않아도 빤한 노릇이 아니겠는가?

"우쨌든 으뱅……."

"알것다. 참는다. 내는 또 머 땜에 그란다꼬?"

"머 땜에고, 저 땜에고."

"또야? 니 내한테 시비 걸라쿠나?"

"시비는 지가 걸라쿰서?"

허연 이빨을 드러내고 침을 흘리며 마구 으르렁거리는 이리나 늑대같이 변해버린 그들에게서 더 이상 조선 백성의 순박하고 어진 본모습은 찾으래야 찾을 수가 없었다.

"고만들 해라, 고만들 해!"

옆에서 보다보다 못 한 중재자가 나섰는데도 불구하고 한참 동안 씩씩거리고 나서 또 새로 시작하는 모양새였다.

"이왕지사 오 군수 말이 나왔은께 하는 말인데……."

"더 해봐라."

"요분 군수는 잡아가는 구신이 없는 기가?"

"그, 그런 이약을 벌로?"

"눈먼 구신만 있나?"

언제 목청을 높였냐 싶게 저마다 목소리가 낮아졌다.

"쉬! 잽히가서 구신이 되고 싶나, 겁도 없거로."

또 커지려고 하는 것을 억지로 소리 죽였다.

"에나 분통이 터지싸서 하는 소리다, 내가."

사돈 남 말 한다는 듯했다.

"시방 니가 말하는 그 내가 바로 내다 고마."

너와 내가 우리로 하나가 되는 순간이 왔다.

"그기 모도 그냥 콱 불살라삐리고 싶은 저 관찰사청이 우리 고을에 있는 탓인 기라. 내 참 더러버서."

뱅뱅 돌다가 이번에는 관찰사가 과녁이다.

"그런 기제?"

"또 머가?"

"관찰사가 있기 땜새 더 그리 몬된 기세를 부리것제?"

"하모, 내하고 눈 뺄 내기를 해봐라."

"징그러븐 소리 치아라. 내사 내기해갖고 이기도 눈 몬 뺀다."

말이 많으면 쓸 말이 적다고 하지만, 말 잘하고 징역 가지 않는다는 말도 있으니, 어디 끝까지 말해 보자는 심사로 일관하는 입, 입들이었다.

"그라모 내는 넘의 눈깔 뺄 사람 겉나?"

"그리할 인간이 있은께 나온 말이것제."

원성이 점점 더 고조되었다.

"다린 데 군수 겉으모 이리는 몬 한다 고마."

"그거는 딱 맞는 소리거마. 이리 몬 하제."

"갱상남도 안에 시물아홉 갠가 되는 군수 중에서, 1등 군수는 우리 고을 군수하고 동래 군수, 그리 둘뿌이라 안 쿠더나."

"하이고! 1등 군수? 하기사 가짜배기가 진짜배기를 몰아내삐기……."

'큭큭' 소리 내어 한참 웃었다.

"군수 그기 오데 똑바린 목민관이가?"

"목민관 좋아하네? 눈깔 빠지것다."

"또 눈깔? 니 눈깔은 한 이백 개는 되는갑네?"

"화적보담도 무작한 악당 아인가베. 여자는 또 우찌 그리 밝히쌌는고."

"니는 여자 안 좋나?"

여자 이야기가 나오자 백태가 낀 혓바닥을 쏙 내밀었다.

"돈이 더 좋거마는, 내는."

"돈 있으모 기생집 지 멤대로 갈 수 있은께 하는 소리것제."

"아, 와 내한테 고함 지리고 난리고?"

"도로 난리나 났으모 좋것다."

갈수록 극단적인 소리까지 나오자 그래도 조금은 지각 있는 누군가가 말했다.

"흥! 난리 안 나서 하는 소리제, 난리가 나 봐라. 고런 소리는 자라 목 아지 들가듯기 싹 들갈삔께네."

어쨌거나 한번 말이 나왔다 하면 도무지 그 끝 간 데를 짚을 수 없는 게 당시 그 고을 군수의 폭정에 관한 이야기였다. 고을 백성들 원성이 오죽했으면 그즈음 생긴 지 얼마 안 된 독립신문에 이런 기사까지 실렸을까?

─XX군수 OO씨가 아전이나 기생의 청이면 단술 마시듯 하여 민간에 대단히 실망이 되었다더라.

도대체 하늘 아래 땅 위에 대책이 없었다. 이런 식으로 나가다가는 나중에 무슨 일을 더 당하게 될지 숨 쉬는 것도 겁이 났다.

나루터집을 찾은 손님들이 주고받는 이야기 또한 대다수가 군수의 수탈행위였다. 간간이 관찰사 비리와 횡포도 양념 삼고 후렴치고 하였다. 참으로 가증스러운 착취 이야기도 신물이 날 정도로 나왔다.

"그란데 안 있나, 그 머꼬?"

"내는 없다, 머 말고?"

"언갤(은결)이라쿠는 방법 갖고 여러 세금을 한거석 착복한다 안 쿠는가베? 부당거로 공금 착복 말이다."

상 위에 밥숟가락을 탁 소리 나게 내려놓았다.

"하모, 하모. 예전서부텀 우리 고을에는 그 언갤이 쎄뻐서, 군수로 3년만 재직하모 팽생 묵고살 수 있는 재산도 모운다 쿠더라."

"그리 더럽거로 모아갖고 머할라꼬?"

이번에는 젓가락까지 상 위에 휙 던져버리듯 하였다.

"머하기는?"

"음식 떠멕이 주는 수저가 무신 죄를 지잇다꼬."

"죽을 때 모돌띠리 싸짊어지고 갈라꼬 그라제."

"참, 공동묘지에 가 보모 말 몬 해갖고 죽은 구신은 없다쿠디이."

그 사람들 머리 위에서는 억울하게 죽은 혼백의 환생이라는 새의 울음소리가 멀어졌다 가까워졌다 반복하고 있었다.

나루터집과 나란히 붙어 있는 밤골집의 손님방 하나에는 아무도 짐작할 수 없는 인물들이 술상을 놓고 마주 앉아 있었다.

그들이 이미 비운 술병들이 상 위며 상 아래에 즐비한 게 어지간한 술꾼들이 아닌 듯했다. 술추렴을 한다 해도 술값이 여간 아닐 것이다.

민치목과 다른 두 사람이었다. 한데, 그들이 누구인가? 놀랍게도 저 한양 선비 고인보와, 치목과는 재종간이 되는 중인中人 민홍억이었다.

대체 어찌 된 노릇일까? 천 리 밖 한양 땅에 있어야 할 그들이 그 고을에 나타난 것이다. 그자들이 거기 모이기까지에는 참으로 복잡다기하고 비밀스러운 사연이 있었다.

우선 고인보였다. 강득룡 목사가 없는 그 고을에 그가 다시 모습을

드러낸 것이다. 그는 한양에 있으면서도 여전히 관기 효원을 포기하지
못했다. 그러던 차에 홍억이 치목이란 재종을 만나기 위해 그 남방 고을
로 내려간다는 소리를 듣고서 따라붙은 것이다. 물론 홍억에게는 효원
에 대한 것은 일절 비밀로 한 채로였다.

"아, 그 먼 곳까지 같이 가시겠다고요?"

아주 미덥지 않아 하는 홍억에게 인보는 짐짓 무뚝뚝한 어조로 말했다.

"그렇소."

그러자 홍억은 그러잖아도 약간 짝눈인 한쪽 눈을 찡긋하며 말했다.

"혹시 그 고을에 숨겨놓은 기생첩이라도 있다면 또 모를까……."

"에이, 농담도 할 농담이 있지, 괜히 그러지 말아요."

인보는 상대가 장난삼아 툭 던진 그 말에 가슴이 인두 끝에 찔린 것같
이 뜨끔했다. 그가 귀신이 아닌 다음에야 알 리가 없었다. 하지만 내심
여간 켕기지를 않았다. 인보는 얼른 주섬주섬 주워섬겼다.

"아, 기생이야 한양 기생이 몇 배 더 낫지, 그런 촌구석에 있는 기생
들이야 솔직히 말만 기생이지 전혀 아니요."

그리하여 그냥 말로는, 거기 고을이 좋아서 꼭 한 번 더 가고 싶어 동
행한다고만 둘러댔다. 또한, 그것만으로는 부족할 것 같아, 내가 거기
기방을 찾는지 옆에서 잘 지켜보면 알 것 아니냐고 시치미를 뗐다.

한편 홍억은 자기가 인보 같은 선비와 서로 알고 지낸다는 것을 치목
에게 보여서 자신이 대단하다는 것을 드러낼 수 있는 퍽 좋은 기회이기
도 했다. 말하자면 서로 손발이 척척 들어맞는 도둑질이었다.

"발에 흙도 안 묻힐 우리 선비님을 어디로 모시는 게 좋을까?"

홍억의 너스레는 이골이 났다.

"매운탕 맛이 에나 기맥힌 데가 있는 기라요."

치목은 밤골집으로 두 사람을 안내했다. 치목이 그들에게 그렇게 신

경을 쏟는 데는 나름대로 이유가 있었다. 아들 맹쭐 때문이었다. 그는 맹쭐이 좁은 남방 고을에서 썩지 않고 조선 최고의 고장에서 살아갔으면 하는 어쭙잖은 바람이 있었다.

'어차피 여게는 고향도 아이고, 이왕 고향을 떠난 몸, 큰물에 가서 놀아야제. 더 쭈그렁 바가치가 되기 전에 말인 기라.'

맹쭐이 한양 땅에서 자리를 잡게 되면 그 자신도 아내 몽녀를 데리고 한양으로 입성할 꿈을 갖고 있었다. 변신에의 유혹을 떨치지 못했다. 지금처럼 계속해서 운산녀 치맛자락에 싸여 살아갈 수 있을지 그것도 불확실했다.

'운산녀 치매끈은 너모 헤퍼서 말이제.'

솔직히 그 여자만큼 사내를 밝히는 색녀도 드물었다. 그뿐만 아니라 언제 갑자기 배봉과 점박이 형제가 사병들을 거느리고 불쑥 들이닥칠지 모른다는 불안감과 초조에서 벗어나지 못했다. 차라리 이쪽에서 먼저 운산녀 옆을 떠나는 것이 더 안전하고 현명한 처사라고 보았다.

몽녀도 운산녀가 없는 곳으로 갈 뜻을 노골적으로 드러냈다. 남편에게 치이고 남편 정부에게 치이는 그녀 입장에서는, 운산녀가 보이지 않는 곳이면 돼지우리 같은 집에 살아도 불만이 없을 것 같았다.

부부 사이는 칼로 물 베기라는 말은 그들에게는 허언이었다. 칼로 베면 그 흔적이 남을 물 같은 그들의 불화합이었다. 그런데 이번에야말로 '진짜 부부'였다. 그렇지만 마음만 있었지 실행에 옮길 수 있는 줄이 한양에는 하나도 없었다. 세상 관습으로 보아서는 남이 아닌 재종간이라지만 치목은 인간적으로 믿을 수 없었다. 홍억 입장에서는 피장파장이라고 치부하겠지만, 아무튼 그런 판국에 만난 사람이니만큼 간이고 쓸개고 모두 빼고 달라붙어야 할 것이다.

그런가 하면, 인보 또한 홍억과 치목에게 자신이 선비로서 박학다식

하다는 것을 과시하려는 기색이 역력해 보였다. 그래 조선 백성으로서 먼저 알아야 할 조선의 정세보다도 생뚱맞게 중국 그것에 관한 쪽으로 이야기를 몰아가고 있었다.

"청국의 캉유웨이가 범상한 인물이 아니지요. 흐음."

인보는 일부러 캉유웨이란 말에 강세를 주었다. 그의 의도가 맞아떨어졌다. 치목은 말할 것도 없고 홍억 역시 눈을 크게 뜨고 인보를 바라보았다. 그 눈빛들이 경악과 두려움을 한꺼번에 담아내고 있었다. 하지만 인보가 은근히 바라고 있는 존경심은 그 두 사람 누구에게서도 발견할 수가 없어 입맛이 쓴 것도 사실이었다. 그럼에도 불구하고 지금 바로 앞에 놓여 있는 매운탕처럼 우려먹을 대로 우려먹을 계산은 버리지 않았다.

"캉, 캉유…… 뭐라고 해, 했습지요, 방금?"

홍억이 더듬거리며 물었다. 치목은 애시당초 물을 엄두조차 내지 못했다. 인보는 어떻게 하면 이들, 특히 산적 두목 같은 저 민치목이란 자를 요령껏 잘 이용하여 효원의 행방을 알아낼 수 있을까 하는 그 한 가지 욕망뿐이었다.

'원래 저런 인간이 그런 일은 기가 막히게 잘하는 법이거든.'

그러자면 치목이란 사내가 인보 자기가 시키는 그대로 고분고분 따를 수 있도록 우선 기부터 팍 꺾어놓을 필요가 있었다. 보아하니 힘꼴깨나 쓰게 생겼지만, 무식한 게 바로 느껴졌다. 저런 자를 휘어잡기 위해서는 지식과 견문을 과시해 보이는 것보다 효과적인 게 없다는 걸 그는 체득하고 있었다.

"시모노세키 조약이 체결된 후에……."

인보 그 말에 치목은 혼자 속으로, '무신 새끼?' 하고 빈정거리듯 반문했지만 그런 내색은 조금도 하지 않았다.

"방금 말한 그 캉유웨이는…….."

인보는 잠시 뜸을 들이듯 말을 멈추었다가 계속했다.

"과거시험을 보기 위해 각 성에서 모여든 1,300여 명의 지식인들과 함께 광서 황제에게 상소를 올렸지요."

숫자에 약한 치목은 그만 어지러움을 느꼈다.

"무슨 상소인뎁쇼?"

이번에도 입을 연 것은 홍억이었다. 그러자 인보는 제 지식과 식견을 더욱 뽐내듯 하였다.

"조약 체결에 반대하는 글이지요. 흐~음."

다른 손님들이 있는 방에까지 들릴 정도로 기침 소리가 컸다. 목소리는 병아리가 내는 것 같은 자에게 너무 어울리지 않았다.

"아, 조약 채갤에 반대하는 글이라꼬예?"

소리야 어쨌든 치목은 자신도 모르게 감탄했다. 그러고는 다시 한번 저렇게 잘난 선비를 만난 건 엄청난 행운이니 놓쳐서는 안 된다고 다짐했다. 사주팔자에서 곧잘 들먹거리는 이른바 '귀인貴人'을 만난 것이다. 무슨 방향에서 밝은 빛이 뻗쳐 와서 도와주고 어쩌고 한다는 따위 이야기였다.

치목은 숨결을 가다듬었다. 하여튼 맹쭐을 저렇게 유식한 선비에게 맡겨만 놓으면, 얼이란 놈뿐만 아니라 억호 자식들인 동업과 재업, 비화 아들 준서 같은 것들에게 절대로 뒤처지지 않으리라 보았다.

'그리만 되모 장땡이다.'

남들은 잘 몰랐지만 치목은 배운 것이 많은 젊은것에게 항상 크나큰 증오심과 경계심을 품고 있었다. 특히 어릴 적부터 글공부와는 아예 담을 쌓고 '강목발이' 같은 대도大盜가 되고 싶어 했던 맹쭐이, 장차 혹시 그런 피라미 같은 것들에게 당하지나 않을까 크게 우려했던 게 사실이었다. 그는 창졸간에 마음이 조급해지기 시작했다. 마음이 조급해지니 말도 조급하게 나왔다.

"그 캉, 캉…… 이라쿠는 사람, 우, 우찌 그리키나 겁나거로 대단한 일을 하, 할 수 있었지예?"

인보는 막 입으로 가져가던 술잔을 느릿느릿 도로 상머리에 내려놓더니만, 지금 그곳이 자기 안방이기라도 한 것처럼 한껏 느긋한 어조로 대답했다.

"캉유웨이는 본래 저 광둥성 난하이현 출신 사람인데……."

그냥 국으로 가만히 듣고 있기만 하면 될 텐데 치목은 덩치 아깝게 굴었다.

"예? 아, 예."

인보는 그런 치목을 눈 아래로 보는 태도였다.

"홍콩과 상하이 등지를 돌아보면서 서양의 도시 문명을 알게 되었지요. 흐음."

치목은 입을 있는 대로 쩌억 벌리며 비명 지르는 사람처럼 하였다.

"호, 홍콩! 사, 상하이!"

"이건 아시오."

홍억이 어깨를 으쓱하며 치목더러 일러주었다.

"우리 고 선비님께서는 일찍이 고종 황제 폐하의 명을 받잡고, 저 보빙사 일행으로 미국 대통령까지 만나고 오신 정말 대단한 분이오."

손님들이 자꾸자꾸 들어오는지 마당이며 여러 방에서 나는 소리가 점점 커짐과 동시에 거칠어지고 있었다. 하지만 그 소음은 들리지 않고 홍억의 그 말만 귀에 들어오는 모양이었다.

"허~억! 패하의 맹? 미국 대통령?"

치목은 금세 숨넘어갈 사람 같아 보였다. 당장이라도 일어나 인보에게 큰절이라도 올릴 것처럼 하며 자세를 바로잡기까지 했다. 기껏해야 배봉의 재취에 지나지 않는 운산녀를 떠받들어 모시는 것에 비하면 이건 양반놀음도 한참 양반놀음이었다.

"아, 아니요."

인보는 속마음과는 전혀 달리 겉으로는 아주 겸손한 사람처럼 굴었다.

"뭐 별것 아니에요. 그 정도는 누구나……."

치목이 불경스럽게 감히 인보 말을 끊었다.

"아, 아입니더! 아모나 할 수 있는 기 아이지예!"

홍억의 입귀가 아무도 모르게 살짝 말아 올라가고 있었다.

"허어, 참."

인보는 답답하고 민망스럽다는 표시로 혀까지 차 보였다.

"증말 이러키나 훌륭하고 훌륭하신 대 선비님을 직접 만내뵙거로 돼서, 이 치목이 일생 최고의 영광입니더, 영광예."

치목은 솥뚜껑 같은 주먹으로 두툼한 제 가슴팍을 아플 정도로 두드려 보이기까지 했다. 옆에서 듣고 있던 홍억은 약간 난감한 표정으로 자기를 바라보는 인보에게 보일락 말락 또 한쪽 눈을 찡긋해 보이고 나서 입을 열었다.

"서양 열강들 때문에 중국 영토는 갈기갈기 찢기고 나라가 망할 수도 있는 위험에 빠져 있다고요?"

치목은 홍억의 그 말에도 크나큰 충격을 받은 빛이었다.

"주, 중국이 마, 망한다꼬예?"

그에게 중국 같은 대국이 망한다는 이야기는 지구 땅덩어리가 무너져 내려앉는다는 소리보다 더한 말이었다.

'역시나 내는 우물 안에서만 활개 쳐쌌는 개고리였던 기다.'

치목은 속으로 연해 탄식해 마지않았다.

'아, 시상은 올매나 크고 넓고, 또 올매나 똑똑하고 잘난 인간들이 사는 데꼬?'

되돌아보면 강보에 싸인 아기같이 운산녀 치마폭에 휘감겨 허송해온 나날이었다. 가끔 운산녀가 던져주는 단돈 몇 푼에 침을 질질 흘리며 흡사 허기진 개, 돼지처럼 허겁지겁 집어삼키면서 살아왔다.

'짐승매이로 살아온 기라.'

그러자 정말 짐승이 되었는지 당장이라도 일어나 방 안을 네다리로 기어 다니고 싶은 충동을 받았다.

'하모, 내는 꼬랑지만 안 달린 짐승인 기라.'

살아오면서 환락은 없고 더러운 인생살이다.

'비화나 해랑이겉이 젖내 폴폴 나는 기집들도 저리 크기 떵떵거림서 살아가는데, 천하의 이 민치목이가 이기 무신 꼬라지고 말이다!'

아내 몽녀만 그 흐리멍덩한 눈처럼 그렇게 강단 없이 지내온 줄로 알았더니 그 자신도 마찬가지였다. 아니, 오히려 더 비참하고 못난 세월이었다.

치목이 그런 자조와 후회에 흠뻑 빠져 있는 동안에도, 꼭 달나라나 별나라 이야기 같은 인보와 홍억의 대화는 사람을 놀리는 듯 겁주는 듯 지속되었다.

"량치차오라고요? 량치차오."

"흠."

"그자는 또 어떤 인물이기에?"

"아, 그 인물이야 뭐 그저 그렇고 그래요."

"그래도 우리 같은 사람들이 볼 때는 안 그런뎁쇼."

"그게 아니래도 그러시구먼."

"그러니 더 말씀해주십쇼."

그런데 홍억이 무어라 해도 인보는 그냥 제 소견대로만 이야기를 이끌어갔다. 참 대단한 아집이었다. 하기야 관기 효원을 손에 넣으려고 자그마치 천 리나 떨어진 남방 고을까지 무작정 따라붙은 작자이니 더 무어라 이를 필요도 없었다.

'그때가 좋았지, 그때가 좋았어.'

강득룡 목사의 영접을 받으며 고운 기생들에게 둘러싸여 촉석루 현판에 새겨진 한시들을 읊조리던 기억은 그의 뇌리에서 영원히 지워버리지 못할 것이다. 그는 이제 스스로 자기 이야기에 흥미를 잃어갔다. 그래 건성으로 말하였다.

"캉유웨이는 량치차오를 비롯한 여러 유신파 지식인들과 함께 조직을 결성하여 신문을 발행했다고 하더이다."

홍억의 추임새는 끝을 몰랐다.

"호오, 신문을?"

치목은 조선에도 신문이라는 게 있다는 소리는 벌써 들었다. 하지만 아직 한 번도 직접 보지는 못했다. 더군다나 치목 마음을 휘어잡기 위해 철저히 계산된 인보 이야기는 가히 신비스럽게 들렸다. 그러잖아도 본디 허풍이 대단히 센 인보였다. 그러한즉, 치목은 생전 듣지도 보지도 못한 먼 이국땅에 와 있는 기분이었다.

'저기 다 무신 말이고?'

프러시아(독일)가 산동반도의 자오저우만을 점령하고, 아라사(러시아)가 뤼순과 다롄을 강제로 조차했다느니 하는 따위 소리들은, 치목이 두 귀 빠지고 나서 지금까지 들어왔던 그 어떤 수수께끼보다도 어렵고 낯선 이야기들이었다. 하여튼 그런 사건들이 벌어지자 청국 유신파들은 '망해 가는 나라를 구하고 생존을 도모하자'는 구호까지 외쳤다는 것이다.

"그런데 조선의 묵은 제도를 새롭게 고치려는 바람은 아직도 묘연하기만 하다오."

"죽어나는 것은 조선 백성인뎁쇼."

인보와 홍억은 주막에서 밤샘하려는 사람들로 보였다.

"자아, 모도 한잔들 하이시더. 커~어. 술맛 조오타!"

그러잖아도 평상시 말술을 마다하지 않는 치목은 그들 대화를 들을수록 한층 목이 타서 그야말로 찬물 들이켜듯 술을 퍼 대고 있었다. 지독한 갈증이었다. 상민이나 천민이 아닌 중인계급 출신임에도 많이 배우지 못하고 많이 가지지 못한 그 자신에 대한 어설픈 연민, 더 나아가 스스로에게 혐오감까지 품게 하는 강렬한 목마름에서 헤어나지 못했다.

'어? 그란데 각중애 와 이약이 저렇노?'

그런데 언제부터일까? 치목이 혼자 속으로 그렇게 허둥거리고 있다가 어느 순간에 보니 갑자기 엉뚱스럽게도 화제가 여자 쪽으로 돌아서 있었다. 어쩌면 그건 당연한 남자들 술자리 흐름이기는 했다.

하지만 치목의 좁고 얕은 생각에 비춰볼 때, 고인보라는 선비처럼 점잖아 보이고 서권향이나 풍기는 선비는, 밤새워가며 술을 마셔도 학문이나 나라 이야기나 하지 여자 말은 꺼내지 않을 것이라 믿었다. 그게 정상일 것으로 판단했다.

'하, 저거 봐라?'

그러나 실제로는 그런 것이 아니었다. 천한 상것들보다 훨씬 더 노골적인 이야기를 함부로 지껄여대고 있었다. 그것은 지금 인보 머릿속에는 오직 한 여자, 저 기녀 효원밖에 없다는 증거이기도 했지만, 아무것도 모르는 치목이나 홍억에게는 하늘 같은 양반 체면 구기는 소리에 몹시 놀라지 않을 수 없었다.

'가짜배기 양반 배봉이 겉은 인간하고는 다릴 줄 알았더이만.'

치목은 시간이 흐를수록 예상치도 않은 실망감에 빠져들었다. 심지어

술이 그다지 세지 못한 데다가 주기가 머리끝까지 치밀어 오른 인보는 이미 이성을 다 놓아버린 상태였다. 급기야 그는 그 고을 교방 이야기에 열을 올리기 시작했다.

"조선 북쪽 땅 최고 기생은 평양에 있고, 남쪽 땅 최고 기생은 바로 이 고을에 있다고 하더이다. 크윽."

금방 토할 것같이 하면서도 그는 계속 여자처럼 얇은 입술을 나불거렸다.

"그래서 그런지 노래와 춤은 더 말할 것도 없고, 특히 그 꽃다운 자태와 고운 용모는 과연 천하일색이었소. 크윽."

아직도 목구멍만 술을 보았지 뱃속은 술을 보지 못한 천하의 술꾼 치목은 그만 확 부아가 나면서 숙취처럼 골머리가 지끈거렸다.

'시방 이약할라쿠는 골자가 머꼬?'

치목은 인보가 무슨 이야기를 하려는지 당최 알 재간이 없어 그저 홍억만 멀거니 바라보았는데, 그때 마침 홍억도 같은 감정이란 듯 치목 쪽을 쳐다보는 바람에 두 사람 시선이 공중에서 마주쳤다. 그러자 홍억이 뭔가 모를 의미심장한 눈빛을 기분 나쁘게 지어 보이더니 치목의 동의를 구하는 어조로 말했다.

"술을 더 가져오라고 해야 될 것 같은데?"

그 말이 미처 끝나기도 전에 치목이 거기 방문을 부서지게 벌컥 열어젖히고는 주방 쪽을 향해 소리쳤다.

"주모! 여 술 더 갖고 오소, 퍼뜩!"

열린 방문을 통해 강바람이 안으로 들어오려다가 거기 분위기를 읽고 도로 몸을 돌려세우는 것 같았다.

"예! 예!"

순산집이 이번에는 얼른 술이 가득 담긴 항아리를 통째로 가져다주고는 도망치듯이 방을 나가버렸다. 밤골 댁도 마찬가지였지만 그녀도 그동안 여러 차례나 밤골집을 찾은 치목이 너무나 싫었다. 물론 매상을 팍팍 올려주니 고마운 일이긴 한데, 왠지 그자에게서는 늘 위험하기 이를 데 없는 아슬아슬하고 매우 언짢은 기운이 뻗어 나오고 있었다. 심지에 불만 붙이면 금방이라도 '펑' 하고 폭발할 성싶은 분위기를 유령그림자처럼 몰고 다니는 사내였다.

"누 저 사내 여 몬 오거로 할 사람 없으까?"

순산집은 다른 종업원은 물론이고 주인 밤골 댁이 있는 앞에서도 노골적으로 그런 소리를 꺼냈다. 그러자 밤골 댁도 화를 내기는 고사하고 순산집보다 한술 더 떠서 한다는 말이다.

"가게 문 닫아도 좋은께, 순산집이 지발 오데 가갖고 그런 사람 하나 데불고 오소."

순산집은 안타깝고 부아가 치민다는 투로 말했다.

"한 사람갖고는 저 무시무시한 눔을 몬 당할 거 같다 아이요."

밤골 댁은 정말 끝장을 보자는 모습을 보였다.

"그라모 더 센 자를 데꼬 오모 되제. 산적 두목도 괘안코, 저승사자라모 더 좋것소."

두 사람 대화를 주워들은 한돌재 역시 저주와 비난 섞인 목소리로 말했다.

"조런 인간 주디에 넣어줄라꼬, 내가 밤낮 죽어라꼬 물괴기 잡으로 댕기나?"

그러나 밤골집 식구 누구도 그 사내가 바로 지난날 나루터집 얼이를 죽이려고 했던 범인이란 사실은 꿈에서라도 몰랐다. 그러면 치목은 어땠는가? 그는 당연히 잘 기억하고 있다. 아니, 기억하고 있는 정도가 아니라 새로운 기회를 노리고 있었다.

치목은 얼이의 결정적인 약점까지도 꿰뚫고 있었다. 바로 저 농민군 전력이 있다는 그것이다. 하지만 그 당시 세상 공기는 참으로 기묘할 때였다. 박쥐의 두 마음을 가진 인간들만 들끓었다. 이것도 저것도 아닌, 그야말로 어정쩡한 공기였다.

'옛날에 사람들이 생각하던 농민군매이로 생각했다가는, 오데서 시퍼런 칼이 휙 날라들 줄 안 모르나.'

농민군은 나라에도 저항했지만, 조선을 노리는 일본군을 상대해서도 싸웠던 세력이었다. 그리하여 적어도 그 고을에서는 관아나 세간이나 간에 농민군 출신을 어떻게 대해야 할는지 약간 흐릿한 편이었다. 좀 더 상세히 털어놓는다면, 농민군 출신이 우대받는다는 것보다는 위험한 칼날이나 사금파리 조각처럼 금기시되고 있었다.

'내는 또 알거마.'

그 때문에 얼이는 복수를 하겠다고 선뜻 덤벼들지는 못할 것이다. 만약 문제가 커지면 아무래도 농민군 출신에게 유리할 것은 하나도 없을 테니까. 약자들 편에서 볼 때는 너무나도 억울하겠지만 그런 게 기득권이 누릴 수 있는 특혜랄까 영향력이 아니겠는가.

그때 술이 오를 대로 올라버린 인보 입에서 지금까지보다 다른 사람들을 훨씬 깜짝 놀라게 하는 소리가 나왔다. 속된 말로, 그는 이미 반쯤은 맛이 간 상태인지라 누가 와도 말리지 못할 터였다.

"실은, 나는 이 고을 관기 하나를 찾고 있소."

그것은 폭탄 몇 개를 동시에 터뜨린 것 같은 효과를 나타내었다.

"과, 관기라꼬예?"

"관기, 어떤 관기 말인뎁쇼?"

치목과 홍억이 누가 그러라고 시키기라도 한 듯 한꺼번에 물었다. 그러자 술기운에 완전히 점령당해 이성이 바닥을 드러낸 인보는 스스럼없이 곧바로 털어놓았다.

"효원이라고 하는 관기요."

그 순간, 치목 입에서 단말마 같은 소리가 터져 나왔다.

"예에? 효, 효원!"

홍억보다 몇 배나 경악한 게 치목이었다. 도대체 이게 무슨 소리냐? 여우 두레박 쓰는 소리도 유분수지, 그가 효원을 찾고 있다니?

효원이 누구인가? 바로 교방에서 도망쳐 그 고을을 온통 들쑤셔놓았던 그 관기가 아닌가? 지금은 강원도 어딘가로 이임해 가고 없는 강득룡 목사가 눈알이 벌겋게 되어 찾았다는 걸 알 사람은 다 알고 있다. 한데, 지금 눈앞에 고주망태가 된 채 앉아 있는 고인보라는 이 한양 선비도 그 기녀를 찾고 있다니!

'강 목사가 죽어갖고 그 혼이 저 선비 몸 안에 들간 것가? 안 그라고서야 시상에 이런 일이 있을 수가 없제.'

치목은 한참이나 정신을 차릴 수 없었다. 술 항아리 속에 들어앉은 기분이었다. 대체 이 선비와 효원이란 그 관기는 또 어떤 관계이기에?

'으, 각중애 취한다, 취해.'

그렇지만 치목은 까마득히 모르고 있었다. 지금 그가 술을 마시고 있는 밤골집 옆에 붙어 있는 나루터집의 우정댁 아들 얼이와 그 효원이 연인이라는 사실을 알았다면 치목은 어떻게 했을까?

"나리!"

치목은 정신이 혼미하여 흔들리는 물 위에 앉아 있는 것 같은 느낌인데 홍억이 호기심 어린 얼굴로 인보에게 물었다.

"대체 그 기녀와는 무슨 연고가 있기에 그러시는뎁쇼?"

그러자 인보는 번쩍 정신이 되살아났다. 술기운이 일시에 온몸에서 싹 빠져나가는 것 같았다. 만취 상태에서 입을 함부로 놀리고 말았다.

맷돌로 갈아버릴 요놈의 주둥아리, 그런 소리까지 해버렸다니.

'아, 내가 어쩌자고?'

하지만 벌써 뱉어버린 말이었다. 다시 주워 담을 수도 없게 돼버렸으니 인보로서는 실로 난감하기 그지없었다.

그러나 인보는 예사로운 인물이 아니었다. 하기야 조정에 튼실한 끈이 있는 데다가 고종 황제 명을 받고 보빙사 일행으로 미국 대통령까지 만날 정도였으니, 지금 겪고 있는 그 정도야 너끈히 모면할 만한 재주가 있어야 마땅했다.

"어, 취한다, 취해! 이 집 매운탕 맛이 사람 잡겠구면?"

그는 일부러 실제보다 몇 배 더 취한 사람같이 행동하기 시작했다. 그의 입에서는 나이에 어울리지 않는 노숙한 너털웃음부터 삐져나왔다.

"허허허. 내가 딱 오해받기 쉬운 말을 했구면."

"……."

그는 마차 바퀴에라도 떠받힌 것처럼 멍한 눈으로 제 얼굴을 빤히 바라보고 있는 두 사람을 향해 계속 말을 던졌다.

"사실은 말이오, 지난번에 내가 이 고을에 온 일이 있었다고 했지요?"

홍억이 여전히 미심쩍어하는 눈빛을 풀지 못하고 대답했다.

"그랬습죠. 하지만……."

인보는 상대가 말할 틈을 주지 않고 곧장 입을 열었다.

"그때 여기서 알게 된 어떤 사람 하나가 한양에 와서 나를 만난 적이 있는데, 그 사람 하는 말이 이랬지요."

상대는 듣기만 하는데도 말을 하지 말라고 손을 내저어 제지하는 동작을 취하면서 계속 말했다.

"지금 우리 고을에 있는 효원이란 관기가 교방에서 탈주한 사건이 발생하여 목사가 그 기녀를 잡으려고 난리가 벌어졌다. 그러면서 무엇이 그리도 흥미가 있는지 그 사건에 관해서 콩알 새알 전해주더이다."

"……"

"그래 여기 오니까 갑자기 그 관기가 생각나서, 그래서, 내 한번 해본 소리외다. 허허, 허허."

실없는 그 웃음소리가 어쩐지 허망하게 들렸다.

"하긴……"

홍억이 고개를 주억거리며 말했다.

"오래고 긴 우리 역사 어디에도 없을 그런 희귀한 이야기를 들으니, 저 또한 당장 그 관기 얼굴이라도 한번 봤으면 하는 마음이 들기는 합니다."

그의 뒷말은 방문 바로 밖에서 들리는 떠들썩한 술꾼들 소리에 묻혀 흐지부지되고 있는 느낌이었다.

"그러니 이 사람 심정, 이해가 되지요?"

인보는 잘됐다 싶었는지 두 사람을 번갈아 보면서 다짐받듯 했다.

"그럼요. 전후 사정이야 알 수가 없지만 정말 대단한 기녀가 아닙니까요?"

"그렇지요?"

잠시 술잔들이 심심해 보였다.

"예, 그렇습죠. 어찌 교방에서 달아날 수가 있답니까, 관기가."

"관기로 썩기에는 너무너무 아깝지요."

술은 사람의 상상에 날개를 달아주는 마력을 지녔다.

"상감께서도 들으시면 즉시 대궐로 불러올리실걸요?"

겉보기로는 양반과 중인의 죽이 잘 맞았다.

"그러니까 후궁으로 말이지요."

치목은 이제 입을 꾹 다물고 있고, 홍억이 계속해 인보와 말 상대를 했다. 그것은 홍억이 치목보다 더 취해 있다는 증거였다.

"그런 기녀가 따라주는 술이라면, 신선주가 따로 없겠다는 생각인뎁쇼?"

치목이 지켜보기에 홍억은 언거번거하기도 하고 하여튼 사람이 아주 많이 달라져 있었다. 양반과 노닥거리고 있기는 해도 중인계급이라기보다 천민 쪽으로 좀 더 기울어져 있었다. 그만큼 그의 한양 생활이 피폐한 탓이 아닐까 싶었다.

그때 인보가 술잔을 들었다가 도로 내려놓으면서 술 취한 사람들이 곧잘 그러듯 좀 전에 했던 말과 비슷한 소리를 또 했다.

"그렇지요? 그런 마음이 생기잖소? 하하."

홍억 또한 인보 못지않게 풀어진 목소리였다.

"아무튼 술자리 안줏감으로는 그만한 게 없을 것 같습니요."

그러나 치목은 인보를 훔쳐보면서 내심 고개를 갸웃했다. 아닌 듯했다. 여기에는 필시 중요한 무언가가 깊이 감춰져 있는 것 같았다. 그건 직감이었다. 무엇보다도 그가 이 먼 곳까지 내려왔다는 게 예사로 받아들여지지 않았다.

'머가 있는 기라.'

그런데 또 한편으로는 전혀 다른 것 같기도 하였다. 자세히는 알 수 없지만, 관기 운운하는 시답잖은 소리만 늘어놓은 걸로 미뤄봐서는, 그는 무슨 다른 특별한 용무가 있어 여기에 온 것은 아니라는 느낌도 들었다. 무엇보다 계속해서 몇 시간 동안이나 술잔을 기울이고 있으면서 도시 일어날 생각이 없어 보이는 것도 그렇게 느끼게 하는 이유 중의 하나였다.

하지만 아직은 어느 쪽인지 간파하기가 쉽지 않았다. 그리고 그런 어정쩡한 가운데 그는 더는 관심이 없는 것처럼 해 보이면서도 치목에게 관기 효원에 관해서 짜증이 날 정도로 꼬치꼬치 캐물었다.

"같은 고을에 살고 계시니까 혹시 만나보신 적은 없나요?"

"없심니더."

"그래도 잘 기억해 보면요."

"잘 기억해 봐도 없심니더."

"그런 것은 아닐 텐데?"

"아인 기 아이고 깁니더."

치목 입에서는 처음 그를 만났을 때와는 달리 퉁명스러운 대답이 이어졌다. 저런 자에게 과연 기대도 될까 하는 의구심이 생기려는 걸 억지로 참아냈다. 성깔대로 하자면 벌떡 일어나서 발로 술상을 걷어차 버리고 싶었다.

"아, 길을 가다가 우연히 마주칠 수도 있지 않아요?"

인보는 말 상대 해주기도 역겨울 만큼 거의 필사적이었다. 점점 그를 깔보는 마음이 일기 시작하는 치목은 심드렁하니 내뱉었다.

"한 분도 얼굴을 본 적이 없으이, 길에서 만낸다 쿠더라도 그냥 모리고 지내가지 우찌 알것심니꺼?"

그때쯤 홍억은 지리멸렬하기 그지없는 두 사람 대화에서 식상함을 느꼈는지 하품을 크게 하면서 상체를 좌우로 흔들어대고 있었다.

"그, 그건 그렇겠지만……."

크나큰 실망감에 울고 싶어 하는 표정까지 짓는 인보였다. 붉어졌다가 노래졌다가 하는 치목 얼굴에도 낙담하는 빛이 떠올랐다. 보통 사람들이 교방 관기와 함께할 일이 어디 있겠느냐고 고함이라도 내지르고 싶은 심정이었다.

'이기 아인데? 상황이 안 좋은 쪽으로 가고 있다 아이가?'

갈수록 기운이 빠져버리는 듯한 인보를 지켜보고 있는 치목은 덩달아

맥이 풀렸다. 이쪽에서 무엇이든 부탁하려면 당연히 상대방이 원하는 것을 들어줄 수 있어야 수월할 터인데, 아무것도 해 주는 게 없으니 언감생심 맹쭐을 부탁할 만한 어떤 명분이라든지 체면도 건지지 못할 게 아니겠는가 말이다.

술을 이기지 못해서인지 아니면 다른 생각을 하느라고 그러는 것인지는 몰라도, 이제는 술잔도 비우지 않고 그저 고개만 푹 꺾고 있는 인보를 건너다보며, 치목은 빠르게 머리를 굴리기 시작했다.

'가마이 본께네, 왕맹으로 미국꺼지 갔다 왔다쿠는 선비라는 기 행핀 없다 아이가. 내두룩 기생 이약만 해쌌고.'

홍억 쪽을 힐끔 보니 그는 아예 졸고 있는 중이었다. 그러다가 한 번은 이마빼기를 술상 위에 탁 부딪히기 직전에 얼른 들어 올리기도 하였다.

'우쨌든 효원인가 원혼가 하는 그 관기 있는 데만 알리주모 머시든지 다 해줄 꺼 겉은데, 젠장, 오데 처박히 있는고 알 수가 있나.'

끝내 술상에 머리통을 크게 쿵 내리박은 홍억이 무척이나 아픈지 비명 같은 소리를 내지르고 나서 말했다.

"음식 앞에 놓고 모두 제사 지내는 것도 아니고, 자아, 잔이나 들자고요. 매운탕도 전부 식어버렸는뎁쇼."

머리를 박은 덕분에 술기운, 잠기운이 완전히 달아난 모습이었다.

"좋심니더. 우리가 술 마시로 요 왔지, 천주학재이들맹캐 기도하로 왔심니꺼?"

치목은 자기 앞쪽에 놓인 술을 벌컥벌컥 들이켜고 나서 잔을 거칠게 내려놓았다. 조심은 눈을 닦고 봐도 없었다. 인보도 밑바닥까지 타락한 사람처럼 나왔다.

"이 풍진 세상, 술, 좋지요, 좋아."

하지만 말은 그게 끝이었다. 이제 세 사람 모두가 제각각의 계산속에 빠져 말없이 잔만 기울이고 있었다. 치목이 그 기발한 착상을 해낸 건 새로 가져온 술 항아리도 바닥을 보이기 시작할 때였다.

"아!"

스스로 흥분하여 짧게 소리친 치목은 곧바로 인보를 향해 그 특유의 으르렁거리는 말투로 입을 열었다.

"방법이 영 없는 거는 아입니더!"

순간, 꺾인 갈대같이 푹 숙여져 있던 인보 고개가 번쩍 들려졌다. 그는 일시에 술이 확 깨는 목소리로 물었다.

"바, 방법이 없는 것은 아니라고요?"

치목은 입을 열지는 않고 그 대신 어딘가를 매섭게 쏘아보는 눈빛을 지었다.

"방법이 있다."

홍억도 무척 궁금하고 기대가 되는지 치목 얼굴을 뚫어지게 바라보았다.

"마, 말씀해보시오. 그 바, 방법이란 게 무언지 말입니다."

인보는 즉각 발로 술상을 딛고 이쪽으로 넘어올 것처럼 했다. 치목은 다시 한번 깨달았다. 선비 고인보와 관기 효원 사이에는 뭔가가 있다.

'가마이 있거라, 그렇다모?'

치목은 억제할 수 없을 정도로 굉장한 호기심이 발동하기 시작했다. 한양에서도 잘나가는 선비와 기생으로 유명한 남방 고을 관기와의 관계였다.

'아아.'

치목은 어쩌면 내가 소원하는 것이 예상했던 것보다도 훨씬 더 쉽고 빨리 이루어질 수도 있겠구나! 하는 기대감에 술상에 올라서서 펄쩍펄쩍 뛰고 싶을 만큼 기뻤다. 덩실덩실 춤이라도 마다하랴. 한양으로의 입성이 이리도 금방 눈앞에 보일 줄이야.

"어서요, 어섯!"

능글맞기 이를 데 없는 치목은 온몸이 달아오를 대로 달아오른 인보가 서너 차례나 더 독촉한 연후에야 느릿느릿 입을 뗐다.

"그런께네, 실은 그기……."

"실은 뭐요?"

인보는 곧 집어삼킬 듯한 기세였다. 치목은 상대가 미끼를 물어도 단단히 물었구나 싶었다. 자칫하면 놓칠 수가 있으니까 이럴 때일수록 서두르지 않고 천천히, 아주 천천히 해야 한다.

"이전에 교방 관기로 있다가 시방은 이 고을 최고 갑부 집안 며느리가 된 해랑이라쿠는 여자가 있는데……."

거기서 또 말꼬리를 흐리자 인보가 더한층 안달 나 하는 소리로 물었다.

"해랑이요?"

묵묵부답하는 치목이다.

"그 갑부 집이 어느 집인데요?"

홍억도 인보 못지않게 눈이 빛났다. 이제는 세 사람 모두가 술을 전혀 입에 대지도 않은 것처럼 보였다.

"우떤 집인고 하모요."

치목은 우스울 정도로 심각한 표정을 짓고서 저 혼자서만 앞에 놓인 술잔을 느리게 비운 후에야 대답했다.

"동업직물이라꼬, 근동에서 모리는 사람이 없을 정도로 큰 비단업체인데……."

인보는 끝까지 듣고 있을 인내심마저 말라버린 듯했다.

"그, 그 방법, 방법이란 것부터 말해보시오."

"아, 예. 시방 할라쿠고 있심니더."

치목은 느긋한 태도를 보였다. 상대가 환장할 판이었다. 말도 점잖았다.

"같은 관기 출신인께 둘이 서로 연락을 하고 있지 않것심니꺼?"

"여, 연락을!"

인보는 너무나도 가슴이 벅차오르는지 더는 아무 말을 하지 못하고, 홍억이 고개를 끄덕이며 치목에게 말했다.

"맞소. 그럴 거요."

이번에는 인보 모르게 치목에게 한쪽 눈을 찡긋해 보이고 나서 또 말했다.

"해랑인가 하는 그 여자에게 물어보면, 관기 효원이 있는 곳을 알아내는 거야 땅 짚고 헤엄치기 아니겠소."

그런 다음 홍억은 숨을 헐떡이고 있는 인보에게 고개를 돌리며 말했다.

"나리께서 제 재종을 만나신 것은 정말 어느 곳에 가도 얻지 못할 큰 행운인뎁쇼. 일이 잘되면 한턱 톡톡히 내셔야 합니다요."

인보가 손과 고개를 한꺼번에 내저으며 말했다.

"아, 한턱만 내요? 내 두턱, 세턱, 아니 열턱도 내겠소."

인보는 즉시 자리에서 일어날 동작을 취하며 치목에게 말했다.

"지금 당장 나하고 같이 나가서 그 집을 알려주시오."

치목이 옴쭉도 하지 않고 그대로 앉아 있자 인보는 숨넘어가기 직전이었다.

"일어나래도? 내 말 안 들리오?"

"……."

그러나 치목은 여전히 무어라고 대꾸하기는커녕 아예 몸조차 일으키려고도 하지 않았다. 그런데 그의 그런 행동은 인보를 골탕 먹인다거나

제 몸값을 올리기 위한 목적에서만은 아니었다. 솔직히 다급한 마당에 말은 그렇게 했지만, 결코 쉬운 일이 아니었다.

'내도 이리하고 싶어서 이리하는 줄 아나, 이눔아.'

그가 전해 듣기에, 동업직물 맏며느리를 만난다는 것은 저 구중궁궐에 살고 있는 왕녀를 만나기보다 더 어렵다고 했다. 특히 운산녀 얘기로는, 억호는 의처증이라도 있는지 해랑이 남자고 여자고 간에 다른 사람과 가까이하는 걸 일절 못 본다 했다. 치목은 이런 욕설이 또 튀어나오려는 걸 간신히 참았다.

'지기미! 시상에는 와 이리 쉬븐 기 하나도 없노?'

인보라는 저 선비가 얼마나 힘이 있는지는 모르지만, 그가 제아무리 한양 바닥에서 놀고 있고 왕명으로 다른 나라에 나갈 정도라고 하더라도, 어디 동업직물이 그렇게 호락호락 상대할 수 있는 헐렁헐렁한 가문인가 말이다. 심지어 관찰사나 군수 같은 고위직들도 함부로 대하지 못할 정도로 막강한 세도와 엄청난 재력을 쌓은 대갓집인 것이다. 되새겨볼수록 격세지감을 맛보지 않을 수 없는 노릇이었다.

"이보시오!"

그러나 인보는 갈수록 조급한 모습을 보였다.

"빨리 해랑이란 그 여자를 만날 수 있게 해 달란 말이오, 빨리!"

치목은 도사 앞에 요령 흔들 듯했다.

"자고로 식은 죽도 호호 불어감서 마시라 캤심니더."

"뭐요?"

마구 떼를 써대는 인보는 차라리 유아적幼兒的으로 비쳤다.

"지금 죽 마시는 이야기나 할 때요?"

치목은 손가락으로 술상 가장자리를 툭툭 내리치며 혼잣말을 하였다.

"돌다리도 톡톡 뚜디리 보고 건너라."

"그, 저······."

홍억이 그대로 보고만 있을 수 없었는지 입을 열려다가 그만두는 눈치였다. 그는 또 그 나름의 통발을 굴리고 있었다.

"하! 이거, 하!"

인보는 금방이라도 뒤로 벌렁 나자빠질 사람 같았다. 하지만 상대가 그럴수록 더욱 능글능글하게 나가는 치목이었다. 평소의 자기 장기를 십분 활용하는 품새였다.

"이거는 마, 생각해보모 마, 급하거로 할 일이 마, 아인 거 겉거마예."

인보가 가까스로 마음을 억누르고 큰소리로 물었다.

"그게 무슨 소립니까?"

치목은 이제 방관자처럼 하는 홍억을 흘깃 한번 보고 나서 대답했다.

"우리 함 잘 헤아리보이시더. 대갓집 안방마님으로 수십 맹 비복들을 떡 거느리고 사는 귀하신 몸의 여자가······."

그는 숨이 가쁜 체하며 잠시 말을 멈추었다가 계속했다.

"자기가 감영 교방에 소속된 미천한 관기였다쿠는 거를 인자 와서 새삼시럽거로 입에 올리고 싶것심니꺼?"

거기서 또 끊었다가 흐지부지 말끄트머리를 말아 올렸다.

"내라도 쉬쉬 함시로 기시고 싶을 낀데."

다른 방이나 마당 평상에 있는 손님들도 갑자기 조용해졌다. 남강을 찾은 물새들도 그 순간에는 소리를 멈추는 것 같았다. 한꺼번에 이리 쏠리고 저리 쏠리는 게 단지 인간들만은 아닌 성싶었다.

이번에는 인보도 무어라 다른 말이 없었다. 취중에도 듣고 보니 과연 그렇겠다는 자각이 든 모양이었다.

홍억이 인보가 알지 못하게 치목에게 슬쩍 눈짓했다. 너무 그렇게 기죽이는 소리는 하지 말라는 표시였다. 성공할 공산이 보이지 않는다고 인보가 돌아서 버리면 어쩌려고 그러느냐는 것이다. 치목은 내심 또 한 번 씨부렁거렸다.

'이리하고 있는 내도 죽것다 고마.'

그러나 사실이 그러하니 치목으로서도 어쩔 도리가 없었다. 더군다나 만약 억호가 이런 소리를 듣게 된다면 치목 자신을 그냥 두려고 하지 않을 것이다. 아직까지 완력으로야 쉬 질 것 같지는 않지만 억호가 얼마나 독종인가는 누구보다 잘 알고 있었다. 건드려서 득을 볼 것은 하나도 없는 것이다.

그리고 또 신경을 빡빡 긁어놓는 쪽은 운산녀였다. 운산녀는 어떤 경로든 간에 그가 배봉이나 점박이 형제와 가까이하는 것을 절대로 용납하지 않을 여자였다. 언젠가는 서로가 상대 등에 칼을 꽂으려고 하는 날이 올지도 모르지만, 지금은 아니었다. 사람이든 동식물이든 시기를 잘 맞춰야 제대로 연명할 수 있는 것이다. 심지어 돌멩이 하나도 순간순간에 따라 그대로 있을 수 있고 없어질 수도 있다는 걸 보아왔다.

'우짜든지 꾹꾹 참고 기다리라, 치목아.'

고인보라는 저 덜렁거리는 선비 덕에 한양으로 올라가서 살 그날까지는, 미우나 고우나 공연히 운산녀 눈에 벗어나는 짓은 삼가는 게 제일 현명한 처사였다. 어쨌거나 이건 인보 일이니 그가 알아서 할 일이었다. 오지랖 넓은 짓은 저 남강 물에다 던져버려라.

한양이라 천릿길

　고읍古邑의 성내 영남포정사嶺南布政司 안쪽에 자리를 잡고 있는 관찰사 집무실인 선화당宣化堂.

　지금 그곳은 대단히 어둡고도 무거운 기운에 에워싸여 있었다. 아니다. 위험하기 짝이 없는 분위기라고 해야 할 것이다.

　원래는 경상도 낙동강 서부지역을 총괄하던 이른바 육상방어기구인 경상우병영 관청인 운주헌運籌軒이었던 선화당이다. 운주헌보다 더 이전에는 관덕당觀德堂으로 불리던 곳이다.

　조 관찰사는 아무도 없는 집무실 의자에 혼자 앉아 눈을 감고 있었다. 어떻게 보면 도를 닦고 있는 선승 같아 보이기도 했다. 하지만 그때 그의 가슴속은 울화로 부글부글 끓어오르고 있었다. 잘 보면 인상도 살벌할 정도로 험악해진 상태였다.

　'그놈이 어떤 놈인지 알아내기만 하면 즉시 요절을 내고 말 테다! 천하에 괘씸한! 삼족을 멸하고도 모자랄!'

　미꾸라지에게 뭐 물린다고, 그로서는 전혀 예상치 못했던 불미스러운 일이 발생한 것이다. 한양에 있는 신문에 그에 대한 기사가 그렇게 크게 실릴 줄이야. 정확히 말해서 이 고을에 사는 누군가가 그 신문사에 편지를 보내 그의 만행을 폭로한 것이다.

'간이 배 밖으로 튀어나온 놈이 아니고서야 감히 그런 짓을?'

신문은 심지어 그가 조금 손을 봐준 인간들 이름까지도 세세히 밝혀 놓고 있었다. 그 군郡에 살고 있는 무고한 백성 강중대를 구타해 옥에 가두고는 엽전 만 냥을 빼앗은 후에 풀어주었다는 기사며, 또 같은 군에 거주하는 윤선재에 대해서는 그의 딸을 자신의 첩으로 주지 않는다는 이유로 마구 때리고 옥에 가두었다는 신문기사, 또⋯⋯.

'도삼이사桃三李四라고 했거늘, 내가 너무 서둘렀던 게 탈이었어, 탈.'

복숭아나무는 심은 지 3년이 지나야 열매를 맺고, 자두는 4년이 지나야 결실하게 된다고 했는데 말이다.

'아, 가만!'

문득, 번쩍 뜬 조 관찰사의 샛노란 두 눈에 표독스러운 기운이 일렁거렸다.

'혹시 나루터집 것들이 아닐까? 고것들이 감히 내 앞에서 하는 짓들이 영 마음에 들질 않았단 말이야.'

열불 치솟는 그의 머릿속에 비화와 재영의 모습이 그려지고 있었다. 어지간히 크게 부은 간덩이가 아니고서는 그런 짓을 할 수가 없을 것이다. 아니, 바보가 아닌 한.

'내 요 연놈들을 당장 잡아들여 태장으로 다스린다?'

그러나 그는 억지로 분을 가라앉혔다. 그럴밖에. 가장 중요한 것, 증거가 없다. 그렇다면 증거인멸죄로 몰아볼 것인가? 그런 궁리까지도 해보는 그의 머릿속에 이번에는 또 다른 신문에 실린 소위 '관찰사 송덕가'가 떠올랐다. 참으로 사람이 미치고 칼 문 채 팔짝 뛸 노릇이었다. 세상이 이렇게 변해갈 수가 있을까? 그건 사실은 '송덕가'가 아니라 '원망가'였다.

뿌리 빼인다

뿌리 빼인다

XX 일꾼 뿌리 빼인다

도관찰 사도님은

XX 백성 살리시오

잔민이 도탄하고 관리는 부귀로다

좋을씨고 좋을씨고

촉석 놀음 좋을씨고

잔민의 푼전 빼앗고 무민의 양전 뺏어

촉석루에 높이 앉아

기생 검무만 잠심 한다더라

조 관찰사는 그만 등골이 송연해지지 않을 수 없었다. 조정에서도 이미 그 글을 보았을 터인즉, 언제 갑자기 파면의 칼날이 내리칠는지 모른다. 아니다. 자리에서 물러나는 데서 그치는 게 아니라 목까지 성해 나지 못할 위험도 있다. 그까짓 종이 나부랭이에 지나지 않은 신문이란 게 이렇게 무섭고 강한 것인 줄 몰랐다.

'앞으로의 세상은 그 신문이란 것이 굉장한 힘을 발휘할지도 모르겠군. 그렇다면 나도 나중에 신문사를 하나 만들어볼거나.'

그러나 그건 나중 일이고 지금 그의 눈앞에는 망나니가 긴 칼을 들고서 덩실덩실 춰대는 도살 춤이 나타나 보였다. 권좌에 올라앉아 있다고 섣불리 고을 백성들을 잡아들였다가는 불에 기름을 확 들이붓는 격이 될 공산도 있었다. 쥐도 궁지에 몰리게 되면 고양이에게 덤벼든다고, 힘 없는 백성들이라고 해서 무조건 곤장으로 다스릴 수도 없다는 것을 점차 깨쳐가고 있는 조 관찰사였다. 이제 벼슬아치들에게 봄날같이 좋은 세상은 죄다 가버린 것인가? 인간 평등? 좋아하네. 이런 식으로 나가다가는 종국에는 중국이 인정한 동방예의지국의 백성이 위아래도 모르는 야만인으로 전락하게 될 것이 빤한데 말이지.

'아, 내가 왜 미처 그 생각을 하지 못했지?'

그때 그의 머릿속에 흡사 구원의 손길처럼 붕 떠오르는 얼굴들이 있었다. 동업직물 부자. 임배봉과 그의 아들 억호.

'그렇지! 그자들이라면 믿을 만하지. 그동안 내가 그렇게 많이 뒤를 봐주었으니, 내 부탁 하나 정도야 거절할 수 없을걸.'

팍 구겨진 헌 양철통같이 짜부라져 있던 그의 얼굴이 확 펴이면서 안도의 웃음기가 가득 피어났다.

'조 관찰사 체면도 있지, 내가 직접 전면에 나설 게 아니라 그자들을 내세워야겠다. 감히 감사를 욕보이려는 것들을 처단하면, 쥐도 새도 모르게 해결할 수 있을 것이다. 흐음. 왜 진작 이런 묘책을 생각하지 못했던고?'

그는 크고 폭신한 의자 깊숙이 몸을 파묻었다. 그와 동시에 긴장감이 쫙 풀리면서 그동안 제대로 찾아오지 않던 인색한 잠이 걷잡을 수 없이 마구 쏟아져 내렸다. 선화당 정문 영남포정사 쪽에서 들려오는 까마귀 울음소리를 자장가 삼았다.

조 관찰사가 장차 어떤 험한 사태를 몰고 올지 모르는 무섭고 못된 음모를 꾸미고 있는 그 무렵이었다.

비화는 아버지 호한의 한양 길에 아들 준서를 딸려 보냈다. 이번에도 아버지 오랜 친구 조언직이 안내 역할을 해주는 여행이었다.

"우짤래? 할아부지 뫼시고 함 가볼래?"

비화가 의향을 묻자 준서는 기다렸다는 듯 바로 대답했다.

"좋아예. 지가 잘 뫼실게예."

나루터집과 면해 있는 남강 가장자리에 줄지어 서 있는 버드나무에서 까치 소리가 났다.

친할아버지 술천보다 외할아버지 호한을 더 따르는 준서였다. 슬하에 아들자식을 두지 못한 탓에 친손자 손녀가 없는 호한과 윤 씨 부부는 하나 있는 외손자 준서를 끔찍이도 위했다. 준서에게 거는 기대 또한 남달랐다. 이런 소리도 했다.

"우리가 외손봉사는 안 바랜다. 지 하나 잘되모 그기 최고제."

"그냥 있다쿠는 것만 해도 상구 멤이 좋고 에나 심이 되는 기라."

준서는 얼이와 함께 꼽추 뱃사공 달보 영감의 아들 원채에게서 택견을 배우기 시작한 후부터 완전히 다른 젊은이로 바뀌어져 있었다. 신체만 튼튼해진 게 아니라 정신력 또한 훨씬 더 강인해진 것 같았다. 주위에서들 크게 안도하고 기뻐하였다.

"인자 준서 옴마 근심걱정은 모돌띠리 없어짓다."

"에나 큰인물이 될 낀께 함 두고 봐라꼬."

"난주 잘되모, 니 운제 봤더노? 그라지 마라 캐라이."

"입으로만 그리쌌지 말고 시방부텀 공을 들이놔야제."

"빨간 공? 노란 공?"

무엇보다 비화가 다행스럽게 생각하는 것은, 준서가 제 얼굴에 나 있는 곰보딱지에 크게 신경을 쓰지 않는 대범한 사내로 성장해가고 있다는 사실이었다. 아무튼, 조선 최고의 고장 한양으로 향하는 여행이었으니, 준서의 젊은 핏속에는 미지의 드넓은 세계에 대한 호기심과 가슴 벅찬 희열마저 감돌았다.

그러나 그런 준서 가슴팍 저 깊은 곳에 잔잔히, 아니 격렬하게 굽이치고 있는 큰 감정의 물살을 알고 있는 이는 아무도 없었다. 부모나 조

부모 그리고 친형제같이 지내는 얼이나 혁노도 전혀 알아차리지 못하고 있는, 오직 준서 저 혼자만 품고 있는 비밀이었다. 그런데 그 비밀의 아픔은 너무나 크고 깊어 준서 스스로도 짚어내지 못할 정도였다.

백다미. 백 부잣집 손녀 다미.

그날 나루터집을 찾아온 다미를 처음 본 이후로도 준서는 이런저런 연유로 다미와 여러 차례나 더 마주쳤다. 예쁜 용모와는 달리 질리도록 끈덕진 다미는, 할머니 염 부인 죽음 뒤에는 분명히 어떤 남모를 사연이 감추어져 있을 거라는 확신을 여전히 깨뜨리지 않고 있었다. 그리하여 그것을 알아낼 수 있는 유일한 길은 비화의 입을 통하지 않고는 불가하다는 신념도 더욱 굳어갔다. 언젠가는 그녀가 진실을 말해줄 것이다. 그것은 만나는 횟수가 늘어날수록 처음과는 다른 비화 반응을 보고서였다.

'내를 부담시럽거로 여기심서도, 다린 쪽으로는 반가버하시는 기라.'

다미가 바로 보고 있었다. 비화 마음은 점점 흔들리고 있었다. 영원히 다미를 속일 수는 없을 것 같다는 생각에 사로잡혔다. 그렇지만 무엇보다 비화를 갈등과 회의로 몰아가는 것은, 그렇게 숱한 세월이 흘러갔음에도 불구하고 여전히 배봉가에 대한 어떠한 복수도 하지 못하고 있다는 강박감이었다.

'웬수를 갚는 거는 고사하고 까딱 잘못하모 우리가 더 당할 기다. 주변 상황이 낫아진 기 하나도 안 없나.'

그뿐만 아니라 조 관찰사에게 거금을 빼앗긴 후로 굉장히 의기소침해 있는 것도 사실이었다. 그만큼 동업직물은 상대적으로 강해져 있는 셈이었다.

'갸가 우리 앞에 나타났다쿠는 거는, 하늘이 도우신다쿠는 뜻 아인가 베.'

다미가 아직은 어린 처녀애이긴 해도 그 당찬 면을 볼 때 큰 힘이 돼

줄 것 같기도 하였다. 특히 언제까지고 미룰 수만은 없지 않은가. 준서도 나서야 할 날이 꼭 올 것이다. 하지만 비화는 먼 길 떠나는 준서에게는 그런 속내를 전혀 드러내지 않고 이렇게만 말했다.

"우리가 사는 이 시상이 올매나 크고 넓은지 잘 보고 오이라. 니가 상상도 몬 했던 에나 똑똑하고 잘난 사람들이 천지삐까리라쿠는 거를 알기 될 기다."

그런 어머니 말을 떠올리고 있는 준서 귀에 언직의 이런 목소리가 들렸다.

"요분 여행에는 내가 말이제, 한양에 있는 핵조를 기겅시키주고 싶은데, 준서 니 생각은 우떻노?"

이런 고마운 소리도 했다.

"핵조 말고 해나 딴 거 더 보고 싶은 거 있으모 함 이약해 봐라. 웬간하모 내가 모돌띠리 들어줄 낀께네."

"지는예."

준서는 그렇게 말하면서 외할아버지 얼굴부터 바라보았다. 그러자 호한이 인자한 웃음을 띠며 말했다.

"할배 눈치 볼 꺼 없다. 요분 여행은 준서 니가 최고로 큰 손님 아이가."

준서는 매우 송구스러워하였다.

"그, 그거는 아입니더, 할아부지."

조손간 대화를 듣고 있는 언직 얼굴에 부럽다는 빛이 떠올랐다.

"내는 그전에도 한양에는 몇 분 와봤다 아인가베."

"그래도예."

"그러이 니가 원하는 대로 이약하모 된다."

"지가 원하는 대로예."

호한의 재촉을 받은 준서는 잠시 궁리하는 눈치더니 이렇게 말했다.

"핵조를 젤 보고 싶심니더. 지가 에릴 적에 댕기던 서당이나, 시방 가 갖고 배우고 있는 낙육재하고는 우찌 다린고 알고 싶어서예."

호한이 흐뭇한 표정을 지었다.

"그렇나? 증말 훌륭타. 니 에미 최고 소원도 핵조를 세우는 기라 쿠더마. 특히나 여핵조 말이다."

여학교라는 말에 언직도 그냥 보통 감흥을 받은 얼굴이 아니었다.

"앞으로 호한이 자네 가문이, 조선 최고의 여핵조를 세운 집안이 될 끼거마는."

호한이 손사래를 쳤다.

"이 친구, 농담이라도 그런 소리는 하지 마라꼬. 우리가 우찌?"

그런데 준서는 부정하지 않았다. 그러면서 언직에게 이렇게 말했다.

"그 말씀 안 잊아삐것심니더."

그 말을 들은 언직이 큰 웃음과 함께 손뼉을 쳐가면서 호한에게 말했다.

"천하의 대장군 김호한이도 인자는 손주한테 안 되것거마. 딸내미한테도 그렇다 싶더이. 안 그렇는가베?"

하지만 그는 이내 아쉽고 슬픈 목소리가 되었다.

"늙는 거 앞에는 장사가 없다더이."

호한이 담담한 어조로 응했다.

"사람이 나이 묵어가는 기 똑 나쁜 거만은 아이라꼬 보거마는."

언직도 조금은 수긍한다는 빛이었다.

"하기사 젊었을 적에는 미처 몬 깨닫던 것도, 나이 무우간께 좀 깨닫기 되는 것도 있기는 있더마."

한양 지리에 무척 밝은 언직은 소학교, 중학교, 사범학교, 외국어학교, 의학교 등을 차례로 견학시켜 주겠노라 약속했다.

준서가 맨 처음 가 본 학교는 한창 무슨 강연회를 열고 있었다. 준서는 별천지에 온 것 같았다. 학생들은 준서가 본 적이 없는 신문이라는 것을 읽고 개화 문제에 대해 열띤 토론을 벌이기도 했다. 그 강연회는 열강의 이권 침탈을 규탄하는 모임인 것을 알았을 땐 온몸에서 찌르르 전율을 느꼈다. 새로 태어난 기분이었다.

'그래서 한양이거마. 한양, 그 이름값을 한다 아이가.'

준서로서는 상상조차 할 수 없던 일들이 한양에서는 수시로 벌어지고 있었다. 동시대를 살고 있는 것 같지 않았다.

'똑겉은 우리 조선 사람이 맞나?'

준서는 제 눈으로 직접 보면서도 좀체 믿을 수 없었다. 서양 곡조에 맞추어 지은 창가를 부르질 않나, 생전 듣지도 보지도 못했던 이상한 체조를 하질 않나, 학생 신분이면서도 군인들처럼 군대식 훈련을 받질 않나, 하여튼 거기가 조선 땅이 아니라 어느 먼 남의 나라에 와있는 착각에 빠지게 했다.

"여게 와갖고 본께네, 우리 조선도 참말로 개화되고 있다 아인가베? 개화라쿠는 말이 딱 들어맞는 긴고는 잘 모리것지만도."

호한이 감탄했고, 언직은 이렇게 덧붙였다.

"우리가 나서 자라난 향리鄉里도 한양을 부러버만 할 끼 아이고 우쨌든 쌔이 따라가야 할 끼라 보네. 자네도 그래야 되겄다는 생각 안 드나?"

어느 것 하나도 놓치지 않으려고 두 눈을 크게 뜨고 지켜보는 준서는, 버릇없게 어른들 대화에는 끼어들 수 없었고 그 대신 속으로만 말했다.

'지도 그런 멤입니더.'

그런데 외국인 선교사가 세웠다는 어느 여학교에 갔을 때였다. 그곳

학교 관계자가 건물 창문 밖을 내다보면서 하는 말이 마음에 가시로 걸렸다.

"학비와 기숙사비를 무료로 해준다고 해도 선뜻 오려고 하지 않습니다."

여학생 모으기가 그렇게 힘이 들고 어렵다는 거였다. 남학교와 견주어 다르다면 다르고 같다면 같을 수도 있는 모양과 환경을 갖추고 있는 여학교였다.

"그 이유가 있겠죠?"

한양에 오면 언제나 일시적으로 그런 변신을 보이듯, 언직은 대단히 익숙한 한양 말씨로 물었다. 그러자 빤드르르한 기름칠을 한 것처럼 딱 달라붙은 머리 모양을 한 그 젊은 양복쟁이 남자 입에서는 이런 답변이 나왔다.

"여성의 사회 진출을 꺼리는 조선의 전통적인 관습이 가장 큰 문제인 것 같아요. 이건 악습이라고 봅니다, 악습."

"……."

그 말을 들은 호한과 준서의 눈이 마주쳤다. 둘 다 딸이자 어머니인 비화가 생각난 것이다. 여학교를 꿈꾸고 있는 그녀였다.

"그라고 보이, 준서야."

호한이 자기 가까이 있는 준서에게만 들릴 낮은 소리로 말했다.

"니 어머이는 한양에 갖다 놔도 최고로 살아갈 끼다."

준서는 빙그레 웃었다.

"지도 그리 생각합니더, 할아부지."

퍽 멋들어진 현대식 교사가 세워져 있는 그곳을 나오며 언직이 말했다. 어느새 다시 바뀐 경상도 말이었다.

"암만캐도 신문이 더 큰 역할을 해야 할 수밖에 없을 꺼 겉다."

호한이 가장자리에 빙 둘러가면서 나무들이 심겨 있는 넓은 운동장 중간쯤에서 걸음을 멈추고 물었다.

"그기 무신 말이고?"

준서도 궁금하여 언직을 바라보았다. 신문의 역할.

"시방 열 살이 채 몬 된 아이들은, 저리 핵조가 속속 세워진께 우쨌든 간에 학문을 배울 기회가 안 있으까이."

햇빛을 정면으로 받는 높고 큰 학교 건물을 돌아보면서 그렇게 말하는 언직의 표정이 단순하지 않았다.

"그란데?"

호한이 짙은 눈썹을 그러모으며 물었다. 언직은 예전의 그 '김 장군'을 여기서 다시 보는 것 같다는 생각이 들었다.

"하지만도 시무 살 서른 살 무운 사람들이사 그기 오데 수월하것나?"

교정의 키 큰 히말라야시다는 일정한 방향도 없이 부는 바람이 자꾸만 흔들어대고 있었다. 그것이 준서 눈에는 마치 거대한 공룡이 몸을 뒤척이는 것 같았다. 저 '교육'이라는 이름의 공룡이었다.

"새 학문을 배우기도 가르치기도 에렵것제."

언직의 말에 호한이 알아들었다는 투로 말했다.

"그런께 자네 이약은, 그런 사람들은 신문을 통해서 알 수밖에 없다, 그기제?"

언직은 건물 위로 높다랗게 펼쳐져 있는 하늘로 눈길을 보냈다.

"하모."

호한이 고개를 흔들었다.

"하지만도 신문 구독료도 만만찮고 배달도 심이 들어갖고, 보통 사람들이사 신문 보기도 하늘의 별따기 아이까이."

"그거는 그렇다 쿠데."

언직은 고개를 끄덕였다.

"먼젓번에 내가 한양 와서 들은 소린데 말일세."

여학생들이 부르는 노랫소리가 교실 창문을 통해 지금 그들이 서 있는 곳까지 들려오고 있었다. 가사는 잘 알아들을 수 없었지만, 꽤 경쾌하고 밝은 곡조였다.

"신문 한 부가 배달되모, 몇 맹이라 글 쿠더라?"

언직은 매끈하고 평평하게 잘 닦아 놓은 운동장 흙바닥을 내려다보면서 말을 이었다.

"여든다섯 맹이라던가, 그리 많은 사람들이 돌리서 읽기도 한다 안쿠나."

호한은, 아, 그런 방법도 있구나! 하는 얼굴로 확인했다.

"돌리감서 읽는다, 그 말이제?"

준서도 내심 고개를 끄덕이고 있는데 언직이 아쉬움을 떨치려는 목소리로 말했다.

"그리할 수 있다쿠는 것만 해도 그기 오데고?"

한꺼번에 많은 학생과 교원이 드나들기에 조금도 불편함이 없을 커다란 교문을 천천히 걸어 나오는 도중에도 공감하는 말들이 오갔다.

"하기사! 우리 고을은 그것도 꿈 겉은 이약이고."

"이래서 선각자가 필요한 기라."

"신문사를 맹근 사람이 바로 선각자일 끼거마."

"맞는 소리다."

그곳에 오기 전까지는 아직 한 번도 신문이라는 것을 보지 못했던 준서로서는 하나같이 제대로 이해가 닿지를 않는 소리였다. 그렇지만 세상은 정말이지 무서운 속도로 변해가고 있구나! 하는 실감만은 또렷했다. 굴렁쇠나 수레바퀴보다 빠르게 돌아가는 세상이 다가왔다. 집에 돌아가면 얼이 형과 혁노 형에게도 이런 이야기들을 해주어야지 작정했다.

'모도 내가 하는 이약을 안 믿을라 쿨 기다.'

그러나 준서는 물론이고 호한이나 언직도 전혀 예상하지 못한 사태가 그들을 기다리고 있었을 줄이야. 그것은 조금이라도 더 많은 것을 눈에 담기 위해 한양 땅을 이곳저곳 돌아다니느라 다리도 아프고 허기도 많이 느낀 그들이, 마침 눈앞에 보이는 어느 음식점 안으로 들어갔을 때였다.

아마 길이 다섯 갈래로 나 있어 그렇게 붙였음 직한 '오거리집'이라는 간판이 달린 그 음식점은, 실내에 둥근 탁자가 여러 개나 놓이고 각각의 탁자마다 주위에 둥글게 앉도록 나무 의자가 배치된 구조였다. 크고 투명한 유리창을 통해 이리저리 나누어진 그 길 위를 분주히 오가는 무수한 행인들이 잘 내다보였다. 얼핏 고향의 남강이나 대사지 맑은 물에서 헤엄쳐 다니는 물고기들을 보는 듯했다.

"자, 우리 비어 있는 저 자리에 가서 앉자꼬."

그런데 언직의 말대로 회백 칠이 된 벽면 쪽에 붙은 한 탁자에 가서 앉아 무심코 그 안을 둘러보다가, 저만큼 맨 안쪽 탁자에 먼저 와 있는 사람들을 발견한 그들은, 더없이 소스라치며 눈을 있는 대로 크게 뜨지 않을 수 없었다.

한양이란 곳은 마술쟁이가 술수를 부리는 곳이란 말인가? 지금 거기 누가 앉아 있는가? 정말이지 이런 곳에서 서로 만나게 될 것이라고는 귀신도 몰랐을 인물들이 있지 않은가? 남방 끄트머리에 붙은 작은 고을도 아니고 조선 수도라는 이 거대한 한양에서 말이다.

그자들은, 민치목과 맹쭐 부자였다. 또한 맹쭐의 아들임이 분명한 준서 나이 또래 돼 보이는 사내애도 있었다. 몽녀를 빼고는 치목의 모든 식솔이 총동원되어 있는 것이다. 대체 저들이 어떻게?

그 자리에는 그들 외에도 두 사람이 더 동석했다. 그들은 호한과 준서뿐만 아니라 언직도 모르는 자들이었다. 그들은 바로 얼마 전에 경상도 땅을 밟았던 한양 선비 고인보와 중인 민홍억이었다.

평소 같은 양반 신분에 있는 사람은 말할 것도 없고 중인계급, 심지어 하층민과도 곧잘 어울리는 사람이었다. 그런 면에서 볼 때는 그는 대단히 진보적 인사라고도 할 수 있었다. 그러고 보면 모든 일이 치목이 미리 세워놓은 계획대로 착착 진행되고 있는 모양이었다. 인보를 발판으로 맹쭐을 한양으로 진출시키는 게 그의 바람이었다.

하지만 아무것도 모르는 호한이나 언직은 넋이 빠져나간 듯 멀뚱멀뚱한 표정들만 지었다. 세상 경험이 많지 않은 준서는 더 그러했다. 갈피를 잡기 힘든 마음이 다섯 갈래보다 더 많은 여러 갈래로 나눠지는 느낌이었다.

놀라고 당황하기는 저쪽도 마찬가지인 것처럼 보였다. 그 넓은 한양 땅에서 호한과 언직, 그들과 맞닥뜨릴 줄이야. 혹시나 비슷하게 생긴 사람들이 아닌가 하고 살피는 기색도 엿보였다.

호한의 머릿속에 불현듯 떠오르는 게 지난날 오랜 역사를 가진 소싸움이 벌어지고 있는 남강 백사장에서 공공연히 시비를 걸어오던 치목의 모습이었다. 그 당시는 소긍복이 아직 살아 있을 때였다. 그날 비화를 데리고 나온 호한은 역시 옥진을 데리고 나온 강용삼과 함께 있었다.

'맹쭐이란 늄도 몰라보거로 달라짓거마는. 딱 지 애비 축소판 아인가베.'

그 맹쭐의 눈이 흡사 먹잇감을 발견한 솔개의 그것처럼 준서를 매섭게 노려보고 있었다. 호한은 무관 출신 특유의 뛰어난 감각으로 아주 강한 위기감을 전신으로 느끼며 천천히 숨결을 고르기 시작했다.

한편 준서도 '쿵쿵' 뛰는 심장 소리가 제 귀에 들리는 것 같았다. 식구들한테 들어 잘 알고 있었다. 치목과 맹쭐 부자가 얼이 형을 죽이려고 한 적이 있다는 끔찍한 사실이었다. 외할아버지 죽마고우 소긍복이란 몰락 양반이 치목에게 살해당했다는 것도 모르지 않았다.

'이기 우찌 된 시상이고?'

살인자가 훤한 대낮에, 그것도 조선팔도를 통틀어 가장 사람들이 많이 북적거리는 한양 땅에서, 저렇게 마음대로 쏘다닐 수 있다는 사실이 준서는 너무나 믿기지 않고 서글프고 부아가 났다. 벌써 처형을 시켰어야 할 자들이었다.

그들은 한참 동안 말없이 상대들을 쏘아보았다. 사연을 알 리 없는 인보와 홍억은, 대체 어떤 사람들이기에 치목 부자가 저러는가 하고 호한 일행을 유심히 바라보았다.

'이거는 보통 일이 아이다.'

호한은 내심 단단히 각오를 다졌다. 어느 틈엔가 그의 두 주먹은 힘줄이 불거질 정도로 불끈 쥐어져 있었다. 치목이란 놈에 대해 알 만큼 아는 그였다. 결코, 그냥 있을 인간이 아니었다. 특히 이쪽은 준서까지 합해 봐야 모두 셋뿐인데, 자기들은 어른만 해도 무려 넷이었다. 준서 또래까지 하면 다섯이나 되었다.

'그 옆엣것들도 만만찮것고.'

게다가 동석한 일행들 행색을 보니 한양 사람이 틀림없었다. 똥개도 제 동리에서는 더 크게 짖는다는 말이 있는데, 하물며 모든 면에서 더 타산적인 인간들임에랴.

'오늘 일진이 와 이리 사납노? 이 일을 우짜노?'

언직의 안색도 몹시 파리해져 있었다. 하필이면 이런 곳에서 저런 천하 악질들을 만날 줄은 몰랐다. 치목과 맹쭐 부자의 악명은 그도 익히 들어왔다. 제아무리 친구 호한이 무예가 특출한 무관 출신이라 해도 그들을 한꺼번에 상대하기에는 역부족일 것이다. 침착해지기 위해 애를 써도 온몸이 덜덜 떨리는 것은 어쩔 수 없었다.

'저눔이!'

호한의 짐작은 맞아떨어졌다. 치목이 이쪽 탁자를 향해 다가오고 있었다. 어깨에다 잔뜩 힘을 싣고 건들건들하는 모습이었다. 다분히 공격적인 기세였다. 맹쭐도 여차하면 즉시 달려들 태세를 취하고 있다는 게 호한 눈에 똑똑히 잡혔다.

치목은 호한의 바로 앞에서 걸음을 딱 멈추었다. 그곳 음식점 안 공기도 그 흐름을 멎는 듯했다. 거구의 그는 바윗덩이를 방불케 했다. 하지만 의자에 그냥 앉은 채 올려다보는 호한의 몸 또한 절간 사천왕상만큼이나 우람해 보였다. 두 눈 또한 사천왕상 못지않게 무섭게 부릅뜬 상태였다.

'아, 할아부지가?'

준서도 순간적으로 외할아버지 신변에 엄청난 위기가 닥쳤다는 사실을 깨닫고 앞이 캄캄해지고 머리가 아찔했다. 금방이라도 치목의 커다란 주먹이나 발이 외할아버지 몸에 도끼나 화살처럼 박힐 것 같았다. 그렇게 되면 외할아버지는 기절하거나 목숨을 잃을 게 확실해 보였다. 준서는 숨이 막히고 전신에 경련이 일었다.

'와 퍼뜩 안 일나시고?'

그랬다. 호한은 여전히 그대로 앉은 자세였다. 마치 지금 그 상황의 심각성을 전혀 알지 못하는 사람 같았다. 그는 그런 상태로 바보처럼 멍하니 치목을 쳐다보고 있을 뿐이었다. 이윽고 치목 입에서 맹수가 포효하는 듯한 소리가 떨어져 내렸다.

"김 장군! 우리가 외나모다리가 아이라 한양 한복판에서 만낼 줄 누가 알았것소?"

"……."

그것은 거기 음식점 안 사람들이 무엇을 어떻게 해볼 틈도 주지 않고 그야말로 불시에 벌어지고 있는 사태였다.

"거다가 오늘은 말이오, 우리 자슥 손자들꺼정 상갠래(상견례)를 하는 아조 귀한 자리가 됐으이."

호한은 여전히 아무 대꾸가 없었다. 귀머거리에 벙어리가 아닌가 싶을 판이었다. 그러거나 말거나 치목은 도전적인 빛이 확연하게 주먹으로 턱을 쓱 문지르고 나서 말을 계속했다.

"내, 김 장군이 서분하거로는 안 해드리 낀께 기대하소. 흐흐."

그제야 비로소 호한 입이 돌문이나 쇠문처럼 천천히 열렸다.

"기대하컷소."

덩치가 장난이 아닌 두 사내 눈빛이 허공에서 부딪쳤다. 살벌한 분위기를 감지하고 벌써 자리에서 일어나 슬슬 밖으로 피신하고 있는 손님들도 있었다.

"시골 구석지가 아이라 한양인께네 더 잘해드릴 생각이요."

이어지는 치목의 으름장을 이번에는 호한이 곧바로 받아쳤다.

"한양에서는 사람을 대접하는 방식이 우떤고 함 보고 싶거마는."

준서는 외할아버지와 치목 사이를 막아서고 싶었지만, 몸이 오랏줄에 묶인 것처럼 따라주지 않았다.

"호, 호한이!"

그때 언직이 더없이 떨리는 목소리로 호한에게 무어라 얘기하려는데, 치목이 자기 일행이 앉아 있는 탁자 쪽을 각진 턱으로 가리키며 사뭇 협박조로 나왔다.

"시방 저게 앉아 계시는 분들이 우떤 분들인고 모린께네 그런 소리가 벌로 나올 끼라."

치목은 바로 행동을 취하지 않고 자꾸 바람부터 잡았다. 좀 더 천천히 지금의 그 순간을 즐기려는 심보 같았다. 과연 악랄하면서도 소름이 끼칠 만큼 대범한 자였다. 그는 얼핏 친근감이 담겨 있다고 착각이 될 정도로 사근사근하게 굴었다.

"마, 저분들을 소개할 꺼 겉으모……."

호한이 치목 말을 잘랐다.

"친절도 하요."

그때쯤 언직과 준서는 의자에서 일어서 있고, 맹쭐을 비롯한 저쪽 사람들은 그대로 앉아 있었다. 그들은 치목만 무엇을 어떻게 하지 않으면 아무 일도 일어나지 않을 것이라고 판단하는지 약간 태평스러워 보일 지경이었다.

"아즉도 내가 그런 사람인 줄 몰랐는가베?"

치목은 말을 꼭꼭 야물게 씹어 내뱉듯 했다. 그에 비해 호한의 말은 입안에서만 맴도는 것 같았다.

"하지만도 안 알고 싶은께 고만하모 좋겄거마는."

호한의 음성에도 점차 예리한 날이 곤두서기 시작했다. 상황이 갈수록 급박한 방향으로 치닫고 있다는 증거였다.

"친절은 일종의 사기라쿠는 말도 있제."

맹쭐이 아직 어렸을 때 동네 조무래기들과 땅따먹기 놀이를 하면서 '사기'라는 말을 써서 비화가 같잖다고 여긴 바가 있던 사실을 알고 있는 듯한 호한이었다. 치목은 크게 빈정거리는 투로 나왔다.

"와? 겁이 나는가베?"

다른 사람들도 들으라고 그러는지 좀 더 목청을 돋우기도 하였다.

"똑 촌닭이 장에 나온 거 겉은 꼬라지들을 해갖고……."

호한이 또 맞받아쳤다.

"똑 장날 팔리나온 소 겉은 꼬라지들을 해갖고……."

"머?"

일순, 치목 눈썹이 꿈틀했다. 그는 그들을 강하게 의식하고 있다는 증거로, 이쪽을 보고 있는 인보와 홍억을 힐끗 보고 나서 말했다.

"저분들이 시방 그짝에서 핸 그 소리 들었다쿠모, 거 모가지를 싹 빼 갖고 똥장군 마개로 할라쿨 낀데?"

호한은 여유가 넘쳐 보이는 쓴웃음을 지었다.

"아, 한양은 큰 고을이라서 똥장군이 없는 줄 알았더이 있는갑네? 한양 똥장군은 우찌 생깃는고 기경이나 함 해보까?"

이제는 음식점 주인이나 종업원들 그리고 그때까지 앉아 있던 다른 좌석 손님들도 어느 정도 상황을 간파한 눈치였다. 특히 사지가 짧고 몸뚱이는 통통한 여주인은 그 안에서 싸움이 벌어지게 되면 가게 기물들이 파손될 것을 우려해 뜯어말리고 싶어 하는 기색이 역력했다. 그렇지만 호한과 치목의 체구가 하도 크고 분위기도 여간 살벌한 게 아닌지라 선뜻 나서지를 못하는 것 같았다.

"안 일나고 끝꺼지 그리 앉아만 있을랑갑네?"

아직까지는 입씨름이었다.

"내사 안 일나고 싶은데?"

치목이 입술을 일그러뜨렸다.

"내가 그리 겁나나?"

호한은 유람 나와 거리를 구경하는 사람인 양 유리창 밖을 보고 나서 말했다.

"그리 겁나는 거는 머시고, 저리 겁나는 거는 머신데?"

주인이 종업원들더러 어떻게 좀 해보라고 방방 뛰어도 종업원들은 더욱 몸을 사릴 뿐 나서려는 이가 없었다.

"똑 통시에 쪼그리 앉아갖고 오줌 누는 여자매이로 해갖고 안 있나."

치목은 상대방 자존심을 바닥까지 깎아내리는 말도 서슴지 않았다. 하지만 호한은 변함없이 그대로 앉은 자세로 이렇게 대꾸했다.

"똑 통시에 머 주우묵으로 온 개맹캐 서갖고 낑낑거리쌌기는!"

"머라꼬?"

"보통 개 겉으모 사람 말귀 알아들을 낀데 똥개라서 그것도 안 되는 가베."

"이 쌔끼가!"

마침내 솥뚜껑만 한 치목 주먹이 고정된 과녁과도 같은 호한의 면상을 겨냥하여 직통으로 날아들었다.

"할아부지이!"

온 장안을 뒤흔들 것 같은 높은 외침과 함께 준서는 자신도 모르게 그만 두 눈을 질끈 감고 말았다. 절대로 그래서는 안 될 일인데도 그렇게 하고 있었다.

하지만 그것은 극히 일시적이었고 준서 눈은 금방 다시 떠졌다. 그리고 다음 순간, 준서 입에서는 매우 놀라는 소리가 튀어나왔다.

"아!"

그곳에는 눈으로 보면서도 도저히 믿기 어려운 광경이 펼쳐져 있었다. 어떻게 그럴 수가 있을까? 호한은 앉은 자세 그대로 고개만 아주 조금 움직여 상대가 힘껏 내리친 주먹을 고스란히 비켜나고 있었다. 번개 같다는 말은 아마도 호한이 해 보인 그 동작을 일컫는 것이 아닐까 싶었다.

"요, 요 쌔끼가?"

작심하고 시도한 첫 번째 공격이 어이없이 실패로 돌아가자 치목의 두 번째 공격이 숨 돌릴 겨를도 없이 이어졌다. 이번에는 발길질이었다. 적중하게 되면 주먹보다도 훨씬 더 큰 타격을 입을 수밖에 없는 발 공격이었다.

그런데 한층 경악할 사태가 벌어졌다. 과연 그것이 가능한 일일까? 호한은 역시 앉은 그대로 손을 내밀어 치목의 발목을 꽉 움켜쥐고 있었다. 그러자 치목은 한쪽 다리는 공중에 붕 들린 채 남은 한쪽 다리로만 가까스로 버티면서 '어? 어?' 하고 굉장히 당황하는 소리만 계속 내었다.

그렇지만 거기서 그친 게 아니었다. 그다음에는 호한이 흡사 종이 한 장 다루듯이 아주 가볍게 약간 밀어버리자, 치목의 거구는 꼭 썩은 나무 둥치가 무너져 내리는 것처럼 그대로 뒤로 벌렁 나자빠지고 말았다. 한순간에 균형을 놓쳐버린 그는 바로 뒤쪽에 있는 탁자며 의자와 함께 '쿵' 소리를 내며 넘어졌다.

"헉!"

"저, 저런?"

모두는 눈을 의심하고 있었다. 어떻게 저럴 수가? 아마도 거기 누구도 태어나 그토록 대단한 싸움 장면은 일찍이 본 적이 없었을 것이다. 아니, 너무나 짧은 한순간에 벌어진 광경인지라 현실이라고 믿기도 어려웠다.

그러나 사람들이 경탄하고 있을 시간은 그다지 길지 못했다. 미리 정해진 수순처럼 이번에는 맹쭐이 나섰던 것이다.

"쥑이삘 끼다!"

그런 독기 서린 호통을 버럭 내지르면서 의자에서 벌떡 일어선 맹쭐이 이쪽 탁자를 향해 비호같이 덤벼들기 시작했다. 그때였다.

"내하고 하자!"

그런 소리가 나더니 어느새 준서가 맹쭐 앞을 막아서고 있었다.

"주, 준서얏!"

기겁을 한 언직이 준서와 맹쭐 사이에 끼어들며 소리쳤다.

"다, 다친다아!"

하지만 준서는 마주 서 있는 맹쭐에게서 잠시도 눈을 떼지 않고 심상한 어조로 언직에게 말했다.

"괘안심니더. 고만 뒤로 비키서시소."

그때 또 다른 목소리가 나왔다.

"아부지도 비키이소!"

맹쭐 아들 노식이었다. 우렁찬 그의 목소리는 음식점 유리창을 와장창 깨어버릴 것처럼 날카롭고 위태롭게 다가왔다.

"이 친구, 머하고 있노?"

안색이 새파랗게 질린 언직이 호한에게 더없이 다급한 목소리로 말했다.

"주, 준서가 큰일 날 끼다!"

그런데 호한의 반응이 참으로 기묘하고 야릇했다. 그는 지금 눈앞에서 벌어지려고 하는 위험천만한 그 상황이 전혀 눈에 보이지 않는 사람 같았다. 그뿐만이 아니었다. 천천히 고개를 숙이고 묵묵히 탁자만 내려다보는 것이다. 그런 그에게서는 무엇을 확인하고자 하는 사람으로부터 느낄 수 있는 철저히 의도적이고 노련하기까지 한 분위기가 전해지고 있었다.

"니는 내하고 함 붙어보자!"

노식이 도전장을 던지며 준서를 향해 몸을 날렸다. 할아버지나 아버지 피를 그대로 물려받았는지 노식도 몸이 날래고 힘이 있어 보였다.

한데 기적 같은 광경이 또다시 벌어지기 시작했다. 아직 체구도 얼마 안 되는, 몸도 약해 보이고 얼굴도 하얀 어린 사람이, 어떻게 그런 못 믿을 싸움 기술을 구사할 수 있을까? 그것은 차라리 하나의 예술이라고 이름 붙일 만했다.

택견. 맞았다. 원채에게서 배운 택견이었다.

준서가 그 순간에 해 보이는 대결 동작들이야말로 이 나라 전통무예의 연마를 통해 나올 수 있는 걸작이었다. 준서는 겉보기로는 그냥 슬쩍슬쩍 몸만 놀리는 성싶은 그런 기술로 노식의 거칠고 사나운 공격을 막아내고 있었다.

'아, 택견이 이리 대단한 것인 줄은 몰랐다.'

택견을 구사하는 당사자인 준서도 내심 깜짝 놀라고 있었다. 상촌나루터 강가 모래밭에서 여러 수련생과 함께 연습만 해왔을 뿐이지 실전에서 사용해 보기는 이번이 처음이었다.

"허!"

"이, 이게 대체?"

"아, 저것이 어떤 무술이기에?"

거기 있는 사람들은 너나없이 입을 다물지 못했다. 믿을 수 없는 장면이 한 번도 아니고 두 번이나 펼쳐지고 있었다. 손님들은 물론이고 심지어 주인과 종업원들조차도 넋을 놓고 그 현장을 지켜보고 있었다.

그다음 순간이었다. 그때까지 계속해서 쭉 노식의 공격을 막아내기만 하던 준서가, 문득 손인가 발인가로 상대방 발목을 슬쩍 거는가 했더니, 노식의 몸이 그대로 바닥에 나뒹굴고 말았다.

"……."

노식을 쓰러뜨린 준서가 아무 말 없이 조금 전까지 그들이 앉아 있던 탁자를 돌아보았을 때 그곳에는 호한이 없었다. 준서가 얼른 눈을 돌려 보니 호한은 어느새 음식점 문 바깥으로 나가는 중이었다. 그의 뒤를 언직이 서둘러 따라붙고 있었다.

앉은뱅이로 만들다

"어머이!"

"누야!"

낙육재에 공부하러 갔던 준서와 얼이가 나루터집 문간 안으로 뛰어들면서 비화부터 찾아 난리였다.

그건 영원한 그의 보금자리 같은 가게 입구 계산대에 앉아 있던 재영이 잠시 측간에 다녀오느라 자리를 비운 사이였다. 강가에 바람 쐬러 나갈 때는 다른 사람에게 인계하고 그 위치를 벗어나는 재영이었다.

그러자 주방문이 얼른 열리고 비화가 얼굴을 빠끔 내밀면서 낮은 소리로 나무랐다.

"손님들 계시는데 와 이리 시끄럽노?"

이제는 아주 익숙한 솜씨로 보기 좋게 단단히 앞치마를 두른 우정 댁도 비화 어깨너머로 한마디 던졌다.

"호떡집에 불났는갑네?"

원아는 등을 보인 채 달그락거리는 소리를 내며 그릇 씻기에만 바빴다. 안 화공이 붓을 들면 옆에서 난리가 나도 모르는 것처럼, 원아 또한 설거지에 빠지면 동네 굿이 벌어져도 알지 못했다. 그런 면에서도 그 두 사람은 천생연분이라고 할만했다.

"그기 아이고예."

준서보다 성질이 몇 배 급한 얼이가 주방에서 나오는 비화 팔을 함부로 잡아끌면서 불같이 재촉했다.

"안채로 들가서 이약하이시더."

비화는 무슨 예감에 안색이 달라지면서 물었다.

"와?"

그래도 얼이는 막무가내였다.

"퍼뜩예."

'무신 일인데 그라노?'

그렇게 묻는 비화 눈길이 준서 얼굴로 갔다. 얼이 못지않게 퍽 상기된 낯빛이었다. 하지만 나이가 위인 얼이보다도 침착한 모습만은 잃지 않고 있었다.

비화는 그런 준서가 대견스러우면서도 마음 한구석이 봉창 하나 나 있지 않은 좁은 방처럼 답답했다. 저주의 마마신이 할퀴고 가버린 얽은 얼굴, 빡보 얼굴이 준서를 그런 '애 영감'으로 만들었을 거라는 아픈 자각 때문이었다.

"안 있심니꺼?"

그들이 가게채와 경계를 지우며 서 있는 나무들 옆을 지나 살림채로 들어가 마루 끝에 걸터앉기 바쁘게 얼이가 말했다.

"조 관찰사가 파맨됐답니더! 쫓기났다꼬예!"

"머? 조 관찰사가?"

비화는 매우 놀라 눈을 둥그렇게 떴다. 너무나 믿기 어려운 소리가 아닐 수 없었다. 조 관찰사가 파면되다니. 그렇게 제멋대로 굴던 이 고을 최고 권력자가 아니냐.

"우짜다가 그리 됐다 쿠는데?"

비화 말끝이 마구 흔들려 나왔다. 가게채 지붕 위에 한 줄로 길게 늘어앉은 참새 떼들이 조잘대고 있었다. 마치 그것들도 놀랍다고 서로 이야기하는 것처럼 보였다.

"우리 고을 우떤 사람이 말입니더."

이번에도 준서보다 얼이가 먼저 대답했다.

"글을 써갖고 독립신문에 보낸 모냥이라예."

비화 눈이 더 커졌다.

"독립신문?"

"예, 어머이."

준서가 처음으로 입을 열었다.

"서재필이라쿠는 사람이 맨 첨 맨든 신문 안 있심니꺼, 한양에서 발행하는 거예."

비화는 두 사람 얼굴을 번갈아 바라보았다.

"그런 신문이 있다쿠는 소리는 내도 들었다."

가게채 지붕 위에 올라앉은 참새들 가운데 몇 마리가 날개를 퍼덕거리려가며 살림채 지붕 위로 옮겨와 앉고 있었다.

"그란데 그 신문에다가 말이가?"

비화 반문에 다시 얼이가 말했다.

"조 관찰사의 만행을 폭로하는 글을 거다가 띄운 기라예, 우리 고을 사람이."

편지를 보냈다는 얘기였다. 흥분된 비화 낯이 붉었다.

"그 사람이 누꼬? 눈데 그러키 엄청시런 일을 했으꼬?"

얼이는 그 일을 한 사람이 누구인지가 중요한 게 아니라 그 일 자체가 중요하다는 듯 각인시켰다.

"하여튼 그런 일을 했다쿤께네예?"

준서도 그 대단한 사람이 어떤 사람인지 궁금하기는 마찬가지라는 표정이었다.

"어머이도 알고 싶으시지예?"

비화는 아직도 심장이 뛰는 모습을 보였다.

"으응, 응⋯⋯."

준서는 가게채 지붕 위에서 일제히 공중으로 휙 날아가고 있는 참새 무리를 올려다보며 말했다.

"하지만도 그거를 누가 알것심니꺼?"

"모린다꼬?"

비화 그 말에 준서는 손가락 끝으로 마룻바닥을 누르면서 말했다.

"예, 지 생각에는 그렇심니더."

비화가 고개를 끄덕였다.

"시방 바깥에서도 사람들이 안 있심니꺼, 그 사람이 눈고 그거를 젤 궁금해하고 있다 쿠데예."

준서 말꼬리를 물고 얼이가 고집스럽게 나왔다.

"그보담도 그런 일을 했다쿠는 기 더 굉장하다꼬 생각 안 해예?"

비화가 또 고개를 끄덕였다.

"그거는 얼이 니 말이 맞다."

얼이가 그 보란 듯 씨익 웃었다. 언제나 철이 들려나. 비화는 그런 생각을 하다가 문득 저 임술년에 비명에 간 천필구가 떠올라 심정이 먹먹했다.

"죄가 하나도 없는 울 아부지를 잡아가갖고 그리키나 괴롭히더이, 고마 천벌을 받은 거 겉어예."

준서 말을 들은 얼이가 주먹을 세게 휘두르며 큰 소리로 말했다.

"하모, 하모, 준서 니 말 그대로다."

비화는 천천히 눈을 감으며 되뇌었다.

"천벌."

사람이 감옥에 갇혔다가 성한 몸으로 무사히 풀려나왔으니 그보다 더 다행스러운 일은 없지만, 그래도 조 관찰사에게 갖다 바친 엄청난 돈 액수를 떠올리면 속이 더없이 쓰리는 건 어쩔 도리가 없었다.

'자꾸 시간만 보내모 안 되는데 우짜노.'

그랬다. 아무리 용을 써도 앉은뱅이 용쓰는 짓이었다. 그만한 돈을 다시 모으려면 몇 년이 걸릴지 모른다. 더욱이 해랑의 큰 활약에 힘입어 동업직물 자산은 여러 곱절로 불어나 있다는 것을 생각하면 가슴이 바싹바싹 타들어 갔다.

'옥지이, 아니 해랑이 니가, 니가.'

읍내장 동업직물 점포 앞에서 자기네 비단옷을 입고 춤을 추던 해랑 모습이 아직도 눈에 선했다. 혼자 무대 앞으로 나와 서서 그 해랑을 노려보던 비화 자신의 모습도 또렷하게 뒷걸음질 쳐왔다.

송이 엄마에게 점장을 맡기고 나루터집 제1호 분점에는 될 수 있는 한 나가지 않는 비화였다. 만약 조 관찰사에게 천문학적인 거금을 뜯기지만 않았다면 지금쯤 제2, 제3호 분점까지는 늘렸을 것이다.

관찰부청이라는 말만 들어도 살점이 떨리고 피가 거꾸로 도는 성싶었다. 화약으로 그곳을 폭파해버렸으면 했다. 하지만 그때까지는 비화도 내다보지 못하고 있었다.

정부의 개화시책과 관제개편에 이어 일제 간섭을 받은 관찰사 권한이 갈수록 점점 줄어들면서 끝내는 교활한 일제 허수아비로 전락하고 말게 되리란 건 알지 못했다. 그리하여 일본인이 선화당 주인이 되면서 악덕 조선인 관리가 있을 때와는 비교가 아니게 더한층 힘들고 더러운 고초를 겪게 되리란 것도 짐작하지 못했다.

"우리는……."

"그래라."

비화에게 그 소식을 전하고 난 준서와 얼이는 곧장 또 밖으로 달려나갔다. 아까 집으로 오면서 보니까 상촌나루터 가장 넓은 공터에서 유랑 예인집단 남사당패가 신나게 펼치는 풍물놀이가 한창이었다. 상촌나루터 사람들은 전부 구경나온 것처럼 그 일대는 인파로 넘쳐나고 있었다.

어제 처음 봤을 때는 한마당 크게 놀아볼 채비를 하느라고, 줄타기할 줄을 높이 매고, 꼭두각시놀음의 포장 막과 공터 한가운데에 '버나'와 '살판', '덧뵈기' 등을 연희할 멍석을 대여섯 장이나 깔고, 하여튼 정신없이 바빴었는데 드디어 오늘 남사당놀이가 벌어지고 있었다. 하지만 그 놀이판을 구경하는 것도 좋았지만 그보다도 집안 어른들에게 조 관찰사의 파면 소식부터 전해주는 것이 더 급하고 중요했기에 집부터 들른 후에 다시 나왔던 것이다.

"어? 준서야."

"새이야, 와?"

강바람에 두 사람 머리카락과 옷자락이 나부꼈다.

"풍물놀이는 하매 다 끝나삐고 인자 다린 거를 하고 있는갑네?"

"그렇나? 오데 함 보자."

얼이가 아쉽다는 듯이 하는 말에, 어제 다르고 또 오늘 다르게 키가 훌쩍하니 큰 준서가 사람 울타리 너머로 바라보니 풍물 다음으로 노는 버나가 한창이었다.

한 버나잽이가 쳇바퀴와 대야, 대접 등을 앵두나무 막대기로 부지런히 돌리고 있는데, 그냥 단순히 그 묘기만 하는 것이 아니라 소리꾼인

'매호씨(어릿광대)'와 무슨 재담을 주고받기도 하였다.

"히야! 저기 오데 구신이제 사람이가?"

"에나 돌리는 재조 하나 쥑이주거마. 청승이다, 청승."

"청승은 오그라들고 팔자는 늘어졌다?"

"오징어 이약하는 것가, 능수버들 이약하는 것가? 여럽거로."

구경꾼들 사이에서는 별의별 소리가 흘러나왔다. 그만큼 분위기가 무
르익어가고 있다는 증거였다. 그렇게 사람들을 아주 신명이 나게 해 주
어도 일정한 보수가 없고 단지 숙식을 제공받고 마을을 떠날 때 마을 사
람들이 자진해서 주는 노잣돈이 전부였지만 남사당패는 밤새워 연희하
기도 했다. 그런 사실을 아는 준서는 그들이 좀 안됐다는 마음도 들었
다. 그래 속으로 혼자 중얼거렸다.

'일정한 처소도 없고, 독신 남자들끼리만 모이 있는 거도 그렇고. 사
람이 살아간다는 거, 그기 바로 기적이 아인가 시푸다.'

그런데 조금 있다가 버나잽이는 쳇바퀴 등을 내려놓고 이번에는 칼
을 집어 드는 것이다. 소위 '칼버나'를 시작하려는 모양이었다. 그것을
보는 순간, 얼이 머릿속에 당장 검무를 추는 효원의 모습이 떠올라 울
고 싶었다.

'우짜다가 내 겉은 눔을 만내갖고……'

그때부터 남강에 곧잘 끼곤 하는 물안개가 낀 것처럼 뿌예진 얼이 눈
에는 버나가 제대로 비치지 않았다. 갈수록 구경꾼들 환호가 한층 더 크
게 터져 나왔지만, 그의 귀에는 오직 가만가만 속삭이던 효원의 목소리
만 들렸다. 간혹 불어오는 강바람 속에도 그를 부르는 그녀의 음성이 섞
여 있는 듯했다.

'되련님, 얼이 되련님.'

그러고 있는 사이에 버나가 끝나고 이제 살판이 벌어지기 시작했다.

'살판쇠'와 매호씨가 재담을 주고받으며 잽이의 장단에 맞춰 정해진 순서대로 곤두질을 치는데 참으로 여러 가지로 놀았다.

앞곤두, 뒷곤두, 번개곤두, 자반뒤지기, 팔걸음, 외팔걸음, 외팔곤두, 앉은뱅이 팔걸음, 수세미트리, 앉은뱅이 모말되기, 숭어뜀…….

"우우!"

"와아!"

"저? 저?"

그 신기에 가까운 재주에 구경꾼들의 함성은 온 상촌나루터를 뒤흔들었다. 남강도 흐름을 멈추고 서서 이쪽을 바라보는 듯했고, 강물 위에 점점이 떠 있는 나룻배들도 그 놀이를 구경하기 위해 땅 위로 나오고 싶어 하는 것처럼 보였다.

꼭두쇠(우두머리)가 아주 흐뭇한 표정으로 '곰뱅이쇠'에게 연방 귓속말로 무어라고 하였다. 어느 마을에 갔을 때 놀이마당을 열어도 좋다는 사전승낙을 받아내는 일을 맡아 하는 단원이 곰뱅이쇠였다.

'좋아, 좋았어. 정말로 수고했다고. 저렇게 열광하는 이곳 사람들에게 승낙을 받아낸다고 말이야.'

아마도 꼭두쇠는 그런 말을 하고 있는지도 몰랐다. 그때 여장女裝을 한 단원 하나가 꼭두쇠에게 다가가고 있었다.

그는 '삐리'였다. 각 연희분야의 선임자인 '뜬쇠'의 판별에 의해 적당하다고 인정되는 연희에 배속되어 잔심부름부터 시작해서 한 가지씩 기예를 익힌 뒤에 '가열(자기에게 해당되는 놀이의 예능을 익힌 단원)'이 되는 삐리는, 가열이 되기 전까지는 그처럼 여자 복색을 하고 있는 것이다.

그 삐리는 꼭두쇠한테서 무슨 지시인가를 받고는 '저승패'와 '등짐꾼'들이 모여 있는 포장막 뒤편으로 부리나케 걸음을 옮겨놓고 있었다.

"아, 인자 줄타기 순선갑다, 성아."

살판쇠가 물러가고 '어름'을 하는 '어름산이'가 높은 줄 위로 올라가는 것을 보고 준서가 얼이에게 말했다. 그러자 얼이는 멍청하게 있다가 갑자기 옆구리를 찔린 사람처럼 보였다.

"어?"

"……."

"그, 그렇거마."

"새이야."

준서가 눈을 크게 뜨고 얼이를 보았다. 그러고는 곤혹스러워하는 표정의 얼이에게 물었다.

"와? 재미없는 기가?"

자기가 형이고 얼이가 동생이기라도 하듯 말했다.

"그라모 고마 집으로 가까?"

얼이가 황급히 손을 내저었다.

"아, 아이다. 와 재미가 없어? 재밋다."

남강에 서식하는 두루미같이 목을 길게 빼고 지금 어름산이가 올라가 있는 높은 줄을 올려다보면서 말했다.

"끝꺼지 다 보고 가야제."

말없이 그를 빤히 바라보는 준서의 시선을 모르는 척 가장하였다.

"저거 봐라. 줄 우에서 노래도 잘하고 몸도 멋지거로 흔들어쌌네, 그 자?"

"해나, 성."

준서가 구경꾼들이 운집한 주위를 둘러보며 낮은 소리로 물었다.

"그 여자, 효원 처녀 생각하고 있는 거 아이가?"

"머?"

얼이는 들어서는 안 될 소리를 들은 사람처럼 했다.

"짜아식이 시방 무신 소리 해쌓고 있노?"

준서는 시큰둥한 얼굴로 받아넘겼다.

"아이모 됐고."

그러고 나서, 재담을 주고받고 있는 어름산이와 매호씨 쪽으로 고개를 돌려버렸다. 지나가는 구름이 높은 줄에 걸려 오도 가도 못 하는 것 같이 보였다. 그것을 쳐다보고 있는 준서 마음 역시 자유롭지 못했다.

여하튼 서로 재담을 주고받으며 잽이의 장단에 맞춰 진행되는 것이 앞서 보았던 버나나 살판의 경우와 비슷한 탓인지는 몰라도, 그때부터 두 사람 모두 처음보다는 좀 시들해진 것처럼 보였다. 남사당놀이가 아무리 신이 나는 것이라고 해도, 그들 심경 또한, 덩달아 그렇게 되지는 못할 수밖에 없는 게 현재 그들이 처해 있는 현실인 것이다.

"줄은 다 탔고, '덧뵈기'는 머를 비이줄랑고?"

구경꾼들 속에서 문득 들려오는 그 소리에 그들은 비로소 언제부터인가 자기들 시선이 줄에 가 있었던 게 아니고 아무것도 없는 맨땅바닥에 머물러 있었다는 것을 깨달았다.

어쨌든 간에 마당씻이, 옴탈잡이, 샌님잡이, 먹중잡이의 4마당으로 짜여 있는 덧뵈기는, 그곳 상촌나루터 사람들 흥취에 맞도록 행해졌다.

마지막 한 가지가 남아 있다. 조선 전통인형극 꼭두각시놀음, '덜미'다. 바로 40여 개의 인형과 10여 개의 소도구에 의해 각기 독립적으로 연관된 2마당 7거리를 논다는 그 덜미다. 얼이와 준서는 오광대 놀음판에서 말뚝이 역을 하는 원채에게서 들은 이야기가 기억났다.

"내는 오광대를 하고 있지만도 남사당놀이의 마즈막 연희인 덜미를 상구 좋아한다 아인가베."

그는 덜미의 줄거리에 관해서도 들려주었는데, 두 사람 눈에는 한양 말씨를 섞어 이야기하는 원채가 꼭 스승 권학처럼 보였다.

"지배층의 지배구조와 그 횡포에 대한 저항, 파계승에 대한 풍자를 통한 외래종교의 비판, 그라고 서민들의 우직한 염원 등을 희화화한 내용이 에나 좋은 기라."

그러고 나서 갑자기 얼이에게 다가가더니 그의 목덜미를 쥐는 원채에게 준서가 물었다.

"아, 그런께네, 목덜미를 쥔다, 그랄 때 쓰는 그 덜미다, 그런 뜻인가 베예?"

"하하하."

원채가 얼이 목덜미를 놓아주고 나서 호탕하게 웃었다. 얼이가 손바닥으로 자기 목덜미를 쓰다듬으면서 무척 억울하다는 목소리로 따졌다.

"지가 양반도 아이고 몬된 중도 아인데 와 그래예?"

원채가 또 크게 웃으면서 말했다.

"아, 미안, 미아안!"

하지만 얼이는 단단히 토라진 사람같이 했다.

"미안은, 쌀 안의 머가 미안인데……."

쌀 미米 자를 들먹이는 그에게 준서가 짐짓 겁을 먹이는 투로 말했다.

"성아, 인자 고만해라. 자꾸 그리쌌다가 원채 아자씨가 택견 더 안 가르쳐주것다 글 쿠시모 우짤래?"

얼이가 준서에게 눈을 흘겼다.

"니 우리 원채 아자씨가 그리 속 좁은 사람인 줄 아는가배?"

"내는 속 좁은 사람 맞다."

이번에는 웃지도 않고 그런 실토를 한 후 원채가 좀 더 설명을 덧붙였다.

"목덜미를 쥐고, 몽디이를 쥐고, 놀린다쿠는 장두인형杖頭人形을 으미하는 기라."

어느새 사위는 어두웠다. 하지만 구경꾼들은 누구도 그곳을 떠날 생각이 없는 듯했다. 놀이판은 밤을 새울 것처럼 보였다. 박첨지마당과 평안감사 마당이 끝나고 나면 컬컬한 목을 막걸리로 적시고 구경꾼들 자신들도 남사당패가 되어갈 것이다.

배봉의 집이다.

종들을 시켜 계속 언네에게 혹독한 고문을 가하고 있으면서도 배봉의 심사는 너무나 편치 못했다. 공범자를 대라고 닦달하고는 있었지만, 마음은 다른 곳에 가 있었다. 마음이 가 있는 그 콩밭에도 불이 났다.

조 관찰사가 파면을 당할 줄이야. 세상에 어찌 이런 일이? 니기미, 지기미, 엠뱅헐, 난장칠…… 배봉은 속으로 온갖 상스러운 욕지거리를 생각나는 대로 퍼부었다.

'도대체 요 나라 관리들 모가지는 달구새끼 모가지만도 몬하나. 우째서 그리키 금방금방 달아나는고 모리것다. 자자손손 싹 다 빌어무라.'

그랬다. 목민관이 새로 바뀔 때마다 정말 어렵게 손을 써서 가까스로 안면을 조금 닦아 놓았다 싶으면 또 금세 가버리기 일쑤였다. 그동안 내 피와 살점보다도 아까운 뇌물을 써서 구워삶은 목사만 해도 얼마냐? 하판도, 강득룡…….

그런데 이번에는 그들보다 훨씬 더 투자를 많이 한 관찰사가 날아가 버리다니. 그러니 그 충격에서 좀처럼 헤어나지 못하는 것이다.

'후우. 또 우떤 인간이 요 관찰사로 올랑가는 모리것지만도, 돈 밝히고 기집 밝히는 거는 가리방상할 끼다.'

진구렁에 빠진 발을 꺼내봤자 악취는 어쩔 수 없다는 자포자기 비슷한 감정을 떨치지 못하였다.

'이라다가는 비단 팔아서 쎄빠지거로 모은 돈 모돌띠리 배실 사는 것

들 아감지에 처넣다가 볼짱 다 보것다.'

그런데 그게 돌이킬 수 없는 큰 화근이었다. 배봉이 그런 다른 잡념에 흠뻑 빠져서 미처 언네에게 가해지고 있는 고문에 신경을 쓰지 못한 탓에, 그만 거기 누구도 예상치 못한 엄청난 결과가 벌어지고 말았다.

그때까지는 언네가 죽지 않을 만큼, 몸이 어떻게 되지 않을 정도로, 요령껏 고문을 가하는 시간이나 고문 강도를 조절해왔다. 위험한 지경에 이르렀다 싶으면 얼른 종에게 고문을 멈추도록 했던 것이다.

고문을 당하는 처지에서는 차라리 죽여주는 것이 훨씬 더 고마울 터였다. 그렇지만 자기 목숨을 노린 살인 미수범에게 그런 은덕을 떡 베풀어줄 정도로 관대하지도 못한 인간이 배봉이었다.

"나, 나리!"

"독한 년!"

물론 언네가 혼절까지 간 적은 당연히 여러 차례나 있었다. 그러면 곧 찬물을 확 끼얹어 정신을 차리게 만들어 놓고는 다시 끈덕지게 신문을 하곤 했다. 귀신같이 산발하고 시뻘건 눈알이 곧 튀어나올 것처럼 보이는 가운데, 찬물에 씻긴 핏물이 마당 가득 흘러 도랑을 이룰 정도였지만 극단적인 사고는 막았다.

그런데 그 순간에는 주리를 틀게 시켜놓고 다른 생각을 하는 바람에 그만 멈춰야 할 때 멈추라는 명을 내리지 못했다. 그리하여 종들은 상전 눈치를 힐끔힐끔 보면서도 이제 중지하라는 지시가 없는 통에 계속해서 언네 다리 사이에 끼운 나무를 비틀어 댔던 것이다.

다리였다. 양쪽 다리뼈가 온통 결딴나고 만 것이다. 아마도 허벅지 부위일 것이다. 언네 몸에서 나오는 무슨 소리를 듣고 황급하게 고문을 중단시켰지만 이미 때는 늦었다.

"마, 마님! 어, 언네 다, 다리가?"

금방이라도 숨넘어갈 것 같은 소리를 내지르던 언네가, 어느 순간인가 그만 고개를 푹 꺾으면서 혼절한 것과 동시에, 무지막지하기로는 일등 가는 병산이란 종이 놀란 목소리로 배봉에게 고했다.

"와? 고년 다리가 우째서?"

그때 상황을 통해 어느 정도 짐작을 한 배봉이지만, 그래도 설마 하며 억지로 음성을 가다듬어 물었다. 병산이 더없이 떨리는 목소리로 다시 고했다.

"팽생 다리 빙신으로 살아가야……."

하지만 그의 말이 끝나기도 전에 배봉 손바닥이 병산과 다른 종인 춘구 두 사람 뺨에 작열했다.

"억!"

병산과 춘구는 손에 든 고문 기구를 바닥에 떨어뜨리면서 크게 비틀거렸다. 배봉의 노한 호통 소리가 사랑채 마당을 쩌렁쩌렁 울렸다.

"이눔들아! 대체 우찌 고문을 했기에 저리 맨들었노, 엉?"

처음부터 끝까지 자기가 시켜놓고 이제는 완전 딴소리다.

"마, 마님."

"주, 죽을죄, 죄를……."

당장 땅바닥에 털썩 꿇어앉아 고개를 있는 대로 쿡 처박은 두 종은 어쩔 줄 몰라 했다. '죽을'이 아니라 이미 '죽은' 목숨이다.

"에잇, 뒤져라, 뒤져!"

애먼 그들의 어깻죽지며 머리통이며 등짝이며 가릴 것 없이 함부로 발로 차가며 배봉은 날뛰었다. 마치 뜨거운 불판 위에 올려놓은 원숭이나 소금 잔뜩 끼얹힌 미꾸라지를 방불케 했다.

"몸은 빙신이 안 되거로 해라꼬 안 시킷나?"

다른 건 억지였지만 그것은 사실이었다. 배봉은 마음 같아서는 당장

구덩이를 파서 언네를 생매장이라도 시켜버리고 싶었다. 그렇지만 언젠가 서장대 쪽에서 비화와 함께 있던 백정 놈을 해치려다가 일이 잘못되어 도리어 종 하나가 벼랑에서 떨어져 목숨을 잃은 일이 있고 난 뒤, 아무리 벌레같이 천한 것들이라고 해도 가능하면 목숨은 거두지 않기로 다짐해오고 있던 터였다.

"요, 요 모냥이 될 줄 알았으모."

그런데 차라리 죽여 버리는 것보다도 못한 최악의 상황이 발생하고 만 것이다. 잘 걷지도 못하는 다리 병신을 이제 어떻게 처리해야 할 것인지 판단이 서지 않았다. 뾰족한 대책이 없었다. 배봉은 탈기하듯 했다.

"조년, 조년을 우째야 되노?"

죽은 것처럼 땅바닥에 납작 엎드려 있는 종들 옆을 정신없이 오가면서 고함쳤다.

"우째야 되노 말이닷!"

앉은뱅이가 돼버린 늙은 종년을, 집 안에 그대로 둘 수도 없고, 그렇다고 집 밖으로 내칠 수도 없는, 참으로 난감한 사태를 맞고 말았다.

"이런 소문이 알리지모 우찌 될 꺼 겉노?"

사랑채 마당에는 그 흔한 바람조차 없어 움직이는 것은 하나도 보이지 않는 죽음의 깊은 골짜기로 들어선 것 같았다.

"니눔들 목심은 없는 기라."

형틀에 묶인 채 시신처럼 축 늘어져 있는 언네를 억지로 외면하면서 물었다.

"알것나, 모리것나?"

그러자 꼭 죽은 것같이 해 있던 종들이, 먼저 대답을 하지 않는 사람은 상전에게 죽임을 당한다고 생각하는 것처럼 허겁지겁 고했다.

"아, 알것심니더."

"예, 예, 마, 마님."

마당 가 나무 그림자들이 검은 옷을 입은 저승사자를 연상케 했다.

"이것들아, 만약시 니눔들이……."

몇 번이나 단단히 아랫것들 겁을 먹인 다음, 배봉은 일단 언네를 곳간 안에 가둬둔 채 종들을 시켜 자물쇠를 채우게 하였다. 그러고는 만약의 사태에 대비하여 철저히 파수를 서게 한 연후에 금방이라도 쓰러질 듯 비틀거리며 사랑채 마루로 올라섰다.

'저깟 종년 하나 땜에 내 꼴이 우습기 돼삐릴라.'

풀어주며 도망치라고 해도 그런 몸을 갖고는 불가능하겠지만, 그래도 철두철미하게 외부와 단절시켜놓을 필요가 있었다.

'무담시 탈을 일으킬 끼 아인 기라.'

아무리 상전 목숨을 노린 못된 여종이라 하더라도, 지금까지 사지 멀쩡하던 사람을 앉은뱅이로 만들었다는 사실이 드러나게 되면, 그러잖아도 마구잡이로 손가락질을 해대는 동업직물을 겨냥한 고을 민심은 지금보다도 훨씬 더 나빠질 것이 불 보듯 뻔했다.

'내보담도 상구 더 잘나가던 인간들 꼬라지도 함 봐라.'

무소불위로 놀던 관찰사도 쫓겨나게 만드는 게 무지렁이들이란 걸 이번에 절실히 깨달았다. 참 기가 차고도 무서운 세상이었다.

'자, 시방부텀 우짠다?'

사랑방에 혼자 앉아 몸에 독이라는 줄담배를 뻐끔뻐끔 피워가며 긴 궁리를 하던 배봉은, 잠시 후에 아들들보다 맏며느리에게 먼저 종을 보냈다. 그건 남들이 들으면 이해가 되지 않고 섭천 소가 웃을 노릇이지만 배봉에게는 벌써 습관화된 일이었다.

"그래? 알것다. 수고 마이 했거마."

해랑은 더없이 아량 넓은 상전처럼 행세하였다.

"그라모 쇤네는 물러갑니더."

축담 아래 허리를 굽히고 서서 그렇게 말하고 막 돌아서려는 사내종을 해랑이 느닷없이 불러 세웠다.

"거 쪼꼼만 있어 봐라."

세월이 가도 음성이 탁하게 갈라지지 않고 여전히 청아했다.

"예?"

총각 딱지를 그대로 붙인 채 마흔 줄로 들어서는 그 종은 영문을 모르고 눈을 크게 떴다. 하지만 아씨 마님의 고운 자태에 그만 눈이 부신 듯이 하는 그였다.

"자, 이거 받아라."

그러면서 해랑이 불쑥 내밀어 보이는 것은 뜻밖에도 반짝이는 엽전 두 닢이었다.

"무신 심부름을?"

그 돈으로 무엇을 사 오라는지 몰라 그렇게 조심스럽게 묻는 종을 향해 해랑은 홀연 웃음을 터뜨렸다.

"호호호."

그 간드러진 웃음소리에 노총각 심장이 타버리는 성싶었다. 그는 금방 앞으로 픽 쓰러질 사람 같아 보였다.

"아, 아씨 마님?"

그런 종에게 해랑이 한쪽 눈까지 찡긋하며 말했다.

"니 해라꼬."

종은 자기가 제대로 알아듣지 못했다고 여긴 모양이었다.

"예에?"

이번에는 다른 쪽 눈을 찡긋하는 해랑이었다.

"니 해라 안 쿠나."

"지, 지가 해예?"

"하모."

"아!"

늙도 젊도 안 한 그 종은 그야말로 기절 직전에까지 갔다. 그냥 보통 아씨 마님이라 해도 먼발치서 바라보며 가슴만 두근거릴 터인데, 근동에서 최고 미인으로 알려진 아직도 처녀 같기만 한 아씨 마님께서 종놈인 자신에게 돈을 하사하시다니?

"와? 우째서 그라노? 돈이 쪼꼼밖에 안 돼서 그라는 기가?"

해랑이 사근사근한 목소리로 물었다.

"더 주까?"

종은 금세 심장이 터질 것 같은 얼굴이었다.

"아, 아, 아입니더, 아, 아씨 마님!"

"그란데 와?"

가느스름하게 떠 보이는 여인의 눈매는 말 그대로 뇌쇄적이었다. 종은 그대로 축담 밑에 고개를 처박았다.

"너, 너모 화, 황감해, 해, 해서……."

"머라? 오호호호."

이번에는 더한층 요염한 웃음이었다. 거기 안채가 몸을 뒤틀 지경이었다.

사내종 입에서는 신음이 새 나왔다.

"고만 가봐라."

애먼 불쌍한 총각 평생 불면증에 시달리게 만들기는 그다지 어렵지도 않았다.

"내도 시아버님께 얼릉 가봐야 안 하나."

해랑은 손에 쥐고 있던 돈을 다시 종에게 내밀었다. 목련꽃마냥 희고 아름다워 보이는 그 손은 세상 모든 여자가 시샘할 정도였다.

"아, 예, 예."

종은 엎어질 듯 꼬꾸라질 듯 간신히 해랑 앞으로 다가와서 겨우 그것을 받아 쥐었다. 그의 온몸에 철딱서니 없는 선머슴아이들이 땅바닥에 패대기친 개구리처럼 파르르 경련이 일고 있었다.

"담에 또 보자."

해랑은 사뿐 몸을 돌려세워 방으로 들어갔다.

"……."

종은 한참 동안 멍하니 서 있다가 돌아섰다. 비틀걸음으로 걸어가고 있는 그는 이 세상에서 가장 크게 감명을 받은 사람의 모습이었다. 아니, 영원히 빠져나올 수 없는 주술에 걸려 버린 자의 표본이었다.

'어리석은 것들!'

약간 열린 방문 틈새로 그 장면을 내다보고 있던 해랑의 입가에 기묘한 웃음기가 번져났다. 해랑의 그런 행위는 이번이 처음이 아니었다. 특히 배봉과 운산녀가 보낸 종들에게는 늘 빠짐없이 그런 모습을 보였다.

'내 사람 쪽으로 맹글어 놔야 하는 기라.'

해랑은 집안에서 부리는 식솔들을 모두 자기 밑으로 끌어들이려는 철저한 계획까지 세워두고 있었다. 나중에 동업이가 동업직물을 물려받게 되면 그녀는 이른바 '수렴청정'을 할 속셈이었다. 그건 궁궐에서나 할 수 있는 것이 아니라고 보았다. 그리고 그러기 위해서는 미리 인심을 사놓아야 했다.

공범共犯을 찾지 말자

해랑은 대충 화장을 고친 다음에 단걸음에 배봉 처소로 달려갔다. 노총각 종 때문에 시간을 좀 지체했다.

다리가 엇갈릴 정도로 발을 재게 놀렸다. 우물에서 숭늉 찾는 시아버지 성질을 잘 알기 때문이기도 하거니와, 뭔가 아주 심상치 않은 일이 벌어졌다는 예감이 들었다.

"아버님, 지가 왔어예."

며느리가 아니라 딸 같은 언동이었다. 꼬리 아홉 개 달린 여우도 그 꼬리를 모두 사리게 할 해랑이었다.

"그래, 며눌악아. 얼릉 들오이라."

체통을 잃지 않으려고 애쓰는 배봉이지만 음성은 심히 떨려 나왔다. 장식용으로 가져다 놓은 문갑 위의 문방사우는 아직 한 번도 사용하지 않은 그대로였다.

"무신 안 좋은 일이라도?"

시아버지 눈치를 보면서 해랑이 조심스럽게 물었다. 시아버지에게 나쁜 일이 있으면 어떡하나 하고 무척 염려하고 걱정하는 며느리인 척 가장하였다.

"그렇다."

배봉 입에서 나온 첫마디가 그러했다. 그는 운산녀에게 구박받는 이빨을 앙다물고 나서 다시 말했다.

"고마 일이 생기삣다. 언네 고년이……."

해랑이 말끝을 흐리는 배봉에게 한층 긴장된 목소리로 또 물었다.

"해나 달아나삔 깁니꺼?"

배봉은 나이가 무색하리만치 소처럼 살찐 목을 가로저으며 대답했다.

"그거는 아이다."

"예."

다소 안도하는 표정을 짓는 해랑이었다. 하지만 배봉은 시종 안정되지 못한 빛을 떨치지 못했다.

"그거는 아인데, 아인데……."

"……."

의아한 눈빛을 짓는 해랑을 슬쩍 훔쳐보면서 기어드는 소리로 말했다.

"우짜모 그거보담도 더 신갱 씌일 일이다."

해랑은 몸을 움찔했지만 듣기만 했다. 신경 쓰인다는 그의 심경을 괜히 건드려서는 아니 되었다.

"사실은 말이다."

"예, 아버님."

배봉은 자초지종을 들려주기 시작했다. 돈으로 도배한 것 같은 그 방의 값비싼 장식들도 귀를 기울이는 듯했다.

"어, 언네 다리가예!"

어느덧 대갓집 배봉가 맏며느리다운 위엄과 체통이 몸에 깊이 배여있어 여간해선 침착성을 잃지 않는 해랑이지만, 그 순간에는 엄청난 충격을 받은 것 같았다. 그러잖아도 나이 들어가는 여자가 그런 불상사를 당했다면…….

"우짜다가 그런?"

해랑 눈앞에 껌껌한 곳간 속에 감금되어 있던 형편없는 언네 몰골이 되살아났다. 사람이 아니라 되레 귀신에 더 가까웠다. 그녀가 꺽돌을 들먹이자 고개를 푹 꺾어 내리던 모습도 떠올랐다. 끝까지 공범자를 실토하지 않더니만 결국 그렇게 되고 만 것이다.

"언네 저년을 우쨌으모 좋것노?"

배봉의 말소리가 부딪힌 외국산 도자기들이 '쩡' 하고 갈라질 것처럼 보였다. 그 물건들은 돈이 있어도 쉽게 구할 수 있는 것들이 아니었다.

"내사 암만 궁리해도 뾰족한 수가 안 떠오리는 기라."

집에서 부리는 종들이 조심조심 발소리를 죽여 가며 넓은 사랑채 마당을 지나가고 있는 기척이 났다. 그들은 언제나 그랬다. 함부로 시끄럽게 굴었다간 당장 상전의 불호령과 함께 심한 매질까지도 감수하지 않으면 안 된다는 것을 익히 알고 있었다.

"동업이 에미 니 말고는 딱히 이 일을 으논할 만한 사람도 없다."

"예."

해랑 눈에 비친 배봉은, 한밤중에 송장을 지킬래 마중을 나갈래, 하는 불가피한 선택에 대한 어려운 결단을 내려야 할 사람이었다.

"그냥 우리 집안에 냐두모 산송장 치는 기 될 끼고, 그렇다꼬 몬 쓰는 물건매이로 오데 아모 데나 내삐릴 수도 없고……."

그런 소리를 들으며 해랑은 배봉 몰래 진저리를 쳤다. 그의 말에서 분명히 느꼈다. 차라리 언네 숨통을 완전히 끊어버리자는 것이다. 그런 다음에 그 시신을 아무도 모르는 곳에 파묻어버리자는 것이다. 사람을 산채로 생매장해버릴 수도 있는 실로 악독한 인간임을 해랑은 안다.

"며눌아기 니 생각은 우떻노?"

자꾸 그렇게 물어오는 품이, 배봉은 해랑에게 무거운 짐을 다 떠맡기려는 심산이 확실해 보였다.

"내는 니가 하자쿠는 대로 할 낀께네."

"……."

갑자기 벙어리가 돼버린 듯한 며느리가 답답하고 야속하다는 빛을 여지없이 모두 드러내 보였다.

"니 생각을 함 이약해 봐라."

해랑은 더할 수 없이 난감했다. 시아버지는 지금 그 자리에서 결론을 내리려고 작정한 게 틀림없었다. 해랑은 너무나 마음이 조급해지지 않을 수 없었다. 현재 이 돌발 사태를 빨리 그리고 깨끗하게 마무리 지을 수 있는 묘안을 떠올려야 했다.

'우짜노? 우짜노?'

그렇게 하지 않으면 이제까지 시아버지에게 얻고 있는 '참 잘난 며느리'라는 인식을 유지할 수 없게 될지도 모른다. 자식들이라 할지라도 일단 자기 성에 차지 않으면 당장 길거리로 내쫓을 위인이 그였다.

"며눌악아?"

배봉이 어서 대책을 내놓아보란 듯 해랑을 재촉했다. 이런 소리는 칭찬이라기보다 으름장에 더 가까웠다.

"니는 근분 똑똑한께 안 있나."

이윽고 해랑 입이 어렵사리 열렸다.

"한 가지 방법이 있기는 합니더마는……."

그 말이 채 떨어지기도 전이었다.

"머라? 바, 방법이 있다꼬?"

배봉은 곧바로 해랑에게 달려들 것처럼 했다. 여차하면 그곳 방바닥에 놓여 있는 촛대나 재떨이를 집어 들어 던질 태세였다.

"쌔이 이약해 봐라. 응? 응?"

천박하기 그지없는 늙어빠진 종놈 하나가 거기 있었다. 무릇, 그 사람의 참되고 진실한 가치는 극한상황에 처했을 때 드러나는 법이라더니, 바로 지금 같은 경우를 두고 이르는 말이 아닌가 싶었다.

"우떤 방법이 있는데, 으잉?"

그러나 해랑은 줄곧 주저하고 망설이는 눈치를 보이다가 이렇게만 말했다.

"그기 괘안을랑가 그거는 모리것심니더."

"괘안을랑가?"

배봉이 되뇌었다. 해랑은 벽면에 걸려 있는 붓글씨 액자가 툭 떨어져 내릴 것처럼 매우 위태로워 보인다는 생각을 하였다.

"예, 까딱 잘몬하모 도로 큰일이라 놔서예."

배봉이 서두르는 중에도 한숨을 폭 내쉬었다.

"하기사 집안에 있는 아랫것들한테도 멤이 안 씌이는 거는 아이다."

그가 장죽을 손에 들었다가 다시 내려놓으며 한다는 소리였다.

"초록은 동색이라 캤제. 동색은 우떤 색이고?"

해랑은 기도 안 찼다. 명색 시아버지라는 사람이 며느리 앞에서 기껏 입에 묻히는 소리가 저따위라니. 제아무리 근본이 밑바닥이라고 할지라도 돈으로 산 양반 물을 먹을 만큼 먹었지 않은가 말이다.

"좌우지간 안 있나, 고것들이 상전 앞에서야 천하에 둘도, 아이제, 하나도 없는 진짜 충성시러븐 종들매이로 해쌌지만도, 절대로 믿으모 안 된다."

화려한 열두 폭 비단 병풍을 둘러치고 앉아 있어도 상거지처럼 보이는 배봉이었다. 이른바 자기 저고리가 아닌 꼬락서니였다.

"상전이 안 보는 데서는 저거들끼리 쏙닥쏙닥 안 하까이."

특히 '쏙닥쏙닥'이라는 말을 할 때는 방정맞게 들어갔다 나왔다 하는 입 모양새가 영락없는 거위 주둥이였다.

"암만 주디를 틀어막을라 캐싸도 소용없다."

남녀 종들이 아주 조심스럽게 주고받는 소리가 그곳 사랑채 마당을 간지럽히고 있었다. 배봉은 인상을 팍 찌푸리면서 즉각 일어나 방문을 열고 비복들을 향해 호통치고 싶은 걸 가까스로 참는 눈치였다.

"이 소문은 밖으로 싹 다 퍼지고 말 끼라."

항상 하늘보다도 오히려 더 높아 보이는 사랑방 천장이 그날은 왠지 무척이나 낮게 느껴지는 해랑이었다.

"머 그리 된다꼬 눈 하나 깜짝할 내가 아이라는 거는 니도 알 끼다만도."

무슨 넋두리처럼 꽤나 장황하게 늘어놓는 배봉 말을 끝까지 듣고 난 해랑이 결심을 굳힌 표정으로 말했다.

"그래서 같은 종 출신들을 이용하모 좋을 꺼 겉애서 말씀드린 깁니더."

"같은 종 출신들?"

그렇게 되묻는 배봉의 얼굴에서 해랑은 또다시 종의 얼굴을 발견하였다. 그런데 그 얼굴 위에 반사되는 얼굴, 그녀의 얼굴 또한 크게 다르지 않은 것 같다는 자의식이 해랑을 적잖게 허둥거리게 내몰았다.

"예, 아버님."

"종? 종을?"

배봉은 도무지 이해가 되지 않는다는 빛이었다.

옻칠한 오동나무 장롱에 커다란 파리 한 마리가 붙어 앉아 꼼지락거리는 게 해랑 눈에 비쳤다. 통제영 6공방의 전통을 전수하여 통영갓일,

나전칠기 등으로 유명한 통영의 장인匠人이 만든 가구였다.

"내사 무신 이약인고 한 개도 모리것다."

배봉의 상판대기는 더욱 중앙집중식으로 되었다. 해랑은 그의 얼굴에 나 있는 검버섯이 파리가 아무렇게나 갈겨놓은 배설물 같다는 생각이 들었다.

"지가 말씀드린 그대롭니더, 아버님."

"그대로라꼬?"

이제 알았는가 보다 했는데 그것도 아니었다.

"그래도 내사 모리것다. 내가 잘 알아듣거로 더 자세히 말해 봐라."

해랑은 그의 반응을 눈여겨보기 위해 배봉 얼굴을 똑바로 응시하였다.

"이전에 우리 집에서 종살이하다가 나간 꺽돌이하고 설단이 안 있심니꺼."

난데없는 이름들이 나오자 배봉은 한층 멍한 표정을 지었다.

"꺽돌이하고 설단이?"

해랑은 머릿속으로 다음에 할 말을 궁리하며 말했다.

"예."

"하모, 있었제."

배봉은 잠시 기억을 더듬는 기색이더니 대뜸 물었다.

"그란데 각중애 그것들은 와?"

해랑은 최상급 닥지를 발라 신비감까지도 느껴질 정도로 은은해 보이는 방문을 한 번 바라보고 나서 입을 열었다.

"그것들을 내보냄서 한 살림 채리고 살 정도의 돈도 준 거로 알고 있심니더."

배봉이 다리가 저려오는지 자리를 고쳐 앉았다.

"며눌아기 니 앞인께 요만치도 안 기시고 이약하것다."

참 지지리도 못생겨 보이는 뭉툭한 손가락으로 재떨이를 끌어당기며 약간 머쓱한 얼굴로 말했다.

"사실은 한 살림 채릴 정도는 몬 되제."

마당에서 하인들의 낮은 소리는 사라지고 언제 날아들었는지 모를 새들이 거침없이 내는 소리가 들려왔다.

"그냥 올매간은 안 굶어죽을 그만큼은 줬던 기라."

하지만 해랑은 대단한 자선을 베풀었다고 여기는지 당당한 모습을 보였다.

"우쨌든 우리가 맨몸띠이로 쫓아낸 거는 아이지 않심니꺼?"

"하모, 그거는 맞거마."

배봉도 덩달아 목소리에 힘이 들어갔다.

"그라고요."

"아, 그거?"

"아시지예?"

"암만!"

시아버지와 며느리 대화는 청산유수와도 같이 잘도 이어졌다. 그러나 해랑은 단 한 가지 사실만은 끝까지 입 밖으로 내비치지 않았다. 비화가 그들 부부에게 거의 무상으로 전답을 부쳐 먹게 해 주었다는 것은 숨겼다.

"그라고 본께 이 임배봉이는, 지 배가 부리다꼬 종눔 배고푼 줄도 모리는 몬된 상전은 아이거마는. 그렇제?"

그 와중에도 그런 낯짝 두꺼운 공치사를 한참 늘어놓고 나서 배봉은 궁금해지는지 이렇게 물었다.

"그거는 그렇고, 그것들을 우짠다꼬?"

그런데 해랑 입에서 나오는 대답이 아주 희한한 걸작이었다.

"그것들한테 돈을 쪼꼼, 아니 요분에는 한거석 안기갖고예, 언네를 데불고 같이 살라꼬 시키는 깁니더."

"머? 머?"

배봉은 가는 귀가 먹은 사람처럼 했다.

"아, 가마이 함 있어 봐라."

해랑은 한껏 느긋한 모습을 보였다.

"예, 아버님."

오동나무 장 중간쯤 앉았던 파리가 점점 기어 내려오더니 아랫부분에 와서 그 밑을 들여다보는 것 같았다. 배봉이 꽁지수염 반능출에게서 산춘화를 감춰두었다가 꺼내 보던 바로 그 장롱 밑이었다.

"그것들한테 돈을 안기갖고 언네를 데꼬 살거로 시킨다꼬?"

"예, 아버님."

한 치 망설임도 없이 곧장 대답하는 해랑은 고난도 문제를 푼 사람처럼 의기양양해 보이기까지 하였다. 그에 비하면 배봉은 잘 먹던 생밤 속에 들어 있는 벌레라도 씹은 상이었다. 그는 일언지하 거절했다.

"허, 그기 뭔 소리고?"

두 눈에 흰자위를 드러내었다.

"말도 안 되거로."

하지만 해랑은 너무 건방지다 싶을 정도로 당차게 나왔다.

"말이 되는 소리지예, 아버님."

"머라?"

배봉 안색이 달라졌지만 해랑은 조금도 개의치 않고 거래처 사람들을 설득시키는 어조로 나왔다.

"잘 생각해보시이소. 자슥도 없이 지들 둘이서만 살고 있으이 외롭기도 할 끼고예."

"……."

파리란 놈은 어느 틈엔가 이제는 천장에 가 붙어 죽은 것같이 옴쭉도 하지 않고 있었다.

"고을 사람들한테서 좋은 소리도 들을 수 있을 끼고예, 또예……."

해랑의 이야기를 듣자 배봉은 하늘바라기논(천수답) 앞에 서서 비가 오기만 바라는 농부처럼 말했다.

"그것들이 진짜 그리하까? 해주까?"

해랑은 패를 던질 자신 있다는 투로 말했다.

"돈만 마이 준다쿠모 저것들도 안 할라쿠것심니꺼?"

요새는 파리도 돈 냄새를 가장 좋아한다는 말이 있다던가.

"글씨다."

배봉은 연방 고추를 불었다. 때로 입맛을 쩝쩝 다시기도 하였다. 아무래도 그것은 어렵지 않겠나 하는 기색이었다.

"안 할라쿨 낀데?"

그러나 해랑 마음은 벌써 가능하다는 쪽으로 무게중심이 기울어 있었다. 그건 언네에게 들은 이야기가 있기 때문이었다. 바로 꺽돌과 그녀가 친 모자지간처럼 지냈다는 것이다. 그런 꺽돌이니 언네를 나 몰라라 하지는 않을 것이었다. 그가 어릴 적에 그렇게 따뜻하게 보살펴준 언네라지 않던가?

그뿐일까? 꺽돌은 언네가 그렇게 혹독한 고문을 당하면서도 끝까지 자기 이름을 불지 않았고, 그로 인해 결국 몸이 저렇게 돼버렸다는 것을 모르지 않을 것이다. 설혹 돈을 주지 않는다고 해도 기꺼이 언네를 모실 각오를 할 터였다.

'꺽돌이는 됐는데…….'

문제는, 설단이었다. 그녀는 반대할 공산이 컸다. 그건 누구든 마찬가지일 것이다. 더욱이 그녀가 이 집안에서 종살이할 때 같은 여종이었지만 언네와는 그렇게 가깝게 지내던 사이는 아니었던 것으로 알고 있다. 오히려 표독스럽던 언네가 다른 종들에게서 호감을 사지 못했듯, 설단도 나쁜 감정을 품고 있을 가능성이 높았다.

하지만 유순한 설단은 남편 뜻을 거역하지는 못할 것이다. 게다가 잘 헤아려보면 언네는 남편 생명의 은인이 아닌가 말이다. 무엇보다 그 집에 양자로 들어가 있는 자신의 아들 재업을 생각하면 그보다 더한 것도 받아들이지 않을 수 없을 것이다.

"지한테 맽기주시이소, 아버님."

어리광 부리는 자세로 나오는 해랑이었다.

"지가 다 알아서 칼끗커로 처리해 놓것심니더."

그 말에 잔뜩 찌푸린 하늘빛이던 배봉 낯짝이 서서히 환해지면서 펴지기 시작했다.

"그, 그리하모 되것나?"

"예, 아버님."

"며눌아기 니가 모도 마무리할 수 있다, 그 말이제?"

"예, 자신 있심니더."

"내는 닐로 믿는다."

"그 대신에 지 부탁 한 가지만 들어주이소."

"부탁?"

"예."

"무신 부탁이고? 요분 일만 잘 넘어갈 수 있다쿠모 머시든지 다 들어줄 꺼마."

"머신고 하모예."

"그래, 이약해 봐라."

"그날 밤 언네하고 함께 있은 공범 찾는 일은 고만두싯으모 하고예."

일순, 배봉 안색이 또 확연히 달라졌다. 그러고는 비수를 꽉 꽂는 것처럼 했다.

"시상 없이도 안 된다, 그거는!"

해랑의 표정이 굳어졌다.

"내 덩더리에 칼을 꽂을라캔 눔을 우찌 그대로 놔둔단 말고?"

배봉 눈에 살기가 등등했다. 본색이 드러나는 순간이었다.

"오데꺼지 후차가서라도 반다시 그눔을 잡아서 꼭 쥑이고 말 끼다."

"……."

해랑은 가만히 듣기만 했다. 그는 지옥 끝까지도 쫓아갈 위인이긴 했다.

"그란데?"

혼자 열 받친 소리를 한참 하고 있던 배봉이 문득 알 수 없다는 얼굴로 말했다.

"함 물어보자."

"예, 아버님."

"우째서 공범 찾는 일을 하지 말자 쿠는데?"

그새 파리는 어디로 날아가고 천장에는 아무것도 보이지 않았다. 지난번에 봤을 때는 장식대 위에 놓여 있던 파리채가 이날은 난초 화분 옆에 아무렇게나 방치돼 있었다. 그 파리채로 때려잡을 대상은 파리만이 아니라 파리채를 든 인간이지 않을까 싶어지는 해랑이었다.

"그거는예, 아버님."

해랑은 감질날 정도로 천천히 입을 열었다. 그럴 때 보면 아직 새파란 안방마님이 늙은 사내종을 훈계하고 있는 모양새였다.

"이쯤서 고만 덮어두는 기……."

배봉은 해랑이 잠깐 말을 멈춘 그사이를 참지 못하고 반문했다.

"덮어두는 기?"

해랑의 입에서 나오는 말이 묘했다.

"우리 가문을 위해서도 좋을 꺼 겉애서예."

"우리 가문을 위해서?"

"예."

"그거는 또 무신 수리지끼 겉은 소리고?"

배봉이 눈가에 잡힌 주름 때문에 더 작아진 눈을 연방 깜빡이면서 물었다. 어떻게 보면 딱정벌레가 왔다 갔다 하는 눈 같기도 했다.

"무신 말씀인고 하모 안 있심니꺼."

최대한 느리게 응하는 해랑은 괜히 두 눈에 잔뜩 힘을 넣어 방문 밖을 슬며시 훔쳐보는 시늉을 하였다.

"우리 집에서 이전부텀 오래 부리고 있던 종년하고 또 우떤 사내하고가 아버님을 해칠라쿠는 일이 있었다쿠는 소문이 자꾸 퍼져 나가모 말입니더."

이번에는 해랑의 다음 말이 나올 때까지 진득하게 기다리는 배봉이었다. 무섭게 설쳐댈 때 보다 지금처럼 하는 시아버지가 더 버겁다는 생각이 드는 그녀였다.

"아모래도 바깥에서 우리 가문을 보는 눈이 안 좋을 꺼 아입니꺼?"

해랑의 그 말은 더 이상의 거절이나 부인은 용납하지 않겠다는 강경한 의지마저 담고 있었다.

"그, 그거는 그렇것제."

해랑의 기세에 억눌리기라도 했는지 배봉이 그렇게 얼버무리자 해랑은 마지막 쐐기를 꽝꽝 박듯 하였다.

"아버님도 함 생각해보시소."

"머를 말이고?"

배봉은 골머리가 지끈거리는 모양이었다.

"우리 동업직물이 우떤 집안이라예?"

"우, 우떤?"

배봉은 꼭 송아지가 웅덩이 들여다보는 꼴이었다.

"근동에서 최고로 알아주는 대갓집 아입니꺼, 대갓집!"

비단 집 며느리 아니랄까, 비단 장수처럼 말도 매끈하게 나왔다. 그러고 보니 매구니 새끼 기생이니 하던 사람들이 제대로 잘 보았다.

"그래 관찰사나 군수도 별로 대하지 몬하고예."

"하모, 그거는 맞다. 우떤 것들이 감히 우리를 별로 대할 끼고? 그런 것들이 있으모 당장 모가지를 싹 날리뻬지."

그 방 쥔의 사나움에 놀라 달아났는지 파리는 어느 곳에도 보이지 않았다. 해랑이 무슨 틈새를 노리는 사람처럼 얼른 입을 열었다.

"그래서 지가 드리는 말씀인 기라예."

이야기는 끝날 듯하면서도 끝이 나지 않고 다음으로 더 나아갔다.

"말씀 더 드리봐라."

"언네가 하도 독종이 돼갖고 저리키나 안 분께네, 공범을 찾는 거는 안 수월타 아입니꺼?"

"독종 맞다. 지가 죽었으모 죽었지 불지는 안 할 끼다."

"그런께네예, 아버님. 그랄 바에는 무담시 일을 시끄럽거로 맨들지 말고예, 도로 이대로 조용히 넘어가는 기 우떻것노, 지 말씀은 그런 뜻인 기라예, 아버님."

"니 말뜻이사 모리는 내가 아인데, 그눔을 안 잡고 놔 놨다가, 또 내를 해칠라꼬 침범하모 그거는 우짜고?"

"종들을 시키서 우리 집을 더 단디 갱비(경비) 세우모 됩니더."

"하기사 우리 사뺑들은 오데다가 내놔도 안 밀릴 끼다."

"그라고 지가 볼 적에는 말입니더."

"니 눈은 아즉 젊은께……."

"그날 언네가 지 공범자를 넘들 모리거로 집 안으로 들이갖고 아버님 처소 있는 데로 데꼬 가서 그렇제 말입니더."

"그 이약은 인자 고마해라, 듣기 좋은 꽃노래도 아이다."

"안 그랬으모 그눔이 우찌 이리 크고 넓은 우리 집 구조를 알아서 그랬것어예?"

"그러까?"

"그라이 언네가 없으모 그눔도 더 우리 집에 침입하지 몬할 끼라예."

"음."

한참 떠들다 보니 점점 입이 말라오는 해랑은 이제 이쯤 하면 넘어가겠지 했는데 웬걸? 그게 아니었다. 배봉은 의심 많은 늙은 늑대나 여우처럼 여전히 마음을 놓지 못하겠는 눈치였다.

"그거는 모린다."

고집불통같이 나오는 그 말에 해랑은 뜨악한 얼굴이 되었다.

"예?"

배봉은 눈을 꼬부장하게 떴다.

"만약 언네한테서 우리 집 구조에 대해서 모돌띠리 들었으모, 그눔 혼자서라도 또 올 수 있는 기라."

"……."

해랑이 뒤통수를 얻어맞은 기분이 들었는데, 배봉은 눈을 부릅뜨고 공격하는 자세까지 지어 보였다.

"더군다나 언네 조년 웬수 갚는다꼬, 전번보담도 더 눈깔이 시퍼래갖고 덤비들지 모린다 아이가?"

"그거는, 그거는예."

해랑은 한동안 할 말을 찾아내지 못했다. 입맛이 썼다. 역시 늙어도 배봉은 예사 인간이 아니라는 자각이 들었다. 내가 단순했구나 하는 마음도 일었다.

'에나 시상 사는 기 장난이 아이다. 하찮고 보잘 것 없는 목심을 포리 목심 겉다고 하지만도, 사람도 그리 안 될라모 눈에 불을 키고 살아야 하는 기라.'

언네를 꺽돌에게 맡겨버리면 전부 일단락되리라 보았다. 우리 가문에 품고 있는 원한이 언네에 비하면 꺽돌은 훨씬 얕으리란 계산을 했고, 그렇다면 꺽돌 혼자서 또다시 배봉을 해치려고 하지는 않을 거라고 너무 쉽게 판단했다. 시아버지 말처럼 충분히 그럴 수 있다. 언네가 여생을 앉은뱅이로 살아가야 할 것을 생각하면 더 큰 복수심을 품을 수도 있는 것이다.

"악아, 그거는 마, 그렇고 말이다."

그다지 큰소리도 아닌 배봉 그 말에 해랑은 화들짝 놀랐다.

"예? 아, 아버님."

둘 다 버거운 감정에 젖은 탓에 잠시 침묵이 흐르다가 대화가 이어졌다.

"아까 전에 며눌아기 니가 내한테 이약했던 거매이로, 꺽돌이하고 설단이 조것들이 언네 저년을 맡을라쿠까?"

배봉으로서는 그게 더 시급하고 중요한 일이었다.

"그거는 지가 책임지고 설득해보것심니더."

"설득, 설득이라."

배봉이 피곤한 낯빛을 했다. 음성에 또다시 힘이 들어 있지 못했다. 그날따라 모든 것이 들쑥날쑥하였다. 그만큼 충격이 크다는 증거였다.

"그라모 우선에 그 문제부텀 풀고 나서……."

그는 중간 정산定算을 하려는 장사치처럼 하였다.

"다린 거는 그때 가갖고 또 궁리해보자. 사람은 손가락으로 큰 바구도 뚫블 수가 있다고 했으이."

해랑도 잠시나마 무거운 짐을 내려놓고 싶은 마음이었다.

"예, 지 생각에도 그기 좋것심더."

해랑의 머릿속에 비봉산 서쪽 자락 가매못 안쪽 마을 초입에 있는 꺽돌 부부의 초가집이 떠올랐다. 그와 동시에 거기 낡고 좁은 툇마루 끝에 아주 맥없이 앉아 있는 앉은뱅이 노파 하나가 보였다.

'생각해볼 거 겉으모, 언네도 에나 사나븐 팔자를 타고났다 아이가. 시상에 저리 기구한 운맹을 타고난 여자도 안 흔할 끼다.'

여자로서는 더 이상 수치스러울 수 없는, 신체 한 부위가 어떻게 돼버린 여자라고 온 고을에 괴문이 나돌더니, 이제는 여생을 영원히 일어설 수 없는 앉은뱅이로 연명해야 할 신세로 전락하고 말았으니.

'이기 모도 시방 내 앞에 앉아 있는 시아부지라쿠는 저 인간도 아인 인간 땜에 생긴 일 아이것나. 몸써리야.'

그런데 배봉 앞에 끌려와 고문을 당하고 있는 꺽돌 모습은 왠지 좀처럼 그려지지 않았다. 그 이유가 무엇인지 알 수는 없었다.

'앞으로 일이 우찌 될라꼬 이리쌌는 기꼬?'

해랑은 한없이 혼란스러워지기 시작했다. 배봉의 얼굴이 두 개 세 개로 늘어나 보였다. 또 지독한 어지럼증이 시작되려는가 보았다.

첫아이의 유산 그리고 석녀. 해랑은 이마에 손을 얹으며 속으로 오열했다.

'내 팔자는 언네보담도 더 세고 더 더럽다. 흐흑.'

산 얼굴에 죽은 얼굴이

'아아아.'

우정 댁은 너무나도 감정이 북받치는 바람에 계속해서 손등으로 눈두덩을 꾹꾹 찍어냈다. 뒤돌아보면 이날이 오기까지 참으로 눈물도 많았고 한숨도 많았고 굽이굽이 돌아가는 고비도 많았다.

'얼이 아부지요. 흑흑.'

우정 댁은 행여 나루터집 식구들이 눈치챌세라 그들 모르게 자꾸만 두 눈에 괴는 눈물을 닦아내면서도, 속으로는 임술년 농민항쟁 당시 비명에 간 남편 천필구를 한없이 불렀다.

'오늘은 우리 얼이가 드디어 어른이 되는 날인 기라요.'

마치 그곳에 남편이 있기라도 하듯 어느 한 곳을 눈도 깜짝이지 않고 바라보면서 속말을 보냈다.

'시방 내 이약 듣고 있는 기요?'

천필구가 이 세상에 떨어뜨려 놓고 간 단 하나의 혈육인 얼이. 애먼 짐승 모가지와 고운 꽃대를 막 비틀어대는 철부지 아이였던 얼이. 그 얼이가 이날 성인식成人式을 치르게 돼 있는 것이다.

"쪼매 늦은 감이 있기사 하지만도, 얼이가 넘보담 철이 늦기 들어서가 아이고 이런저런 사정으로 그런 긴께, 성님, 너모 멤 상해하지 마시소."

정이 도탑고 심지 깊은 원아가 우정댁 심경을 훤히 들여다보고는 위로했다. 입이 무겁기가 천금과도 바꾸지 않을 안 화공도 옆에서 한마디 거들었다.

"저 사람 말이 맞심니더. 이리 좋은 날 얼골 활짝 펴시야지예."

"……."

비화는 아까부터 말없이 얼이 얼굴만 바라보고 있었다. 그 얼굴은 참 복잡다단하기 이를 데 없었다. 안 화공을 통해 들은 미술 지식에 의하면 추상화 같았다.

그와 가까운 사람들도 알지 못했지만 기실 얼이의 마음과 몸으로 보자면 그는 오래전부터 성인이 되어 있었다. 술도 마셔왔고 효원과 정분도 나누었다. 벌써 어른의 과정을 전부 거쳤다는 게 옳았다. 하지만 그래도 인간 세상에는 이른바 격식이란 것이 있으니, 오늘이 자신에게는 그 어느 날보다 의미심장하다는 생각을 벗어던질 수 없었다.

"성, 축하한다이. 쌤통이 나갖고 내 몬 살것다."

혁노가 말했다.

"새이야, 좋제?"

준서가 계속 같은 말로 물었다.

"안 좋나?"

동생들이 짓궂게 굴어도 얼이는 가타부타 대꾸가 없었다. 그 또한 이제까지와는 완전히 새로워진 면모라고 할만했다.

"주래(주례) 서실 어른은 와 아즉도 안 오시노?"

밤골 댁이 문간 쪽을 바라보며 혼잣말로 중얼거렸다. 그녀도 오늘은 남편 한돌재와 함께 잠시 장사 손을 멈추고 나루터집으로 건너왔다. 자기와 똑같은 나이인 우정 댁이 아들 관례冠禮를 치르는 일에 그녀도 덩달아 마음이 들떴다. 물론 그녀도 사람인지라 속으로는 성인식을 치러줄 자식 하나 없는 자기 팔자를 한탄하고는 있었다.

"아, 준서 아부지가 잘 뫼시고 올 낀데, 임자가 우째서 그리 호도방정이오?"

돌재가 가볍게 퉁바리를 주었다.

"또 다린 사람들 있는 데서 챙피 줄라요?"

씩씩거리기부터 하는 밤골 댁이 전생에 성미 급하기로 알려진 염소였다면, 돌재는 담장에 척 몸을 걸치고 햇볕을 쬐는 능구렁이였다. 그러고 보니 밤골댁 외모는 염소 비슷하고, 돌재의 황갈색 피부는 능구렁이의 배 빛깔과 닮았다.

"넘이 있어야 챙피 줄 수 있제, 아모도 없는 데서 우찌 챙피 줄 낀데?"

"누가 거 보고 챙피 주라 캤소? 달라쿠는 사람도 없는데 무담시 혼자서 북 치고 장고 치고 안 앉았는가베."

"내가 오데 날라리패요, 북 치고 장고 치고 앉았거로. 모도들 밤골집 매운탕이 최고라꼬 해싸이 남핀도 지 발치 조 아래로 비이는갑소."

"자꾸 그라모 내한테도 생각이 있거마."

밤골 댁이 시종 골을 먹이는 돌재에게 마음먹고 무어라 대거리를 하려 할 때였다. 가게가 있는 바깥채와 지금 그네들이 모여 있는 안채를 구분 짓고 있는 나무들 저쪽에서 인기척이 났다.

"아, 인자 오는갑소."

"쉬! 조용히 합시더."

모두의 시선이 일제히 그곳으로 쏠렸다. 재영이 앞장을 서고 그의 뒤에 말총 갓을 쓰고 무명으로 만든 청색 중치막을 날리는 초로의 남자가 보였다. 양쪽 겨드랑이 밑이 트여 있고, 아랫부분이 앞에 두 자락, 뒤에 한 자락, 그렇게 하여 모두 세 자락으로 된 그 중치막은 그에게 썩 잘 어울렸다.

"먼데꺼지 오신다꼬 수고 마이 하싯심니더."

"상구 피곤하실 긴데 퍼뜩 저리로 가시지예."

나루터집 식구들의 퍽 극진한 영접을 받아가면서 천천히 대청마루로 오르고 있는 그는, 얼이와 준서의 스승인 권학이 각별히 서로 연결해준 사람이었다. 이름은 구명근이며, 일찍이 초시에 합격했던 선비라고 했다.

"흠."

이윽고 가벼운 기침 소리와 함께 정좌한 구명근은 얼이와 준서, 혁노 등을 쭉 훑어보더니 이렇게 말했다.

"권학 그 어른, 에나 복도 많으시거마는. 증말 부러버라. 우짜모 저리 하나겉이 듬직하고 훤칠한 제자들을 두싯는고?"

아마 그는 혁노도 권학의 제자인 줄로 아는 모양이었다. 혁노는 준서를 보면서 씩 웃기만 하였다. 그런 혁노가 준서 눈에는 성인식을 치러도 될 사람처럼 비쳤다.

"잘 부탁드립니더."

우정 댁이 이마가 땅에 닿을 듯이 고개를 숙이며 공손히 말했다. 오랜만에 일복을 벗고 단정하게 차려입은 연둣빛 입성이 고왔다.

"아, 그라모 이 아주머이가 오늘 간래(관례) 치를 사람의?"

구명근의 물음에 비화가 얼른 대답했다.

"예, 맞심니더. 얼이 총각 어머입니더."

"아들이 어머이를 벨로 안 닮았거마. 아부지를……."

구명근이 우정 댁과 얼이 얼굴을 번갈아 보면서 그러다가 급히 입을 다물어버렸다.

"자아, 여게 있심더."

그때 원아가 우정댁 방에서 이날 얼이가 입을 관례 복과, 상투를 틀고 머리에 씌울 관을 내왔다.

"야아! 에나 멋있다 아이가?"

"임금님 옷 겉다, 임금님 옷!"

"임금님 옷 봤소? 보도 몬했음시로."

"꿈에 봤소, 와?"

"꿈 겉은 소리 하고 있네."

"봤으모 됐다 고마."

"몬 본 기 아이고 안 봤소."

"본 기 자랑이라쿠는 기가, 안 보고 몬 본 기 자랑이라쿠는 기가?"

그런 우스갯소리들이 흘러나오는 가운데 저마다 관례 복과 관을 자세히 바라보았다. 남자 어른들 얼굴마다 감회의 빛이 살아났다. 아마 그들이 관례를 치를 적 일이 떠올라서일 것이다.

여자 어른들도 마찬가지였다. 혼사를 앞두고 행했던 계례笄禮가 생각났던 것이다. 비화 콧등이 찡했다. 쪽을 짓고 비녀를 꽂던 그 푸르른 날의 기억들.

비화는 원아 품에서 떠나려 하지 않고 있는 록주를 보면서 '세월'이란 것에 대한 무한한 신비와 경외감을 맛보았다. 저 아이도 언젠가는 계례복을 입을 날이 오겠지. 그리하여 관례를 치른 남자를 만나 일가친지를 모신 자리에서 혼례를 올리고 자식을 낳고 지지고 볶고 하면서 늙어갈 것이다.

'생각해보모, 돈이고 세도고 맹애고 모도가 땅바닥에 굴리댕기는 낙

엽 걸은 것을.'

비화는 머리를 뒤흔들었다. 오늘같이 좋은 날 왜 이런 허전한 심정이
되는지 모르겠다. 준서 때문인가? 빡보인 준서. 준서는 언제쯤 성인식
을 치러주어야 할까? 세견이 든 것을 보면 지금 해도 빠르지는 않을 것
같다.

"쉬!"

"알것소."

이윽고 관례가 시작되었다. 초가례初加禮다.

"에, 앞으로 성인으로서 우떤 몸가짐을 가지야 되는고 하모……."

그런데 구명근의 말은 그만 거기서 끊어지고 말았다. 그는 무릎 꿇고
앉아 있는 얼이 얼굴을 대단히 놀라는 눈으로 바라보았다. 두 뺨 위로
굵은 눈물방울이 줄줄 흘러내리고 있었던 것이다.

"이, 이눔아. 저 몬난 눔이……."

우정 댁이 울먹이는 목소리로 얼이를 나무랐다. 얼이는 두 손등으로
번갈아 가며 눈물을 쓱 훔쳤다. 울고 있는 게 아니라 눈이 가려운 사람
처럼 해 보였다.

하지만 구명근이 부모에 대한 효를 일러주는 재가례再加禮를 할 때,
급기야 얼이는 그만 큰소리 내어 통곡하고 말았다.

이번에는 우정 댁도 아들을 꾸짖지 못했다. 비단 우정 댁뿐만이 아니
었다. 그 누구도 입을 열지 않았다. 지금 얼이 마음이 어떨 것인가? 효
도를 하고 싶어도 할 수 없는 자식의 안타까운 심정.

"그에 대해서는 내가 더 이약 안 해도 충분히 될 거 겉으이 고만하것
네."

구명근은 지금 그곳 분위기를 어느 정도 간파한 것 같았다. 그는 곧
삼가례三加禮로 넘어갔다.

"사람이라는 소리를 들을라모 반다시 넘들에 대해서도 사랑을 베풀어주어야 마땅할 노릇이고⋯⋯."

그 소리를 귀담아들으며 비화는 새삼스러운 눈빛으로 나루터집과 밤골집 식구들을 쭉 둘러보았다. 비록 타인들이지만 핏줄 못지않은 따스한 정으로 뭉쳐져 있는 사람들이었다. 서로서로 울이 되고 담이 되었기에 오늘의 그들이 있었다. 찬 바람이 불고 폭설이 내려도 그들끼리 만든 훈훈한 양지가 있었기에 아무리 어렵고 힘들어도 견뎌왔다.

'하나같이 착하고 좋은 사람들.'

그 생각 끝에 비화는 입술을 질끈 깨물었다. 온후한 빛이 감돌던 두 눈에 시퍼런 불꽃이 튀었다.

옥진, 아니 해랑.

친자매보다도 더 서로를 위해주며 지내던 사이였다. 옥진이 불러주는 '언가'라는 그 소리는 참 얼마나 듣기가 좋았던가. 저 대사지의 핏빛 비밀도 우리 단둘만 알자고 맹세했었다. 죽어서 무덤 속에 누워도 옥진이 당한 욕됨은 입에 묻히지 않으리라 굳게 다짐한 자신이었다.

그런데? 그 해랑은 지금 나에게 어떻게 나오고 있는가? 다른 사람도 아닌 옥진이 어찌 이 비화에게 그럴 수 있는가? 아직도 해랑이 완전히 이해되지 않았다. 바로 눈앞의 현실이 현실로서 받아들여지지 않았다. 강옥진이 강옥진이 아니듯이, 김비화도 김비화가 아닌 것만 같았다. 영원히 그럴지도 모른다, 영원히.

비화 상념이 잠깐 물러난 것은 주례자 구명근의 다음 행위 때문이었다. 엄숙한 표정의 그는 상투를 튼 얼이 머리에 관을 씌어주면서 축사를 했다. 가관례加冠禮가 행해지고 있었다.

"인자는 어른이 됐은께네, 아이 멤을 내삐리고 어른 멤을 지녀야 할 것이거마는."

상투를 틀고 관을 쓴 얼이 모습. 짙은 갈색 관을 쓰고 역시 짙은 갈색 소매의 흰색 관례 복을 입은 얼이는 그렇게 의젓해 보일 수가 없었다. 아버지 천필구의 체격을 그대로 물려받은 장대한 기골이 그 순간에는 더한층 돋보였다.

'큰이모……'

비화는 가까스로 울음을 참아내고 있는 우정 댁을 이해하고도 남음이 있었다. 지금 그녀는 아들에게서 남편을 보고 있을 것이다. 어쩌면 조금만 더 기다리라고, 나도 곧 당신 옆으로 가겠노라고, 마음속으로 그렇게 얘기하고 있을지도 모른다. 그러면 안 되는데, 더 독하게 살아야 할 텐데.

"술은 맛이 있고, 향기도 좋제."

주례가 술을 권하는 초례를 진행하기 시작했다.

"하지만도 알맞으모 몸에 좋지만도 지나치모 실수를 하거로 된께, 절제해서 마실 줄 알아야 할 것이거마는."

비로소 술을 마실 수 있는 자유가 얼이에게 주어졌다. 그렇다면 지금까지 얼이가 마신 술은 모두가 불법이었다. 금주禁酒의 법을 지키지 않았다.

그런데 얼이는 구명근이 준 술잔을 받아 입에만 아주 약간 댔을 뿐 그대로 상 위에 내려놓았다. 보통 땐 술이라면 조금도 사양하지 않는 얼이였다. 그걸 본 비화는 가슴이 더없이 뻐근해졌다.

'우리 얼이가 인자사 진짜 어른이 됐는갑다.'

돌이켜 보면 참으로 고마운 얼이가 아닐 수 없었다. 만약 얼이가 없었다면 준서는 지금 다니고 있는 낙육재는커녕 서당에도 들어가지 못했을 것이고, 비좁고 어두운 골방에만 들이박힌 채 세상을 등지고 살아갈 수밖에 없는 운명이 아니겠는가? 그것은 상상만 해도 숨이 막히고 몸서리가 쳐질 노릇이었다. 비화는 얼이의 넓은 등판에 대고 마음으로 말해 주었다.

'고맙다이, 얼아.'

잠시 후 초례가 끝나고 이제까지 불렀던 이름과는 다른 새로운 이름, 곧 '자字'를 지어주는 명자례命字禮가 행해질 차례였다.

"자고로 이 자字란 거는 훌륭한 인물이 되라쿠는 소망을 담고 있제. 흐~음."

모두들 무척이나 궁금한 얼굴로 구명근을 바라보았다. 과연 얼이에게 어떤 자가 주어질 것인가? 지금까지는 돌아가신 아버지 생각 등 갖가지 감상에 빠져 약간 정신이 나간 듯 허술해 보이던 얼이 표정도 조금 긴장되어 보였다. 장차 얼이라는 이름 못지않게, 아니 이름보다도 더 자주 불리게 될 자일지도 모른다.

"종산宗山!"

마침내 주례자 입에서 말이 떨어졌다.

종산…….

모두는 더더욱 눈을 빛내며 구명근을 응시했다. 무슨 의미를 담고 있을까. 구명근은 깊은 눈길로 거기 온 식구들을 한번 쭉 돌아본 후 차근차근 설명해주기 시작했다.

"마루 종, 뫼 산, 이렇게 쓰는 종산이오."

종산, 으뜸이 되는 산이었다.

"아, 에나 훌륭한 이름입니더."

돌재가 말하자 밤골 댁도 부창부수하듯 크게 고개를 끄덕였다. 조금전 구명근이 오기 전에 보이던 부부 모습과는 판이했다.

"축하하거마는, 처남."

재영이 오랜만에 웃는 얼굴을 보였다. 안 화공도 헤프지 않은 입을 열었다.

"각중애 큰 산을 그려보고 싶심니더."

비화도 얼이에게 썩 잘 어울리는 자字로 받아들여졌다. 어떤 세파에
도 흔들림이 없이 우뚝 솟아 있는 산. 얼이의 우람한 덩치를 더욱 돋보
이게 해줄 자였다. 그러면 마음 또한 더한층 넓고 커질 것이다.

이윽고 관례의 모든 절차가 끝이 났다. 그렇게 보아 그런지는 몰라
도, 얼이는 한 단계 더 성숙해진 모습과 한결 의젓해진 행동을 보이는
것 같았다. 그의 몸을 감싸고 있는 공기부터 달라진 듯했다.

"에나 욕 마이 보싯심니더."

"쌔이 여 앉으시이소."

주례자 구명근을 최고 상석에 모시고 모두 잔칫상 주위에 둘러앉았
다. 화기애애한 공기가 그들 사이를 감돌았다. 그러잖아도 요리 솜씨가
뛰어난 나루터집 여자들이 지극정성을 다해 마련한 음식상이었으니 얼
마나 맛있을지는 불문가지였다. 술도 여러 가지 종류가 나왔다.

"우리가 앞으로는 얼이 새이한테 말을 높이야 되는 거 아이가?"

혁노가 준서에게 넌지시 물었다. 준서는 대답 대신 얼이 얼굴을 바라
보았다. 얼이가 고개를 내저으며 말했다.

"에이, 남사시럽다 남사시러버. 내 그냥 이대로가 좋다 아인가베. 말
을 그리해싸모 서로 정이 없어질 끼라."

그러자 준서와 혁노가 모반이라도 꾸미듯이 서로 은밀한 눈빛을 주고
받더니 어느 순간 한목소리로 외쳤다.

"종산!"

얼이가 주먹으로 동생들을 쥐어박는 시늉을 하였다.

"아즉 대갈빼이 피도 안 마린 아아들이 감히 어른한테야?"

혁노가 짐짓 정색을 한 얼굴로 따졌다.

"말을 낮추라꼬 한 사람이 금세 그리 바뀌모 되는 것가?"

준서도 혁노와 한편이 되었다.

"가짜배기 어른이다, 가짜배기 어른!"

그러자 너나없이 거기 나루터집은 물론 바로 옆집인 밤골집도 흔들릴 정도로 소리를 높여가며 웃었다.

"하하하."

"호호호."

그때부터 남자들은 남자들끼리 여자들은 여자들끼리 이야기꽃을 있는 대로 피웠다. 그 순간만은 모두가 모든 걸 잊고 있었다. 가슴팍에 맺힌 것도, 머리를 짓누르는 것도, 그 밖의 어떤 것도 없는 사람들로 보였다.

그런데 예로부터 좋은 일에는 반드시 마魔가 끼어들기 마련이라 했던가? 확실히 그런 모양이었다. 절대 그때 그 자리에 동참해서는 아니 될 인간이, 그것도 셋이나 그 모습을 드러낸 것이다.

처음에 식구들은 저마다 눈을 의심했다. 정신을 믿지 못했다. 설혹 그게 현실이 아니라 꿈이라 할지라도 결코 있을 수 없는 일이었기 때문이다. 훤한 백주에 한길에서 머리에 뿔이 나 있는 도깨비를 만났다고 해도 이보다는 덜 충격적일 것이다. 도대체 저것들이 어떻게 여길 왔을까?

누구 한 사람 믿을 수 없게도, 그들은 저 점박이 형제와 맹쭐이었다. 이게 어찌 된 셈인가? 어쨌든 간에 처음 한참 동안은 서로가 상대편 사람들을 집어삼킬 듯이 노려보았을 뿐이었다. 온 세상이 몸을 사리며 숨을 죽이는 것 같았다. 그러다가 맨 먼저 입을 연 사람이 맹쭐이었다.

"성님들요!"

그는 남의 집에 무단으로 들어와서도 아무 거침이 없었다. 심지어 아주 불량하게 손가락을 들어 총으로 겨냥하듯 얼이를 가리키면서 말했다.

"그라고 본께 오늘이 얼이라쿠는 저눔을 어른 맨드는 날인갑소."

맹쭐 눈에 관례 복을 입고 있는 얼이 모습이 들어왔던 것이다.

"얼이라쿠는 저눔이라이?"

그다음으로 말을 한 사람이 혁노였다. 그는 그새 독실한 천주학 신자답게 불의를 못 참는 사람으로 변해 있었다.

"그라고 넘의 집에 허락도 안 받고 이리 마구재비로 들와도 되는 기가?"

그의 매서운 일갈에 가게채와 살림채를 경계 지우고 있는 나무들이 그만 긴장한 얼굴로 몸을 사리는 성싶었다.

"시방 무신 노무 개쌔끼가 짖어쌌고 있노?"

만호가 투박한 주먹을 들어 왼쪽 눈 아래 박혀 있는 크고 검은 점을 쓰윽 문지르며 응수했다. 그는 그동안 더 살이 붙어 초 중량급 씨름꾼 같아 보였다. 가래침이라도 뱉을 기세로 나왔다.

"장삿집에 들오는데도 쥔 허락받아야 하는 벱이 조선팔도 오데 있다 쿠는 소리는 내 몬 들었다."

그러자 뜻밖에도 평소 말이 없는 안 화공이 이내 나섰다.

"여게는 장사하는 데가 아이고, 주인이 사는 덴 기라. 저 문간 밖에 똑똑히 안 써 붙있났더나? 오늘 하로 집안 사정으로 임시휴업 한다쿠는 거."

비화는 그 아슬아슬한 와중에도 저 하판도 목사 시절이 머릿속에 되살아났다. 안 화공이 그림 전시회를 열었을 때였다. 그날 억호 심복 양 득이 와서 그림을 사려고 하는 과정에서 서로 시비가 붙었고, 뒤이어 억호와 배봉도 나타나서 한바탕 뜨거운 불밭을 이루는 위태로운 지경까지 이르렀었다.

그러나 정말로 화가 돋고 난감한 일은 그다음 날에 일어났었다. 배봉에게 뇌물을 받아 챙긴 하 목사가 특별세무조사라는 명목을 붙여 나루터집으로 보냈던 관아 사람들도 있었다. 다행히 아무런 탈세 행위가 드러나지 않아 무사히 넘어갔지만, 이제 와서 돌아봐도 소름이 끼치는 일이었다. 지금 안 화공은 그 기억 때문에 앞으로 나섰을 것이다.

그때 억호가 만호와 맹쭐을 돌아보며 징그러울 정도로 느릿느릿 입을 열었다.

"역시나 우리 짐작이 맞았는 기라. 밤골집 사람들이 술 안 팔고 여게 갔을 끼라고 내가 이약 안 하더나?"

"하이고, 우리 성님!"

처자식까지 둔 맹쭐의 아부 근성은 여전했다. 아니, 못 보던 그새 몇 곱절은 더 늘어나 있었다.

"맞심니더. 우리 성님은 한군자리 떠억 앉아서 천 리를, 아니 억만 리 바깥을 쓱 내다보신다 아입니꺼?"

그러더니 비화를 힐끗 보며 이런 소리도 해댔다.

"그런 분인께 옥지이, 아니 그런 천하절색 부인을 맞이하시지예. 헤헤헤."

그 간사한 웃음에 사물들이 모두 고개를 돌리는 듯했다.

'역적은 돼도 간신은 되지 말라.'

무관 출신 아버지 호한이 간혹 입에 올리는 그 말이 떠오르면서 속이 울컥하는 중에도 비화는 비로소 난데없는 그들의 출현이 이해되었다. 보나 마나 밤골집에 술을 마시려고 왔을 것이다. 그런데 뜻밖에도 가게 문이 열려 있지 않은 것을 보고 그대로 돌아가자니, 엉덩이 뿔난 그들 성깔에 괜히 부아도 치밀고 또 약간은 궁금했을 수도 있었다.

일 년 열두 달 거의 단 하루도 거르지 아니하고 매일같이 영업하는 나루터집과 밤골집이었다. 특히 밤골집뿐만 아니라 나루터집도 문을 닫은 것을 보고, 무슨 일들이 있는지 한번 알아보자고 부추긴 게 맹쭐이었을 것이다. 언제나 먼저 불을 지피는 사람은 그였다.

　물론 제아무리 막 나가는 무뢰배들이라 할지라도 만약 전주前酒가 없었다면 이런 짓까지는 저지르지 않았을 것이다. 그렇지만 얼핏 봐도 혀가 꼬부라지고 다리가 비틀거리는 품이, 그들은 하나같이 이미 만취한 상태였다. 실제로 그들 몸에서는 코를 찌르는 술 냄새가 물컹물컹 나고 있었다.

　"아, 이라모 아니 되지요."

　주례자 구명근의 점잖은 타이름이 나온 것이다.

　"고만들 돌아가시는 기 좋것소. 오늘 이집은 큰 행사가 있다 아이요. 그러이 다린 날 오시고 이만 나가시오."

　구명근이 번지수를 잘못 찾았다. 맹쭐 입에서 곧장 상소리가 튀어나왔다.

　"씨팔! 시방 우리한테 훈개(훈계)하는 것가, 머꼬?"

　구명근의 낯빛이 순식간에 벌게졌다. 그는 턱을 덜덜 떨며 소리쳤다.

　"허어! 저, 저런 개망나니를 봤나? 그 욕 한분 더 해보지 그라나?"

　초시에 합격한 선비답게 그는 여간 꼿꼿한 성품이 아니었다.

　"개 머? 썅!"

　맹쭐이 팔을 걷어붙이려는데 억호가 말렸다.

　"고만하라꼬. 말이사 딱 맞는 소리 아인가베."

　"새이는 누 쪽이오? 딱이고 떡이고⋯⋯."

　만호도 씩씩거렸지만 억호는 공정한 판관인 양 행세하였다.

　"아모리 장삿집이라 캐도 우리가 넘의 집 안에꺼지 들온 거는 잘몬된 기다."

　'저눔이?'

　비화는 억호가 예전의 억호가 아니라는 사실을 새삼스레 깨달았다.

더 무서운 놈이 되어 있다. 술을 머리끝까지 마셨지만, 자칫 흠 잡혀 다칠 짓은 하지 않는 계산적인 인간으로 변신했다. 어쩌면 해랑의 내조가 크게 작용했을지도 모른다. 그런 헤아림만으로도 비화는 머리털까지 활활 불이 붙는 느낌이었다.

'하지만도 우리를 몰상하이(얕잡아) 보모 안 되제. 세월은 너거들만 독점핸 기 아이고 우리도 얻은 기 있다 아인가베.'

또한, 무엇보다도 지금 그들은 수적으로 이쪽보다 열세라는 것을 감안하지 않을 수 없을 것이다. 재영과 안 화공뿐만 아니라 얼이와 혁노 그리고 준서가 모두 남자다. 돌재와 구명근까지 나서면 도합 일곱으로 그들의 갑절이 더 넘는다.

"오늘은 고만 돌아가자."

비화의 생각이 그대로 들어맞았다. 억호가 다른 두 놈에게 짧게 지시하고는 휙 몸을 돌려세웠다. 어떻게 보면 너무나 싱겁게 끝난 대결이었다.

"저거……."

얼이가 급히 따라잡으려는 것을 준서가 얼른 가로막았다. 그것을 지켜보는 비화 입가에 잔잔한 미소가 피어났다.

'우리 준서도 성인식 해도 되것다.'

가게채와 살림채 사이에 울처럼 서 있는 해당화 나뭇가지에 앉은 초록빛 새가 무척 맑은소리로 노래하기 시작했다. 그 새는 전생에 피리 불던 악공이었을까? 구성진 피리 소리를 떠올리게 하였다.

'삐, 삐익, 삐이~.'

그것은 안 화공이 그려놓은 한 폭의 화조도 같았다.

비슷한 시각.

오광대 합숙소에 혼자 있는 효원은 만감이 엇갈리고 있었다. 지난번에 아무도 몰래 살짝 다녀간 얼이 말로는, 오늘 관례를 치르게 돼 있다고 했다.

"아, 그라모?"

효원이 큰 눈을 더욱 크게 뜨고 그를 바라보자 얼이는 부끄럽고 쑥스러운지 손가락으로 머리숱이 수북한 뒤통수를 긁적이며 말했다.

"하모요. 바로 어른이 되는 날인 기요, 어른."

새로 단 방문 고리가 달그락거리는 소리를 내는 듯했다. 언제부터인가 방문은 이 세상을 둘로 나누는 경계로 받아들여지고 있었다.

"어른!"

효원도 어쩐지 가슴이 찡했다. 어른이 된다는 것. 그것은 축복일까, 재앙일까? 아직은 잘 모르겠지만 하나의 큰 분수령임에는 틀림이 없었다.

"어른이 되모 내 자신도 그렇것지만, 넘들도 내를 대하는 기 안 달라지것소."

적잖은 부담감을 품는 빛으로 그렇게 말하던 얼이는 안타깝고 슬픈 표정이 되었다.

"효원도 얼릉 개래를 치러야 될 낀데."

"지가 개래를……."

효원의 조그만 얼굴이 잘 익은 사과처럼 붉었다. 마음은 더 붉어졌다. 붉게 타고 있다가 한 장의 꽃잎이 되어 스러질 것 같았다.

어른이 되는 격식을 통과하기도 전에 치러 버린 얼이와의 합방이었다. 왠지 작은 것을 가지려고 하다가 큰 것을 잃어버린 듯한 불가해한 감정에 사로잡혔다.

'그기 내 운맹이라모 우짜것노.'

그러자 이 효원에게 계례가 새삼스럽게 무슨 의미가 있겠는가 싶었다. 다 부질없는 짓이었다. 하지만 얼이 도령만은 그렇게 치부하고 싶지 않았다. 그는 관례를 통해 진정한 어른으로 거듭나기를 진심으로 원했다.

'무담시 내 땜에 저리 안 돼쁫나.'

효원은 얼이에게 늘 미안한 게 있었다. 갚고 싶어도 갚을 수 없는 큰 빚을 졌으며, 자신이 얼굴을 들 수 없는 죄인이라고 여겼다.

'낼로 안 만냈다모 좋았을 거를.'

아무리 마음 깊이 두고 있는 정인情人이라 할지언정 고백할 수는 없었다. 얼이와 하나가 될 때 그녀는 이미 처녀 몸이 아니었다는 아쉽고 아픈 사실이었다. 물론 전혀 자의는 아니었고 포악한 강득룡 목사의 강압에 떠밀려 어쩔 수 없이 정절을 지키지 못했지만, 그런 일이 없었다면 얼마나 떳떳하고 좋을 것인가 하는 심한 애틋함과 자책감을 지우기 어려웠다.

비록 정확하게는 모르겠지만 중앙황제장군 최종완을 살해한 그날 밤 그 방에서 치러졌던 얼이와의 관계를 통해 효원은 어렴풋이 깨달을 수 있었다. 아마도 그녀가 얼이 도령에게는 최초의 여자라는 사실이었다.

'그나저나 앞으로 우리 두 사람은 우찌될랑고?'

강득룡 목사가 다른 고을로 떠나고 고인보 선비도 한양에 가 있으니, 지금부터는 얼이 도령과 둘이 마음껏 정분을 나누어도 별다른 문제가 없을 것으로 보았는데 그것도 아닌 성싶었다.

'달라진 기 벨로 없다 아이가.'

맞았다. 교방에서 탈주한 관기. 그녀에게는 영원토록 그런 꼬리표가 붙어 다닐 것이다. 교방이 없어지고 관기들 이름이 기적妓籍에서 빠져나오는 날이 오면 몰라도, 그러기 전에는 내놓고 세상 밖으로 나갈 처지가 못 된다는 것을 절망처럼 깨달았다.

'그렇다모 갤국 운젠가 내가 얼이 되련님께 상구 떼거지를 쓴 거매이로, 아모도 우리를 모리는 먼데로 가갖고 살 수밖에 다린 길이 없는 기

까?'

한 발 더 앞선 상상으로 접어들었다.

'만약에 가기 되모 오데가 좋으꼬? 아, 그이와 함께라모 무서븐 호래이가 사는 산골짝도 괘안코, 태풍이 한거석 몰아쳐쌌는 바닷가도 안 괘안컷나.'

그러자 극히 순간적이나마 효원 마음에 화사한 봄꽃이 가득 피어났다. 해맑고 아름다운 새소리가 가슴을 온통 울렸다. 새소리가 들리는 꽃밭 속에서 얼이 도령이 손짓하고 있었다. 효원은 그곳으로 달려가려 했다. 하지만 그녀는 이내 고개를 흔들어야 했다. 돌아서야 했다. 봄 동산을 가로막고 서 있는 사람이 있었다.

'그분을 밀치삐고 갈 수는 없는 기라.'

우정 댁이었다. 아버지가 먼저 가고 없는 얼이 도령에게 유일한 부모인 어머니였다. 얼이 도령 또한 우정 댁에게는 세상천지에서 오직 하나뿐인 외아들이었다. 아무리 이 효원이 얼이 도령을 사랑한다, 할지라도 그들 모자에게 생이별이라는 고통을 안길 수는 없었다. 그렇게 할 얼이 도령도 아니었다.

'얼이 되련님이 효자라쿠는 기 좋더이만, 이럴 때는 안 좋다 아이가. 참말로 시상 머가 옳고 머가 틀린고 모리것다.'

그러나 그렇다고 해서 언제까지 이런 식으로 지낼 것인가? 아무튼, 둘이 오광대패가 되어 살아가는 게 최선의 선택일 것이다. 하지만 그것도 수월치만은 않은 일이었다. 아아, 내게는 왜 이리도 힘들고 어렵기만 한 일들만 기다리고 있다는 말인가?

이번에도 걸림돌은 역시 우정 댁이었다. 그녀가 그토록 애지중지하는 자기 자식을 우리 사회 통념상 귀하게 대접받지 못하는 오광대패가 되도록 그대로 내버려 둘 리는 만무했다. 설혹 높은 벼슬자리까지는 바라지 않더라도 관아 포졸이 되어 죄인을 쫓거나 거상巨商이 되어 떵떵거리며 살아가기를 원하고 있지 않겠는가?

어쩌면 세상은 벼슬보다도 금전이 더 큰소리치는 곳으로 바뀌어 가고 있다. 비화의 장사 수완으로 볼 때 나루터집은 갈수록 더 번창할 것이고, 그렇게 되면 얼이 도령 역시 큰 부자가 되는 것도 그다지 힘든 일은 아닐 것이다.

'도로 얼이 되련님 집안이 다 깨진 쪽바가치 한 개도 없는 가난배이 집안이 돼삐모 더 좋을 거를.'

급기야 효원은 그런 이기적이고 극단적인 생각을 하기에까지 이르고 말았다. 속된 말로, 사랑에 눈이 먼 여자의 철따구니 없는 욕망이었다. 도저히 조리에 맞지 않은, 어쩌면 내가 정신분열을 일으키고 있지는 않을까 하는 무섬증까지 들었다.

그런데 효원을 경계시키기 위한 걸까, 그게 아니면 그 못된 마음을 품고 있는 그녀에게 하늘이 큰 벌을 내리려는 것인가? 참으로 상상도 하지 못한 두렵고 경악할 사태가 벌어지려 하고 있었다.

"보소! 보소! 거 방 안에 누 없는 기요?"

별안간 그런 고함이 방문을 세게 흔들었다.

'여자 목소리 아이가!'

효원은 그대로 숨이 멎어버리는 것 같았다. 처음 들어보는 여자 목소리였다. 게다가 그 낯선 목소리는 방문 바로 밖에서 들려오고 있었다. 얇은 문종이 한 장을 사이에 둔 거리였다.

'우찌 들온 기까?'

당장 머릿속에 떠오르는 게 그런 의문이었다.

'날개 달린 새매이로 휑 날라들온 거라모 몰라도.'

언제나 안으로 꼭꼭 걸어 잠가 놓은 그 집 대문이었다. 열쇠를 가지고 있는 사람은 오광대 사람들뿐이었다. 말이 합숙소지 실제로 거기 와서 잠을 자는 사람은 없었다.

그리고 또 하나, 지금 오광대패 속에 여자는 없다. 효원 그녀만이 유일한 여자다. 그런데 어떻게 저 여자가 이 집 안으로 들어올 수 있었을까.

'해나 최종완의 혼이 여자로 둔갑해갖고 들온 기 아이까?'

너무나 놀란 나머지 효원이 얼토당토않은 그런 생각까지 하면서 덜덜 떨고 있는데 여자 목소리가 다시 들렸다. 이번에는 앞서보다 좀 더 앙칼스러웠다.

"댓돌 우에 신발이 놓인 거 보이, 틀림없거로 안에 사람이 있는 거 겉은데, 퍼뜩 방문 한분 열어보소, 야?"

계속 버텨봐야 어쩔 도리 없었다. 효원은 마구 후들거리는 다리로 간신히 일어서서 저승문을 여는 심정으로 방문을 열었다.

"……."

거기 방문 밖에 흰 저고리와 짙은 보랏빛 치마를 입은 웬 여자 하나가 서 있었다. 눈을 크게 뜨고 자세히 살펴보았지만, 난생 초면인 그 여자는 중년으로 접어든 나이였다. 대뜸 죄인 신문하듯 하였다.

"안에 있음시로 사람이 그리 불러도 와 얼릉 문도 안 열어보요?"

아낙은 처음부터 시비조였다. 앞가슴이 들썩일 정도로 마구 씩씩거렸으며 얼굴이 벌겋게 달아올라 있었다.

"누, 누신데?"

효원은 가까스로 물었다. 그 와중에도 아낙의 신분이 궁금하기 그지없었다. 도대체 어디 사는 누구기에 무슨 수로 대문을 따고 집 안으로 들어올 수 있었을까? 도둑처럼 담장을 넘어서 들어온 것 같지는 않았다. 그뿐만 아니라 또 처음 보는 나에게 삿대질까지 해댈 기세로 저렇게 큰소리를 치다니?

'해나 미친 여자가 아이까?'

이번에는 그런 의구심이 들었다. 그만큼 모든 것이 비정상적으로 다가오는 것이다.

'우찌 보모 광녀 겉기도 안 하나.'

그렇지만 그때까지만 해도 그런대로 나왔다. 아낙의 입에서 이런 소리가 떨어지는 순간, 효원은 그대로 방바닥에 털썩 주저앉거나 문턱 밖으로 굴러 내릴 뻔했다.

"내는 여서 오광대 놀던 최종완 그 사람 아내요."

아낙은 그렇게 말하는 게 아닌가! 아마 효원이 세상에 태어나서 지금까지 들었던 소리 가운데 그보다 더 충격적인 것은 없을 것이다.

"예? 최, 최?"

효원은 영락없이 귀신을 본 사람 같았다. 그럴 수밖에 없었다. 최종완의 처가 그녀 앞에 나타난 것이다. 효원은 이빨을 딱딱 부딪치며 간신히 생각의 끈을 놓치지 않았다.

'내 죄의식이 환영으로 나타나 보이는 기까?'

아낙의 입귀가 보기 흉할 정도로 크게 일그러지며 이런 소리가 흘러나왔다.

"그 양반 유품을 정리하다가 이 집 대문 열쇠를 발견했제."

'그랬구마.'

효원은 그제야 깨달았다. 아낙은 최종완이 가지고 있던 열쇠로 대문을 따고 집 안으로 들어온 것이다. 어쩌면 아직도 최종완의 손때나 체취가 고스란히 묻어 있을 열쇠였다.

'으, 무시라.'

효원은 치를 떨었다. 하지만 그보다도 더욱 효원을 안절부절못하게 몰아간 것은, 최종완의 아내인 그녀가 왜 이곳에 왔는가 하는 거였다. 최종완이 살아 있었을 당시에도 그녀는 한 번도 그 모습을 보이지 않았다.

그런데 효원의 그 의문은 이내 풀렸다.

"우리 그 양반이 하로아츰에 고마 행방불맹 돼삐리고 나서, 내가 온 시상천지를 이리 미친년맹캐 쏘댕기고 있제."

"흐."

효원은 또 한 번 간담이 덜컥 내려앉고 머리털에 활활 불이 붙는 느낌이었다. 아낙은 흰자위가 번득이는 눈으로 주위를 둘러보며 말했다.

"그란데 여 생각은 와 인자사 했는고 모리것는 기라."

효원은 정신이 아뜩해지고 있는데, 아낙은 범죄 혐의자를 딱 꼬집어서 말하는 관헌 같았다.

"그 양반이 집하고 한약방 담으로 많이 있던 데가 바로 요기 아인가베."

효원은 입을 열기는커녕 심장마저 얼어붙는 듯했다. 무슨 냄새를 맡은 것인가?

'우, 우뚷게?'

고함이라도 내지르지 않으면 가슴이 터져나갈 것만 같았다. 더욱이 아낙 입에서는 갈수록 효원을 미쳐나게 할 소리가 이어졌다.

"그란데 처녀는 누요?"

옆집에까지 들릴 정도로 아낙의 목청이 커지고 있었다. 효원은 덜미를 틀어 잡힌 듯한 느낌과 함께 온몸이 콩알만 한 크기로 쪼그라드는 기분이었다.

"에나 말 안 할 끼요?"

팔이 남자처럼 굵은 아낙은 시퍼런 도끼눈을 하고 효원의 몸을 집어 삼킬 듯이 위아래로 훑어보았다.

"내가 듣기로는, 오광대패 속에 여자는 하나도 없는 거로 알고 있는

데……."

"저, 저, 그, 그거는."

무슨 대꾸든 하기는 해야 하겠는데, 입이 떨리는 바람에 제대로 말을 할 수가 없었다. 사실 누구라고 해도 그럴 수밖에 없을 것이다.

"그래도 끝꺼지?"

아낙의 얼굴은 불을 담아 부은 듯싶었다. 불귀신이 있다면 그러할 까. 그녀는 소매를 확 걷어붙일 태세를 취하면서 크게 따지는 어조로 물었다.

"우쨌든 밖으로 좀 나올라요, 아이모 내가 방으로 들가까?"

"그, 그, 그."

또다시 벙어리 총각 효길이로 돌아가 버린 것인가? 효원은 진짜 벙어 리처럼 그저 더듬거리기만 하였다.

"물어보고 싶은 기 하나둘이 아이거마."

아낙의 말은 아픈 침을 놓는 듯했으며, 효원은 중병을 앓는 환자가 내는 신음 같은 소리만 내었다.

"내 요분 참에 끝을 봐야제."

효원을 잔뜩 노려보는 아낙은 마지막 단서를 잡고 그것을 물고 늘어 지려는 기색이 역력하였다. 여기서마저 어떤 것을 얻어내지 못하면 완 전히 포기해 버릴 수밖에 없다는 절박감이 엿보였다. 그리고 보면 그녀 가 당하고 있는 고통과 분노는 효원의 그것을 훨씬 뛰어넘고 있는 것이 아닌가 싶었다.

"끄, 끝?"

그렇게 절규하면서 효원은 아낙이 이해는 되었다. 그야말로 생때같은 제 서방을 하루아침에 잃었으니 그 참담하고 억울한 심사야 오죽하겠는 가? 효원 자신이라면 아낙보다 더 심할지도 모른다.

"아, 안으로 드, 들오이소."

효원은 가까스로 그렇게 말했다. 언제까지고 사람을 그렇게 방문 밖에만 세워놓을 수도 없겠거니와, 탁 트인 마당보다는 조금 더 밀폐된 방이 나을 것 같아서였다.

"진즉 안 그라고?"

"……."

"비키소!"

아낙은 효원을 거칠게 옆으로 밀치며 단숨에 문지방을 넘어 방으로 들어오자마자 방바닥에 철버덕 주저앉았다. 조금만 더 바깥에 서 있었다면 기력이 쇠진하여 무슨 일이 일어났을지 모른다. 그러고는 효원더러 들으란 듯이 아낙은 혼잣말로 곱씹었다.

"내 죽고 니 죽고……."

독기와 지친 빛이 한데 뒤엉킨 모습이었다. 효원은 또다시 쓰리고 아픈 상처 들여다보는 심정으로 생각했다. 그 아낙이 아닌 다른 여자라도 그럴 만은 했다.

"안 있능가베?"

"예? 예."

아낙은 창을 들고 효원은 방패를 들었다.

"우떤 사고가 있었어도 요 말고는 없다!"

공격과 수비가 모두 막장을 헤매었다.

"무, 무신 마, 말씀을?"

고을 원님이나 감사監司, 병사兵使, 수사水使 등이 공사를 처리하는 동헌 마당도 아닌 오광대 합숙소 방에서 신문 아닌 신문이 벌어지고 있었다. 이렇다 할 장식 하나 돼 있지 않은 그곳에는 두 여자가 주고받는 소리가 공허한 메아리처럼 울려 퍼질 뿐이었다.

166

"지, 지는 여, 여 온 지 올매 아, 안 돼서, 아, 아모것도 모, 모립니더."

최종완의 처가 묻는 말마다 효원은 그런 대답으로 일관했다. 모르쇠로 나갈 수밖에 달리 방도가 없었다.

"그냥 모린다는 말밖에 할 줄 모리요?"

"모, 몰라서예."

차라리 모른다는 말도 할 수 없는 벙어리 총각 효길이가 부러울 순간이었다.

"그라모 아는 거는 머시요?"

"그, 그거는……."

똑같은 소리들만 되풀이되었다.

"허, 또?"

아낙은 너무나 답답해하면서도 어쩌지를 못하는 기색이었다. 오광대패에 들어온 지 얼마 지나지 않아 아무것도 모르겠다는데 어쩌겠는가? 눈을 뺄 수도 없고 귀를 자를 수도 없는 노릇인 것이다.

"모린다쿠는 이약만 하지 말고 머라도 함 말해 보소."

아낙은 시종 말하고 효원은 시종 듣는 쪽으로만 시간이 지나갔다.

"목심 걸고 내기를 해봐라. 내사 반다시 알아내고 말 끼다."

이웃한 어느 집에서 부부싸움이라도 하는지 만취한 남자 목소리와 찢어지는 여자 목소리가 들렸다.

"안 그라모 내가 사람이 아이제."

급기야 최종 판결과도 같은 이런 말이 나오고야 말았다.

"우리 그 양반은 누가 쥑인 기라!"

"쥑, 쥑이?"

아무리 자제하려고 애를 써도 효원의 전신은 파들파들 떨렸고, 아낙은 낫 끝 같은 매서운 눈초리로 효원을 노려보면서 저주처럼, 어떻게 들으면 낙담같이 중얼거렸다.

"죆이갖고 시체를 넘들 모리거로 파묻어 놨을 끼다."

"흐으으."

효원은 생매장을 당하는 느낌이었다. 아낙은 그날 일어났던 일을 처음부터 끝까지 천리안으로 지켜보았던 사람 같았다.

"시방도 몸이 막 썩어들가고 안 있것나, 썩어들가고."

"아."

효원은 두 손으로 귀를 틀어막고 싶었다. 그런 효원에게서 무언가를 캐내려는 듯한 독기 오른 아낙의 눈빛은 갈수록 표독스럽기 이를 데 없었다. 세상 끝장을 다 보고 나서야 그 신문을 그만두기로 작정한 모양이었다.

"시체가 발딱 일어나갖고, 알것제, 무신 말인고?"

"……."

"지를 죆인 것들한테, 이것들아!"

하느님도 부처님도 어쩌지 못할 것 같은 여자였다. 최종완의 원혼은 영원히 죽지 않을 중앙황제장군으로 환생하여, 한때 그의 아내였던 그 아낙이 자기 원수를 갚아줄 날까지 하수인으로 삼아 절대 풀어주지 않을 듯싶었다.

콩가루 집안 풍경

호주 선교사 달렌과 그의 부인 시콜리가, 조선인 기독교 신자인 김애성과 더불어 그 고을에서 하느님을 알리기 위한 선교 활동을 펼치기 시작했다.

비록 몹시 허름한 초가집이긴 했지만 그래도 예배를 볼 수 있는 장소를 마련했다는 것은 그들로서는 정녕 가슴 벅차오를 일이 아닐 수 없었다. 성 북문 안에 있는 초가집이었다. 예배처소와 임시사택으로 사용하기로 했다.

"머라꼬?"

"시상에, 그런?"

"두고 보자보자 하이……."

"이거 가마이 놔두모 안 되것다."

"하모, 하모."

그런데 그 외국 선교사들이 조선인 신도들에게 하는 소리가 밖으로 나돌면서부터 그곳 백성들 사이에는 적잖은 거부반응이 일기 시작했으니, 그게 돌이킬 수 없는 크나큰 화근이었다.

그들은 그 고을을 음란함과 사악함이 크게 판을 치는 이른바 저 '고린도성'으로 보았다. 우상숭배가 만연하는 '아덴성'이라는 거였다.

"지금 조선의 사회와 국가는 캄캄한 그믐밤과 같습니다."

달렌이 한 그 말을 나루터집 식구들에게 전해준 사람은 다름 아닌 혁노였다. 그 당시는 배나무골에서 선교하던 엄 신부가 끝내 아전들과 망나니들의 방해를 견디지 못하고 마산으로 가버린 후였다. 혁노는 엄 신부와의 마지막 순간을 결코 잊을 수가 없다.

"엄 신부님!"

혁노는 울먹이며 엄 신부를 불렀다. 그가 외국인이라는 사실을 자기 마음속에서 몰아낸 것은 이미 오래전이었다. 같은 천주교인으로서 같은 핏줄을 나눈 형제처럼 지내고 있었다. 말하자면 모두가 목자이신 하느님의 어린 양들이었다.

"혁노 총각, 할 말이 없네."

엄 신부는 오히려 미안스러워했다.

"그렇지만 언젠가는 반드시 하느님의 부르심을 받고 이 고을로 다시 돌아올 것을 굳게 약속하네."

혁노는 어미소와 떨어지는 송아지 모양으로 울부짖었다.

"시, 신부님이 가, 가삐리시모 우, 우찌합니꺼?"

그는 들썩이는 혁노 어깨에 가만히 손을 얹었다.

"그러니 부디 그때까지는 괴롭고 힘들더라도 참고 기다려주기를 바라네."

"예, 흑흑."

얼굴 가득 눈물 자국이 번질거리는 혁노 얼굴을 억지로 외면하였다.

"제발 이제 그만하시게나. 이러지 말라고 내가 미리 하느님 뜻을 전해주었거늘, 혁노 총각이 자꾸 이런 모습을 보이면 나는 어떡해?"

사탄의 어떤 유혹이나 협박에도 넘어가지 않고 오로지 성모 마리아님만을 가슴에 담아둔 채 살아가고 있는 그도 말을 제대로 잇지 못했다.

"신부님!"

"……."

잠자코 눈을 감는 엄 신부 속눈썹이 파르르 떨렸다.

"신부님!"

연이어 그를 불러대기만 하는 혁노 소리는 동이째 피를 토하는 소리와 유사했다. 순교한 아버지 전창무를 조선인 누구보다 기리고 애틋해하던 그였다. 훗날 반드시 조선 역사에서 정당한 평가를 받을 것이라고 용기와 꿈을 심어주던 이도 그였다.

"우리가 비록 몸은 서로 떨어져 있다 하더라도……."

배나무골에서 생활하고 있어서일까? 그의 몸에서는 어쩐지 달달한 배 냄새가 풍기는 것 같았다. 화사한 배꽃을 연상시키는 용모가 여자보다도 맑고 아름다운 그였다.

"언제나 마음은 포근한 하느님의 집 울타리 안에서 함께 지낸다는 것을 한시도 잊지 마시오."

점점 감정이 치받치는 그는 손을 들어 쉴 새 없이 성호만 그었다.

"예, 흑흑."

"그럼 다시 만날 그날까지……."

아기 예수를 품에 안은 성모 마리아가 내려다보고 있는 밑에서 서로 부둥켜안았다.

"신부님!"

"혁노 총각!"

그렇게 아무 기약도 없이 이별한 엄 신부였다. 그런 엄 신부와는 다르게 조선을 그믐밤으로 보고 있다는 호주선교회 이야기를 혁노에게 전해 들은 얼이는 흥분해서 난리였다.

"그들이 그런 말을 했다꼬?"

"그랬다, 성아."

"아모리 목적이 있다 쿠더라도 그렇제."

"나뿐 뜻에서는 아일 끼다."

"할 말이 있고, 해서는 안 될 말이 있는 기라."

"그런께 말이다."

혁노는 그게 자신의 죄인 양 몸 둘 바를 몰라 했다. 마음이 착하고 여린 사람은 여러 면에서 상처를 입기 마련이었다.

"그거는 마, 내 볼 적에는 안 있나."

"새이야."

언제부터인가 혁노의 말끝은 왠지 종소리의 여운을 닮아가고 있었다. 그리고 그 사실을 맨 먼저 입에 올린 사람은 준서였다.

"그 사람들이 우리 조선 역사와 문화를 무시한 소리다."

얼이는 두꺼운 가슴팍을 쑥 내밀며 말을 계속했다.

"예전에 스승님이 우리 제자들한테 머라쿠싯는고 아나?"

혁노는 직접 가르침을 받은 적은 없지만, 준서나 얼이 못지않게 마음으로 존경하고 있는 이의 말이 나오고 있었다.

"우리나라 역사와 문화는 세계 오데 내놔도 절대 손색이 없다."

얼이는 훈장 권학이 화를 낼 때의 모습을 그대로 빼다 박았다. 관례식을 치른 후로 부쩍 어른이 된 모습이어서 더 그런 느낌을 주는지도 모른다.

"머라꼬? 그 위태로븐 기 에린 아를 뜨거븐 화덕 가새(가)에다가 둔거하고 겉다, 그리 캤다 말이가?"

그때 옆에 앉아 골똘한 상념에 잠긴 채 묵묵히 두 사람 대화를 듣고 있던 비화가 입을 열었다.

"내 듣기에도 그리 말하는 거는 쪼매 그렇거마는."

그러자 얼이는 '그렇지예?' 하는 얼굴이었고, 혁노는 그저 낯만 붉혔다.

"우리 고을을 탕자蕩子하고 창녀들이 우글거리는 곳이라 캤다이?"

언짢은 표정을 짓는 비화에게 혁노가 어쨌든 좋은 방향으로 이끌려는 의도이기라도 한 듯 이렇게 물었다.

"그런 이약하모 말입니더, 우리 조선 사람들이 상구 안 좋아할 끼라는 거를 그 사람들도 모리지는 안 할 낀데, 우째서 그런 소리를 하는고 잘 모리것어예. 해나 아시것어예?"

비화가 눈썹을 모으며 신중한 목소리로 대답했다.

"내가 볼 적에는 안 있나, 우리 고을을 야소교(예수교) 성지로 맨들라 쿠는 으욕이 너모 앞선 탓인지도 모리제."

혁노는 크게 깨쳤다는 표시로 고개를 끄덕였다.

"역시 아모리 좋은 뜻이라 캐도, 그기 너모 지나치모 안 좋은갑다, 그지예?"

얼이가 무슨 말인가를 하려다 그만두었다. 그 또한 성인식을 치르기 전과는 달라진 모습이었다.

"머시라도 넘치는 거는 도로 모지라는 거보담도 더 안 좋제."

비화 눈빛이 가을날의 남강 물만큼이나 투명하고 맑아 보였다.

"재물도 그렇고, 배실(벼슬)도 안 그렇나."

그 말을 듣고 있던 혁노가 얼이를 한번 슬쩍 건너다보고 나서 또 물었다.

"그라모 사랑은 우때예?"

"사랑?"

뜬금없는 그 말에 그만 아리송한 표정이 되는 비화였다. 하지만 혁노는 시치미를 잡아떼는 것 같은 목소리로 반복하였다.

"예, 사랑예."

비화는 혁노가 그렇게 나오는 의도를 잠시 짚어보는 눈치였다.

"우떤 사랑 말고?"

잠자코 웃기만 하는 혁노였다.

"인간들에 대한 하느님의 사랑?"

혁노가 입을 열기도 전이었다.

"에이, 누야도."

얼이가 먼저 약간 김빠진다는 어투로 끼어들었다.

"혁노는 장마당 천주학 이약만 하는 사람인 줄 압니꺼?"

혁노가 얼이를 향해 혀를 쏙 내밀어 보였다. 정말 얼이 말대로 천주
교인과는 아무 상관도 없어 보이는 혁노였다.

"천주학 이약만 안 하모?"

비화는 그렇게 되물으면서도 웃음이 삐져나오려 했다. 역시 이놈들은
아직도 참 좋은 봄날이구나 싶었다. 그러면 나는 여름? 가을?

설혹 겨울이라도 때가 되면 기꺼이 수용하는 마음가짐이 더 중요하겠
지. 그렇지만 그런 감정은 잠시였고 곧이어 어쩐지 마음 한구석이 연鳶
에 난 방구멍만큼이나 휑뎅그렁해짐은 어쩔 수 없었다.

'다미를 보는 준서 눈빛에서 느끼는 것은, 시방 이 아아들이 말하는
그거하고 우떤 차이가 있을까?'

그런 착잡한 기분에 젖어 드는 비화 귀에 얼이와 혁노가 주고받는 소
리들이 아주 머나먼 곳에서처럼 들려왔다.

"혁노 니는 천주학 하는 처녀하고만 사랑할 끼제?"

"그리 이약하는 얼이 새이 니는 농민군 하는 여자하고 사랑 안 하고
와?"

그 말끝에 둘은 똑같이 비화 눈치를 보더니 짐짓 씨부렁거리는 어조로 말했다.

"혁노가 예수님 믿는다쿠는 거도 말짱 도루묵인갑다. 진짜로 믿는 사람 겉으모 넘 약점 잡는 그런 짓은 안 한다."

"도독이 지 발 저린다더이, 그기 우째서 약점 잡는 소리라 말이고?"

말싸움에서는 얼이가 혁노를 못 당했다. 얼이는 정면 대결을 포기하고 에둘러 공격하기 시작했다.

"온냐, 좋다. 니는 우떤 여자하고 남강이 마리고 비봉산이 다 닳거로 사랑하는고 내 딱 지키볼 끼다."

혁노는 열 겹으로 방어했다.

"인자 왜눔들이 우짜는고는 안 지키볼랑갑네?"

얼이도 물러서지 않았다.

"그거는 약점 잡는 소리 아이고 머꼬?"

혁노는 얼이 밑천이 다 드러났다고 공포하듯 하였다.

"또, 또 그눔의 약점!"

"그라모 약점이 아이고 강점이가? 히히히."

한동안 혁노와 그렇게 입씨름을 벌이고 있던 얼이가, 그 자리에 없는 듯 혼자 줄곧 침묵을 지키고 있는 준서에게 고개를 돌리면서 말했다.

"준서 니도 머라꼬 입 좀 열어 봐라."

똑똑한 동생한테서 자문을 구한다는 식이었다.

"사랑에 대해서라모 더 좋고."

그러자 뜻밖에도 준서 낯빛이 벌게졌다.

"어? 준서가 각중애 와 저랍니꺼?"

혁노가 이해할 수 없다는 듯 비화와 얼이를 번갈아 바라보면서 물었다. 그러고는 곧이어 혼잣말을 하였다.

"얼이 새이가 벨 말도 안 했는데 이상타."

그 순간 비화는 내심 아프게 짚이는 게 있었지만, 일부러 영문을 모르겠는 표정으로 고개를 조금 갸웃해 보였다.

"준서야."

준서는 자다가 불똥 맞은 아이가 크게 놀라는 것 같았다.

"아, 아이라예!"

다른 사람들이 뭐라고 얘기하기도 전에 또 금세 변명을 늘어놓는 품새였다.

"아모것도 아인데예."

비화를 뺀 나머지 두 사람은 여전히 알 수 없다는 빛이면서도, 조금 전에 혁노가 전해주었던 그 호주 선교사 달렌의 말을 놓고 또 이런저런 얘기들을 나누었다.

그런 그들을 잠시 멍하니 바라보고 있던 준서는 아무 말 없이 일어나더니 방문을 열고 밖으로 나가 버렸다.

"혁노 말매이로 에나 이상타."

얼이가 완전히 닫혀 있지 않은 방문 쪽을 바라보면서 비화에게 물었다.

"누야, 준서가 각중애 와 저라지예?"

비화는 어쩔 수 없이 모르쇠로 나갔다.

"그런께 말이다. 내도 모리것다."

얼이와 비화 말을 듣고 있던 혁노가 수수께끼를 풀듯 말했다.

"준서가 어른이 돼갈라쿠는 거 겉심니더."

얼이가 피식 웃었다.

"머? 어른? 인자 지 나이가 몇인데?"

비화가 이런 소리를 하는 게 좋을까 하지 않는 것이 좋을까 하고 한참 동안 망설이는 기색이더니 입을 열었다.

"하여튼 머가 있기는 있는갑다. 내중에 너거가 살짝 함 물어봐라."

얼이와 혁노는 약간 심각해진 얼굴이 되었다.

"알것심니더."

"알아갖고 말씀드리께예."

어머니와 형들이 자신을 놓고 그렇게 염려하고 궁금해하고 있을 때, 자기 방으로 들어간 준서는 바람벽에 등을 붙이고 앉아 하염없이 상념에 빠져들고 있었다. 이 세상 그 누구도 모를, 오직 혼자만이 가슴 가장 깊은 곳에 묻어 두고 있는 비밀이었다.

이틀 전 일이다.

준서는 우연히 어머니 방에서 새 나오는 대화를 들었다. 안골 백 부잣집 손녀 다미가 또 왔던 것이다. 그런 사실 하나만으로도 준서는 심장이 뛰고 낯이 화끈거렸다.

자기 할머니 염 부인의 죽음 이면에 숨겨져 있을 비밀을 알아내려고 하는 다미와, 아직도 그것을 말해줄 수 없다고 굳게 믿는 비화와의 힘든 줄다리기는, 도무지 언제 그 끝을 보일지 누구도 모를 일이었다. 그 이야기를 하다가 지금 혁노가 전해주고 있는 호주 선교사 부부에 대한 말도 나오고 있었다.

"다미 처녀도 야소교를 믿는가베?"

약간 놀라는 어머니 목소리에 이어 언제나처럼 야무진 다미 음성이 들렸다.

"달렌 그분이 세울라쿠는 여핵조에 가서 공부를 할 작정이라예."

좀처럼 듣기 힘든 흥분된 어머니 음성이 들렸다.

"아, 여핵조?"

"예."

다미 목소리는 차분했다. 적어도 그 순간만은 그들 두 사람 나이가 서로 뒤바뀐 것 같았다.

"내도 하매 그 소문은 들었제."

"그래예?"

준서는 자신도 모르게 방문 쪽으로 한 걸음 더 다가갔다.

"내 말고도 들은 사람이 술찮이 될 끼거마는."

"예에."

잠시 서로 말이 없는가 싶더니 대화가 이어졌다.

"에나 잘된 일인 기라."

"마님도 그리 생각하시는 모냥이네예."

퍽 느꺼운 어머니 목소리였다.

"비어사 진무 스님께서 장마당 내한테 말씀하시던 그 여성교육 아인 가베."

"그라모 진무 스님께서도 우리 여성교육에 관심이 있으시예?"

매우 놀라고 감격하는 다미 음성이었다.

"하모, 올매나 관심을 마이 갖고 계신다꼬."

"지는 몰랐심니더."

가게채와 살림채를 경계 짓는 나무에서 까치가 울었다. 언제 어느 곳에서 들어도 반가운 까치소리다. 그런데 까마귀도 울었다. 그 소리도 지금은 반갑다. 그게 현재 준서의 마음이었다.

"그거뿌이 아이제."

"예?"

준서는 한층 귀를 기울였다.

"책에는 또 우떠신고 하모……."

화제가 갑자기 책으로 바뀌었다.

"책에도예?"

다미가 내는 말소리의 음색도 변했다.

"그렇거마."

회상에 젖는 비화 목소리가 이어졌다.

"운젠가 한 분은 내를 종이 맨드는 공방에도 데리가싯다."

"아, 공방에 말입니꺼?"

두 사람 이야기는 바닥을 몰랐다. 아주 사이가 좋은 고부간에 나누는 정담이 따로 없었다.

"내도 기회가 되모 안 있나."

까치 소리와 까마귀 소리가 조화를 잘 이루었다.

"운제든지 우리 여성교육을 위해 심쓸 끼거마는."

비화 다짐에 다미는 크게 감동한 모양이었다.

"아, 마님께서도?"

그쯤에서 이야기가 또 한 번 다소 다른 방향으로 흘렀다.

"참, 그거는 그렇고, 야소교를 믿어본께 우뗳던고?"

그러고 나서 비화는 다미가 입을 열기 전에 먼저 무척 조심스럽게 말했다.

"염 부인께서는 생시에 부처님을 뫼싯제."

다미 대답이 옹골찼다.

"믿음은 다 안 겉것심니꺼."

까마귀가 남강 쪽으로 날아갔다. 날개를 활짝 펼치니 나뭇가지에 올라앉아 있을 때보다 몸 크기가 배는 돼 보였다. 역시 새는 날아야 멋이 있다면, 사람은 어떻게 할 때 최고로 멋이 있을까? 짧은 순간 준서 뇌리를 스친 생각이었다.

"믿는 대상은 달라도예."

비화는 잠시 말이 없고 다미 음성이 또 들렸다.

"달렌 선교사님 설교를 잘 들어본께, 우리 고을에 곤칠 끼 쌔뻿다쿠는 생각은 지도 들데예."

비화가 입을 열었는데 그 음성이 다소 복잡한 빛을 띠었다. 그래서 준서는 공연히 혼자 마음을 졸였다. 어머니 이 말에는 분명 그때까지와는 다른 어떤 거부반응이 담겨 있었다.

"그래? 그런가?"

지금 준서 가슴 한복판에 비수처럼 깊숙이 박혀 있는 게 바로 다미의 그 말이었다. 우리 고을에 고칠 게 많다는…….

그런데 어머니와 얼이 형, 혁노 형은 하나같이 달렌이라는 선교사의 그 말에 적지 아니 감정이 상하는 눈치였다. 준서 자신 또한 그래야 마땅할 터였다. 그가 우리 고을에 온 지 얼마나 되었다고, 얼마나 알아서 그런 말을 꺼내는가 말이다.

그러나 다미. 그랬다. 다미가 그렇게 생각한다면…….

준서는 자신도 모르게 뒤통수를 바람벽에 쿵쿵 찧어대기 시작했다. 마치 머릿속에 저장된 모든 생각을 가루로 만들어 버리기 위한 사람 같았다. 또한, 목이 콱 메면서 눈에서 복병처럼 눈물이 왈칵 쏟아졌다.

내가, 이 준서가, 빡보만 아니라면. 얼굴이 얽었다고 마음까지 얽은 것은 아닐 텐데, 그러나, 그렇지만…….

다미를 처음 본 그날이 영원히 치유할 수 없는 깊은 상처가 되어 준서 마음을 아프게 찔러왔다. 불가시가 박혀도 그토록 지독한 통증은 아닐 것이다. 단 한 번 보는 순간에 왜 그다지도 온통 마음을 빼앗겨 버렸던가?

어쩔 줄 몰라 그저 허둥거리던 자신의 몰골이 너무나 못나고 치욕스럽게 여겨졌다. 그것도 어머니가 보는 앞에서였다. 어린 새처럼 조그만 그 처녀애에게, 왜 나는 좀 더 떳떳하고 의연하게 처신하지 못했나? 내 그릇이 그 정도밖에 되지 못한다는 말인가? 그렇다면 나에게는 미래가 없다.

'내사, 내는.'

준서는 철이 들기 시작하면서부터 남들 모르게 결심하고 있는 굉장히 위험천만한 게 있었다. 한평생 절대 여자를 가까이하지 않겠다는 것. 얼굴이 얽어버린 빡보라고 해서 혼자 살라는 법은 세상천지 어디에도 없겠지만, 그 누구보다도 강한 자의식이 그를 그렇게 일방적으로 몰아붙이는 건지도 몰랐다.

요즘도 시간만 비었다 하면 혁노와 더불어 자연 속을 헤매고 다니듯, 준서의 장래 꿈과 희망은 동식물들을 가까이하면서 살아가는 것이었다. 사람들보다는 그것들이 더 좋았다. 아니었다. 솔직히 털어놓자면 좋다기보다도 마음이 편했다. 그것들과 같이 있으면 흡사 아기를 재울 때 조용히 노래처럼 부르는 '자장자장' 소리를 듣는 기분이었다. 말하자면 그는 '자연의 자식'이었던 것이다.

그런데 다미를 본 후부터 준서의 그런 결심은 밑뿌리부터 크게 흔들리기 시작했다. 다미와 함께하는 꿈을 꾸고 나서 눈을 뜨면 미칠 것만 같은 그리움에 부대꼈다. 아니, 제 얼굴을 예리한 칼로 마구 난자해 버리고 싶었다. 심지어 무두묘에 묻혀 있다는 혁노 형의 아버지 전창무처럼 머리가 없는 인간이 돼버렸으면 했다.

'그 처녀, 아, 그 처녀는!'

다미는 준서 자신에게 어떤 모양과 빛깔의 감정을 품고 있는지 알 길이 없었다. 아니, 그가 느끼기에 그녀의 관심은 오로지 염 부인 죽음에 얽혀 있을 저 비밀에만 쏠려 있는 듯했다. 할머니가 명주 끈으로 목을 매단 비어사 대웅전 뒤편 고목에만 머물러 있을 것 같았다.

그리고 그다음으로 그녀 마음을 사로잡는 것은, 야소교와 여학교가 아닐까 싶었다. 그래, 여학생, 여학생이다.

결국, 그녀 마음 어느 귀퉁이에도 '박준서'라는 한 곰보의 존재 따윈 그림자조차도 자리 잡고 있지 않을 거란 생각에 가슴이 온통 미어지고 있었다. 살고 싶지 않다는, 그런 소리가 그의 몸 안에서, 몸 밖에서, 지독한 귀울음이 되어 윙윙 울렸다.

시간은 비봉산같이 멈춰 있는 듯하더니 남강처럼 흘러가고 있었다.

그것은 만인에게 공평하다고 하겠지만, 어쩌면 그게 아니라 매우 다르게 작용하고 있는지도 모른다. 어찌 됐건 생명은 다 살아가게 되어 있었다. 죽었다고 해서 끝이라고 할 수도 없었다.

그런데 그 고을 최초의 여학교가 세워지게 된다는 경이로운 소문이 나돌기 시작한 어느 날, 만호의 집에서는 뜻하지 않은 사건 하나가 일어났다. 은실이가 아버지 만호에게 깜짝 놀랄 부탁을 한 것이다.

"아부지, 지도 그 핵조에 댕길 수 있거로 해주이소."

어느새 어엿한 처녀티가 나는 은실이었다. 아니, 조금만 더 하면 처녀티를 벗어난 모습으로 비칠 만큼 나이가 찼다. 세월이 많이 지났다.

"머시라?"

한데 그 말을 들은 만호 낯판이 크게 일그러졌다. 그의 입에서는 당장 높고 험한 소리가 터져 나왔다.

"방금 니 머라캤노? 그 핵조에 댕긴다꼬?"

은실은 소스라치며 모기가 내는 것 같은 소리로 간신히 대답했다.

"예."

만호는 꽉 쥔 주먹을 가지고 사정없이 쥐어박을 기세였다.

"요년이 시방 지 증신이가, 넘의 증신이가?"

딸자식 앞에서 아버지 체통이고 뭐고 없는 만호였다. 어떨 땐 억호마저도 고개를 저을 정도로 막 나가는 인간이었다.

"이년아! 니 함 더 말해 봐라, 으잉?"

은실이 입을 열려는데 그는 '조, 조 주디!' 하면서 발길질이라도 할 품새로 무섭게 을러대었다.

"그리 텍도 아인 데 간다꼬오?"

"아부지."

잔뜩 겁을 집어먹은 은실은 금방 울음을 터뜨릴 얼굴이었다. 그러자 옆에서 듣고 있던 상녀가 더 참고 있을 수가 없어 딸을 두둔하고 나섰다.

"함 생각해볼 문젭니더. 은실이만 그리 멀쿨(나무랄) 끼 아이고예."

만호 왼쪽 눈 밑에 박힌 큰 검은 점이 부르르 떨리는 듯했다.

"요것들이 미칫나, 걸칫나?"

그 서슬에 방 문짝이 떨어져 나갈 지경이었다.

"에편네하고 자슥년하고 둘이 같은 저울 갖다 놓고 달모 눈금 하나 안 틀리것다, 안 틀리것어!"

"······."

모녀는 더 이상 다른 소리는 하지 못하고 몸만 옹송그렸다. 전형적인 가부장제라고 치부하려 해도 언어도단이 아닐 수 없었다.

"고 여자핵조라쿠는 돼도 안 한 거를 누가 맨들라쿠는 긴고 알고나 있는 기가, 모리는 기가?"

만호는 갈수록 으름장이고 시비 거는 모양새였다.

"에나 말 안 할 끼네?"

은실이 울먹이며 대답했다.

"알고 있어예."

만호가 언성을 더욱 높였다. 자칫 목청이 나가버릴 판국이었다.

"알고 있음서도 도독늠하고 바까 때리쥑일 그런 소리를 한다꼬?"

"여보."

상녀가 보호하기 위해 온몸으로 딸 앞을 막으며 남편을 애원조로 불렀다.

"허어, 서양구신이 우리 집에 침노했는갑다. 이거를 우짜노?"

하도 인상이 험악한 탓에 그런 만호가 귀신처럼 보였다. 그는 앉은뱅이 용쓰듯 하였다.

"당장 무당이라도 불러갖고 굿판이라도 벌려야제, 그냥 이대로 가마이 있어갖고는 안 되것다. 무신 불상사가 생기기 전에 해야 하는 기라."

무엇을 집어 들고 던질 것이 없나 하고 희번덕거리는 눈빛으로 사방을 두리번거리면서 소리를 질렀다.

"요, 요, 요년들아! 시방 퍼뜩 달리가서 무당 몬 데꼬 오것나?"

모녀는 덜덜 떨면서 서로 몸을 껴안았다. 벌집을 잘못 건드려도 이런 정도까지는 아닐 것이다. 어쩌면 은실이 그 말을 꺼내기 전부터 이날 만호의 기분은 저기압 상태였던 게 아닐까 싶었다.

"죽을래? 시상 안 살고 싶은 기가?"

말을 하면 한다고, 하지 않으면 하지 않는다고, 생트집 잡는 데 이력이 난 그였다.

"내 말이 겉잖다, 이거제? 좋다, 그렇다모 해보자!"

"아, 알았⋯⋯."

만호의 분노가 그 방 천장을 찌를 듯하자 상녀는 더는 어쩔 도리가 없었는지 이제는 딸을 구슬리기 시작했다.

"니 아부지 말씀이 딱 맞다."

어머니 몸을 껴안고 있던 은실의 손이 맥없이 풀리면서 아래로 처져 내렸다.

"야소교 믿는 것들만 가는 데가 거 아이가?"

상녀는 성난 멧돼지같이 씩씩거리는 만호를 질린 눈빛으로 보면서 사정조로 말을 이었다.

"우리 집 겉은 양반 가문 자제들은 아모도 안 간다."

자기도 딸의 몸을 붙들었던 손을 놓았다.

"그러이 멤 곤치무라(고쳐먹어라)."

그러면 국으로 가만히 있는 것이 그 위기에서 벗어날 수 있는 길인데도 은실 입에서 나오는 소리였다.

"양반 집안 딸들도 갈라쿤다 캐예."

"머?"

아버지를 닮아서 여자치고는 큰 체구지만 은실의 목소리는 모깃소리처럼 가늘었다. 배봉 집안에서 인간적으로 제일 괜찮은 사람을 꼽으라면 은실일 것이다.

"그라고 지보담도 나이 에린 다미도 갈 끼라꼬 들었고예."

은실의 여학교에 대한 집착은 부모 예상보다 훨씬 강해 보였다.

"그런께 지도 보내주이소."

만호가 그러잖아도 더럽게 생긴 눈을 더 보기 흉하게 부릅뜨며 물었다.

"다미? 다미가 눈데?"

상녀도 처음 들어보는 이름인지 조심스레 입을 열었다.

"갸가 오데 사는 누 집 딸내미고?"

은실이 부모 눈치를 살펴 가며 대답했다.

"안골 백 부잣집 손녀인데예……."

끝까지 듣지도 않고 만호가 다그쳤다.

"배, 백 부잣집? 니가 그 집 딸내미하고는 우찌 알아서?"

상녀도 궁금하다는 빛이었다.

"그냥…… 한 고을에 산께네…… 알기 됐어예……."

기어들어 가는 은실이 목소리였다.

"백 부자하고 염 부인하고는 싹 다 안 죽었나?"

그러는 만호 음성이 무미건조했다.

"예, 아부지."

그러나 은실은 물론이고 만호와 상녀 부부도 상상이나 할 수 있었을까? 다미라는 여자애의 할머니 염 부인이, 그들 집안 최고 어른인 배봉 때문에 스스로 목숨을 끊었다는 사실을. 그리하여 다미가 그 죽음의 내막을 알아내기 위하여 끈덕지게 비화를 찾아가고 있다는 것을.

"지는 고마 나가볼랍니더."

결국, 은실이 우는 얼굴로 그 자리를 뜨는 데서 모든 것은 일단락이 되는 듯싶었다. 이날 이때까지 아버지가 딸의 의견을 한 번도 따라준 적이 없는 부녀지간이었다.

그런데 문제는 그게 아니라는 사실이었다. 만약 거기서 끝이 났다면 그나마 나았을 것이다. 동업직물 확장 문제로 배봉이 점박이 형제 부부를 그의 처소로 부른 그 자리에서 더 큰 사단事端이 벌어지고 말았다.

동업과 재업이 다니고 있는 서원과 글방 이야기를 하다가 이번에 그 고을에 새로 생기려 한다는 여학교에 대한 말이 우연히 나왔다. 그러다가 만호가 별다른 생각 없이, 우리 딸 은실이 백 부잣집 손녀 다미라는 아이 때문에 못된 바람이 들어, 그 여학교에 다니게 해 달라기에 호통을 쳤다는 소리를 꺼냈던 것이다.

그러자 처음에는 듣는 둥 마는 둥 하고 있던 배봉이, 어느 순간엔가 갑작스럽게 모두가 혼비백산할 정도로 큰소리를 지른 것이다.

"머? 배, 백 부잣지입! 그, 그 집 손녀 땜새 우, 우쨌다꼬?"

점박이 형제는 뜬금없는 그 돌발 사태에 영문을 몰라 배봉에게 물었다.

"아부지, 와예?"

"백 부잣집하고 무신 일이 있어예?"

일순, 배봉 얼굴에 아차! 하는 빛이 떠올랐다. 그는 자신도 모르게 오랜 습관이 돼버린 동작을 하며, 다른 사람들 눈에는 쉬 이해가 되지 않을 만큼 머리통을 함부로 흔들어대며 강하게 부정했다.

"아, 아이다! 일은 무신 일?"

상녀가 개밥에 도토리같이 끼어들었다.

"그란데 와 그리 놀래시예?"

점박이 형제 눈빛이 마주쳤다. 우리가 아버지 저런 모습은 여태 본 적이 별로 없지 않은가 하고 서로 확인하는 눈치였다.

"똑 큰 죄 지은 사람매이로."

상녀는 참으로 버르장머리 없다 여겨질 만치 그런 소리까지 하며 시아버지 얼굴을 빤히 쳐다보았다.

그러나 해랑은 다른 세 사람과는 달랐다. 그녀는 시선을 방바닥에만 둔 채 무심한 빛을 띠어 보였다. 하지만 속마음은 그런 게 아니었다. 거기 누구보다도 가장 경악하고 이상하다는 느낌을 받은 사람이 그녀였다.

'팽소 시아부지라쿠는 저 인간이 이리는 안 했다.'

배봉은 하도 능구렁이라 웬만해선 속내를 드러내 보이는 일이 없다는 걸 해랑은 잘 알고 있다. 그리고 그게 어쩌면 세상의 모든 적으로부터 오늘의 그가 존재할 수 있게 지켜준 최고의 '비밀 병기'인지도 모른다.

그런데 조금 전 배봉이 보인 반응은 그게 아니었다. 그곳 사랑채 서까래가 와르르 무너지는 것같이 놀라고 있었다. 직접 자신의 두 눈으로 보았으면서도 해랑은 혹시 순간적인 착시가 아니었나 하고 의심될 지경이었다.

'백 부잣집하고 무신 일이 있는 기 틀림없는 기라.'

그때부터 해랑은 조금도 의심치 않았다. 그쪽 집안 누구와 무슨 일이 있는지 알 수가 없지만 뭔가 엄청난 관계가 반드시 도사리고 있을 것이다. 그런 믿음은 배봉의 다음 언동을 통해 좀 더 투명해지고 현실적으로 다가왔다.

"은실이 좀 불러오이라."

곰방대에 불을 붙여 **뻐끔뻐끔** 빨아대던 배봉은, 물기 잔뜩 빨아들인 솜처럼 착 가라앉은 목소리로 그렇게 말했다.

"예, 아버님."

상녀가 얼른 일어나 방을 나갔다.

"각중애 은실이는 와예?"

만호가 우선 궁금하기도 하고 조금은 불안하기도 했는지 물었다. 배봉은 이렇게만 말했다.

"내가 단속시키 놓을 끼 쪼매 있어서."

매캐한 담배 연기가 사랑방 가득 푸른 기운을 피워내고 있었다. 모깃불을 피우는 것처럼 보였다.

"그라모 지 부모한테 그리 시키라꼬 하시모 되지, 우찌 아부지가?"

억호가 끼어들었지만 배봉은 무슨 꿍꿍이속인지 몰라도 어떤 대꾸도 하지 않았다. 그런 아버지를 힐끔힐끔 훔쳐보는 점박이 형제 표정이 하나같이 퍽 불온하고 비열해 보였다. 해랑은 속으로 중얼거렸다.

'우짜모 새이하고 동상이 저리 똑겉노? 점만 똑겉은 줄 알았더이.'

얼마 지나지 않아 상녀가 은실을 데리고 왔다. 거기까지 오는 도중에 어머니에게서 대강 이야기를 들었는지 은실 낯은 딱딱하게 굳어 있었다. 그래선지 나이가 좀 더 들어 보였다.

"니 거 함 앉아 봐라."

거역할 수 없는 할아버지의 명령이 떨어졌다. 그 방 공기부터 달라지면서 사물들도 긴장하는 모양새였다.

"하, 할아부지."

그러잖아도 평소에 할아버지를 너무너무 무서워한 나머지 가까이 가려고도 하지 않는 은실이었다. 배봉은 늘 동업만 좋아하고 재업이나 은실에게는 필요 이상으로 근엄한 얼굴을 지어 보일 뿐 조손祖孫의 정은 좀처럼 느낄 수 없게 하였다.

더군다나 지금 은실을 노려보듯이 하는 배봉 낯빛은 여간 매섭고 난삽하지 않았다. 거기 함께 있는 사람들은 누구도 미처 깨닫지 못했지만, 그의 눈은 점점 섬뜩한 착시현상을 일으키기 시작하고 있었다.

'저, 저?'

처음에는 은실 얼굴 위로 한 번도 본 적이 없는 염 부인의 손녀 얼굴이 나타나 보였다. 그러더니만 나중에는 그 얼굴에 또 다른 얼굴이 겹쳐 보였다.

'헉!'

배봉은 숨이 멎어버리는 기분이었다. 염 부인이었다! 몇 해 전 비어사 대웅전 뒤켠 고목에 명주 끈으로 목을 매달아 죽은 염 부인이 자기 눈앞에 앉아 있었다.

배봉은 몸을 있는 대로 떨어댔다. 얼굴에는 말 그대로 땀이 비 오듯이 줄줄 쏟아져 내렸다. 급기야 그런 모습으로 배봉은 은실 얼굴을 겨냥해 손가락질까지 해대면서 비명 같은 소리를 지르기 시작했다.

"니, 니년, 니년이?"

혼겁을 한 건 은실만이 아니었다. 온 식구가 경악했다.

"아부지!"

"아버님!"

그때 배봉은 영락없이 정신이 달아난 사람이었다. 그건 결코 손녀에게 할 언동이 아니었다. 손가락질에다 상소리까지 보태었다.

"흑."

끝내 은실이 와락 울음을 터뜨리고 말았다. 그 바람에 은실 얼굴은 더 보기 흉하게 일그러졌다. 배봉의 발작은 한층 심해졌다.

"이녀언! 이년이야?"

그게 배봉 눈에는 염 부인이 원한의 눈물을 뿌리며 더없이 험악한 눈으로 자기를 노려보는 모습으로 비쳤던 것이다.

"이, 이 요망한 년!"

무당이 잡귀 쫓는 푸닥거리하듯 하였다.

"다, 당장 내 지, 집에서 모, 몬 나가것나?"

차마 말로써는 다할 수 없는 아주 기묘하고 괴이한 상황이 그들 눈앞에서 펼쳐지고 있었다.

"아부지!"

마침내 만호가 전신에 경련을 일으키며 입에 게거품을 물고 배봉에게 소리쳤다.

"시방 무신 말씀입니꺼, 예에?"

상녀도 너 죽고 나 죽자고 작심한 양 벌게진 얼굴로 대들었다.

"손녀한테 집에서 나가라꼬예?"

억호는 바보처럼 입을 헤벌린 채 도무지 믿을 수 없는 목전의 사태에 완전히 넋이 나가 있었다. 해랑도 정신을 차릴 수 없었다.

'머가 에나 수상타. 이기 뭔 일이고?'

그런 가운데 갈수록 배봉의 광기는 극에 달하고 있었다. 그의 입에서는 침방울이 마구 튀었으며 발작하듯 내지른다는 소리가 너무나 어이없었다.

"니, 니년이 내, 내를 쥑, 쥑일라쿠는 기, 기제?"

심지어 그의 눈에는 지금 그곳이 저 학지암으로 통하는 숲속 길로 보

190

였다. 지난날 그가 절집에 다녀오는 염 부인을 노렸던 바로 그 장소였다.

"아."

은실 얼굴에 핏기라곤 없었다. 공포에 사로잡혀 이제는 눈물마저도 흘리지 못했다. 상녀가 은실 앞을 가로막고 앉아 흰자위가 드러난 눈으로 시아버지를 노려보면서 극단적인 말까지 서슴없이 던졌다.

"시방 노망이 드신 깁니꺼, 예에?"

금으로 도배한 것같이 번쩍이는 방벽을 턱으로 가리키며 저주를 퍼부었다.

"도로 베름빡에 똥칠 하이소, 똥칠!"

그러나 배봉은 그 말을 들었는지 못 들었는지 누구든 사정 봐주지 않고 후려갈길 것처럼 주먹을 휘두르며 외쳤다.

"퍼뜩 저리 옆으로 몬 비키것나, 엉?"

그 방 사물들이 다 몸을 움찔움찔하는 것으로 보였다. 금방이라도 희대의 살인극이 벌어지려고 하는 현장을 방불케 하는 순간이었다.

"구신이 와서 끌어도 절대 몬 비킵니더."

상녀 또한 여차하면 긴 손톱으로 시아버지 얼굴이라도 빡빡 할퀴어 버릴 태세였다. 옆에서 그것을 지켜보는 점박이 형제는 너무 어처구니없는 광경에 입만 쩍 벌렸다.

"내, 낼로 쥑일라쿠는 년인 기라!"

배봉은 상녀보다 더 눈알 허옇게 뒤집힌 채 자식들에게 윽박질렀다.

"와 보고만 있는 기고, 엉?"

뭉툭한 손가락으로 은실을 찌를 듯이 가리켰다.

"저, 저년을 안 후차내삐고?"

그러고 있을 때 해랑이 두 손으로 배봉 팔을 붙들며 말했다.

"아버님, 증신 채리시소. 여 아모도 아버님을 해칠라는 사람 없어예."

"으응? 없다꼬?"

배봉이 해랑 품 안으로 쓰러질 것같이 하며 말했다.

"며, 며눌악아! 니, 니가 저년, 저년을 쫓아조라, 응?"

해랑이 무얼 어떻게 하기 전이었다.

"좋심니더, 아버님."

상녀가 독기를 있는 대로 피우는 뱀처럼 고개를 빳빳하게 치켜들고는 최후통첩인 양 쏘아붙였다.

"우리가 나가지예. 은실이하고 은실이 아부지하고 지하고 우리 세 식구 모도 나가모 될 꺼 아입니꺼?"

만호도 몸을 상한 짐승이 으르렁거리는 소리로 내뱉었다.

"우리 식구를 내쫓것다 이거지예? 좋심니더. 오데 한분 해 보이시더. 니기미!"

억호가 만호를 나무랐다.

"시방 아부지가 자기 증신이 아이다 아이가. 그런 아부지 보고 뭔 소리고?"

만호가 눈에 불을 켜고 억호에게 대들었다.

"그라모 성은 아부지가 동업이나 재업이한테 집에서 나가라 캐도 가마이 있것소?"

"이눔이 누한테 눈깔 싹 까발리고 뎀비노?"

"시방 내 요 눈깔이 팍 튀나오거로 안 생깃소?"

점박이 형제는 금방이라도 한바탕 엉겨 붙을 분위기였다. 맨 처음 불은 아버지가 지폈지만, 활활 타오르게 하는 것은 아들들 몫이었다.

"어? 어? 고 손까락 저리 몬 치우것나? 칼로 탁 짤라삘라."

만호가 자기 눈에 갖다 댔던 손가락을 억호 눈 바로 앞에서 삿대질하듯 흔들어대자 억호는 고개를 돌려 피하며 경고장을 날렸다. 하지만 만호는 억호 눈을 손가락으로 공격할 것처럼 하였다.

"칼보담도 내 손까락이 상구 더 빠릴 낀데?"

형제가 그러고 있는 사이에 배봉은 아주 약간 제정신이 바로 돌아오는 모양이었다. 열심히 자기 팔다리를 주물러 주고 있는 해랑의 손을 가만히 밀어내며 말했다.

"인자 됐다, 동업 에미야. 고만 주물러도 된다."

그래도 해랑은 그 동작을 멈추지 않은 채 더없이 걱정스러운 목소리로 물었다.

"증말 괘안으시것어예, 아버님?"

엉너리치는 빈말이라도 잘하지 못하는 상녀로서는 정말이지 눈에 천불이 나서 못 볼 인간이 해랑이었다.

'조 천년 묵은 백야시보담은 도로 분녀가 상구 더 나았디제. 내가 첨 시집왔을 적에는 잘 대해주기도 했고.'

상녀 머릿속에 분녀가 떠올랐다. 가마에서 떨어진 후유증으로 허리를 심하게 다쳐 반신불수로 고생하며 연명하다가 끝내 죽고 말았다. 억호를 빼고는 모두가 아직도 동업의 생모라고 알고 있기에 상녀 또한 그렇게 알고 있는 분녀였다.

"안 괘안으시모 지가……."

해랑은 시아버지가 아니라 서방님 모시는 태도였다. 배봉이 깊은 숨을 몰아쉬면서 힘겨운 목소리로 말했다.

"아이다, 인자는 괘안타."

그러자 해랑은 비로소 배봉 몸에서 손을 거둬들였다.

"그러시다모 에나 다행입니더. 후우. 올매나 놀랬던고 간이 싹 다 떨어지는 줄 알았다 아입니꺼?"

배봉이 또 달라졌다. 그는 은실을 보면서 평상심을 회복한 목소리로 입을 열었다.

"은실이 니, 시방 할배가 하는 말 잘 들거라이."

깊은 주름살이 간 이마를 숙였다가 다시 들었다.

"차후로는 하늘 두 쪼가리 나는 일이 있어도, 그 백 부잣집 손녀하고 만내모 절대로 안 되는 기다. 알것나?"

은실은 여전히 겁에 질린 얼굴로 가까스로 고개를 끄덕였다. 배봉은 단단히 다짐을 받아두려는 눈치였다.

"한 분만 더 내 귀에 니가 그 집 손녀 땜새 우뜿다쿠는 소리 들리모, 그때는 진짜 가마이 안 둘 끼다. 내 이약 알아묵것제?"

은실은 알아서 먹든 몰라서 먹든 그것은 중요한 게 아니고 어서 그 자리에서 빠져나가고 싶은 한 가지 바람뿐이었다.

"예, 할아부지. 머든지 시키시는 대로 다 하께예."

그런 은실을 쏘아보던 배봉이 피곤한 듯 눈을 감으며 말했다.

"그라모 됐다. 인자 모도 나가들 봐라."

"저, 아부……."

억호가 배봉에게 무슨 말인가 하려는 걸 해랑이 재빨리 눈짓으로 막았다. 그러고는 먼저 자리에서 일어서며 말했다.

"그라모 지들은 고마 나가보것심니더, 아버님."

배봉은 눈을 감은 채 고개만 끄덕거렸다. 그 모습이 대단히 힘들어 보였다. 누구도 몰랐지만, 그는 귀신 골짜기를 헤매다가 온 사람이었다.

"자리에 좀 누우갖고 푹 쉬고 계시소."

그 말에 이어서 해랑은 시아버지한테 점수를 딸 최고의 소리도 잊지 않았다.

"지가 따뜻한 꿀물 한 그릇 타갖고 오것심니더."

해랑이 움직이자 다른 사람들도 덩달아 몸을 일으켰다. 그들 모두가 해랑이 당기는 줄에 매달려 춤을 추는 망석중이 같았다.

"잠깐만 기다리보이소, 아버님."

해랑은 서둘러 오동나무 장에서 이부자리를 꺼내 정성스럽게 방바닥에 깔아주었다. 참으로 정숙한 조선의 여인상이었다.

"끄응."

배봉은 앓는 소리를 내며 쓰러지듯이 이부자리에 몸을 눕혔다. 두 번 다시는 영영 일어나지 못할 사람 같아 보였다.

어둠의 악수

고을 북쪽 골짜기에 자리 잡고 있는 비어사.

한겨울에도 눈이 흔치 않은 고장이지만 어쩌다 드물게 지붕이 내려앉고 길이 막힐 정도로 폭설이라도 내릴라치면 초봄까지 눈이 녹지 않는다. 그래도 춥지는 않은 곳이다.

비어飛魚, 나는 물고기. 진무 스님은 왜 절집 이름에 날개 달린 물고기를 붙였을까? 하늘을 날아다니는 물고기. 물을 떠나서는 잠시도 살 수 없는 물고기에게 물은 영원한 화두話頭일까.

항일의병 주동 인물로 활약한 바 있던 승려 서기재가 오랜만에 그 사찰 주지 진무 스님을 찾아들었다. 조정에서 파견한 이재겸이 왕을 모시고 호위하는 시위대侍衛隊 병사 5백 명과 대구 진위대 병사 2백 명으로 그곳 성을 점령하는 바람에, 고작 3개월여 만에 막을 내려야만 했던 의병투쟁이었다.

어쨌거나 서기재는 이번이 두 번째 방문이었다. 하지만 사람은 똑같은 사람이었음에도 그 밖의 다른 것들은 그렇지가 못했다.

"스님께서는 예나 지금이나 여전하십니다. 건강관리를 어떻게 하시기에?"

서기재 인사말에 진무 스님은 헛헛한 웃음을 터뜨렸다.

"무슨 말씀을?"

"그냥 드리는 문안이 아닙니다. 실제로 그렇습니다."

"가고 오는 세월 앞에는 장사가 없다더니, 이 몸도 곧 부처님 곁으로 갈 날이 눈에 빤히 보이는 듯하오이다."

"그런 말씀은 하지 마십시오. 스님 같으신 분이 계셔야 그래도 우리 조선 백성들이 한 가닥 숨통이라도 틔고 살지요."

"오이를 심으면 오이가 난다고, 우리가 빌미를 준 탓에 정치와 군사, 경제까지 외세들이 제멋대로 짓밟더니, 이제는 종교마저 넘보고 있는 실정이 아니오?"

"종교마저 무너지면 어떡합니까."

주먹을 들어 가슴이라도 탕탕 쳐대고 싶은 서기재 귀에 골짜기를 휩쓸며 내려오는 바람 소리가 간간이 들려오고 있었다. 항일의병들이 내지르던 함성이 떠올라 그는 콧등이 시큰해졌다.

"참으로 심란하기 그지없구려. 난마亂麻도 이런 난마가 또 있겠소."

진무 스님 안색이 어두워졌다. 먹장구름이 몰려들기라도 하는 걸까?

"뭐가 뭔지 모르겠습니다."

"음."

"어디까지 갈는지 도무지 알 수가 없어요. 요즘 같아서는 무無라는 것이……."

서기재 얼굴도 더없이 심각해졌다. 작금에 벌어지고 있는 일들을 도저히 현실로 받아들이기 어렵다는 낯빛이었다.

"예로부터 유학의 뿌리가 깊은 이 고을에 저 기독교 호주 선교사들이 진출하더니 말입니다."

절간에서 가꾸는 텃밭 근처에서 들려오는 멧꿩의 목 졸린 듯한 갑갑한 울음소리에 잠시 귀를 기울이는 두 사람이었다.

"엎친 데 덮친 격으로 이제는 난데없이 일본불교까지……."

서기재는 더 말을 잇지 못하고 마른기침만 연해 토해냈다.

일본불교의 조선 진출.

불가에 귀의한 신분의 그들로서는 참으로 충격적이고 크게 경계하지 않을 수 없는 대사건이었다. 여간 사악하고 치밀한 일본 종교인들이 아니었다. 신앙을 가졌다는 사람들이 어찌 그럴 수가 있을까?

"일본불교인 대곡파 본원사의 진출……."

잠시 골똘한 생각에 잠겨 있던 진무 스님이 서기재 말끝을 이어나갔다.

"그것은 분명히 이곳 고을, 더 나아가 조선 불교계 전체에 크나큰 회오리바람을 일으킬 일인즉……."

서기재가 진지한 표정으로 진무 스님 말을 받았다.

"이 고을에 전래된 최초의 외래종교는 바로 천주학인데, 그 희생 또한 결코 작은 것은 아니었잖습니까?"

처마 끝에 매달린 풍경이 땡그랑 소리를 내었다. 작은 종 모양의 경쇠는 언제나 깊숙하고 고요한 정취를 내어, 그윽한 매화 향기와 맞닿아 있는 듯한 느낌을 자아냈다.

"맞아요, 그랬지요. 종교나 식물이나 맨 처음 뿌리를 내린다는 게 힘들지요."

요사채 문짝을 비추는 햇볕이 그 속살을 내보일 듯 무척 밝고 투명했다. 하지만 그들 대화는 갈수록 무겁고 탁하기만 했다.

"저 끔찍한 병인박해 때에는 사봉면의 독실한 천주학 신자 전창무가 여기 포교에 붙잡혀 처형당해 무두묘가 생기도록 한 적이 있고요."

향불 냄새는 코끝으로 은은하게 스쳐오는 듯하다가 어느 순간 물씬 풍기기도 했다. 향도 굴곡진 삶을 살아가는 건지도 모르겠다.

"그로부터 꽤 많은 세월이 흐른 후였나요, 저 소촌역에 천주학 공소公
所가 창설된 게 말입니다."

전창무의 피맺힌 사연에 이어 그의 아들 혁노와 연관이 있는 이야기
도 그곳 절집 안에서 흘러나오고 있었다. 세상은 넓고도 좁은 곳이란 말
이 실감 나는 순간이었다.

"그 무두묘 이야기만 떠올리면 참으로 가슴이 막힙니다."

진무 스님은 더없이 억울하게 죽어간 그들의 원왕생願往生을 빌어주
려는지 가만히 입속으로 염불을 외고 나서 말했다.

"대곡파 본원사가 이 고을에서 크게 번지지 못하도록 우리 불자들이
목을 내놓고 막아야 합니다."

"이를 말씀입니까?"

서기재가 붉은 입술을 깨물었고, 진무 스님이 조금 몸을 움직이자 그
에게서는 바싹 마른 나뭇잎 바스락거리는 소리가 났다.

"지금 우리에게는 일본만큼 위험한 나라가 없어요."

진무 스님의 절실한 그 말을 들은 서기재는 신세타령 하듯 했다.

"자고로 사가私家나 국가나 이웃이 좋아야 하는데 말입니다."

"예, 가까운 그만큼 그래야지요."

그 소리가 진무 스님 귀에는 나루터집과 동업직물의 싸움을 일컫는
소리로 들렸다. 정녕 전생에 무슨 악연을 얼마나 쌓았기에 그런 험한 사
이가 되었는지 부처님께 아뢰고 싶은 심정이었다.

"그리고 또 말입니다. 일본뿐만 아니라 호주 선교사들에 대한 경계도
게을리해서는 아니 되겠다는 생각도 듭니다."

한숨 섞인 진무 스님 말을 들은 서기재 목소리에 흥분의 기운이 담기
기 시작했다. 큰 상체도 들썩거렸다.

"참으로 같잖고 분통 터질 노릇이 아닐 수 없습니다."

진무 스님은 한층 정좌를 취하였다.

"하지만 이럴 때일수록 인내하지 못하면 아니 되겠지요."

법당 쪽에서 또다시 향불 냄새가 싸하니 날아왔다. 눈에 보이지 않는 날개를 달고 있는 것일까?

"이건 남의 집에 무단으로 들어와 주인은 제쳐두고 객들끼리 함부로 설쳐대는 그런 꼴이 아닙니까?"

서기재는 강한 의분에 불타는 눈빛을 보였다. 그는 승려라기보다도 투사鬪士에 좀 더 가까운 인상을 주었다. 품이 넓은 승복을 입고 있어 실제보다도 체구가 더 커 보이는 게 아닌가 싶기도 했다.

"그나저나 불안하고 궁금한 게 또 있어요."

진무 스님이 큰 걱정을 떨쳐버리지 못하는 얼굴로 물었다.

"빈승은 요즘 세상 바깥으로 나가지 않고 있어 잘 모르는데, 행여 또 외세들끼리 무슨 작당이라도 하고 있소?"

서기재 음성이 밝었다.

"소승도 상세한 내막은 잘 모르겠으나 풍문으로 들으니, 호주선교회가 우리 고을에 무슨 병원을 세우려고 하는데, 문제는 말입니다, 그 공사를 일본 토목공사업자에게 맡기려고 한다는 겁니다."

그러자 여간해선 평심을 잃지 않는 진무 스님 몸도 떨렸다.

"허, 그런 일을?"

잠깐 조각구름에 가려진 탓인지 요사채 문짝에서 밝은 빛이 사라졌다. 설마 부처님 집에 얼씬이라도 할 수 있겠냐마는, 흡사 마귀 그림자가 막아선 것 같았다.

"그 사람들, 선교가 목적이든 어떻든 간에 말이오."

방바닥은 한 번도 불을 넣지 않은 것처럼 냉기가 감돌았다. 그렇지만 그로 인해 머리가 한결 맑아질 수 있을 성싶었다.

"이 땅에 없던 병원을 세워 조선 백성의 병을 고쳐주겠다는 것은 굳이 말릴 이유가 없겠지만……."

문짝의 채색은 단조로웠지만 고상한 기품을 자아내기에 모자람이 없어 보였다.

"그런 중요한 일을 사악하기 짝이 없는 일본인들과 함께 꾀하려고 한다는 것은 아무리 생각해도 아닌 것 같은지라……."

두 사람 모두 계속 말끝을 흐리고 있는 게 그만큼 현실을 절절하게 받아들이고 있다는 증거였다.

"그러게 말씀입니다. 이 나라 주인은 엄연히 조선 백성들이거늘……."

"그렇지요. 백성, 백성이지요."

뒷산 자락에서 멧새 소리가 들려오고 있었다. 어떤 새인지 모르겠지만 울음소리가 무척이나 특이했다. 무슨 희귀한 악기로 내는 소리가 아닐까 여겨질 정도였다.

"참으로 심상치 않은 일이오."

진무 스님은 목이 잠긴 소리로 말했다.

"이건 가상조차 하기 싫은 노릇이지만 말입니다."

서기재가 앉은 채 두 다리의 위치를 바꾸었다. 바위처럼 굳건해 보이는 자세가 믿음직스러웠다.

"어쩌면 외국인들이 우리보다 더 나라 돌아가는 정세를 잘 알 수도 있어요."

신도들이 발소리를 죽여 가며 요사채 앞을 지나가는 기척이 났다.

"방금 말씀하신 것처럼 호주인이 조선인을 내버려 두고 일본인과 같이 어울리려고 한다는 건 아무래도 좋지 않습니다."

"그러게요."

"호주인들 입장에서는 우리 조선 사람이나 일본 사람이나 똑같다고 여길 수도 있을 겁니다."

"그러니까 막아야만 합니다!"

아마도 다혈질인 듯싶은 서기재의 높은 소리가 늘 적요하기만 한 그 안을 왕왕 울렸다. 대웅전 부처님이 무슨 일인가 하고 내려와 보실 것도 같았다.

"어디서 감히 서양 오랑캐와 왜구들이 신성한 이 땅에 들어와 그따위 짓을 하도록 그냥 내버려 둔다는 것입니까?"

진무 스님의 대꾸는 그의 몸에서 나오는 '바스락' 하는 소리가 대신하고 있었다.

"하물며 새 같은 미물들도 자기네 구역을 지키기 위해 항상 저렇게 피나는 소리를 내고 있거늘."

해는 구름장 속에 갇혀 얼른 빠져나오지 못하고 있는 모양이었다. 요사채 문짝에는 여전히 빛살이 비치지 않았다.

준서, 얼이 등과 동문수학하는 문대의 아버지인 서봉우 도목수는 다른 목수들과 함께 밤골집에서 술을 마시고 있었다. 밤골집 단골까지는 아니지만 가다 한 번씩 들르는 그들이었다. 그리고 속을 푸는 곳은 당연히 옆에 있는 나루터집이었다.

그런데 이날 그들의 화젯거리 역시 진무 스님과 서기재가 나누던 이야기와 다르지 않았다. 아니, 현장에서 직접 공사 일을 하는 신분들인지라 어떤 면에서는 승려들이 주고받는 것보다도 훨씬 더 구체적이고 현실적이었다.

"왜놈들한테 공사를 맡기것다이, 내는 솔직히 하나님이고 둘님이고 간에 모돌띠리 쫓아삐고 싶거마는."

김 목수는 단지 낯뿐만 아니라 목까지 벌게진 채로 울분을 터뜨렸다. 목수 일을 하는 사람치고는 피부가 희고 체구도 왜소해 보였다.

"이거는 마, 두 눈 빠꼼 뜨고 두 손 딱 맺고 우리 조선 사람 일거리를 왜눔들한테 싹 다 뺏기삐는 거 아인가베?"

얼굴이 무처럼 유난히 길쭉한 정 목수가 술잔까지 입에 탁 털어 넣을 것같이 하며 언성을 높였다. 그러자 그의 옆자리에 앉은 이 목수도 질세라 하마를 떠올리게 하는 큰 입을 열었다.

"왜눔들이 지이논 뱅원을 우떤 사람이 가겄노? 안 간다 카이! 그러이까네 한 개도 성낼 필요 없다 아인가베."

"그거는 그렇는데 말이오."

김 목수가 일행들 가운데 가장 작아 보이는 손으로 연장을 다루듯이 술잔을 만지작거리며 말을 이었다.

"문제는, 야소교를 믿는 우리나라 사람들 아이겄소."

"야소교?"

그는 마른기침을 한번 하고 나서 말했다.

"그 사람들이사 호주 선교사들하고 모도 같은 하나님 자슥들이라꼬 서로 올매나 가찹거로 지내노, 그 말이제."

정 목수가 수염을 짧게 깎은 거무스름한 턱에 묻은 막걸리를 손등으로 쓱 닦은 다음에 말했다.

"하기사! 사람이 아파 보소. 뱅이 낫는다쿠모 왜눔 똥이라도 안 무우까이."

김 목수와 이 목수가 동시에 퉁을 주었다.

"술맛 똑 떨어지는 소리 할라요?"

"하모, 맞소. 개똥 쇠똥 달구새끼똥 소리는 괘안아도, 왜눔 똥 소리

들음서는 술 더 몬 마시겄거마는."

두 목수는 투박한 손바닥으로 입을 가렸다. 그러자 그 이야기를 먼저 끄집어냈던 정 목수도 연방 헛구역질을 해댔다. 그 모습들이 마냥 가볍고 희화적으로만 비치는 것은 아니었다.

저만큼 주방 문을 통해서 그들이 앉아 있는 평상 쪽을 의아해하는 눈길로 내다보고 있는 밤골 댁과 순산집 얼굴이 보였다. 혹시라도 음식이 잘못되어 그러는 게 아닌가 하고 염려하는 낯빛들이었다. 하지만 그게 아니라는 것을 알고는 안도하면서 도로 고개를 집어넣었다.

그때 지금까지 큰 바위처럼 꿈쩍도 하지 않은 채 묵묵히 듣고만 있던 서봉우가 천천히 좌중을 둘러보며 물었다.

"그 공사를 맡을 일본눔 이름이 머라쿠디오?"

김 목수가 입에서 손을 떼 내며 대답했다.

"죽원웅차, 죽원웅차라 쿠던가 그라데요."

서봉우가 무어라 말하기도 전에 두 목수가 한꺼번에 내뱉었다.

"죽원? 이름만 봐도 쥑일 눔 아이가!"

"쥑일 웬수다, 내 귀에는 그런 식으로 들리거마는."

서봉우도 같은 마음이라는 표시로 굵은 고개를 주억거렸다.

"……."

그 대화를 끝으로 잠시 그들은 아무 말 없이 술잔만 건네었다. 태양은 구름으로 들어갔다 나왔다 하고 있었다. 좋지 못한 암시이기라도 하듯 구름에 가려져 있는 순간이 더 길고 많았다.

"보소! 여게……."

누군가가 술을 더 시켰다. 근동에 소문이 자자한 매운탕 안주는 그다지 축을 내지 않고 있었다. 과연 술꾼들다웠다.

"자아, 술이나 한잔 더 합시더."

"맞소. 골치 아풀 때는 이기 최고요."

"아, 담방약!"

그러나 그들 가운데 누구도 내다보지 못했다. 그 죽원竹元 일가가 자기들이 사는 그 고을에서 최초의 전문건설업체를 설립하게 되리라는 것이다. 게다가 먼 훗날 그자들이 만든 합자회사 '죽본조竹本組'가 이 지역 대표적인 적산敵産기업으로 기록되리라는 사실은 더더욱 몰랐다.

"젤 큰 문제는 말이오."

서봉우는 술을 마시는데도 갈증을 느끼고 있는 사람처럼 혀로 입술을 축이고 나서 말을 계속했다.

"건축 말고 또 다린 업종에도 왜눔들이 더러븐 쎗바닥을 갖다 댈라 쿨 끼니, 그기 큰일 아인가베. 만약시 그리 돼삐모 에나 예삿일이 아인 기라요."

그러자 저마다 표정이 딱딱하게 굳었다. 그런 가운데 김 목수가 마지막 안간힘을 쓰듯 말했다.

"그래도 저 옆에 있는 나루터집은 우찌 몬 할 끼요. 지눔들이 백분 죽었다 깨나도 그리 맛있는 콩나물국밥을 맹글지는 안 몬 하까이."

정 목수가 긴 얼굴을 들어 그 안을 이리저리 둘러보며 말했다.

"그거는 여 밤골집도 가리방상할 끼요. 이러키 술안주로 좋은 매운탕은 에나 꿈도 몬 꿀 끼라."

이야기는 지척에 있는 남강 물이 흐르듯이 자연스럽게 나루터집과 밤골집 쪽으로 흘러갔다. 술좌석 화젯거리로 삼아도 전혀 생경하다거나 어색하지 않았다.

"나루터집 여주인 김비화 겉은 사람이라모 말이지."

"아하, 그 여장부!"

"왜눔 고것들 몇 수레 담아 싣고 와도 상대가 안 될 끼다."

"몇 수레가 머요? 지들 본토에 있는 것들 모돌띠리 데꼬 와도 몬 당하제."

"증말 나루터집이야말로……."

묵묵히 술잔을 기울이면서 그런저런 소리를 듣고 있다가, '흐음' 하고 큰기침을 하는 서봉우에게는 더욱 의미 깊은 이야기였다.

그의 아들 문대와 오랫동안 동문수학하는 얼이 그리고 준서라는 젊은 이의 부모가 운영하는 국밥집이었다. 그는 혼자 속으로 중얼거렸다.

'난주 그 자슥들이 주인공 세대가 돼서 활약할 때가 오모, 시방보담도 더 시상을 크거로 뒤흔들어 놓을 일들을 할랑가도 모리제.'

벗들 사이에서 '범대'라는 별명으로 불리고 있는 그의 아들에게 거는 희망 또한 절대로 그에 못지않았다.

'그라모 장 그들하고 어울리는 우리 문대도 이름을 떨칠 가망이 높고. 음, 기대가 되는 기라.'

그러고 있는데 누군가가 말했다.

"앞으로 우리 조선 사람들끼리 똘똘 뭉치갖고 왜눔들 물건이라모 죽어도 절대 안 사기로 해야 안 하나."

다른 누군가가 말했다.

"그냥 공짜배기로 준다 캐도 안 받아야 하는 기라."

또 다른 누군가가 말했다.

"하모요. 그리만 하모 왜눔이고 떼눔이고 야소교 믿는 것들이고, 한 개도 겁날 끼 없다 아이요."

한동안 의기소침해 있다가 의견이 하나로 모아진 그들은 퍽 의기양양 해 보이기까지 하였다. 술자리 분위기가 정상적으로 살아나고 있었다.

"우리가 비싼 밥 묵고 무담시 안 해도 될 걱정을 해쌓고 있다 아인가 베."

"아, 입고 있는 옷은 또 그냥 하늘에서 뚝 떨어진 기요?"

그러나 그런 순간은 길게 가지 못했다. 문득 서봉우가 숙였던 고개를 들면서 이런 말을 하여 다른 사람들을 긴장시켰다.

"우리 조선 사람들 중에도 왜놈들하고 한통속이 될라쿠는 몬된 것들이 술찮이 나올 끼니, 그기 머보담도 큰일 아이것소."

그러자 모두의 입에서 선약이라도 있은 듯 한꺼번에 터져 나오는 소리가 이랬다.

"동업직물!"

그게 시발점이 되었다. 그들은 앞다퉈가며 동업직물을 지탄하고 성토하기 시작했다. 꼭 그 순간이 오기만 기다리고 있던 사람들 같았다.

"배봉인가 봉밴가 하는 그눔, 우짜다가 고런 악질이 생기갖고 우리 고을 물을 그리 흐리거로 맨드노."

"점벡이 억호하고 만호는 또 우뗳고? 악마가 새끼들을 친 기라."

"고 집구석은 에핀네들도 보통이 아이담서?"

하지만 그 무렵, 일본인 공사업자 죽원웅차는 동업직물 임배봉이나 점박이 형제가 아닌, 또 다른 조선 사람을 은밀히 만나 서로 머리를 맞대고 앞으로의 계획을 면밀하게 논의하고 있었다.

이곳은 수정리와 옥봉리 어름에 있는 기생집이다.

그런데 죽원웅차와 동석하고 있는 조선인이 예사롭지 않았다. 그는 실로 놀랍게도 얼굴에 개기름이 번지르르 흐르는 맹쭐이 아닌가! 이게 어찌 된 영문일까? 맹쭐이 요즘 그 고을 사람들 입질에 쉴 새 없이 오르내리고 있는 그 일본인 공사업자와 함께 있었다.

그곳은 지난날 맹쭐이 살랑살랑 꼬리 흔드는 개같이 점박이 형제 뒤를 따라다니면서 한창 난봉을 피울 적에, 하루가 멀게 찾아들었던 단골 기생집이었다.

"오는 길 잊아삔 줄 알았어예. 가는 길은 안 잊아삘랑가 몰라. 호호호."

"오데 좋은 애인이 생기싯는갑다. 안 그라고서야 그럴 리가 없제."

"얼릉 이실직고 몬 해예? 몬 해예?"

천박하게 입방아를 함부로 찧어대는 기생들 몸에서 풍기는 싸구려 화장품 냄새에 머리가 어지러울 지경이었다. 손님을 휘어잡는 재주도 각양각색이었다.

"아모리 끈 떨어진 인연이라 캐도 안 그렇나."

"무신 끈? 저고리 끈?"

"아, 치매 끈이것제?"

"하이고, 남새시럽고 부끄러버라!"

한땐 남강 물 쓰듯 돈을 펑펑 써대던 단골이었기에 기녀들은 야단이었다. 오늘 한 건수 올렸다 싶어 오두방정들을 떨었다.

"어? 내가 요새 쫌 자조 안 왔다가?"

맹쭐은 죽원옹차 보는 데서 낯을 세울 일이 있는 모양이었다. 세월은 그를 많이 바꾸어 놓았다.

"에잉, 그래도 오늘 안 왔나?"

헤프기 그지없는 웃음을 실실 뿌렸다.

"그라이 너모 구박하지 마라꼬."

그동안 딴에는 사업이라고 한답시고 돈 냄새 풍기는 곳을 찾아서 바지런히 쏘다닌 터라 얼마간 기방 출입이 뜸하긴 했었다.

어쨌거나 빚진 것도 있을 리 없는 기생들을 그따위 흰소리로 다독거리고 나서, 맹쭐은 큰 소리로 죽원옹차를 돌아보며 그녀들에게 물었다.

"너거들, 이 분이 우떤 분인고 모리제?"

손가락을 쫙 펴서 기녀들 눈앞에 대고 흔들어 보이면서 너스레를 떨었다.

"누라도 알모 요 내 손에 장을 지진다."

"누?"

아무튼 맹쭐의 허풍을 들은 기녀들 눈이 하나같이 야릇하게 빛났다. 어쩐지 생긴 것이 좀 특이했던 것이다. 맹쭐은 그가 일본인이라는 사실을 일부러 밝히지 않았다. 극적인 효과를 노린 탓이었다.

"앞으로 우리 고을에서 최고 손님이 되실 분인 기라."

저 혼자 한껏 분위기를 잡았다.

"그러이 알아서들 뫼시거라."

꽤나 점잖은 맹쭐의 말이었다. 그러자 기녀들이 당장 벌떼같이 달려들어 죽원웅차 팔을 잡기도 하고 가슴에 안기기도 하면서 기성과 함께 볼썽사나운 온갖 아양을 떨어댔다.

하지만 그곳 기녀들만 나무랄 일은 아니었다. 나라 안팎의 여러 사정으로 말미암아 갈수록 살기가 한층 더 어려워지는 바람에 기방을 찾는 이들은 점점 줄어들었고, 그리하여 한 번 손님을 받으면 설이나 추석을 앞둔 대목 시장의 장사꾼처럼 크게 한몫 챙기지 않으면 안 되었던 게, 당시의 슬프고 아픈 실정이었다.

"호옹! 그래예?"

"옴마, 옴마, 우짜노? 우짜노?"

"지 얼골 좀 보이소, 예에?"

나중에는 이런 해괴한 소리까지 나왔다.

"색다린 맛이 있거로 생기싯다 아이가!"

"야가야? 니 그기 무신 말고?"

"그른께 말이다. 머시 색다리다는 긴데? 우째서 말 몬 하노?"

"다 암시롱 역부러 순진한 척할 끼가?"

죽원웅차는 여간 흡족해하는 표정이 아니었다. 그는 기방에서 인기가 높은 맹쭐이 무척 마음에 드는 모양이었고, 내가 이 친구 만나기를 참 잘했다는 빛이 뚜렷했다. 기모노 입은 일본 여자들과는 진짜 색다른 맛이 있는 조선 기녀들이었다.

그건 그렇고, 그들 두 사람은 어떻게 해서 서로 알게 된 것일까? 아무리 곰곰 짚어 봐도 연결이 제대로 되지 않을 일이었다. 거슬러 올라가 보면 사연은 제법 길었다.

호주 선교사 달렌과 시콜리 부부는 호주선교회의 명을 받고 일본에 간 적이 있었다. 그 당시 호주선교회에서는 선교를 목적으로 일본인 환자들을 치료해주기 위한 병원을 세우고 있었는데, 바로 그 공사를 죽원웅차가 맡고 있었다. 달렌이 죽원웅차에게 청했다.

"우리가 조선에도 병원을 세우려고 합니다."

"예?"

"귀하의 도움이 필요할 것 같습니다."

"하! 그거야……."

죽원웅차는 즉석에서 바로 수락했다. 그것은 저절로 굴러들어온 행운이 아닐 수 없었다. 뜻밖에도 그의 숙원이 호주 선교사에 의해 이뤄진 것이다.

'저 코쟁이들이 모시는 신이 나를 각별히 생각해서 이런 복을 준 게 아닐까.'

달렌 부부는 전혀 모르고 있었지만 죽원웅차는 벌써부터 조선의 진출을 꿈꾸고 있던 차였다. 그가 보기에 조선국 땅이야말로 무한한 개척시장이었다. 누구든지 깃대만 먼저 꽂으면 그대로 몽땅 자기 차지가 되는 노다지였다.

"너, 앞으로 나하고 함께 일하자."

그는 곧장 별로 하는 일 없이 빈둥거리며 놀고 있던 동생 죽원일시를 불러 제 사업에 끌어들였다.

"토목업뿐만 아니라 정미업에도 손댈 예정이다."

"형의 사업 수완에는 누워 있던 시체도 벌떡 일어날 거야!"

죽원웅차 말에 죽원일시 입가가 쭈욱 찢어졌다. 그는 토목업보다도 정미업에 좀 더 높은 관심을 드러내었다. 일찍이 쌀의 현물現物 매매를 행하는 정미시장正米市場 바닥을 좀 기웃거리기도 해오던 인물이었다.

"그 두 사업이 잘되면 운수업도 계획하고 있어."

형이 장구 치면 동생은 북을 쳤다.

"아, 우, 운수업에도?"

"왜? 운수가 좋으면 나쁠 게 없잖아?"

남들은 하나도 해내기 어려운 사업을 세 개나 하겠다는 죽원웅차의 포부와 이상은 실로 원대해 보였다. 게다가 이런 발상까지도 내비쳤다.

"우리 집안 사람들로 족벌체제를 이룰 것이다."

죽원일시가 구정물 냄새를 맡은 돼지처럼 보기 흉하게 코를 벌름거렸다.

"형은 우리 가문의 빛이야."

죽원웅차는 형식적으로나마 겸연쩍어할 법도 하건만 그러지 않았다.

"아, 영광의 그 이름이여!"

죽원일시의 그 아부를 일절 부정하지도 부인하지도 않았다.

"가자."

"좋았어."

얼마 후에 달렌 부부가 조선에 들어올 때, 잔뜩 기다리고 있던 죽원 형제는 아무 망설임 없이 바로 따라붙었다. 동족이라고 해도 그러기는 쉽지 않을 것이다.

"기생 논개로 유명한 고을이니 더 반갑고 기쁘무니다."

죽원웅차는 거기 남방 고을을 굉장히 마음에 들어 했다. 그것은 조선 사람들로서는 매우 좋지 못한 조짐이 아닐 수 없었다.

"기생 논개?"

달렌 부부는 논개에 대해서 아직 잘 모르고 있었다. 죽원웅차는 참 잘됐다 싶어 민족적인 우월감까지 군데군데 섞어가며 얘기했다.

"이곳 성이 우리 일본군에게 함락당할 적에……."

하얀 피부와 푸른 눈의 이국인들은 검은 머리 논개 이야기를 듣고는 아주 감동을 받은 빛이었다.

"어쩜! 이 고장에 그렇게 훌륭한 기생이 살았다니?"

달렌보다 여성 시콜리가 더 감격스러워했다. 그런 부부가 제대로 알아 듣지 못하게 죽원웅차는 동생에게만 들릴 낮은 소리로 이렇게 속삭였다.

"논개의 고장이니 여기 기생들은 모두 대단할 거야. 그러니 나중에 우리 둘이서만 살짝 기생집을 찾아가자고."

"그, 그래, 형."

죽원일시 입이 찢어졌다. 어쨌든 그들 모두에게는 이국異國인 조선에 들어온 후로 달렌 부부와 죽원 형제는 시간이 갈수록 자연스럽게 한층 가까워졌다.

"우리 모두 여기는 낯선 땅이 아닙니까."

"맞아요. 그러니 서로 도우면서 살아야지요."

"아암, 여부가 있겠습니까?"

입술이 없으면 이가 시리다는 말의 효과라도 얻으려는 듯했다.

"솔직히 그동안 외로웠는데 한결 마음이 든든합니다."

"무슨 말씀을요?"

나중에는 그 도가 지나쳤다.

"불교로 보자면 생불生佛 같으신…….."

특히 죽원 형제는, 그들 일본인에게는 거의 무조건이라고 할 정도로 감정이 좋지 못한 조선인들이, 호주인에게는 나름대로 호감을 갖고 있다는 점을 십분 활용했다. 조선인과 거래할 일이 생기면 달렌 부부를 앞장세우기도 하였다.

"이번에 도와주셔서 정말 뭐라고 감사의 말씀을 드려야 할지 모르겠군요."

"아니, 무슨 말씀을? 하나님 앞에 우리는 한 형제자매가 아닙니까?"

신교新敎에서 '하느님'을 일컫는 '하나님'이라는 그 말은, 국적이 다른 사람들도 단숨에 '하나'로 만들어 주는 최고의 효력을 지닌 것 같기도 했다.

"그래도요."

"그 이야기는 더 꺼내지 마세요. 잘되셨다니 다행입니다."

광신도가 환호하는 모양새였다.

"아! 역시 하나님 믿으시는 분은 어디가 달라도 다르시군요?"

그 호기를 놓치지 않았다.

"그러니까 하나님 믿으시라는 거 아닙니까?"

미꾸라지 통발 빠져나가듯 하였다.

"예, 우선 사업부터 하고 나중에…….."

은근히 부담을 짊어지게 할 소리를 꺼냈다.

"방금 하신 그 말씀, 저에게 한 게 아니고 하나님께 고하신 것입니다?"

잘 알아들었다는 투로 연발하였다.

"하이, 하이."

"하하."

달렌은 더 이상 입을 열지 않았다. 모든 것을 하나님에게 맡기니 아주 후련하다는 빛이었다. 죽원웅차는 속으로 빈정거렸다.

'하나님 좋아하네?'

진실과 실효성이 전혀 없는 대화는 거기서 저절로 끝이 났다. 사실 달렌 부부는 의료혜택을 통한 전도사업의 용이함을 위해서는 병원 건립이 대단히 절실했기에 다른 것에는 그다지 신경을 기울이지 않았다. 몸이 아픈 사람에게는 의사의 치료보다도 더 시급하고 필요한 것이 또 어디 있겠는가 말이다.

그런가 하면, 조선인의 반일감정을 어느 정도는 알고 있었지만, 병원을 세우기 위해서는 일본인 토목기술자가 반드시 필요했다. 물론 병원 설계도 작성은 호주 건축가에게 맡길 심산이었다.

그러나 그때 당시 영국의 식민지하에 있던 호주였지만, 달렌 부부는 장차 일본이 조선을 식민지로 삼으려고 호시탐탐 노리고 있다는 그 사실에는 한참 어두웠다. 어쩌면 그게 큰 화를 불러오는 단초일 수도 있지 않았을까?

그렇지만, 설령 상세히 알았다고 하더라도 그들 입장에서는 크게 문제 될 것이 없다고 여겼을지도 모른다. 조선 속담에, 모로 가도 서울만 가면 되고, 엎어치나 메치나 하는 말이 있듯이, 여하튼 복음福音만 전하면 되었다.

"사업에 정신이 없으실 텐데요?"

"하나님께서 더 잘되게 이끌어 주시리라 믿고 있지요."

"믿으십시오. 그러면 반드시 복을 받으실 것입니다."

죽원 형제는 가끔씩 달렌 부부가 있는 교회에도 한 번씩 들러서 예배를 보곤 했다. 물론 지극히 건성이었지만 그것은 일거양득의 효과를 얻

게끔 하였다. 우선 그들에 대한 달렌 부부의 신뢰를 두텁게 만들 수 있었고, 조선인 야소교 신자들과도 안면 정도는 틔울 수 있었던 것이다.

"여기 사람들 좀 그렇지 않나?"

"내 생각도 그래."

"이거야, 원."

"저들을 잘 알아야 해."

죽원 형제는 자기네 처소로 돌아가서 그런 말들을 나누었다. 그들이 얼핏 느끼기에 그 고을 조선인들은 순수하다고 해야 할지 어리석다고 해야 할지 분간이 잘 되질 않았다. 남에게 얼른 마음을 주지는 않아도 일단 한번 사귀면 간이라도 빼줄 것 같은 깊은 정을 듬뿍 보여주는 것이었다.

"그런 기질도 우리가 역으로 잘 이용해야지."

"흐흐. 사람 좋은 것이 밥 먹여주는 줄 아는 어리석은 것들."

죽원 형제가 맹쭐과 맨 처음 만난 것은 달렌 부부의 예배당 근처 한길 가에서였다. 그날 참 어이없게도 기독교 신자들과 신자 아닌 사람들 사이에 작은 다툼 하나가 벌어지고 있었다. 길을 가던 행인 중에는 그 자리에 멈춰 서서 지켜보는 이도 있고, 혹시 가까이 있다가 다칠까 봐 그곳을 피해 급히 지나가는 이도 눈에 띄었다.

당시 조선 민중들은 불교를 믿는 쪽이 훨씬 더 많은데, 애당초 싸움의 발단은 어디서 비롯되었는지 자세히 모르겠으나, 아마도 비 신도들이 신도들에게 먼저 시비를 걸었던 게 아닌가 싶었다. 야소교가 어떻느니 서양귀신이 저떻느니 하는 따위 소리들도 심심찮게 터져 나왔다.

"구신이라이? 구신하고는 질이 다리다."

"사람 눈에 안 비이모 그기 구신이제, 무신 질이 다리단 말고?"

"그라모 안 비인다꼬 다 몬 믿것다는 소리가?"

"그거는 아이제. 죽은 조상은 안 비이도 제사를 뫼신다 아이가."

그러자 '제사 덕에 이밥이라'고, 빙자할 것이 생겼다는 듯 곧장 이런 말이 나왔다.

"그 제사가 문젠 기라."

"그 말 잘했다. 야소교인들은 조상 영전 앞에서 절도 안 올린담서?"

"절은 안 해도 기도는 한다."

서로가 물리적인 힘은 사용하지 않고 그렇게 입으로만 공격하는 정도였다. 그러던 것이 그만 살벌한 폭력 현장으로 돌변한 것은, 공교롭게도 그때 그 옆을 지나가던 우락부락한 사내들이 끼어들면서부터였다.

"씨팔! 얼릉 저리 몬 비키것나? 오데 저거가 길거리 전세 낸 것도 아이고, 모가지를 싹 빼내서 똥장군 마개를 해삘라. 이거 참말로 사람 미치고 팔딱 뛰것다. 니기미!"

고구마를 연상케 하는 머리의 양쪽 옆과 뒤를 마치 절벽같이 빡빡 밀어붙인 사내가 함부로 상소리를 내질렀다. 그러자 언쟁을 벌이고 있던 두 패의 사람들이 일제히 이쪽 일행들을 돌아보았다. 그게 또 화근이었다.

"머 보노? 눈깔을 확 뽑아삘라! 뒤지고 싶나, 요 개쌔끼들아!"

어디 가서 낮술이라도 걸쳤는지 상판대기가 벌건 사내도 입에 담지 못할 험악한 소리를 서슴지 않았다.

"허, 저 씨부리는 거 좀 보래? 눈을 우짠다꼬? 개쌔끼드을?"

비 신도 쪽의 건장한 젊은이가 나섰다. 그와 동시에 신도 쪽 청년도 툭 내뱉었다.

"에나 말도 더럽거로 한다 아이가."

그 순간, 뒤에 나타난 사내들 속에서 덩치가 산 같은 사내가 노기 띤 목소리로 길바닥이 놀라 발딱 일어날 정도로 크게 외쳤다.

"머? 더럽거로? 이 쌔끼야! 니 방금 우리 보고 더럽다 캤나?"

"더러븐께 더럽다 캤것제."

그렇게 맞받아친 사람은 직접 그런 말을 했던 신도가 아니고 그 신도와 싸우고 있던 비 신도였다.

"길가에 서 있는 저 나모들한테 함 물어봐라."

그 비 신도는 키가 훤칠하고 입성도 그런대로 괜찮아 보였다.

"그라모 칼끗한 기 씨가 말랐나 할 끼다."

나중에 온 사내들이 말이 더 모자라는 것 같았다.

그래서 분을 참지 못하고 길길이 날뛰자 당장 위험한 공기가 우 밀려들었다. 개 못된 것은 들에서 짖는다.

"요, 요, 요것들이야? 싹 다 쥑이뻘 끼다!"

저쪽에서 으름장을 놓자 이쪽에서 합세했다.

"머시? 우리를 모도 쥑인다꼬?"

"온냐, 좋다, 오데 함 쥑이 봐라. 몬 쥑이모 개호로자슥 새끼다."

졸지에 앞서 싸우고 있던 신도와 비 신도 무리가 같은 편이 돼버렸다. 특히 개호로자슥 새끼란 말이 그야말로 세상을 날려 버릴 폭탄이 되었다.

"오늘이 너거들 제삿날이다!"

나중에 나타난 사내들이 그런 으름장을 놓으면서 먼저 신도와 비 신도들을 향해 덤벼들었다. 적이었다가 동지가 된 쪽 사람들도 두 손 맺고 가만히 있지는 않았다. 그리하여 한순간에 백주의 노상에서 심한 난투극이 벌어지기 시작했다.

"음."

한편 죽원 형제는 길 한쪽 옆으로 멀찍이 비켜서서 같은 조선인들끼리의 싸움판을 구경하였다. 정말 고소하고 신나는 구경거리 하나 생겼다는 듯이 그들은 서로 마주 보며 크게 웃기까지 했다. 다른 사람들 시선을 개의치 않는 그자들 또한 예사로 보아 넘길 위인들이 아닌 것만은 분명했다.

"허!"

"누고?"

그런데 패싸움을 벌이고 있는 사람들 속에서, 그들 형제는 물론이고 지나가다가 걸음을 멈추고 선 다른 행인들 눈에도 확 띄는 사내 하나가 있었다.

"최고의 쌈꾼이다."

"내 머리에 털 나고 나서 저런 기경은 첨이다 아이가."

"맹수가 사람 탈을 둘러쓰고 있는 것가?"

관전하고 있는 인파 속에서 흘러나오고 있는 말들이었다. 그랬다. 그의 활약상은 화려할 정도로 눈부셨다. 주먹으로 치고 발로 차고 어깨로 걸어 넘기는 동작들이 번개 같았다. 참 놀라운 싸움기술이었다. 심지어 실실 웃어가면서 그 짓을 하는 게, 싸움이 아니라 무슨 신나는 놀이라도 즐기는 듯 아주 여유만만해 보이기까지 했다.

그곳 모든 이들 눈길은 그날의 주인공 같은 그에게로 집중되었다. 그가 한 번 몸을 놀릴 때마다 신도와 비 신도 사람들 가운데 누군가 하나는 반드시 쓰러졌다. 수적으로는 훨씬 불리했지만, 그 사내의 맹활약에 힘입어 승부는 되레 뒤에 나타난 자들의 것이 확실해 보였다.

"형, 저 조센진놈 대단하지 않아? 꼭 정글의 성난 표범 같아."

죽원일시가 연방 감탄해 마지않았다. 죽원웅차도 간담이 서늘한 표정을 지었다.

"우리가 저런 조센진한테 잘못 걸리면 예삿일이 아닐 것 같다. 함부로 깔보았다간 뼈도 추리기 힘들겠는걸."

그런데 거기까지 말하던 죽원웅차 얼굴에 문득 기묘한 웃음기가 떠올랐다. 그러자 홀연 다른 사람으로 보였다.

"어? 갑자기 웃음이 왜 그래?"

죽원일시가 영문을 알 수 없다는 듯 고개를 갸우뚱하며 물었다. 하지만 죽원웅차는 대답 대신 넋을 놓은 채 그 현장을 구경하고 있는 조선인들만 힐끗 바라보았다. 눈알이 고양이처럼 노랬다.

"왜 말이 없어? 저건 웃음이 나올 광경이 아니잖아?"

죽원일시가 계속해서 또 묻자 죽원웅차가 낮은 소리로 입을 열었다. 한데, 그 말이 또 심상치 않았다.

"저 조센진을 우리 편으로 끌어들이자."

그 일본말을 알아들을 만한 조선인이 그곳에는 없을 것임에도 그자는 엉큼하면서도 빈틈없는 인물 같았다.

"뭐라고?"

죽원일시는 방금 내가 무슨 소리를 들었나 하는 낯빛이 되었다.

"우리 편으로 끌어들이자고, 저 조센진을."

이번에는 좀 더 크고 또렷한 목소리로 죽원웅차가 일러주었다.

"무슨 재주로?"

죽원일시의 눈이 커졌다. 그러자 눈자위가 좀 더 도드라져 보였다.

"일단 부딪쳐 봐야지."

죽원웅차 얼굴에서 웃음기가 사라졌다. 죽원일시는 고개를 가로저었다.

"우리 일본 사람을 좋아하지 않을 텐데."

죽원웅차는 고개를 들어 첨탑이 우뚝 솟아 있는 예배당 쪽을 보면서 말했다.

"어떤 나라나 반드시 매국노는 있기 마련이야."

"매국노?"

멀뚱한 표정을 짓는 죽원일시였다.

"바로 우리의 일차 포섭 대상이지."

"일차 포섭 대상?"

그렇게 되뇌던 죽원일시 또한 깨달은 게 있는지 음흉한 웃음을 지었다.

"그럼 계속해서 조센진들을 포섭하겠다는 얘기군."

그 소리는 때마침 불어오는 바람을 타고 흔적도 없이 허공으로 흩어졌다.

"이차, 삼차, 사차, ……."

죽원일시는 손가락을 꼽아가며 숫자를 헤아렸다.

"어디까지 갈지 정말 기대가 되는군."

죽원웅차는 눈으로는 그 싸움의 달인을 지켜보면서 입으로 물었다.

"어디까지?"

"응."

그 답변이 가증스럽기 짝이 없었다.

"가능하면 이 나라 국왕도……."

"뭐?"

되지도 않은 형의 말에 동생도 질세라 말했다.

"난, 왕비와 공주가 더 구미 당기는데?"

"그야 입맛대로 하면 되지 문제 될 게 뭐가 있겠어."

죽원 형제가 그렇게 미친 소리들을 제멋대로 지껄이고 있는 동안에 그 싸움은 거의 끝나가고 있었다. 그들이 아까부터 계속해서 주목하고 있는 싸움꾼도 대단했지만, 나머지 그의 일행들 하나하나도 상대들보다는 강했다. 패싸움이지만 숫자 따윈 큰 의미가 없어 보였다.

"흠."

잠깐 사이에 거짓말같이 신중하고 심각해진 얼굴로 뒤바뀐 죽원웅차가 깊은 신음을 하듯 중얼거렸다.

"노가다들이 틀림없어. 거칠고 힘도 있어 보이고 말이야."

땅바닥에 나무토막처럼 쓰러져 있던 자들이 힘겹게 일어나고 용케 버텼던 이들도 슬슬 꽁무니를 빼기 시작했다.

"어, 조것들이 아즉 다리는 성해갖고야?"

"야! 오데 가노?"

우락부락한 사내들이 다급하게 도주하는 사람들 등짝을 겨냥해 온갖 비아냥거림과 통쾌한 웃음을 날려 보냈다.

"하하하. 너거들이 장 씨부렁거리는 그 하나님 데불로 가는갑네?"

"야들아, 오데 함 데꼬 와 봐라. 올매나 센고 보거로. 킬킬킬."

이윽고 싸우던 상대들이 눈앞에서 모조리 사라지자 남은 그자들 가운데 하나가 가장 큰 활약을 펼친 사내에게 큰 소리로 말했다.

"민 사장님! 역시 민 사장님 실력은 겁난다 아입니꺼?"

다른 자도 아부를 늘어놓았다.

"우떤 쌈꾼도 우리 민 사장님한테는 몬 당할 낍니더."

그러자 민 사장이라고 불린 사내가 강인한 어깨를 한 번 으쓱하고 나서 일행들에게 말했다.

"간만에 몸 쪼매 풀었더이 목이 마리거마는. 모도 그렇지요? 갑시더, 내가 한턱 더 쏠 낀게네."

잡초처럼 제멋대로 헝클어진 머리칼과 검고 거친 피부가 야만인 무리를 방불케 하는 사내들이 환호성을 질러대었다. 그 소리는 예배당 첨탑에 걸려 있다가 지상을 향해 곤두박질을 치고 있는 느낌을 주었다.

"역시 남잔 기라, 남자!"

"저러이 기생들도 꼬빡 죽어넘어가제!"

그들은 온갖 입에 발린 소리를 해가며 민 사장이라 불린 사내를 호위하듯 에워싸고 걸어가기 시작했다. 그것을 보고 있던 죽원웅차가 잽싸게 그들 뒤를 따라가더니 곧바로 민 사장이란 사내 앞에 섰다.

"이거는 또 머꼬?"

민 사장 오른쪽에 있던 장신의 깡마른 사내가 죽원웅차의 몸 아래위를 거만하게 훑어보면서 개가 크게 으르렁거리듯 내뱉었다. 하지만 죽원웅차는 그 사내는 아예 무시해버리고 민 사장에게만 말을 걸었다.

"나하고 이야기 좀 했으면 하무니다."

그 말이 떨어지는 찰나였다.

"어? 왜눔 아이가!"

민 사장 왼쪽에 버티고 섰던 다부진 체격의 사내가 적잖게 놀란 눈빛으로 말했다. 그러자 민 사장이라는 사내도 약간 긴장하는 모습이 되었다. 그는 단춧구멍만 한 눈으로 잠시 죽원웅차 얼굴을 뚫어지게 바라보더니 탐색하는 목소리로 물었다.

"해나 낼로 알고 있는 기요?"

미심쩍은 표정을 풀지 못했다.

"내는 오늘 첨 보는 얼골인데⋯⋯."

죽원웅차가 대뜸 대답했다.

"알고 있스무니다."

죽원일시가 약간 놀라는 얼굴로 형을 바라보았다. 죽원웅차는 전혀 흔들림이 없어 보였다.

"낼로 안다꼬?"

민 사장은 한층 경계의 눈길을 보냈다. 물론 지금 상황이 그렇긴 해도 죽원 형제가 판단하기에, 그는 천성적으로 남을 믿지 못하는 위인 같았다. 하지만 그런 것에는 조금도 괘념치 않는 죽원웅차였다.

"구체적인 이야기는 이 사람하고 둘이서 했으면 하무니다."

그는 은근한 목소리로 그렇게 말하면서 가까이 서 있는 주위 사람들을 둘러보았다. 여기 이 사람들을 전부 물리치고 우리 둘만 이야기를 나누자는 표시였다.

"둘이서만 이약을?"

민 사장이 확인하는 어조로 물었고, 죽원웅차는 즉문즉답하듯 대답했다.

"그렇스무니다."

"……."

민 사장 얼굴에 짙은 당혹감이 묻어났다. 그는 어떻게 할까 좀 궁리하는 눈치였다. 역시 본디 의심이 많은 사람임에 틀림없었다.

그것을 본 죽원웅차는 약간 빈약해 보이는 가슴을 앞으로 쑥 내밀고는 마치 무슨 흥정을 해오는 사람같이 굴었다.

"어떡하시겠스무니까?"

민 사장이란 자는 몸놀림에 비하면 두뇌 회전이 그렇게 빠른 쪽은 아닌 성싶었다. 그는 자기 일행들을 둘러보며 난감한 빛을 띠었다.

'다행히 요리하기 쉬운 자로군 그래. 몸으로 하는 일에는 다소 뛰어날지 몰라도 머리는 별로야.'

그런 자각과 함께 죽원웅차는 속으로 쾌재를 부르면서 말은 이랬다.

"정 이 사람하고 따로 만나보실 의향이 없으면 안 그러셔도 되무니다."

구경꾼들이 거의 가고 없는 넓은 한길을 바라보면서 일방적인 통보를 보내듯 했다.

"이건 없었던 일로 하겠스무니다."

그런 다음 그는 죽원일시를 돌아보며 말했다.

"그만 가자."

죽원일시가 눈치를 채고 얼른 말했다.

"예, 바쁜데 어서 갑시다."

그러면서 일본인 사내들은 그냥 자기들 갈 길로 가려는 것처럼 행동했다. 그러자 그들 등 뒤에서 이런 소리가 황급히 들려왔다.

"거 함 서 있어 보소! 누가 안 만낸다 캤소? 내도 그렇지만도 댁들도 참말로 성깔 하나 불이거마는."

죽원 형제는 마지못한 척 걸음을 멈추고 천천히 돌아섰다. 민 사장이란 자가 그의 일행들에게 말했다.

"담번에 한턱 쏘것소. 오늘은 여서 헤어집시더."

"……."

말을 하지는 않아도 일행들 얼굴에 잔뜩 실망하는 빛이 살아났다. 개중에는 죽원 형제가 못마땅한지 무섭게 째려보는 자도 있었다. 네놈들 때문에 거창한 술자리 하나 놓쳤다는 기색을 노골적으로 드러내는 눈빛이었다.

"아니 되무니다."

그때 그런 말을 하며 죽원웅차가 윗도리 안주머니에서 무언가를 꺼냈다. 그러고는 씩 웃는 얼굴로 말했다.

"저분들을 그냥 보내서야 되겠스무니까? 제가 대신……."

모두 보니 돈이었다. 그것도 개나 소나 주머니에 넣고 다닐 수 있는 정도가 아닌 거금 같았다.

모두 어리둥절한 표정을 짓고 있는데, 죽원웅차는 민 사장 오른쪽에 서 있는 키 큰 사내에게 그 돈을 건네며 말했다.

"자, 이 돈이면 기생 열 명은 더 넘게 부르고도 남을 것이무니다. 그러니 가셔서들 실컷 즐기시길 바라무니다."

그러자 민 사장이 별안간 미친 듯이 호탕한 웃음을 터뜨렸다. 그 소리가 어찌나 컸던지 그 넓은 길거리가 왕왕 울릴 판국이었다.

"으하하핫! 그 배포가 내 멤에 쏘옥 드요. 에나 사내란 말요."

죽원웅차에게 악수라도 청할 것처럼 하였다.

"간만에 진짜 싸나이 한분 만냈거마는. 하하하."

손에 돈을 받아 쥔 깡마른 사내가 누런 이빨을 드러내며 일행들에게 말했다.

"민 사장께서 허락하싯으이 우리는 갑시더."

그들 중에서는 가장 왜소해 보이는 사내가 말했다.

"그라이시더. 모가지 때도 벗기고, 기생들 노래를 들음서 춤도 쪼매 기경하거로."

나머지 사내들도 덩달아 입을 열었다.

"공돈은 생긴 즉시 안 쓰모 큰 탈이 난다 캤소."

"이왕 우리 손에 들온 돈, 더 말은 필요 없다 아이요."

그들은 발소리도 요란하게 기생집을 향해 부리나케 내닫기 시작했다.

그들 모습이 시야에서 완전히 사라지자 죽원웅차가 민 사장에게 손을 내밀며 악수를 청했다.

"우리 먼저 통성명부터 했으면 하무니다."

민 사장이 자기 손을 물끄러미 내려다보자, 죽원웅차는 하인이 상전에게 뜰아래서 절하듯 깊숙이 허리를 굽혀 보였다.

"저는 죽원웅차라고 하무니다."

그런 후에 그는 자기와 함께 있는 자를 향해 턱짓을 하였다.

"그리고 저쪽은 내 동생 죽원일시올시다."

그러자 비로소 민 사장도 커다란 손으로 상대 손을 맞잡으며 자기소개를 했다.

"내 이름은 맹쭐이오, 민맹쭐."

죽원일시가 한마디 했다.

"민맹쭐 씨. 장수, 오래 사실 이름이무니다. 명줄이 길……."

맹쭐이 큰소리로 되받았다.

"오래 산다꼬요? 머 기분 나쁜 소리는 아이네예. 하하하."

죽원웅차가 아까보다 더 사근사근한 목소리로 말해왔다. 여자도 아닌 남자가 내니 속이 매스꺼울 지경이었다.

"저희 형제가 좋은 데로 모시겠스무니다."

예배당 건물이 그들을 물끄러미 내려다보고 있었다.

"하하. 좋심니더. 술값은 누가 내든지 간에, 우선에 가 봅시더."

세상에 다시없는 쾌남아처럼 행세하는 맹쭐의 그 거짓된 꾸밈은, 그가 일찍이 저 점박이 형제에게서 전수받은 것이었다. 그런데 죽원웅차 또한 녹록치 않았다.

"아, 물주物主는 이 사람이무니다."

"물주!"

맹쭐은 어찌 들으면 기합 내지르듯 하고 나서 쫀득쫀득한 어투로 물었다.

"장사 밑천을 대는 사람 말입니꺼, 아이모 노름판에서 애기패를 상대로 해갖고 승부를 다투는 사람 말입니꺼?"

상대방 그릇의 크기를 한 번 더 재보려는 말인 줄 대번에 알아챈 죽원웅차였다.

"둘 다 할 자신이 있스무니다."

맹쭐은 자신이 남에게 모두 다 넘겨주는 허술한 사람이 아니라는 것

226

을 인식시켜줄 양으로 이렇게 말했다.

"그래도 하나씩 갈라갖고 해야제, 우찌 혼자서만 한다는 깁니꺼?"

그들 옆으로 마차와 소달구지가 서로 경쟁이라도 하듯 지나가고 있었다. 그 바람에 흙먼지가 일어나 잠시 시야가 뿌옇게 흐려 보였다.

"아니무니다, 아니무니다."

죽원웅차는 우스울 정도로 필사적인 모습이었다.

"그 자리를 넘겨보시면 아니 되무니다."

그러자 일본인을 맞상대로 다시 쿡 찔러보는 맹쭐은 역시 예전의 맹쭐이 아니었다.

"그 자리가 임금 자리보담도 더 좋다쿠는 거를 우찌 아시지예?"

독장수와 신기료장수가 읍내장터가 있는 곳을 향해 부지런히 걸음을 옮겨놓고 있는 게 보였다.

"어이쿠, 싸움기술만 뛰어나신 줄 알았더니 농담하시는 실력은 더 걸출하시무니다."

닳고 닳아 밑바닥까지 빤질빤질한 자가 죽원웅차였다.

"이런 이약은 인자 고만하는 기 좋겟네예."

아무래도 맹쭐의 너스레나 인내심이 더 얕다고 할만했다.

"우리가 후딱 안 온다꼬 술하고 여자가 막 울어쌓고 있을 거게로 가입시더."

죽원웅차는 내심 가소롭다는 웃음을 지으면서도 말은 비단 장사였다.

"인정하무니다. 민 사장님에게는 졌스무니다, 졌스무니다."

바로 그런 연유로 하여 그들은 기생방을 찾아들었던 것이다. 비록 논개 같은 기생은 못 되더라도, '북평양, 남진주'라는 말이 무색하지 않은 기녀들이 즐비하게 늘어서서 맞아주었으니 그 감격은 컸다.

그런데 죽원 형제가 맹쭐 모르게 이게 웬 횡재냔 듯 서로 눈을 마주치며 진정으로 기뻐 어쩔 줄 몰라 한 것은, 기녀들의 접대에 앞서 맹쭐이 어떤 일을 하는 사람인가를 알고서였다.

"예에? 그런 사업을?"

그건 우연치고는 참으로 놀라운 우연이 아닐 수 없었다. 재주 좋은 누군가가 딱 끼워 맞춘다고 해도 이렇게까지는 되지 않을 것이다. 세상에, 민 사장이란 저 자가 그들처럼 토건업을 하는 사람이라니!

"이건 하늘의 뜻이무니다, 하늘의 뜻!"

"맞스무니다. 아, 그렇지 않고서야 세상에 어떻게 이런 기통찬 일이 일어날 수가 있겠스무니까? 안 그렇스무니까?"

죽원웅차와 죽원일시의 감격에 겨운 말에 맹쭐도 흥분한 빛을 보였다.

"그런께 거 두 분은 토건업자들이다, 그런 이약입니꺼? 허, 참 내."

죽원웅차가 떨리는 목소리로 말했다.

"앞으로 우리가 손만 잡으면 여기 조선 땅 토목건축공사는 모조리 싹 쓸이할 수 있을 것이무니다."

그러면서 죽원웅차는 호주 선교사 달렌이 계획하고 있는 병원 건립에 대해서는 언제 어떤 식으로 끄집어내는 게 좋을지 내심 궁리해보는 것이었다. 그것은 너무나 엄청난 공사인 탓에 아무렇게나 발설할 성질의 것이 아니라고 보았다.

"싹쓸이, 싹쓸이한다꼬요?"

맹쭐은 옆에 있는 기생들도 눈에 보이지 않는 모양이었다. 그는 엄청난 돈벼락을 맞을 사람처럼 하였다.

"그런께네 우리가 공사를 모돌띠리 따낼 수 있다?"

죽원일시가 그새 굉장히 친숙해진 것처럼 해 보이기 위해서인지, 스스로 자존심을 깔아뭉개는 짓과 하등 다를 바 없이 이런 말을 들고 나왔다.

"모돌띠리? 그 모돌띠리가 무슨 뜻인지 이 무식한 섬나라 왜놈은 잘 모르겠지만, 여하튼 간에 그렇스무니다."

기생들이 일제히 까르르 웃음을 터뜨렸다. 그 웃음 속에는 나름 여러 가지 이유가 들어 있을 것이다. 어쨌거나 맹쭐은 허튼소리로 치자면 나도 질 수 없다는 것을 알리는 투로 나왔다.

"행재분이 모돌띠리 이 유식한 조센진눔 멤에 따악 든다 아인가베요. 그러이 오늘 여게 술값하고 기생값은 이 맹쭐이가……."

그 말이 끝나기도 전에 또 기생들이 환호성을 지르고 야단법석을 이루었다.

"우리 민 사장님, 멋지셔어, 너모너모 멋지셔어!"

"오늘밤은 반다시 내가 모실 생각이니 다린 사람들은 꿈도 꾸지 마. 알것제?"

그런 난장판 속에서 죽원웅차가 그가 이야기하는 내용과는 너무나 어울리지 않게 진지한 목소리를 지어내어 맹쭐의 말에 반박하는 모습을 보였다.

"이 자리는 저희가 먼저 제안하여 만든 자리이무니다."

"아, 그기 중요한 기 아이고……."

그러는 맹쭐의 말을 막으며 죽원웅차는 한 술이 아니라 몇 술은 더 뜨는 소리를 내비쳤다.

"그리고 나중에 기회가 되면 저희 본국으로 모셔서 일본 기생들이 민 사장님 시중을 들도록 하겠스무니다."

죽원일시 입귀가 한쪽으로 돌아가는 것을 아무도 보지 못했다.

"아, 이, 일본 기생들이?"

맹쭐은 열린 입을 다물지 못했다. 상상만으로도 정신이 아뜩해질 노릇이었다. 더 이상 조심하고 경계할 여지는 남아 있지 않았다.

"쪼꼼만 더 크거로, 자, 아예."

그러면서 기생 하나가 마치 밥숟갈로 어린아이에게 밥을 떠먹이듯이, 맹쭐의 벌린 입속에다 술잔을 처박아 넣는 것처럼 갖다 대었다.

"호호호."

또 한 번 흐드러진 기생들 웃음소리가 울긋불긋 꾸며진 기방이 떠나가라 크게 울렸다. 이제 남은 것은 술잔치, 돈 잔치뿐이었다.

혼자 춤추고 날라리 불고

뜨거운 가매못 열기를 더는 견디지 못하고 봉황이 그만 날아가 버렸다는 안타깝고 슬픈 전설을 간직하고 있는 비봉산.

그 산 서편 자락 가매못 안쪽 마을에 있는 꺽돌과 설단 부부의 초가집은 떠나가도록 시끄러웠다. 그 집 가축들이 미친 듯이 함부로 내지르는 소리 때문이었다. 어찌나 소리가 큰지 이웃집 사람들이 달려올 형편이었다.

싸움소 제왕인 천룡과, 가매못에 온 낚시꾼들이 종종 던져주는 먹을거리에 흠뻑 재미를 붙이고 있는 삽사리, 그 짐승 두 마리가 작심을 한 것처럼 불청객을 향해 야단 난리를 부리는 것이다. 시주 얻으러 온 중이나 가정을 방문해서 물건을 파는 장사치나 구역을 침범한 다른 개에게도 그렇게 한 적은 없었다.

'컹, 컹컹!'

'매, 매~애!'

그것은 참으로 이상한 일이었다. 집에서 기르는 가축은 주인을 닮는다는 말이 있듯, 꺽돌과 설단이 한없이 어질고 양순한 사람들인 만큼 천룡과 삽사리 역시 순해 빠진 편이었다. 남강 백사장의 투우장에 나가면 무섭게 변하는 천룡이지만 평상시에는 그렇게 용할 수가 없었고, 삽사리란 놈도 공연히 깽깽거리기만 잘했지 항상 동리 다른 개들한테 당하기만 하여 언제나 주인 속을 상하게 했다. 심지어는 걸인이라도 찾아들면 '움~메' 하고 반갑게 맞이하는 소리를 내는 천룡이고, 털이 복슬복슬한 삽사리는 그 위에다가 좀 더 보태어 꼬리까지 살살 흔들어대곤 하였다.

그런데 그런 것들이 대체 어찌 된 셈인지 지금 그 불청객에게만은 잡아먹지 못해서 안달 나 하는 거였다. 그렇다면 그 불청객은 짐승들 눈에 도둑놈처럼 생긴 때문일까? 아니면 도축장 백정 냄새라도 풍기는 천민인 탓인가?

아니었다. 그 어느 쪽도 아니었다. 오히려 이 세상에서 더 찾아볼 수 없을 정도로 아름다운 용모와 향기로운 체취를 가진 젊은 여인이었다. 아무리 짐승들일지라도 그들 보기에 수상쩍게 느껴진다거나 경계의 대상이 되기에는 아주 거리가 멀었다. 꼭 이유를 갖다 붙여야 한다면, 초라한 그 집이 화려한 그런 여인과 어울리지 않는 거였다.

바로 해랑이었다. 그러니 여간해선 이해할 수가 없는 노릇이었다. 어쨌거나 무슨 용무가 또 있어 벌써 두 번이나 그 집으로 찾아든 걸까? 그것도 자신을 너무나 달가워하지 않는 사람들 집이다.

"......."

설단은 봉곡리 타작마당같이 넓은 꺽돌 등판 뒤에 꼭꼭 숨듯이 하여 말없이 해랑을 훔쳐보았다. 꺽돌도 몹시 긴장한 탓에 온몸이 돌덩이처럼 굳어 보였다. 그들에게 해랑은 위험하기 그지없는 예쁜 독버섯 같은 존재였다.

"배운 기 없는 우리 겉은 사람들 머리로는, 머 땜새 이 행핀없이 초라한 집에꺼정 또 찾아오싰는지는 모리것지만도……."

토담 가까이 서 있는 오래된 감나무에 까마귀 한 마리가 막 날아와 앉았다.

"이왕 오싯은께 저 앉으시이더."

꺽돌이 강인해 보이는 턱으로 좁은 마루를 가리켜 보이며 억지로 인사치레 삼아 그 말을 던졌다. 마음 같아서는 즉시 사립문 바깥으로 내치고 싶었지만, 그래도 우리를 찾아온 손님이니 그럴 수는 없다고 십분 양보한 꺽돌이었다.

한데, 그렇게 뻔뻔할 수가 없었다. 이건 낯판에 철판 깐 그 정도가 아니었다. 해랑은 표정 하나 바꾸지 않고 말했다.

"내는 충보담은 방에 들가서 이약하고 싶은데?"

설단은 여전히 아무 대꾸도 하지 못하고, 꺽돌이 정말 기가 찬다는 듯 이런 소리만 내었다.

"허!"

참으로 만무방이 따로 없었다. 이쪽 사람들로서는 참으로 꼴도 보기 싫은 불청객인 주제에, 어서 나가라는 말만 듣지 않게 해준 것도 감지덕지해야 할 판국인데, 대체 무슨 염치로 방에까지 들어가겠다는 건지 모르겠다.

"우리하고 할 이약은 없을 낀데."

꺽돌은 그런 말로써 불쾌감을 드러내 보였다. 게다가 말끝을 흐림으로써 존댓말이 아닌 것으로 비쳤다. 하지만 해랑은 갈수록 태산이었다.

"와 할 이약이 없으까이?"

하룻밤을 자도 만리장성을, 운운하는 것처럼 나왔다.

"밤을 새움시로 해도 다 몬 할 끼거마."

감나무 가지에 올라앉아 있던 까마귀가 날개를 퍼덕거리며 초가지붕 위로 자리를 옮기고 있었다. 꼭 벙어리 까마귀이기라도 한 듯 아무 소리도 없이 그랬다. 그런 까마귀는 한층 흉물스러워 정나미가 똑 떨어졌다.

"밤을 새움시로? 머가 그랄 끼 있다꼬?"

꺽돌은 최대한 업신여기는 투로 응했다. 언네가 저렇게 돼버린 후로 세상 모든 게 물거품이나 그림자처럼 덧없이 느껴지는 꺽돌이었다.

그런데 해랑은 꺽돌의 말은 들은 척도 하지 않고 또 제 할 소리만 하였다.

"하모, 밤샘. 정답거로 말이제."

까마귀가 '까~악' 하고 단 한 번을 울고는 또다시 잠잠해졌다. 마치 자기 존재를 사람들에게 알리기 위한 것 같았다.

꺽돌은 얼굴뿐만 아니라 목까지도 벌게졌다. 설단은 새파랗게 질린 채 남편 반응만 살폈다. 꺽돌은 너무나도 감정이 상하고 어이없는 중에도 뭔가 그 방문이 심상치 않다는 것을 깨닫는 눈치였다.

맞았다. 분명히 중차대한 용건을 들고 찾아온 게 확실했다. 그렇지 않고서는 아무리 예전에 자기들이 부리던 비복들이라 하더라도 저렇게 제멋대로 굴 수는 없었다. 흔히들 똥개도 제 동리에서는 반은 먹고 들어간다고 하였다.

그런데 실상대로 털어놓자면 꺽돌은 미리부터 예상하고 있었다. 억지로 의식의 저 밑바닥에 꾹꾹 눌러 앉혀 놓긴 했어도, 언젠가는 해랑이 다시 찾아오리라는 사실을 깨달았다. 또한, 그 시기도 오래지 않을 거라는 것도 알았다.

그렇다면 무엇 때문이겠는가? 그것은 삼척동자에게 물어봐도 알 일이었다.

'배봉 피습 사건.'

언네가 이루 말로 표현할 수 없을 정도의 혹독한 고문을 당하면서도 아직 실토하지 않고 있다는 것은 틀림없었다. 언네가 그녀 공범자가 꺽돌이라는 것을 자백했다면 벌써 관졸이나 배봉 집안 종들이 들이닥쳤을 것이다. 심증은 있어도 물증이 없으니 별수 없이 지금까지 그대로 있었을 것이다.

하지만 여우 같은 해랑만은 결코 그대로 있지 않을 거라는 확신을 그녀의 첫 번째 방문을 통해 품어오던 터였다. 그 첫 번째 방문은 일종의 포석布石이라고 간주했다. 천둥이 치면 벼락이 내리는 이치와 마찬가지로, 더 무섭고 두려운 사태를 몰아오기 위한 것이었다.

'그란데 우째서 지 하나만 왔으까?'

그 의문을 앞세워보았다. 꺽돌은 바짝 긴장되는 와중에도 해랑이 제 혼자만 왔다는 사실에 약간은 안도하고 있었다. 해랑은 무엇인가 이쪽에서 결코 거절할 수 없는 흥정거리를 챙겨 들고 찾아왔을 거라는 께름칙한 추측과 함께였다. 사람 몇 잡아먹을 요물인 것이다.

'요물이 들고 온 거절할 수 없는 흥정……'

그렇지만 그것이 무엇인지는 좀처럼 짐작이 가지 않았다. 그게 가장 꺽돌을 불안케 하는 요인이었다. 결국, 부서지든 깨어지든 일단은 한번 부딪쳐 보는 수밖에 없었다.

"알것심니더."

드디어 꺽돌 입에서 한 발 뒤로 물러서는 말이 떨어졌다.

"그라모 방으로 들가서 이약하이시더."

해랑이 입귀를 말아 올리며 웃었다. 진작 그럴 것이지, 하는 빛이었다.

언제부턴가 천룡과 삽사리는 없는 듯이 조용했다. 대개 집에서 기르는 동물들은 주인이 방문객과 서로 이야기를 나누거나 함께 있으면, 그때부터는 그냥 두어도 괜찮겠구나 하고 입을 다무는 법이다.

"저……"

설단이 해랑 모르게 얼른 손가락으로 꺽돌 등을 찔렀다. 왜 당장 내

쫓아버리지 않고 저 요물과 이야기를 하려고 하느냐고 말리는 동작이었다. 영악한 해랑은 설단의 그 행동도 놓치지 않았다.

꺽돌은 아내의 그 만류에 대해서는 전혀 알아차리지 못한 사람처럼 말없이 방 쪽을 향해 먼저 몸을 돌려세웠다. 그러곤 해랑과 설단의 존재는 눈에 보이지도 않는다는 듯 먼저 마루로 올라서더니 신경질적으로 방문을 확 열고는 곧바로 방으로 들어가 버렸다. 억지로 마음을 추스르기 위해 노력하고 있다는 걸 보여주는 행동이었다.

그것을 뒤에서 지켜보고 있던 해랑이 문득 설단을 향해 야릇한 웃음을 만들어 보였다. 순진하기만 한 설단은 그 웃음의 의미를 짚을 수가 없었다. 설단은 어떤 웃음도 나타내 보이지 못했다. 해랑의 웃음 끝에서 섬뜩한 기운을 감지하고 또다시 참새처럼 작은 몸을 부르르 떨었을 뿐이었다. 아니, 사실은 이제 막 해랑이 보인 그것을 웃음이라고 할 수 있을지조차 판단이 서지 않았다.

그런 설단을 잠깐 말없이 빤히 바라보던 해랑은 꼭 제가 이 집 안주인이기라도 하듯 먼저 댓돌에 신발을 벗어놓고는 거침없이 마루로 올라섰다. 그녀 몸에서 풍겨오는 화장 냄새에 설단은 온몸이 그대로 마비돼 버리는 느낌이었다. 그것은 보통 여염집 아낙들로서는 백번 죽었다가 깨나도 한번 몸에 발라보지 못할 만큼 턱없이 비싼 화장품이었다.

'우짜든지 내가 증신을 채리야제.'

그렇게 자신을 타이르며 설단은 가까스로 기운을 내어 두 사람이 앞서 들어간 방을 향해 어렵사리 발을 옮겨놓았다. 방안에 남편과 그 여자 둘만 있게 내버려 두면, 그 여자가 아홉 개의 꼬리로 남편 혼을 빼앗아 잡아먹을 성싶었다.

이윽고 설단이 마지막으로 머뭇거리며 방으로 들어갔을 때, 꺽돌과 해랑은 묵묵히 마주 앉은 채 노려보듯 상대방 얼굴을 쏘아보고 있었다.

방안에는 시퍼런 칼날이 무수히 꽂혀 있는 것 같은 살기마저 감돌았다.

그런데 웬일인가? 그 광경이 눈에 들어오는 순간 설단 머릿속에 퍼뜩 자리 잡는 게 비화 얼굴이었다. 지난날 해랑과는 친자매같이 지냈다는 비화다. 온 동리에 소문이 났을 정도로 그토록 가까웠다던 그들 사이가 무엇 때문에 지금은 철천지원수로 갈라섰는지는 알 수 없었다. 아니다. 알 수 없다는 그 말 자체부터가 역설적이었다.

그리고 또 모르긴 몰라도, 그 원인은 비화보다도 해랑 쪽에 있을 거라는 생각도 들었다. 비화는 무슨 일이 있더라도 결코 배신할 사람이 아니라는 강한 믿음이 있어서일 것이다. 그러자 해랑이 한층 더 구미호로 보였다. 치마 속에 꼭 감춰져 있는 꼬리들도 내비치는 듯했다.

'이 사람을 지켜야 하는 기라.'

설단은 단단히 마음먹고 꺽돌 옆에 몸을 내려놓았다. 꺽돌을 향했던 해랑의 눈길이 설단 쪽으로 당겨졌다. 조금도 기가 죽지 않은 모습이었다. 그 눈은 네깟 것들은 둘이 아니라 스무 명이 있어도 겁나지 않는다는 말을 뿜어내고 있었다. 설단은 마음의 말을 억지로 짜내어 가까스로 대응했다.

'내도 하나도 겁 안 난다.'

여하튼 설단이 느끼기에 지금 두 사람은 상대방이 먼저 칼을 뽑기를 기다리는 검객들 같았다. 바늘구멍만 한 허점이라도 보이면 즉시 찌를 것처럼 아슬아슬하고 살벌한 분위기였다. 코끝에 피비린내가 물컹, 풍기는 듯했다.

벽이고 천장이고 방바닥이고 할 것 없이 찬 공기가 쏴아 쏟아져 나오는 성싶었다. 지금 그 방은 꺽돌과 더불어 하루하루 사랑과 행복의 날줄과 씨줄을 엮어가는 그런 곳이 아니라 마귀들 소굴로 변했다는 섬뜩한 기분을 떨쳐버릴 수가 없었다. 배봉 집안에서 종살이할 때 가끔 그런 감정에 싸이기도 했지만 이제 잊고 있었다.

설단은 갈수록 숨이 막혔다. 몸에 마비가 일어났다. 두 사람은 여전히 말이 없었다. 옆에서 지켜보는 사람을 미치게 몰아가는 침묵이었다. 결국, 그들 가운데 가장 약한 설단의 입이 해랑을 향해 먼저 열렸다.

"무신 이약인고 함 해보이소. 뭔 말이지예?"

그러자 해랑 입언저리에 또 언뜻 웃음기가 서렸다. 입술이 아주 조금 벌어진 탓에 그런 느낌을 자아내는 건지도 모르겠다. 어쩌면 이빨을 콱 앙다무는 것이 그렇게 비쳤는지도 알 수 없었다. 지금 그곳은 모든 것이 의문투성이였다. 아니다. 그 모두가 속임수로 받아들여졌다.

그로부터 얼마나 지났을까? 드디어 해랑이 침묵을 깼는데, 설단 말은 그냥 무시해 버리고 꺽돌에게 이런 말을 툭 던지는 것이다.

"심약한 아내가 이런 소리 들어도 괘안을랑가 내는 모리것거마."

왕비나 공주가 거처하는 곳이라고 해도 전혀 손색이 없을 정도로 화려한 그녀의 처소에 비하면, 그야말로 형편없는 그 방안을 깔보는 눈으로 둘러보며 말을 이었다.

"멤이 그러모 밖에 나가 있으라 쿠던지. 우쨌든 그거는 그짝에서 알아서 하라꼬."

'그짝이고 신발짝이고!'

그 말을 듣는 순간, 설단 속에서 울컥, 하고 뜨거운 기운이 치밀었다. 제까짓 게 무언데 누구더러 나가라, 알아서 하라? 이제는 우리가 제 종도 아니잖은가 말이다. 그동안 흐른 세월이 얼마나 되고, 또 모든 것들이 얼마나 바뀌었는지 아직 모르는 모양이지?

목울대가 튀어나오도록 침을 꿀꺽 삼키는 꺽돌도 그런 감정에 사로잡히는 듯했으나 잠시 고민하는 빛이 엿보였다. 아내에게도 이 이야기를 듣게 해야 할지, 아니면 비밀로 덮어두는 게 좋을지.

그때 설단이 평소 그녀답잖게 야무진 소리로 말했다.

"내는 안 나갑니더. 여게가 우리 집 방인데, 내가 와 밖에 나가 있어예?"

윗목에 놓여 있는 작은 자리끼 그릇도 주인이 너무 낯설어 가만히 쳐다보는 형용이었다. 곧 이어지는 말도 여간 당차지 않았다.

"시방 눌로 보고 이래라 저래라 해쌌는 긴데예?"

그뿐만이 아니었다. 설단은 거만해 보일 정도로 해랑을 향해 까딱까딱 턱을 놀리면서 쏘아붙였다.

"나갈라모 거나 나가이소."

"……."

그러자 꺽돌은 물론 해랑도 놀란 눈빛으로 설단을 바라보았다. 분명히 해랑을 보고 '거'라고 했다. '아씨 마님'이 아니라 '거'였다. 거, 거…….

이번에는 해랑이 웃지 않았다. 그 대신 눈같이 새하얀 이맛살을 잔뜩 찌푸리고 있었다. 그러자 그 아름답고 맑아 보이던 이마가 여러 날 씻지 못한 거지의 그것처럼 아주 추해 보였다. 머리칼 몇 올이 흘러내린 설단의 이마가 훨씬 곱게 비쳤다.

'밑바닥에서 뒹굼서 사는 민초들이 억세고 모진 구석이 있다더이, 설단이 조것도 인자는 이전하고는 한거석 달라졌거마는.'

그런 새로운 자각이 든 해랑은 일단 숨부터 고른 후에 아무렇게나 하는 것처럼 툭 내뱉었다.

"내는 위해서 핸 소린데, 머 하고 싶은 대로 하든지."

꺽돌이 천룡의 뿔처럼 상체를 빳빳이 세우며 단호한 어조로 입을 열었다.

"할 이약이 머신고 해보이소."

"알았거마는."

그렇게 대꾸하는 해랑 어깨도 나무로 만든 망석중처럼 몹시 경직되어 있었다. 그녀는 가장되게 심상한 어투로 말했다.

"시방부텀 내가 하는 이약 잘 들어야 할 끼거마는."

그 서두가 짧지 않았다.

"내는 한 분 핸 소리를 또 입에 묻힐 성질이 아인께네."

방안 가득 고함이라도 마구 내지르고 싶을 정도의 혼탁한 공기가 흘렀다. 꺽돌도 설단도 간담을 졸였다.

잘 들어야 할 이야기가 무엇일까?

해랑의 태도로 미뤄보아 예사로운 이야기는 아닐 것이다. 하지만 해랑 입에서 그런 소리가 나올 줄은 정말 몰랐다.

"언네를 이집에서 책임져야 할 꺼 겉거마는."

그 말을 듣는 순간, 젊은 부부는 자신도 모르게 얼굴을 마주 보았다. 둘 다 초점이 사라진 눈이었다. 이게 무슨 뚱딴지같은 소린가? 언네를 우리 부부가 책임져야 할 것 같다니?

머릿속이 하얗게 비어버린 채 멍해 있는 그들을 겨냥해 이런 말이 또다시 떨어져 내렸다. 갈수록 청천벽력을 뛰어넘는 소리가 아닐 수 없었다. 불칼을 맞는다는 말이 바로 이런 경우를 두고 하는 걸까?

"두 사람이 목심을 부지할라모 그 길밖에 없제."

바람기도 느껴지지 않는데 문풍지가 파르르 떨렸다. 동네 저 뒤편 산등성이로부터 갑자기 무엇에 놀랐는지 자지러지는 듯한 멧새 소리가 들려왔다.

"모, 목심을 부지할라모?"

설단은 두 손바닥으로 앞가슴을 쓸어내리는 품이 금방이라도 숨통이 멎어버릴 사람 같아 보였다. 꺽돌이 걷잡을 수 없이 마구 흔들리는 목소리로 간신히 물었다.

"와 우, 우리가 어, 언네 아주머이를 책임져야 하, 하는고 그 이유를 마, 말해 보, 보이소."

엄청난 충격 속에서도 따지려 드는 그 말에 해랑의 두 눈이 야릇하게 번득였다. 노란빛 같기도 하고 퍼런빛 같기도 했다. 어쩌면 그 두 빛깔이 한데 뒤섞여 있는 것 같기도 했다.

"이유?"

그렇게 되묻는 해랑의 목청이 카랑카랑했다. 그녀는 고삐를 바투 쥐듯 하였다.

"시방 몰라서 묻는 긴가, 앎서도 묻는 긴가?"

어느 틈엔가 꺽돌은 다시 아까처럼 미동조차 하지 않는 바윗덩이 자세로 돌아가 있었다. 그는 점잖은 선비를 연상케 하는 모습으로 조용히 말했다.

"아는데 와 묻것심니꺼?"

그것은 낮고 잔잔한 어조였지만 다분히 저항적인 기운을 담아내고 있었다. 북쪽 바람벽에 붙여 놓은 작은 농짝도 숨을 죽이는 것 같았다.

"그라모 알지 몬한다?"

뭐라고 대꾸할 하등의 가치도 없다는 듯 묵묵히 앉아 있는 꺽돌을 고정된 눈동자로 응시하였다.

"모린다? 모린다?"

그러던 해랑이 느닷없이 광녀처럼 마구 웃음을 터뜨리기 시작했다. 불룩한 가슴이 물결치고 가느다란 허리는 끊어지지 않을까 싶을 지경이었다.

"호호호, 오호호호."

그 요사스러운 웃음소리가 방문 창호지를 뚫고 마당에까지 들렸는지,

삽사리와 천룡이 또다시 그 방 쪽을 향해 발악에 가까운 소리를 내지르기 시작했다.

해랑이 두 눈 가득 소름 끼칠 정도로 섬뜩한 독기를 품은 얼굴을 홱 바깥쪽으로 돌리며 혼잣말로, 그러나 두 사람이 들으라는 의도가 빤히 내보이도록 아주 똑똑한 어조로 내뱉었다.

"당장 펄펄 끓는 솥에 안치고 싶거마는!"

그러고 나서 실제로 도살이라도 하려는지 자리에서 일어날 동작까지 지어 보이는 해랑이었다.

"너, 넘의 짐승을?"

설단이 분노에 떨며 입을 열려는 걸 꺽돌이 손으로 막으면서 해랑에게 물었다.

"그보담도 시방 언네 아주머이는?"

그 물음이 채 끝나기도 전이었다.

"아, 고만!"

해랑이 능글능글하게 굴던 이제까지와는 전혀 다르게 식칼로 내리치듯이 꺽돌 말을 싹둑 잘랐다. 마치 그날 배봉을 찌르기 위한 무기로 언네가 미리 준비해 두었다가 꺽돌에게 건넸던 그 식칼을 사용해 보이는 것처럼 하였다. 그러고는 한다는 소리가 뜬금없었다.

"우리 서로 기심 없이 이약하모 좋것거마는."

북쪽으로 뚫려 있는 아주 조그만 봉창 위로 스머드는 빛살은 너무나 엷고 미미해 보였다. 꺽돌이 지금 무슨 소리를 하느냔 듯 말했다.

"내는 기시는 기 하나도 없……."

하지만 꺽돌에게 입을 열 기회도 주지 않고 해랑이 단도직입적으로 내쏟는 말은 가히 살인적이었다.

"언네 아주머이가 아이고, 언네 어머이것제."

그러자 꺽돌은 세상에서 가장 무서운 소리를 들은 사람 얼굴로 바뀌었다.

"그, 그, 그기 무, 무, 무신?"

궁지에 몰릴 대로 몰린 그의 말은 다른 누가 무엇을 어쩌지 않았는데도 이번에도 허리가 절로 동강났다.

"와 내 말이 거짓말이가?"

숫제 죄인 신문하듯 하는 해랑이었다.

꺽돌 안색이 홀연 서리 내려앉은 잎사귀만큼이나 하얗게 변했다. 설단이 받은 충격 또한 인간이 할 수 있는 그 어떤 말로도 설명할 수 없었다. 도대체 해랑이 어떻게 저런 것까지 알았을까?

'언네 어머이, 언네 어머이라꼬!'

지난날 꺽돌이 배봉 집안에서 종살이할 때 남들이 있는 앞에서는 실수로라도 단 한 번도 언네더러 '어머이'라고 한 적이 없었다. 다른 사람들이 모두 그렇게 한 것처럼 '아주머이'라고 불렀다. 설단도 혼례 치른 다음에 가서야 그걸 알았다.

그런데 뒤늦게 그 집 맏며느리로 들어간 해랑이 그런 사실을 어떻게 알고 있다는 말인가? 꼬리 아홉 개가 아니라 아흔 개가 달려 있어도 불가능할 일이다.

"우째서 아모 말도 몬 하는고 모리것네?"

꺽돌도 설단도, 심지어 주인들의 영향을 그대로 받아 천룡도 삽사리도 아무 소리를 내지 못하겠는지 조용했다.

"시방꺼지는 하나도 안 지고 그리키나 딱딱 말대꾸 잘 하더이마는."

"……."

"언네 어머이가 아들한테 시키던가, 그리하라꼬?"

"……."

그 집 전체를 벙어리로 만들어 버린 해랑의 빈정거림이 이어졌다. 어떻게 들으면 확실히 기선을 잡은 자의 자신감에 꽉 차 있는 목소리였다.

"내 보고 더 이약해보라모, 더 이약할 끼 천지삐까리거마는."

감나무에서 지붕 위로 날아갔던 까마귀가 어디론가 사라진 지는 한참 전이었다. 비봉산 자락을 타고 내려오는 바람 소리도 비웃는 소리로 바뀌어 들렸다.

"우짜꼬? 더 이약해보까? 정답기 밤을 새움시로."

가축들 소리 또한 여전히 뚝 끊겨 있었다. 단지 해랑이 몸을 약간 움직일 때 나는 비단 옷자락 서걱거리는 소리만이 그 정적 속에 저 혼자 살아 있었다.

"그러이 인자부텀은 우리 서로 씰데없이 심 빼는 그런 짓일랑 해쌌지 말고, 퍼뜩 이약 끝내모 좋겠다 아인가베."

터진 입이라고 거기까지 멋대로 지껄여대던 해랑은 튼튼한 대못을 하나 더 세게 박아두려는지 이렇게도 말했다.

"참 슬프게도 요새는 아이지만도, 바로 요 올매 전꺼지만 해도, 언네하고 내하고는 뜻을 함께하는 동지였다쿠는 거를 알리주고 싶거마는. 아, 내가 시방 천금겉은 정보를 너모 벌로 발설해삔 긴가? 안 애끼두고."

"도, 동지?"

더없이 크게 더듬거리는 꺽돌을 향해 날 세운 목소리가 날아갔다.

"동지도 모리나?"

그러면서 해랑은 잔뜩 얕잡아보는 눈으로 사방 벽을 둘러보았다. 싸구려 그림 액자 하나 붙어 있지 않은 벽면에는 작은 못 몇 개가 띄엄띄엄 박혀 있는 게 그 방 장식이라면 장식이었다.

"도, 동지, 그, 그거는 또 무, 무신 이약?"

설단이 옆에서 지켜보기에도 민망할 정도로 꺽돌은 허둥대고 있었다. 그런 남편을 보는 설단은 까마득한 벼랑에서 굴러 내리는 절망감에 전율을 금치 못했다. 그녀가 세상에서 유일하게 기댈 수 있는 언덕이 속절없이 무너지고 있었다.

"모리것는가베? 뭔 소린고 하모 안 있나."

꺽돌 정도로 덩치 큰 사내는 가까스로 드나들 수 있을 만큼 작은 방문을 흘낏 보더니, 그 자리에 언네도 함께 있기라도 한 것처럼 해랑이 말했다.

"언네 하는 말이…… 지하고 꺽돌이하고는 피로 뭉치진 동지라 카데?"

이번에는 꺽돌과 설단이 말은 고사하고 눈조차 마주치지 못했다. 피가 온통 머리로 몰리면서 앉아 있어도 어지러웠다.

언네가 해랑에게 자기 입으로 직접 그런 사실을 모두 고백했다니 이제 더 이상 할 말도 없었다. 부부는 멀거니 듣기만 할 따름이었다. 다시 한번 문풍지를 흔드는 바람의 힘이 이상할 정도로 사람을 강하게 압박해오고 있었다.

"그라이 그날 밤 칼 갖고 우리 시아부지를 해칠라 캔 자객이 누란 거를, 언네 지 주디로 실토한 기나 가리방상하다 아인가베."

"……."

커질 대로 커진 설단의 동공이 계속 침묵을 지키고 있는 꺽돌 얼굴에 고정된 채 움직일 줄 몰랐다.

"내 보고도 우떤 소리를 했는고 잘 모릴 끼거마는."

의기양양한 승자로 올라선 해랑의 입과 눈이 동시에 웃고 있었다. 그녀의 마음이 크게 웃는 소리도 들을 수 있었다.

"언네 지하고 여 꺽돌이하고 이 해랑이하고 셋이서 심을 합치갖고,

배봉이 식솔들 모돌띠리 쥑이삐자 글 쿠던데?"

설단이 한순간 발광하는 모습으로 나오기 시작한 것은, 비상砒霜을 먹이는 것보다 더 심한 해랑의 그 말이 떨어진 직후부터였다.

"그, 그라모? 흐."

설단은 해랑이 아니라 꺽돌을 표적물로 바락바락 악을 써댔다.

"그, 그 사람이 바, 바로?"

소나 곰의 목만큼이나 굵은 꺽돌의 목이 팍 꺾이었다. 꽃잎 모양으로 얇은 해랑 입술에 좀 더 노골적인 회심의 미소가 번졌다. 그보다 잔인한 미소도 없었다.

"여, 여봇! 마, 말해보이소!"

설단은 두 손으로 꺽돌 복장을 와락 쥐어뜯을 여자로 돌변해 버렸다. 기독교인들이 얘기하는 사탄이나 악마를 방불케 하였다.

"에, 에나라예? 에나 다, 당신이라예?"

그러나 꺽돌은 여전히 고개를 푹 숙인 채 말이 없었다. 그런 그에게서는 모든 것을 포기해 버린 자의 모습만 남아 있었다.

"모돌띠리 드러난 거를 놓고 무담시 더 물어쌀 필요는 없다 아인가베."

돌부처가 된 꺽돌 대신 해랑의 말이 기름을 치고 매끄럽게 흘러나왔다.

"그래서 내가 아까 맨 첨 이약한 거매이로 흥정을 할라꼬 이리 온 기라."

그 소리는 비좁은 방을 제멋대로 이리저리 굴러다니고 있는 느낌을 자아내었다.

"흥정, 예에?"

철저히 다른 여자가 되어 매섭게 해랑을 쩌려보는 설단의 두 눈에 샛노랗게 비수가 꽂혀 있었다. 한데, 그런 설단에게 해랑이 쏘아대는 소리였다.

"그라고 본께, 재업이 옴마도 같이 듣기 참 잘했거마는, 호호호."

일순, 영원히 들려지지 않을 것처럼 보이던 꺽돌 얼굴이 번쩍, 치켜들려졌다. 그것은 사람 얼굴이 아니라 시뻘건 불덩이였다. 설단도 제 귀를 의심했다.

"재업이 옴마. 재업이 옴마라이?"

지금 여기가 어딘데, 거기 있는 두 사람이 누군데, 어떻게 재업이라는 그 이름을, 재업이 옴마라는 그 소리를…….

"시방, 시방 했던 그 말, 한분 더 해보소! 더 해보소! 야아?"

꺽돌이 두 눈에 시퍼런 불을 켜고 마구 분노에 떨리는 목소리로 외쳤다. 그 기세가 하도 감사납고 드세어 보였는지, 그 순간에는 정복자로 행세하며 제멋대로 굴던 해랑도 선뜻 입을 떼지 못했다. 사람이 살인을 친다는 것은 긴 숙고 끝이 아니라 한순간의 감정에서 비롯된다는 것은 옳은 말이었다.

그러나 그렇다고 해서 해랑이 겁을 집어먹거나 괜한 소릴 했다고 후회하는 기색은 조금도 없었다. 되레 상대방이 제풀에 지쳐 쓰러질 때까지 아주 느긋하게 기다리는 눈치였다. 그렇게 사악하고 가증스러운 인간을 부부는 일찍이 보지 못했다.

대체 그 누가, 그 무엇이, 한때는 비화와 친자매처럼 지냈다는 해랑, 아니 그녀가 항상 '언가'라고 불렀던 비화만큼이나 착하고 순수했을 옥진을 저렇게 만들었다는 것인가?

"당신이, 당신이 사람인 기요?"

"……."

이번에는 해랑의 침묵이다. 사람이 아니기에, 그래서 사람 말을 알아들을 수 없어, 해랑은 말을 할 수가 없는 걸까?

"우찌 우리한테 그런 말을?"

꺽돌이 모둠발로 설라치면 머리가 닿을 정도로 낮고 좁은 천장이 그날따라 더욱 답답하고 무겁게 느껴지고 있었다. 사방 벽이 방 가운데로 모이면서 공간을 좁혀 그곳 주인들을 압사시킬 것 같았다.

"우우."

꺽돌은 덫에 걸려 상처 입은 산짐승이 고통과 분노를 못 이겨 울부짖듯 했다. 깊고 컴컴한 지옥 골짝에 빠져 몸부림치는 사람 모습이었다.

"여보."

그런 지아비가 설단 눈에는 그렇게 못나 보일 수 없었다. 저 사람이 내 운명을 모두 맡기고 살아갈 수 있는 나의 기둥인가 싶었다.

'당신이 진짜 사내라모……'

그가 차라리 해랑을 쓰러뜨리고 뼈가 산산조각이 나도록 짓밟아버리거나 목을 칵 졸라 단숨에 목숨을 끊어버렸으면 했다. 그리고 살인자가 된 그와 더불어 아무 미련도 없이 남강에 이 한 몸 날릴 결심이 서 있었다. 비봉산 고목에 나란히 목을 맬 자신도 있었다. 그렇게 할 수만 있다면 배봉가의 아들로 호적에 올라 있는 재업도 저 하늘나라로 함께 데려가고 싶었다.

'아, 우짜다가 우리가 저런 여자한테 걸리갖고? 전생에 뭔 악연이 있어 천하에 몬씰 이런 짓을 당하노?'

덩치가 산 같은 꺽돌이 완전히 이성을 잃고 미치광이처럼 날뛰는 모습을 보여도, 조금도 동요하지 않고 도리어 여유만만하게 앉아 있는 해랑이 그렇게 얄밉고 또 무서울 수 없었다. 해랑은 사람이 아니었다.

'흐, 우짤 수가 없는갑다, 우짤 수가.'

설단은 슬프게, 분하게 깨쳤다. 남편 꺽돌은 열 번 스무 번 죽었다가 깨나도 결코 해랑의 상대가 될 수 없었다. 아니, 이 세상에서 동업직물이라고 하는 저 거대한 괴물을 맞아 싸울 수 있는 사람은 없었다. 그게 더럽고도 가증스러운 현실이었다.

'이리 사는 거는, 이리 사는 거는.'

원통 절통했다. 당한 사람들은 입도 달싹하지 못하고 내내 가슴앓이만 하며 통한의 세월을 피눈물로 보내는데, 정작 가해자들은 쉬쉬하기는 고사하고 도리어 내뱉고 싶은 대로 내뱉으며 산다. 입고 싶은 대로 입을 수가 있고, 먹고 싶은 대로 먹을 수가 있고, 자고 싶은 대로 잘 수가 있다. 어떻게 그게 가능할까? 힘, 힘이 있기 때문이다.

'그렇다모, 내도…….'

설단이 어언 십여 년 전의 기억을 떠올려 곱씹으며 악녀의 마음을 품기 시작한 것은 그때부터였다. 마음이 변하니 몸도 따라서 달라지는지 그녀 얼굴은 완전히 다른 여자 얼굴로 바뀌었다.

여러 사람의 운명을 바꿔놓은 그날 새벽, 배봉집 솟을대문 밖에서 포대기에 싸인 아기를 맨 먼저 발견한 사람은 설단 자신이었다. 지금은 죽고 없는 분녀가 그렇게 흥분하던 모습이 바로 어젠 양 지겨울 만큼 생생히 되살아났다.

'그래, 좋다. 함 해보자. 너거들이 그라모 내한테는 생각이 없는 줄 아나? 내는 사람이 아인 줄 아는가베? 죽기 아이모 까무라치기다 캤다.'

설단은 자신의 안에서 서서히 고개를 치켜드는 악마의 얼굴을 보았다. 악마의 숨결을 느꼈다. 그것은 비수같이 위험하면서도 꽃향기처럼 감미로웠다.

'너거들 고렇키나 잘난 집구석 풍비박산 내놓고 콱 죽어삐모 고만이제. 시방꺼지는 죽은 분녀를 생각해서 꾹 참고 살았지만도, 인자는 내도 더 가마이 안 있을란다.'

급기야 너 죽이고 나도 죽을 비장의 마지막 무기까지 꺼내 들었다.

'동업이가 업둥이라쿠는 거를 온 시상에 폭로해삐고 남강 물에 풍덩 빠지죽을란다. 그라모 남강 물속 용왕이 내 보고 에나 잘했다꼬 칭찬할 끼다.'

설단의 새같이 자그마한 몸뚱어리에서 한번 쐬기만 하면 즉시 숨통을 끊어놓을 심한 독기가 뿜어져 나오고 있었다.

'사람이 누라도 죽을라꼬 한분 멤만 묵으모 시상천지에 무서블 끼 없다 캤다. 내 하나 죽어갖고 동업직물을 매장시킬 수만 있다모 죽어도 괘안타.'

그러나 막상 꺽돌을 보자 입에 시퍼런 칼을 물었던 설단의 그 매운 다짐은 그만 자신도 모르게 뒷걸음질 치고 말았다. 속에서 반발인 양 터져 나오는 소리가 있었다.

'그리 되모 저이는, 저이는?'

배봉 집안 것들은 설단 자기 하나만 죽이지 않을 것이다. 남편도 절대로 살려두지 않을 것이다. 그것도 인간이 생각해낼 수 있는 가장 고통스러운 방법으로 목숨을 거두려 할 것이다. 또 재업까지 어떻게 해버릴지도 모른다. 능히 그럴 악마들이다.

'우짜노? 내가 우째야 좋노?'

설단은 달리는 화차火車에 올라탄 듯한 고민과 갈등에 휩싸였다. 비록 하루하루가 너무나도 힘이 들고 아픈 나날들이긴 해도, 지금은 그런대로 연명해가고 있는 그들 부부였다. 다른 남들이 보기에는 아주 하찮은 이 작은 행복이나마 꼭 지키고 싶다는 서글픈 욕망이 그녀를 지배하기 시작했다.

바로 그때였다. 해랑의 이런 말이 문득 설단 귀를 강렬하게 잡아당겼다.

"언네가 시방 우찌돼 있다쿠는 소문은, 두 사람도 다 듣고 앉았을 끼

250

고."

"아!"

설단은 또다시 아찔해지고 말았다. 조금 전까지 마음먹었던 그 공격은 고사하고 수비하기에도 급급한 처지로 전락해버렸다. 순식간에 일어난 대변화였다.

"소, 소문!"

주먹과 머리통으로 방바닥이라도 내리칠 것같이 하던 꺽돌도 홀연 무엇에 크게 홀린 듯 움찔했다. 앉은뱅이가 되어 있는 언네 모습이 날카로운 칼이나 창으로 변하여 그의 눈을 사정없이 찌르고 있었다.

"에나 안됐다 아인가베."

해랑은 사뭇 동정조로 나왔다. 세상에 그렇게 마음씨 착하고 타인을 잘 배려하는 사람은 눈을 닦고 찾아봐도 없을 것이다.

"시방 언네한테는 지를 돌봐 줄 누군가가 절대 필요한 기라."

해랑은 인상마저 찡그려 보였다. 마치 불구자가 되어 버린 언네를 바로 눈앞에서 보고 있는 것 같았다.

"지 혼자서는 단 한 발짝도, 아이제, 한 발짝이 머꼬? 반 발짝도 운신하지 몬할 빙신이 돼 있는게."

그 말끝에 이번에는 뭐 묻은 개같이 부르르 몸까지 떨어 보였다.

"내가 직접 보지는 몬했지만도, 허벅지뼈가 허옇커로 다 드러나 안 있으까이?"

그들 부부가 듣기에는 그보다 엽기적인 이야기도 없었다. 그냥 듣기만 하는데도 살점이 전부 떨어져 나가고 뼈마디가 뚝뚝 부러지는 느낌이었다.

"그, 그런 모, 몸이……."

끝내 꺽돌이 흐느끼기 시작했다. 그는 그저 언네만 부르다가 그대로 절명해버리지 않을까 싶으리만치 위태로워 보였다.

"어머이, 어머이."

얼음장보다도 냉정한 해랑 음성이 협소한 방을 울렸다.

"저대로 놔두모 언네는 앞으로 올매 더 살지도 몬할 끼거마."

엄청난 고통을 이기지 못해 흉물마냥 일그러지는 꺽돌의 얼굴을 훔쳐보다가 온몸이 축 늘어지는 모습까지 지어 보였다.

"아이제. 내가 볼 적에는 하매 이리 다 죽은 사람이더마는."

부부는 똑같이 사색이 된 얼굴에 더없이 탈기한 빛을 띠었다. 갈수록 누가 들어도 믿지 못할, 아니 공감하도록 강요하는 별의별 소리들이, 세상이 부러워하는 여자 입에서 나왔다.

"친에미라도 그런 모성애는 몬 가질 끼다."

아무것도 걸려 있지 않은 방벽의 못에다 '모성애'를 모자나 옷처럼 걸어놓을 여자같이 하였다.

"하모, 몬 가지고말고."

삽사리와 천룡은 지금 집 안에 없는 걸까? 어떻게 저다지도 아무런 소리를 내지 않을 수 있는지 귀신이 곡할 노릇이었다.

"솔직히 언네의 그 모성애에 감동 받아갖고 내가 이리쌌는 기제."

사실인즉슨, 자기는 언네의 모성애에 감동을 받아서 거기에 왔다는 얘기였다.

"안 그라모 내가 머가 아쉬버서 내 발로 직접 찾아와갖고 이리쌀 끼고?"

"……."

꺽돌은 고분고분 말 잘 듣는 아이가 되어 울음을 딱 그치고는 귀담아 듣고 있었다. 그런 꺽돌을 힐끔 보면서 해랑은 너무너무 딱하고 한심하다는 투로 계속 말했다.

"쯧쯧. 시상에, 그리키나 심하거로 오만 가지 고문을 다 가해도 공범을 안 밝히고 고마 까무라친 기 백 분도 더 넘을 끼거마는."

북쪽 벽에 나 있는 조그만 봉창에 얼핏 무슨 그림자가 어른거렸다. 나무나 새 그림자는 아니었다. 꼭 무슨 유령으로 보였다.

'설마 언네가 죽어 그 혼이 와 있는 거는 아이것제?'

그런 섬찟하고 오싹한 생각을 하는 설단에게 똑똑히 들으라고 목청을 더 높이는 해랑이었다.

"백 분이 머꼬? 천 분 만 분도 더 안 되까이? 에나 눈 뜨고는 몬 보것더라."

그녀 몸에서 짙은 화장 냄새가 풍겨 나와 부부를 마취시키려고 하는 것 같았다.

"내도 독하고 독한 년이지만도, 고런 독종은 첨 봤다 아인가베."

그 집 주인들에게 가축들한테 밥을 줄 때가 넘었다는 것을 상기시켜 주는 듯했다.

"밥을, 아이제, 밥이 머꼬?"

한참 떠들다 보니 배만 고픈 게 아니고 갈증도 느껴진다는 건지 이런 말도 보탰다.

"물 한 모곰 몬 마신 기, 하매 몇 날쨌고 모리것네? 그래갖고도 사람이 산다쿠는 기 참말로 용하다 아이가."

그러다가 갑자기 화들짝 놀라는 시늉과 함께 최악의 소리까지 서슴지 않았다.

"아이제. 시방쯤은 죽어삧지도 안 모리나. 죽어삧으모 인자는 다 끝났다."

마침내 길고 질긴 대결은 끝이 났다. 꺽돌이 도저히 더 이상 그냥 있을 수 없는지 사정했다.

"어머이, 울 어머이를 내한테 보내주이소!"

설단이 놀라 말했다.

"여, 여보! 그, 그거는?"

그러나 꺽돌은 설단 말은 아예 들은 척도 하지 않고 해랑에게 말했다. 이번에는 앞서보다 한층 더 애원조였다.

"시방도 그 집 곳간에 갇히 계시지예?"

해랑이 고개만 아주 조금 끄덕여 보였다. 자세히 보지 않으면 알아차리지 못할 정도였다.

"퍼뜩 내가 뫼시거로 해주이소, 예에?"

꺽돌은 손으로 해랑의 무릎이라도 잡아 흔들 것처럼 하였다. 그 무릎 위에 고개를 처박고 읍소라도 할 사람이 거기 있었다.

"뫼신다, 뫼시것다."

잠시 꺽돌이 했던 말을 곱씹던 해랑이 냉혈인간 모양으로 차갑게 내뱉었다.

"만약에 도로 돌리보내것다쿠모, 그때는 각오 단디 해야 될 끼라."

꺽돌을 집어삼킬 듯이 노려보면서 협박조로 나왔다.

"언네 공범자가 누란 거를 만방에 알리서…….."

집 밖으로 나갔다가 들어오기라도 한 것처럼 별안간 천룡과 삽사리가 내는 소리가 방문을 잡아 흔들었다. 주인들에게 무슨 말을 하기 위해 어서 이리로 나와 보라고 재촉하는 것 같았다.

"낼 밤에 데꼬 올 낀께, 그리 알고 있으라꼬."

해랑은 곧 자리에서 몸을 일으킬 것같이 하면서도 일어나지는 않고 가벼운 농담 던지듯 심상한 얼굴로 말을 이어갔다. 감정이 전혀 들어 있지 않은 인형과 다르지 않았다.

"마츰 이집에 방이 두 갠께, 하나는 언네한테 주모 될 끼고."

해랑은 잠시 쉬었다가 다시 입을 열었다. 혼자서 춤추고 날라리 부는 격이었다.

"그라모 잠자는 거는 해결됐제?"

그러다가 또 하나 생각났는지 이랬다.

"묵는 거? 아, 그거는, 다 늙고 병든 여자가 머 무우봤자 삐가리 눈물 정도밖에 안 될 낀께 안 괘안으까이."

이미 그런 것까지도 다 계산해 놓았다는 식이었다. 하긴 꼬리가 아홉 개나 되니 아홉 가지 재주는 단숨에 넘을 것이다.

설단은 기가 막혔다. 억장이 무너졌다. 졸지에 앉은뱅이 노파를 봉양해야만 할 기구한 팔자가 돼버린 것이다. 부모가 누군지 형제는 있었는지 귀 빠진 날이며 그곳은 어딘지, 그 어느 것 하나 알지 못한 채 혈혈단신 살아온 몸이었다. 자기 배로 낳은 하나뿐인 자식마저 두 눈 빤히 뜨고 빼앗긴 채 말이다.

그렇게 지내오다가 이제 남편이라고 한 사람 만나고, 비화라는 은인에게서 전답을 거의 무상으로 받아 지금부터라도 눈물과 담을 쌓고 살아갈 수 있으려나 했는데, 신의 저주는 아직도 끝나지 않은 모양이었다.

언네가 누구인가? 몸이 성할 때도 가까이하고 싶지 않았던 사람이었다. 같은 종년 신세이면서도 살갑게 대해준 기억이 거의 남아 있지 못했다. 그런데 밥 수발 빨래 수발은 물론, 똥오줌까지 받아내야 할 장애인을…….

그러고도 얼마나 시간이 더 지났을까? 엉덩이에 강력한 접착제라도 붙어 있는 듯한 해랑이 비로소 자리를 털고 천천히 일어섰다. 그녀의 표징인 양 비단 옷자락 서걱거리는 소리가 귀를 잘라버리고 싶을 만큼 크게 거슬렸다. 그녀 몸에서 풍기는 꽃보다 향기로운 체취가 그 순간에는 뒷간 냄새보다도 역겨웠다.

"낼 보자꼬."

해랑은 그 말을 최후통첩으로 남겼다. 그러고는 이번에도 제집처럼 천연덕스럽게 방문을 열고 마루로 나갔다. 마룻바닥 삐걱거리는 소리가 징글징글한 미련같이 문턱을 넘어 안으로 들어왔다.

"……."

부부는 정물이나 석상 모양으로 그냥 그대로 앉아 있기만 했다. 해랑이 댓돌 위에 놓인 가죽 신발을 꿰차는 소리가 들렸다. 그래도 두 사람은 꿈쩍도 하지 않았다. 참 이상한 일이다. 그렇게 소리 내지르던 천룡과 삽사리조차도 또다시 가만히 있었다.

그런데 해랑이 마당을 가로질러 막 사립문 밖으로 빠져나가는 기척이 났을 때였다. 홀연 짐승들이 다시 한번 집이 무너져라, 큰 소리를 질렀다. 도살당해 뜨거운 물이 펄펄 끓는 가마솥에 안쳐질 줄도 모르고 말이다.

하지만 부부는 여전히 유령그림자인 듯 앉아 있었을 뿐이다. 어쩌면 그 밤이 다할 때까지 그럴 것처럼 보였다. 아니, 영원히 그런 모습으로 있을 사람들 같았다.

꼬리 무는 의심

비화는 준서와 함께 성 밖 군사 주둔지 근처를 지나고 있었다.

그 남방 고을을 방어하는 지방 부대인 진위대鎭衛隊가 있는 곳이었다. 대한제국 당시 지방의 질서 유지와 변경 수비를 목적으로 설치되었던 근대적 지방 군대였다.

그때였다. 무엇 때문에 어디를 다녀오는지는 알 수 없지만 한 무리의 군사들이 막 부대 안으로 들어가고 있는 게 그들 눈에 띄었다. 그러자 다른 행인들도 신기한지 가던 걸음을 멈추고 서서 그 광경을 구경하기 시작했다. 그 인파 속에 섞여 있던 장정들 몇이 큰소리로 한참 주고받는 말이 모자 귀에까지 들려왔다.

"진영대鎭營隊 군사들 에나 겁나 비이거마는."

"하모, 하모. 구신도 쎄빠지거로 도망치것다."

"러시아식 훈련을 받고 있다 쿠더라."

"러시아식 훈련이라꼬?"

"허, 에나 신식군대 아이가."

"와 아이라?"

"참 시상 마이 배꼇다."

"대구에 주둔하고 있는 제3연대 소속이라 쿠데."

"대구에?"

"고래는 아이고?"

진영은 예전에 그곳 목牧 수비부대인 속오군束伍軍이 머물고 있던 진지였다. 그리고 그 속오군은 일종의 예비군으로서 유사시에만 소집되었다.

지난날 봉기한 노응규 부대에게 성을 어이없이 쉽게 탈취당한 것은, 이른바 허울 좋은 갑오개혁 이후에 거기 진영에 상비군이 없었던 데서도 그 한 원인을 찾을 수 있었다. 그리하여 나라에서는 행여나 또다시 관청 같은 곳을 공격할지도 모를 민병을 막기 위한 지방 부대의 필요성을 절감해 그곳에 진위대를 설치했던 것이다. 어쨌거나 범상치 않은 사연들이 서려 있는 기관이었다.

"으뱅이 일어났던 그때가 생각나거마는."

비화가 문득 지나가는 투로 말했다. 준서 음성이 떨렸다.

"아즉 에릿지만 얼이 새이도 큰 활약을 했담서예?"

"하모."

준서는 슬쩍 택견 자세를 취해 보였다.

"원채 아자씨하고 같이예."

"그랬디제."

눈은 모두 진영대 군사들에게 두고 있었다.

"시방 들어도 에나 기가 차네예."

"인자 두 분 다시는 백성이 조정하고 붙어갖고 싸우는, 그런 안 좋은 일은 안 생기야 할 낀데 모리것다, 우찌될랑고."

거기서 비화는 홀연 말을 멈추었다. 준서 얼굴에도 긴장감이 감돌았다. 모자는 경계하는 눈빛으로 주위를 둘러보았다.

"어머이?"

"가마이 있거라."

모자간 대화가 불안정했다. 세상 공기는 여간 심상치 않았다. 갈수록 일본이 발호하는 정도가 한층 더 심해지고 있다는 것을, 조선인 누구나 감지할 수 있는 그즈음이었다.

"고마 퍼뜩 가자."

"예, 어머이."

두 사람은 무언가에 쫓기는 형상으로 그 자리를 떠났다. 그렇지만 다른 행인들은 진영대 군사들이 모두 진위대 안으로 들어간 후에도 그 자리에 남아 계속 무어라고 말을 더 주고받다가 제각각 발길을 옮겼다. 까마귀 무리가 불길한 울음소리를 내며 진위대 하늘 위로 날고 있었다.

그런데 그로부터 불과 한 식경도 흐르지 않아서였다. 이제는 조금도 어색해 보이지 않는 조선인 복장을 한 무라마치와 무라니시 형제가 그 근방에 모습을 드러내었다.

이곳저곳 염탐하면서 다니지 않는 데가 없는 그들이었다. 지금은 제법 조선 의복에 익숙해져서 누구든지 얼핏 보면 그들이 일본인이라는 사실을 알아채지 못할 정도였다. 하긴 그 당시 조선 정세는 너무나도 급박하게 돌아가 다른 사람들에게 눈을 돌릴 수 있을 정도로 여유가 있는 백성이 거의 없었다. 나라는 있어도 백성은 없고, 백성은 있어도 나라가 없었다.

"형, 대구에서는 언제 한번 이곳에 온다던데?"

무라니시가 언제나처럼 작은 소리로 물었다. 제3연대가 있다는 바로 그 대구에 대한 말이 일본인들 입에서도 나오고 있었다. 장차 조선은 없어지고 일본만 있게 될 것이라는, 차마 무섭고 두려운 예고인지도 모르겠다.

"그러게. 그 친구, 대구에서 하는 잡화상에서 얻는 이윤이 꽤나 짭짤한 모양이야. 같잖게 배를 쑥 내밀고 있어."

하지만 무라마치는 곧 이렇게 덧붙였다.

"대구에 있는 조센진놈들 돈은 저 보고 다 처먹어라 하지 뭐."

그는 저쪽 성곽이며 읍내 중앙통으로 이어지고 있는 도로, 그리고 가옥들이 있는 주위를 날카로운 안광으로 빙 둘러보며 낮지만 자신감 넘치는 어조로 말을 이었다.

"우리는 이 고을 돈을 싹쓸이하면 되니까."

무라니시는 듣기만 해도 기분이 좋아지는 모양이었다.

"히힛."

그들 눈에 들어오는 길거리 조선인들이 하나같이 돈으로 보였다. 아니, 사람만 그런 게 아니라 모든 게 그렇게 비쳤다. 집도 나무도 동물도 마찬가지였다. 심지어 조선의 하늘과 조선의 땅까지도 그랬다.

"떨어진다, 떨어진다, 돈벼락이 떨어진다."

"임자다, 임자다, 먼저 줍는 놈이 임자다."

그들 형제는 조선에 와서 들은 조선 전통 노랫가락에 제멋대로 엉터리 곡과 가사를 붙여 히히거렸다. 서글프고 가증스러웠다.

"근데, 형."

한참이나 그 짓을 하다가 무라니시가 또 물었다.

"꼭 다께마 그자와 동업할 필요가 있을까?"

"왜 갑자기 그런 생각을 하게 된 거지?"

무라마치가 동생이 묻는 말에는 답을 하지 않고 그렇게 되물었다. 무라니시는 더욱 탐욕에 찬 얼굴이 되었다.

"여기 돈은 우리가 독차지하려고 하면서 말이야."

무라마치는 약간 배알이 틀리는 모양이었다.

"솔직히 우리는 조선에서의 경험이 없잖아."

"경험?"

"그렇지, 경험."

"그게 그렇게 중요한 거야?"

"아무리 머리와 열정이 뛰어났다고 해도 무경험자는 처음 시작하려는 일에 대한 위험 부담이 커. 내 생각은 그렇다고."

"형이 그렇게 본다면 그렇겠지."

그 말끝에 무라니시가 아직은 모든 게 자신의 눈에 낯선 주변을 살피고 나서 퍽 조심스럽게 입을 열었다.

"그렇다면 이 고을에 사는 임배봉이라는 그 조센진과 함께 사업을 시작하는 게 더 나을 텐데."

무라마치는 평소 무라니시가 알고 있는 그의 성격과는 상반되게 무척 우유부단한 태도를 보였다.

"글쎄다. 조센진들 말마따나 아직은 콩과 팥을 제대로 가려낼 수가 없어."

무라니시가 잔뜩 조롱하고 멸시하는 어조에다 경계의 빛을 보탠 소리로 말했다.

"하긴 조센진이니까!"

아이들 서너 명이 연방 그들을 힐끔거리며 지나갔다. 아무리 그들이 변복을 하고 있었지만, 아이들 눈에도 뭔가 이상한 구석이 약간씩은 느껴지는 게 아닐까 싶었다. 어른들 같으면 그런 내색을 하지 않겠지만 순진한 아이들인지라 그럴 것이다. 그런 아이들이 못마땅한지 사나운 눈빛으로 째려보며 무라니시가 말했다.

"그잔 벌써부터 직물상을 해오고 있고."

"뭐 그야 그렇지."

얼핏 건성으로 대꾸하고 있는 무라마치 눈은, 저만큼 가로수 밑에서 한쪽 다리를 치켜든 채 오줌을 갈기고 있는 누렁이에게 가 있었다.

"처음에 형이 나에게 말을 끄집어낼 때는 말이야."

무라니시는 혀로 입술을 축이고 나서 상기시켜주었다.

"임배봉 그자와 동업할 생각이라고 했잖아?"

무라니시 말에 무라마치가 그 특유의 매서운 눈매를 해 보였다.

"물론 그랬었지."

한 아이는 걸리고 한 아이는 등에 업은 채 그들 옆을 지나가고 있는, 흰 저고리 검정 치마 차림새의 조선 아낙을 한번 힐끗 보고 나서, 무라니시가 알 수 없다는 표정으로 물었다.

"그런데 왜 갑자기 생각이 바뀐 거야?"

무라마치는 천년 고을의 예스러운 성곽 쪽을 쳐다보다가 남강에서 불어오는 바람을 가슴이 불룩해지도록 크게 들이켜고 나서 대답했다.

"그건 아무래도 조센진과의 동업은 마음에 걸려서 이런 결정을 내리게 된 거라고."

"헤헤헤."

무라니시가 헤픈 웃음을 터뜨렸다.

"하긴 마음에 걸리는 일을 굳이 할 필요는 없겠지. 내 생각도 그래. 역시 우린 피를 나눈 한 형제야. 여기가 이국땅이어서 더 그런 실감이 난다고 봐."

"방금 전 네가 한 말처럼 조센진은 무조건, 무조건 그래."

무라마치는 진위대가 있는 방향을 향해 침이라도 뱉을 기세였다.

"도저히 마음에 안 든다니까!"

그의 말투는 낯선 사람을 본 사나운 개가 허연 이빨을 드러내고 으르렁거리는 듯한 느낌을 자아냈다.

"피는 물보다 진하다고, 그래도 같은 민족끼리 일하는 것이 좀 더 믿음성이 있을 거고 말이야."

"피보다 진한 물은 없을까?"

흡사 말장난하듯 그러고 있던 무라니시 목소리에 어느 순간 갑자기 팽팽한 긴장감이 실렸다.

"그렇다면 임배봉이란 조센진이 우리 최고의 적수가 되겠네?"

무라마치가 똑똑히 각인시켜주려는 어조로 말했다.

"조센진이라면 모두 마찬가지가 될 것이다. 콩이고 팥이고 가릴 것 없이 말이야."

어린 여동생 손을 잡고 근처를 지나던 처녀가, 왠지 모르게 좀 음산하고 위험한 기운이 감도는 느낌이 들었는지 동생을 재촉하며 서둘러 발걸음을 옮기고 있었다. 그런 자매를 한참 노려보고 있던 무라마치가 강조하였다.

"우리는 그 사실을 절대 잊어서는 안 돼."

고개를 왼쪽과 오른쪽으로 번갈아 돌려서 큰길의 양옆으로 작은 잎맥처럼 나 있는 여러 좁은 길들을 들여다보듯이 하면서 덧붙였다.

"잊는 그 순간부터 무너지는 거니까."

그러다가 문득 떠올랐는지 이렇게 말했다.

"우리가 지난번에 갔던 상촌나루터 그 콩나물국밥집도 마찬가지야."

"아, 나루터집이라는 그 밥집?"

"그렇지! 얼마나 장사가 잘되고 있었냐고?"

그들 머리 위 허공에는 두 날개를 활짝 펼친 비둘기 몇 마리가 날아가고 있었다. 오른쪽 집게손가락으로 총구 모양을 만들어 쏘는 시늉을 해가며 무라마치는 시샘하는 목소리로 말을 계속했다.

"그 가게 문간으로 돈이 쏙쏙 들어가는 게 내 눈에 보이더라니까."

비둘기가 사라진 창공은 언제부터인가 눈이 시리도록 푸르렀다.

"정말! 아직도 젊은 여자가 주인인데 어떻게 그럴 수가 있지?"

무라니시 말에 무라마치가 두 눈에 독기를 피웠다.

"그 나루터집도 그렇고, 또 그 옆에 딱 붙어 있는 밤골집이라는 주막집도 똑같아. 그들 모두가 우리에게는 큰 장애물들이지."

사업의 유형이나 성격을 떠나 막무가내로 조선인을 적대시하는 자였다.

"참, 거기 매운탕 죽여주더군. 형, 우리 한잔하러 가자. 많이 걸었더니 목이 말라."

무라니시 제의에 무라마치가 벌컥 화를 냈다.

"칼로 콱 찔러버리기 전에 주둥이 닥치지 못해? 지금이 어떤 시긴데 그따위 되지도 않은 소리야?"

그들 쪽으로 불어오던 바람이 놀라 몸을 돌리는 것 같았다.

"그냥 한번 해본 소리 갖고 왜 그래?"

무라니시는 시큰둥한 표정을 지었다.

"저 은행나무 밑에서 노란 개가 보고 있잖아? 사람 창피하게시리."

그런데 무라니시 말이 미처 끝나기도 전이었다. 먼저 몇 발짝 옮겨놓던 무라마치가 무엇이 붙잡아 세우기라도 하는지 걸음을 딱 멈췄다. 그러고는 신경질적으로 생긴 뾰족한 턱을 들어 저만큼 앞을 가리켰다.

"저길 봐."

"어디?"

"이 고장에서 가장 번화한 거리야."

"그러니까 바로 저곳에?"

"그렇지!"

"음."

"앞으로 바로 저 거리에 우리 백화점 간판이 가장 크게 내걸리게 된다고."

"백화점."

"거리 이름도 우리 상호를 따서 짓게 만들 참이야."

무라마치 그 말에 무라니시 눈빛이 아편쟁이를 떠올리게 할 만큼 몽롱해졌다. 그는 좀처럼 믿어지지 않는다는 얼굴로 반문했다.

"조선 거리에 우리 간판이 걸린다고?"

무라마치는 그 고을 어디에서나 멀리 북쪽으로 바라보이는 비봉산을 향해 곧장 달려가려는 자세까지 취해 보였다.

"상상만 해도 가슴이 벅차. 그냥 막 달려가고 싶다고. 안 그래?"

무라니시 또한 높은 기대감에 숨이 가빠오는 모습이었다.

"그, 그래."

"우리 고국에 있다, 그렇게 느껴지도록 만들어야지."

"조선이 아니라 일본처럼 말이지?"

양쪽으로 상가들이 즐비한 그곳 한길 위에는 많은 사람이 오가고 있는 게 보였다. 조선 땅에서 가장 흔한 흰옷들만 보이는 게 아니라 간혹 붉고 푸르고 노란빛 의상을 입은 사람들도 띄엄띄엄 눈에 들어왔다. 각자 사연은 달라도 자신에게 주어진 인생의 길을 가고 있는 것이다.

하지만 그들 가운데 누구도 일본인들이 몰래 주고받은 이야기를 들은 이는 없었다. 물론 들었다고 하더라도 알아들을 수 없는 일본말이었기에 아무런 소용도 없다고 할 수 있겠다. 그런 면에서도 일본인은 유리했다.

그런데 세상에 비밀은 없는 법이라고 했다. 비록 그들 말을 듣지는 못했지만, 그들 모습을 보고 소스라치게 놀라는 조선인은 있었다. 때마침 그 근처를 지나는 으리으리한 가마에 거만하게 타고 있는 조선인, 바로 조금 전에 일본인들이 입에 올렸던 당사자인 임배봉이었다.

'허, 저놈들이 또야?'

우연치고는 참으로 묘한 우연이 아닐 수 없었다. 아니면 인간의 영역에서 벗어난 무슨 모를 필연일까? 도대체 그들 사이에 장차 무슨 일이 있으려고 또 이런 사태가 벌어지는 것일까.

이번에도 지난번 그자들이 그 고을에 출현했다는 사실을 처음 알았을 그때와 똑같은 상황이었다. 무라마치 형제는 길거리에, 배봉은 가마 속에 있었다.

배봉 뇌리에 떠오르는 게 어이없게도 저 목내이木乃伊였다. 왜 하필이면 갑자기 그 대상인지 도무지 모르겠다. 하여튼 오랫동안 썩지 않고 굳어 본디 형상을 그대로 보존하고 있는 송장, 목내이가 생각났다는 것은, 너무너무 기분 나쁜 징조가 아닐 수 없었다.

'가마이 있자, 그라고 본께네.'

배봉은 하루가 다르게 빠져 이제는 몇 올 남아 있지도 않은 머리털이 죄다 거꾸로 곤두서는 느낌이었다.

'저것들이 오데로 안 가고 시방꺼지 쭉 여 있었다, 그 소리 아이가?'

저들이 그렇게 여러 날이나 여기에 머물러 있을 필요가 있었을까? 만일 있다면 그 까닭은 무엇일까?

'아, 이거는야.'

예감이 너무나 좋지 못했다. 죽은 저 사토라면 반드시 배봉 자신을 찾았을 것이다. 비록 왜놈이지만 그래도 그는 상도를 좀 지킬 줄 아는 장사치였다. 그렇지만 무라마치 저놈은 아니라는 부정적인 생각을 벌써부터 품어왔다. 더군다나 오늘도 지난번에 만났을 때와 마찬가지로 형제간으로 보이는 놈과 함께 있다.

'암만캐도 행재놈들이 무신 수작을 부릴라쿠는 기 확실타. 안 그라고

서야?'

배봉이 눈여겨보니 그자들은 번화한 거리를 바라보기도 하고 상가를 가리키기도 하면서 뭔가 대단히 심각하고 진지한 이야기를 나누고 있었다. 그 모습은 먹잇감을 눈앞에 두고 공격할 기회만을 잔뜩 노리는 맹수를 떠올리게 하였다.

'이기 무신 수리지끼고?'

배봉이 한참 헷갈리는 사이에 가마는 그들 곁을 지나쳐 가고 있었다. 네 명의 가마꾼이 짊어지고 가는 가마는 왕이 타는 어가를 방불케 했다.

무라마치 형제 눈길이 일제히 가마를 향했다. 자기들을 훔쳐보고 있는 어떤 시선을 감지한 것처럼 비쳤다. 너나없이 그 커다란 가마에 타고 있는 자가 누구인가 하고 좀 궁금해하는 빛이었다.

'헉!'

밖에서 안이 잘 보일 리야 없겠지만 배봉은 화급하게 고개를 가슴 사이로 처박았다. 제멋대로 뛰는 심장을 억누르기 힘들었다. 자칫 심장 뛰는 소리가 그자들 귀에도 들리지 않을까 싶었다.

'안 되것다, 안 되것어.'

뒤에서 늑대 무리가 쫓아온다고 해도 마음이 그렇게 조급하지는 않을 것이다.

'여게서 이라고 있을 끼 아이다. 얼릉 집에 들가갖고 동업이 에미하고 둘이서 깊이 으논해 봐야것다.'

그러고는 바로 그 계산 끝에 배봉은 새삼스레 떠올렸다. 맏며느리 해랑이 내일 밤 집안 비복들 아무도 모르게 언네를 집에서 데리고 나가기로 돼 있었다.

'꿀은 묵어봐야 단 줄을 알고 석류는 그냥 치다만 봐도 입안이 시다쿠는 말이 있지만도, 겪어보모 겪어볼수록 우리 며눌애기가 에나 보통 여

자가 아인 기라.'

저절로 감탄의 소리가 나오려 했다.

'에나 모리것다. 꺽돌이하고 설단이 고것들을 우찌 꾸우삶았을까?'

배봉 자기 두뇌로는 도저히 불가능한 일을 해랑이 해내려고 하는 것이다. 그런 며느리가 배봉 보기에는 요술쟁이로 비쳤다. 천주학쟁이들이 늘 입에 달고 있는 하느님이나 성모 마리아 같은 능력을 가진 게 아닌가도 여겨졌다. 염 부인이 목을 매달아 죽은 절간의 부처가 나선 건지도 모르겠다.

그러나 그건 아니었다. 그 일이 가능하게 만든 장본인은 해랑도 하느님도 부처님도 또 다른 누구도 아니었다.

그렇다면? 바로 언네 자신이었다. 참으로 묘하게 돌아가는 게 인간사였다. 언네가 해랑에게 그녀와 꺽돌과의 관계를 들려주면서, 셋이 머리를 모아서 배봉 식솔들을 물리치자는 생뚱맞은 제안을 내비치지 않았다면, 해랑이 그 무슨 용빼는 재주 있어 그런 일을 꾀할 수 있을 것인가?

'언네는 지 신상에 이런 큰일이 일어날 끼라는 거를 그전부텀 미리 내다보기라도 했던 기까?'

해랑은 솔직히 그런 의아심마저 들면서 오스스 한기를 느껴야 했다.

'내가 이런 꾀를 안 고안해냈다모, 시아부지는 언네를 쥐도 새도 모리거로 쥑이서 땅에 파묻어삘 사람이다.'

생매장하지 않은 것만도 감사하라고 할 인간이 배봉이었다. 그러자 나중에는 이런 아전인수적인 생각도 들었다.

'그라이 언네한테는 내가 목심의 은인인 기라.'

어쨌든 간에 언네를 꺽돌 부부에게 맡기는 것이 최상의 길이라고 믿었다. 아니, 그것밖에는 달리 방도가 없었다. 현재로는 설단이 언네를 어떻게 대할지 모르지만, 최악의 경우 설혹 죽여 버린다고 할지라도 상관없다는 방향으로 마음의 가닥을 잡았다. 앉은뱅이 노파 하나가 어느 날 이 세상에서 흔적도 남기지 않고 사라져 버린다고 해도 본전이니까. 하지만 꺽돌이 있으니 설단도 결코 제 임의대로 하지는 못할 것이다.

'여하튼 시방꺼지는 잘돼가고 있는 기라. 내중에 가서는 우찌될랑가 모리것지만도, 그거는 그때 가갖고 또 고민해볼 문제고.'

한편 부리나케 집으로 돌아온 배봉은 해랑을 찾기 전에 이부자리를 깔고 누웠다가 어느 순간 홀연 벌떡 몸을 일으켰다. 무언가를 노려보고 있는 그의 눈빛이 살쾡이 그것을 닮아 사납고 샛노랬다.

'내 요년을?'

그는 언네가 갇혀 있는 곳간으로 향했다. 어쩌면 이게 이승에서 마지막으로 언네를 보는 것인지도 모른다고 생각하니 그의 마음도 어쩐지 조금은 싱숭생숭했다.

'허, 천하의 임배봉이가 우짜다가 이리 돼삗노.'

그래도 한때는 그가 푹 빠지기도 했던 여자였다. 비록 천한 종년이었지만 사실 캐놓고 보면 배봉 자신의 출생 성분도 언네보다 더 나을 게 전혀 없었다. 아니다. 똑같았다.

그랬다. 만약 언네에게 돈이 있고 그에게 돈이 없다면, 그가 영락없는 종놈 신세일 것이고 언네는 마님 행세를 하며 살아가고 있을지도 모른다. 이런 것 저런 것 잘 헤아려보자면 사람 팔자라는 것이 너무나도 우스웠다. 참 같잖았다. 결국은 돈인가?

'돈이라쿠는 높은 토째비보담도 상구 재조를 더 잘 부리는 무서븐 높 아인가베. 그높이 내미를 솔솔 풍기모 마춰 안 될 인간들이 몇이나 되까이.'

돈이란 것은 사람 신분도 마음대로 주무를 수 있는 무소불위의 능력을 가졌다는 사실을 다시 한번 뼈저리게 실감하였다. 하긴 그 정도야 김

호한의 죽마고우인 소긍복을 수하로 부릴 때부터 벌써 깨달은 세상 진리요, 깊은 인생철학이기는 했다.

"이 봐라!"

"어이쿠! 나, 나리 마님께서?"

곳간을 지키고 있던 종들이 배봉을 보자 허리를 있는 대로 굽히며 얼른 곳간 문을 열어주었다. 삐걱, 하는 소리의 여운이 처절하고 기묘한 느낌을 자아냈다.

"에헴!"

억지로 내는 기침 소리와 함께 어두컴컴한 곳간 안으로 막 한 발을 들여놓던 배봉의 몸이 한순간 빳빳하게 굳어 보였다. 얼핏 급히 몸을 돌려 세워 곳간 밖으로 도망쳐 나올 사람으로 비치기도 했다.

언네는 피폐해질 대로 피폐해진 육신으로 축축한 곳간 바닥에 산송장이 된 상태로 널브러져 있었다. 인기척을 들은 그녀는 간신히 눈을 뜨고 배봉을 올려다보는가 싶더니 곧장 무슨 짐승이 내는 소리를 내가면서 온몸을 덜덜 떨어대기 시작했다. 비록 어둠 속이지만 언네 두 눈에 서리는 공포의 빛을 배봉은 읽을 수 있었다.

"으으, 으으으."

언네는 사지를 꽁꽁 묶여 움직일 수 없음에도 불구하고 어디론가 달아나려고 애를 쓰는 모습을 보였다. 그건 이미 사람 몰골이 아니었다. 상한 짐승보다 더 참담했다. 언네를 그런 형상으로 만든 장본인인 잔악무도한 배봉조차도 지켜볼 수가 없어 슬그머니 고개를 돌려버렸다. 그러곤 속으로 중얼거렸다.

'언네가 맞기는 맞는 것가?'

사람이 어찌 저렇게 바뀔 수가 있을까? 처음 거기 갇혔을 때의 모습은 어디에서도 찾아볼 수 없었다. 어지간해서는 감히 범접하기 힘들 만큼 앙칼지고 독살스러운 한 마리 암고양이 같던 언네였다. 날카로운 발톱을 세우고 할퀴려 드는 야생동물이었다. 온갖 악담과 저주를 퍼붓던 그 드센 기갈은 머리카락이 쭈뼛이 곤두설 지경이었다. 다른 여종들이 그녀 앞에서는 슬슬 긴다는 소리를 듣고 배꼽이 빠지게 웃던 기억도 있다.

'바로 이런 기 사람이가?'

그랬던 언네가 두 다리를 쓰지 못할 정도로 혹독한 고문을 당하자 감당할 수 없는 공포심의 포로가 돼버린 것이다. 특히 배봉을 보면 지금 하고 있는 것처럼 지독한 무섬증과 두려움에 사로잡혀 금방 숨이 넘어갈 여자로 변해버렸다.

그녀 눈에는 모진 고문을 가하도록 종들에게 명을 내리는 배봉이 저승사자나 죄인 목을 베는 망나니로 보였을 것이다. 사납기 그지없는 동물도 길들이기 위한 매를 얼마 동안 맞게 되면, 매질을 한 사람만 보면 그만 어쩔 줄 몰라 하며 꼬리를 샅에 끼우고는 바닥에 납작 엎드렸다. 그때 언네가 영락없이 그러한 꼬락서니였다. 언네라고 하는 여자는 이미 이 세상에 없는지도 모른다는 생각마저 들 형국이었다.

'아, 요년 함 봐라?'

어쨌거나 언네는 그 경황 중에도 도망치거나 목숨을 부지한다는 것이 불가능하다는 걸 깨달은 모양이었다. 그리하여 이번에는 배봉의 바짓가랑이라도 거머잡으며 살려 달라고 하소연을 하려는지 배봉 쪽으로 다가오려고 하였다. 그 모습이 사람 발이나 수레바퀴에 밟힌 지렁이나 굼벵이가 꿈틀거리는 형상을 방불케 했다. 누구든 뒤로 물러서게 할 만큼 안 좋은 느낌을 주었다.

"너거 연눔들이 감히 내 덩더리에 칼을 꽂을라 캐?"

언네를 억지로 외면했던 배봉이 갑자기 언네에게로 홱 고개를 돌리며 분노에 떠는 목소리로 버럭 내질렀다.

"니년하고 같이 있었던 그눔을 내 지옥 끝꺼지 후차가서라도 반다시 딱 잡아내서 쥑이고 말 끼다!"

곳간 천장과 벽에 덕지덕지 붙어 있던 먼지가 바닥에 떨어져 풀썩 일어나는 것 같았다. 그 먼지는 사람의 눈과 입, 코를 막아 그대로 숨이 멎어버리게 할 듯했다.

"알것제? 모리것나?"

배봉의 입에서 나는 악취와 거기 곳간에서 나는 악취가 합쳐져 바닥을 기어 다니는 개미들도 견디지 못하고 밖으로 달아나게 할 지경이었다.

"머라꼬 주디를 놀리봐라!"

그러나 언네는 다시는 아물 수 없는 치명적인 상처를 입은 한 마리 작은 벌레처럼 음습한 땅바닥에 널브러진 채 '으으으' 하는 소리만 내었다. 전신이 너무나 아픈 나머지 자신도 모르게 내는 신음 같기도 하고, 제발 살려 달라고 하는 애원의 소리 같기도 하였다.

"오데서 요년이?"

배봉은 그 안이 웅웅 울릴 만큼 큰소리로 꾸짖기 시작했다. 곳간 밖에 서 있는 종들 귀청이 떨어져 나갈 판이었다.

"그런께 요년아! 공범자가 눈고 그거 하나만 후딱 실토하모, 니년 목심은 물론이고 돈도 한거석 안겨갖고 나가서 살거로 해준다 안 쿠더나?"

언네의 침묵에 화가 솟구친 배봉 입이 갈수록 험해지기 시작했다.

"내 이약 듣고 있나, 요 귓구녕에 머 박은 년아!"

어쩌면 그때 언네가 할 수 있는 단 하나의 저항은 묵묵부답, 그것뿐이었는지도 모른다. 종들이 배봉 몰래 곳간 문을 통해 안을 들여다보며 뭐라고 낮게 수군거리는 소리마저 없었다면, 세상은 온통 배봉이 내지르는 고함으로 가득 찼을 것이다.

"개년아, 시방도 안 늦었다."

배봉은 당장 숨통을 끊어놓을 것같이 씩씩대면서도 다른 한편으로는 살살 구슬리는 것을 잊지 않았다.

"내 다린 거는 니한테 더 안 바랜다."

"……."

"그날 밤 니년하고 같이 있었던 그눔이 오데 사는 우떤 눔인고 그거 하나만 말해 조라, 그거 하나만."

"……."

지금 여기가 밝은 햇살이 비치고 상큼한 바람이 불고 아름다운 꽃나무가 자라는 세상이 맞기는 한 것일까, 그런 의혹마저 들 정도로 곳간 안은 철저히 다른 세계로 치닫고 있었다.

"그라모 니년 팔자는 오육월 머 늘어지듯기 쫙 늘어진다 그 소린 기라."

안 그런 척하지만, 시간이 흐를수록 점점 안달 나 하는 빛이 서리는 목소리였다.

"우뜿노? 요분이 진짜 마즈막 기회다."

비단옷 소맷자락을 펄럭거려 언네 쪽으로 바람을 보낼 듯이 하면서 기를 썼다.

"알아묵것나? 두 분 다시없을 기회 말이다."

허리를 굽혀 언네 얼굴을 들여다보았다.

"난주 가갓고 암만 후회해싸도 말짱 도루묵이다, 그 이약인 기라. 내가 그래도 니년을 생각해갖고……."

그때였다. 배봉이 무슨 말을 해도 반응이 없던 언네가 아주 조금 몸을 움찔했다. 그 안이 무척이나 어둡고 또한 그녀의 움직임이 하도 미약한지라 눈에 잘 띄지 않을 정도였지만 분명히 그랬다.

'요년이 각중애 와 이라지?'

그런 의문을 품고 좀 더 언네 얼굴을 찬찬히 살펴나가던 배봉은, 한순간 몸을 움츠리며 자신도 모르게 황급히 한 발 뒤로 물러서고 말았다.

'저, 저거는?'

거미였다. 어두운 탓에 자세히 보이지는 않았지만 그게 사람 몸에 붙어 있었다. 배봉은 거의 반사적으로 거미를 잡고 싶었지만 그러지 못했다. 혹시 독이 있는 건 아닐까 하는 의구심이 들었다. 엉뚱한 짐작일 수도 있겠지만 그때 그곳 정황이 그런 상상을 불러일으킬 만하였다.

배봉은 계속 생각했다. 섣불리 손을 댔다가 그놈에게 물려 내 온몸에 독이 퍼진다면. 독거미는 아닐 거라고 판단하면서도 너무나 기분이 나빴다.

'저놈들을 시키서 우째야 되것다.'

그런 궁리를 하면서 배봉은 곳간 문밖에 서 있는 종들을 돌아다보았다. 하지만 또 무슨 놈의 심리가 발동했는지 그는 이내 그 생각을 지워 버렸다. 그리고 곧 그것에 대해서는 더 이상 어찌해야 할 필요가 없어졌다. 거미라는 놈이 언네 다리 쪽으로 내려가더니 다시 땅바닥으로 기어갔다.

거기 곳간 어딘가에 있을 놈의 집을 꼭 찾아서 없애야겠다고 마음먹으며 배봉은 속으로 공연히 한숨을 몰아쉬었다. 근동 최고가는 그의 대저택을 다른 누군가가 차지하고 있는 기분이 든 것이다.

그리고 그와 동시에 부아가 확 치밀었다. 언네는 제 몸에 거미가 붙어 있는데도 그 정도 반응을 보였는데, 그는 단지 거미를 본 것만으로도 심장이 쪼그라들었다는 사실이 더없이 창피하고 한심했다. 그는 그 모든 감정을 몰아내 버리기 위해 필요 이상으로 언성을 돋우었다.

"내 에나 에나 마즈막으로 한 분만 더 묻것다. 산 채로 땅 밑에 생매장될 끼가, 아이모 남은 인생 떵떵거림서 살래?"

하지만 언네는 아무 말이 없었다. 신음할 기운조차 없는지 썩은 짚단처럼 쓰러져 있을 뿐이었다.

"하기사 내가 빙신매이로 입 아풀 소리만 하고 안 있나?"

배봉은 멧돼지를 떠올리게 할 만큼 굵고 짧은 목을 빼어 황토를 바른 곳간 천장을 올려다보면서 씩씩거렸다.

"불 년 겉으모 하매 백 분 천 분도 더 불었것제."

그러고는 체념도 아니고 빈정거림도 아닌 어정쩡한 소리로 중얼거렸다.

"그래, 내가 지고 니년이 이깃다."

순간적이지만 곳간에 불을 싸질러버리고 싶다는 충동에 사로잡히는 그였다.

"니년은 속으로 만세를 부리고 있것제. 목아지가, 아이제, 말을 안 하이 목아지는 아이고, 오장육부가 모돌띠리 터지나가거로 안 있나."

최상급 재료를 써서 지은 거창한 그 집 다른 건물에 비하면, 작고 초라하고 허름한 곳간의 나무 문짝이 저 혼자 덜컹거리고 있었다.

"하지만도 요년아! 니년이 한참 잘몬 생각한 기라."

쓰러져 있는 사람에게 주먹을 내지르며 삿대질까지 해댔다.

"앞으로 한팽생 앉은배이가 돼갖고 함 살아 봐라. 눈깔에서 피눈물이 콸콸 쏟아질 만치 후회할 낀께네."

두엄 썩은 것을 넣어 두지 않았나 싶을 정도로 굉장히 매캐한 곳간 냄새가 코안으로 훅 빨려 들어왔다. 그는 손으로 코끝을 감싸 쥐며 비난과 저주를 쏟았다.

"에잉! 독새 겉은 년. 독새도 물어 쥐일 년. 꿈에 보까 겁난다. 하지만도 니년은 꿈도 몬 꾸는 년이 될 끼다. 살아 있어야 그리할 수 있제, 죽어삐고 나모 그거도 안 되제."

목숨 줄이 끊겨져 버린 걸까? 배봉이 무슨 말을 해도 언네는 미동도 하지 않았다. 숨소리마저 들리지 않는 성싶었다.

"어, 요년이?"

배봉은 더럭 겁이 났다. 발을 들어 언네를 한번 걷어차 보려고 하다가 그만두었다. 그러고는 서둘러 돌아서면서 마지막 작별인사를 던졌다.

"잘 가라, 요년아이."

배봉은 몸을 돌려세웠다. 어디로 갔는지 알 수 없는 그 거미란 놈이 어쩐지 자기 몸으로 기어오를 것만 같은 께적지근한 느낌에서 벗어날 수가 없었다. 어서 지옥 골짜기 같은 그곳을 빠져나가고 싶었다.

그런데 그가 막 곳간 나무 문짝 가까이 돌아 나왔을 때였다. 그는 별 안간 광인이 돼버린 듯 이상한 소리를 내지르며 두 손으로 제 머리를 마구 문지르기 시작했다.

"어, 어? 허, 허~억…….."

대관절 무얼 그렇게 문지르고 있는 걸까? 문지른다기보다 거기 붙어 있는 무언가를 떨쳐버리기 위해서 정신없이 허둥거린다는 게 더 옳았 다. 그런 발광에 가까운 동작을 하는 그의 입에서는 또다시 금방 숨넘어 가는 소리가 터져 나왔다.

"이, 이기 머, 머꼬?"

그러자 곳간 밖에 있던 종들이 놀라 안으로 뛰어들며 외쳤다.

"마, 마님!"

"와 그라십니꺼?"

하지만 배봉은 더욱더 정신 나간 사람처럼 똑같은 언동만 되풀이하였 다. 그에게서 근동 최고 갑부다운 면모는 눈을 씻고 다시 봐도 찾을 수 가 없었다.

"머리에 머가 붙었심니꺼?"

한바탕 그런 소란이 이어지다가 이윽고 양쪽 어깨가 대단히 넓고 검은 얼굴의 종이 깨달은 게 있는지 그렇게 묻자 비로소 배봉이 큰 소리로 말했다.

"그, 그래, 마, 맞다! 이, 이거 좀 퍼, 퍼뜩 떼, 떼라!"

그러면서 그는 제 머리통을 함부로 흔들어댔다.

"머신데예?"

다른 사람들보다 머리통 하나는 더 키가 큰 종이 배봉의 머리를 내려다보며 물었다. 배봉이 단말마처럼 소리쳤다.

"거, 거, 거미, 거민 기라!"

"예?"

순간, 종들은 그만 멍청한 얼굴들을 했다. 그깟 거미 한 마리 때문에 무소불위의 상전이 저런 모습을 보이다니? 하지만 배봉은 놀음판을 펼치는 광대처럼 사지를 버둥거려가면서 한층 큰소리로 명했다.

"이, 이눔들아! 와 보, 보고만 있노? 내 머리에 부, 붙은 거, 거미를 얼릉 아, 안 떼 내고?"

곳간 안에 쌓여 있던 먼지가 폭삭 이는 정도가 아니라 아예 태풍이 되어 마구 휘몰아치는 양상이었다.

"예, 예."

종들이 배봉에게 우우 달려들어 그의 커다란 머리통에 눈을 갖다 댔다. 그러고는 거미를 찾기 위해 저마다 부지런히 눈알을 굴렸다. 그러다가 각진 얼굴의 종이 말했다.

"아, 안 되것심니더. 어두버서 잘 안 비입니더. 밖으로 나가이시더, 마님."

키다리 종도 문 쪽으로 발을 옮기며 배봉에게 말했다.

"째이 나오시소."

일찍이 그 집에서 볼 수 없었던 큰 하극상이 벌어지기 시작했다. 아랫것들이 감히 웃전에게 이래라 저래라 하는 격이었다.

"아, 알것다."

그렇지만 배봉은 종들이 시키는 대로 허둥지둥 그곳에서 빠져나갔다. 그의 뒤를 따라 나오면서 무엇을 그냥 놓고 나가는 사람인 양 고개를 돌려 언네를 보는 종도 있었다.

"마님, 머리……."

밝은 곳에서 본 배봉의 머리는 말 그대로 엉망진창이었다. 함부로 움켜쥐고 문지른 탓에 백정이나 망나니와 하등 다를 게 없었다. 예전의 천한 신분으로 다시 돌아간 인상마저 주었다.

"아모것도 없는데예, 마님?"

잠시 후에 키다리 종이 남달리 긴 고개를 갸우뚱하며 말했다.

"그렇심니더. 안 비입니더, 거미가."

다른 종도 말했다. 배봉이 버럭 고함을 쳤다.

"더 찾아봐라, 이눔들아! 없을 리가 없다!"

아무리 거미를 찾아내게 하기 위한 동작이라고는 할지라도, 명색 상전이 종들 앞에 머리를 수그리고 있는 몰골은 영 말이 아니었다. 평소의 그 세도는 온데간데없고 아직도 부르르 몸을 떨고 있는 한 볼품없는 늙은이 모습만 거기 있을 뿐이었다.

그런데 얼마나 그러고 있었을까? 종들 입에서 동시에 이런 소리가 튀어나왔다.

"아, 여게 머가 있심니더!"

"차, 찾았심니더, 마님!"

배봉이 고개를 숙인 채 떨리는 목소리로 물었다.

"거미가 맞제?"

한데, 대답이 엉뚱스러웠다.

"거미는 아이고, 거미줄입니더."

"머라꼬?"

배봉이 불쑥 고개를 치켜들었다. 키다리 종이 남들보다 긴 제 손가락을 배봉에게 보이며 말했다.

"이거 함 보시이소. 허연 거미줄이 붙어 있었심니더."

종의 검고 거친 손가락에는 거미줄이 뒤엉켜 있었다. 여하튼 배봉이 영 엉터리 소리를 했던 건 아니었다. 언네 몸에 붙어 있던 그 거미 꽁무니에서 나온 것인지, 아니면 다른 거미가 뽑아낸 것인지는 알 수 없지만, 거미와 관련된 것이긴 했다.

"우쨌든 됐다, 찾아냈은께."

그렇게 말한 후에 배봉은 깊은 심호흡을 하였다. 여러 번 그렇게 하고 나니 비로소 조금 살 것 같은 얼굴이 되고 있었다. 그와 동시에 양반품새도 다시 갖추어졌다. 역시 변신에는 일가견이 있는 자였다.

"흐음! 끝꺼지 단디 지키라."

"예, 예, 마님."

배봉은 노란 기운이 도는 눈으로 곳간 안을 돌아보았다.

"조년이 달아나모 니눔들 목아지도 달아난다, 알것나?"

"아, 알것심니더!"

종들을 단단히 단속시킨 연후에 배봉은 자기 처소로 향했다. 그렇지만 서너 발짝 옮겨놓던 그는 홀연 방향을 틀었다. 그러고는 그 집을 처음 지을 때부터 거기 서 있는 늙은 감나무 그림자가 은퇴한 파수꾼 같아 보이는 중문을 지나 줄곧 안으로 걸어갔다.

얼마를 가던 배봉은 문득 기억이 되살아나는지 이제 막 자신이 지나쳐 온 중문 쪽으로 고개를 돌렸다. 안색이 팍 질려 있었다. 촉석루 기둥을 떠올리게 하는 굵은 다리가 후들거렸다.

그날 밤 언네 공범인 사내가 그의 등짝에 식칼을 꽂으려고 했던 바로 그 장소였다. 그의 모자를 가지고 뒤쫓아온 해랑이 아니었다면 벌써 땅 속에 묻혔을 그였다. 그 중절모는 나 죽은 후에 우리 집안 가보로 삼으라고 할 참이었다. 실제로 꼭대기의 가운데가 접히고 둥근 챙이 달린 신사용의 그 모자는 모두가 탐내며 눈독을 들이는 것이기도 하였다.

'대관절 그눔이 우떤 눔이까?'

이른바 '중방 밑 귀뚜라미'라고, 식솔들 앞에서는 무엇이고 아주 잘 아는 체하는 그였지만, 그 범인에 대해서만은 입도 벙긋하지 못한 그였다. 늙으니 이 배봉의 직관력도 많이 가버린 것인가 하고 씁쓰레한 그의 뇌리에 불현듯 이런 무서운 생각이 스쳤다.

'해나 시방 우리 집에서 부리고 있는 종눔들 가온데 하나가 아이까? 헉! 마, 마, 만약에 그렇다모?'

그의 등줄기를 비수로 긋듯 찬 기운이 쫙 훑고 지나갔다. 어째서 진작 이 생각을 하지 못했을까? 지금까지 밖에서만 범인을 찾으려고 했던 게 너무나 잘못된 판단이 아닐까? 외부가 아니라 내부에 있는 자의 소행이라면…….

'모든 가능성은 싹 다 열어 놓고 추적해 봐야 하는 기라. 시방꺼지 살아옴시로 영 헛다리를 짚을 때도 마이 안 있었던가베.'

그때부터 배봉은 걷잡을 수 없는 공포심과 더불어 엄청난 혼란에 허우적거리기 시작했다. 눈앞이 아찔해지면서 그대로 땅바닥에 철버덕 주저앉기 직전이었다. 혹시라도 그 범인이 집 안에 있다면?

배봉은 급히 주위를 둘러보았다. 심장이 '뚝' 소리를 내고 사지가 덜덜 떨렸다. 후미지고 컴컴한 구석 어디선가 금방이라도 커다란 칼을 든 범인이 고함을 마구 내지르면서 그를 찔러 죽이려고 덤벼드는 환영에 시달렸다. 그는 자칫 비명을 지를 뻔했다.

바깥의 적보다도 안에 있는 적이 더 무섭다더니, 바로 지금 같은 이런 경우를 두고 하는 말인가도 싶었다. 그렇다. 내 집 안이라고 결코 방심해서는 안 되었다. 방 안이라도 그럴 것이다. 자객이 병풍 뒤에 미리 숨어 있다가 나중에 들어오는 그 방 주인을 감쪽같이 죽이고 달아나는 살인사건도 있었다.

'가마이 있자, 그렇다모?'

그러자 그동안 그가 혹독하게 대해왔던 비복들 얼굴이 차례차례 눈앞에 나타나 보였다. 스스로 뒤돌아봐도 솔직히 심한 경우가 손가락으로 헤아릴 수 없이 많았다. 원한을 살 인간이 하나둘이 아닐 수도 있었다.

배봉은 별안간 발이 땅에 딱 들러붙는 기분이었다. 너무나 무서운 나머지 단 한 발짝도 떼놓기가 힘들었다. 그가 조금만 몸을 움직여도 섬뜩한 흉기를 든 범인이 즉시 공격해오지 싶었다. 그는 탈기했다.

'후우. 천하의 이 임배봉이가 와 이라노?'

중문 옆의 오래된 감나무처럼 이제는 몸도 늙었지만, 마음도 그만큼 폭삭 늙어버린 모양이었다. 웃통을 전부 벗어젖힌 맨몸으로도 거뜬히 호랑이와 대적할 자신이 있던 그 젊은 날의 기백과 용기는 깡그리 어디로 사라져버렸다. 그렇지만 그가 진실로 오싹 한기를 느낀 것은 다음 순간이었다.

'해, 해나 며, 며누리도?'

세상에 다시없이 싹싹하고 예쁘기는 하지만 어딘지 모르게 여우같은 면이 감춰져 있는 해랑이었다. 그런 점에서는 둘째 며느리인 상녀가 훨씬 더 마음 편했다. 그것은 가마에서 떨어진 후유증으로 한동안 시름시름 앓다 죽은 첫째 며느리 분녀에게서도 일찍이 접해보지 못했던 기묘한 감정이었다.

'그날 밤 내를 혼란시킬라꼬 핸 짓은 아이까?'

그러잖아도 평소 남을 믿지 못하는 성품의 배봉이었다. 그 자신이 남속이기를 밥 먹듯 하니, 남도 나 속이기를 그렇게 할 거라고 치부하는 그였다. 의심이 의심의 꼬리를 물고 새끼를 치기 시작했다.

'안 그라모 우찌 딱 그 순간에 맞차갖고 그리 나타날 수가 있것노. 사전에 서로 철저히 연습을 안 해갖고야 말이다.'

사람이 일단 한번 의혹을 품기 시작하면 그것은 고삐 풀린 망아지가 되어서 천방지축 제멋대로 날뛴다고 하였다. 해랑에게 짙은 의혹의 눈길을 보내기 시작한 배봉 마음은 그야말로 종잡을 수 없게 돼버렸다.

'언네 조년을 누한테 맽기것다 캤노. 꺽돌이하고 설단이라 안 캤디가? 다린 사람이 아이고 고것들……'

그의 눈앞에 그들 모습이 쭉 나타나 보였다. 이물질이 들어간 듯 눈을 끔벅거렸다.

'꺽돌이하고 설단이가 우떤 연눔이고?'

그는 가던 걸음을 딱 멈추고 서서 속으로 혼자 묻고 혼자 답하기 시작했다. 어쩌면 정신분열이나 정신착란을 일으키려는 조짐이었다.

'둘 다가 우리 집안이라모 자다가도 일어나서 이빨을 뿌득뿌득 갈 것들 아이가.'

'와 아이라? 기제.'

'그란데 니가 그거를 암시롱 그것들한테다가 언네를?'

'그렁께 말이다. 내도 우째야 할랑고 모리것다.'

배봉은 극도의 공포와 의혹에 사로잡혀 그 자리에서 도시 움직일 줄 몰랐다. 만일 그의 짐작이 들어맞는다면 섣부르게 맏며느리 처소로 가면 안 된다.

'까딱하모 고 백야시 겉은 거한테 당한다.'

꿀물이나 술에다가 극약을 타서 먹일 수도 있고, 억수로 취하게 만든 다음에 염 부인이 죽을 때 사용했던 명주 끈으로 목을 졸라버릴 수도 있다. 그뿐일까? 언네와 마찬가지로 배봉 자신에게 깊은 원한을 품고 있는 집안 비복들 가운데 누구를 벌써 매수해 놓았을 가능성도 충분히 있다. 사업상 만나는 사람들도 다 꼬빡 넘어가는데 하물며 하찮은 종들 쯤이야.

'안 되것다.'

배봉은 몸을 돌려세웠다. 육중한 체구임에도 불구하고 날쌔 보였다. 그의 머릿속 생각은 더 잽싸게 움직였다.

'우선에 내 방에 들가서 첨부텀 다시 꼼꼼하거로 함 생각을 해봐야것다. 온 시상 통틀어서 내 방맹캐 좋은 데가 없는 기라.'

그가 막 지나쳐 왔던 중문으로 다시 빠져나갈 때였다. 저만큼 서서히 어두워지기 시작하는 기다랗고 높은 담장 그늘 밑에서 누군가가 놀란 눈으로 그런 배봉을 지켜보고 있었다.

해랑이었다. 해랑은 고개를 갸웃했다. 이상하다. 분명히 시아버지는 그녀에게 오던 참이었다. 지금까지 숱하게 그래왔던 바였다. 그런데 느닷없이 발길을 돌려버렸다. 왜지? 무엇 때문에?

해랑은 언네가 감금되어 있는 곳간으로 가던 중이었다. 내일 너를 꺽돌에게 보내주겠다고 미리 알려주기 위해서였다. 그 말을 들으면 언네는 더없이 흥분할 것이다. 미칠 듯이 좋아하고 너무나 감격하여 눈물까지 보일 것이다.

'우떻게 보모 지나 내나 좀 안 그렇는가베.'

비록 시아버지를 죽이려고 했지만 같은 여자로서 동정심을 품고 있는 해랑이었다. 한땐 해랑 그녀를 믿고 꺽돌과의 관계 등 모든 것을 들려주기도 했다. 시아버지나 남편에게 그것을 비밀로 해주는 게 언네를 향한 마지막 의리요 배려라고 판단한 해랑은, 제 목에 칼이 들어와도 그것만은 발설하지 않겠다고 누차 다짐해왔다.

'여게 비하모 통시보담도 몬하기는 해도, 가매못 안쪽에 있는 그 집이 언네한테는 몇 배 더 안 좋것나.'

꺽돌은 언네를 잘 대해줄 것이다. 비록 앉은뱅이로 살아가야 할 신세가 되고 말았지만, 그래도 얼마 남지 않은 목숨일지라도 이제까지 보다는 좀 더 편안하게 살다가 가길 바랐다. 그게 사실이든 사실 아니든 신체 한 부위가 없다고 소문이 나버린 언네와, 아이를 잉태하지 못하는 석녀가 돼버린 해랑 자신은 같은 처지라고 보았다. 그런 기막힌 사연을 가진 사람들인 만큼 동지애마저 맛보았다.

'그란데 머꼬?'

그런데 알 수 없는 배봉의 그 행동을 보자, 해랑은 별안간 스스로 돌아봐도 이해가 되지 않을 정도로 커다란 불안과 초조에 부대끼기 시작했다.

어떻게 새겨보면 뭐 별일이 아닐 수도 있었다. 며느리 얼굴이나 한번 볼까 하고 거기까지 왔지만 갑자기 마음이 바뀔 수도 있는 것이다. 아니면 급하게 해야 할 일이 기억났다거나, 몸이 피곤해져서 내 처소에 가서 쉬어야겠다고 작정했는지도 모른다.

'내가 우짜다가 이리키나 행핀없는 쫌패이(좀팽이)가 돼삐릿노?'

좀 어지럼증이 나서 담장에 등을 기대고 선 채로 스스로를 나무라고 격려했다.

'겁낼 일도 아인데 무담시 신갱 안 써도 된다.'

그런데 이상했다. 애를 써도 좀체 흔들리는 마음을 다스리기 힘들었다. 시아버지의 그 돌연한 행동이 자꾸만 불길하고 야릇한 감정을 불러일으키는 것이다. 이런 걸 두고서 '이심전심'이라고 할 수는 없겠지만,

급기야 해랑도 배봉과 거의 엇비슷한 생각을 하기에 이르렀다.

'해나 내를 오해한 거는 아이까?'

심장이 긴 장마철에 토담 무너져 내리는 소리를 냈다. 그 흙무더기 밑에 깔린 채 빠져나오려고 안간힘을 다하는 자신의 모습이 보였다.

'에나 으심이 많은 시아부지 아인가베. 자슥들도 몬 믿는 인간이제.'

그 생각 끝에 해랑은 억지로 마음을 가다듬고 곰곰 헤아려보았다. 혹시라도 자신이 시아버지에게 의심을 살 짓을 한 게 있을까. 그렇지만 아무리 되짚어 봐도 그런 건 없었다. 무엇보다 며느리 말이라면 팥으로 메주를 쑨다고 해도 그냥 '하모, 하모' 하는 시아버지였다.

'그라모 미련시럽거로 행동할 기 아이다.'

해랑은 언네에게 가지 말고 배봉에게 가볼까 생각했다. 하지만 무슨 특별한 용무가 있는 것도 아니면서 며느리가 시아버지 처소를 들락거린다는 것도 비복들 보기에 좀 그랬다.

이제는 꽤 오래전의 일이지만, 저 읍내장터 채소공판장이 있던 자리에 새로 지은 상가 건물에 동업직물이 낸 점포와 나루터집 제1호 분점이 나란히 입주하고 나서, 그녀가 동업직물 비단으로 만든 옷을 입고 판촉 활동을 하던 당시의 기억이 남아 있었다.

그날 행사가 끝난 후에 그녀는 언네에게 참으로 생뚱맞은 이야기를 전해 들었다. 사람들이 시아버지와 며느리, 그러니까 배봉과 해랑 자신이 부적절한 관계에 있을지도 모른다는 억측들을 하고 있다는 거였다.

정말이지 사람 미치고 팔짝 뛸 노릇이 아닐 수 없었다. 아무리 가로쭉 찢어진 주둥이라고 해도, 도대체 그게 말이라고 하는가 말이다. 하지만 일단은 분을 삭이고 그냥 있을 수밖에 없었다. 그런 게 아니라고 떠들었다가는 도리어 의심만 더 사고 사람들에게 흥밋거리만 제공하는 격이 될 것이라고 보았기 때문이었다.

천만다행으로 그 낭설은 얼마 가지 않아 사라졌지만 지금 와서 다시 돌아봐도 실로 위험하고 어이없는 일이 아닐 수 없었다. 그리고 그 사건이 있은 다음부터 그녀는 더욱 조심에 조심을 해왔다. 덫에 치인 범이나 그물에 걸린 고기가 되는 것은 한순간의 일이었다.

'안 되것다. 언네한테 가서 이약해주는 거는 쪼꼼 더 보류해야것다.'

말 그대로 '여우 꼬리같이 짧은' 담장 그림자마저 곧 사라질 시각이었다. 정원의 나무도 다가오는 밤을 맞아 어쩐지 술렁거리는 기운이 묻어났다.

'아모래도 느낌이 쪼매 그렇다 아이가.'

어떤 신의 계시나 직감적인 암시 같은 것이 해랑 마음 모서리를 자꾸 붙들고 늘어졌다. 결국, 해랑도 그 자리에서 돌아서고 말았다. 그녀 뒷모습이 크게 흔들려 보였다. 어쩌면 깨진 유리거울 위에 얼비치는 불완전한 영상과도 유사했다. 그것을 시종 지켜보고 있는 늙은 감나무 가지 끝에 이는 바람이 그날따라 심상찮게 부는 느낌이었다. 감꽃이 필 날까지는 얼마나 남았을까?

그 시각 자기 처소로 돌아온 배봉은 이마에 수건을 동여매고 자리에 드러누웠다. 식은땀이 등짝을 흥건히 적셨다. 그의 눈앞에는 백여우가 둔갑한 해랑 모습이 잠시도 쉴 새 없이 어른거렸다. 그런데 어느 순간부터인가 해랑 옆에 또 다른 여자 하나가 나타났다. 배봉 입에서는 한숨 소리가 끊이질 않았다. 뒤이어 욕지거리가 튀어나왔다.

그 여자는, 비화였다.

비화와 해랑이 친자매 못지않게 잘 지냈다는, 벌써 알고 있었던 그 사실이 새삼스레 배봉 가슴팍을 휘어잡았다. 그것은 아까 곳간에 갔을 때 머리에 붙었던 거미줄처럼 세게 들러붙어 쉽게 떨어지지 않았다.

'그리 중요한 사실을 와 내가 아모것도 아인 거매이로 여기고 있으까.

하나부텀 열꺼지 잘 타산 몬 하모 일 난다, 일 나.'

배봉은 누운 채 체머리를 흔들며 갖가지 상념에 빠져들었다.

'아이다. 며누리하고 비화 고년은 온 고을이 다 아는 웬수다. 이전에는 우찌 지냈을 값에 인자 와서는 그렇다 아이가.'

거지가 햇볕 있는 쪽으로 옮겨가듯 자신에게 유리한 방향으로만 생각을 이어갔다.

'이거는 누가 머라꼬 캐싸도 확실타. 시방 내가 지나친 신갱과민에 빠지삔 기라. 천하에 다시없는 며누리를 내가 우째서 이라노.'

그러나 마음 한쪽에서는 또 이런 소리가 들렸다.

'야시다, 야시. 니는 야시한테 홀리 있는 기라. 해랑이 고년은 첨부텀 우리 집안 재산을 딱 노리고 들온 기다. 함 생각해 봐라. 그리키 젊고 이뿐 기집이, 아 새끼가 둘이나 딸리 있는 홀애비 억호한테 머 땜새 재취로 들왔것노. 후궁으로 들가거나 고관대작 자제한테 시집가도 될 정도 아인가베. 안 그렇나?'

그런가 하면, 이쪽 아닌 저쪽 마음에서 다시 나는 소리도 있었다.

'아, 그렇다모 내뿐만 아이고 억호도, 동업이하고 재업이도!'

배봉은 보이지 않는 어떤 손이 일으켜 세우듯 그만 자리에서 벌떡 일어나 앉고 말았다. 그다지 많지도 길지도 않은 턱수염이 덜덜 떨렸다.

'낼로 우찌 보고?'

나 임배봉이는 흑사리 껍데기가 아니라고 항변하는 그의 두 눈에서는 강한 증오와 분노의 빛이 샛노랗게 뿜어져 나오기 시작했다. 예전의 그 기갈과 힘을 완벽하게 되찾은 모습이었다.

께름칙한 유예

그 밤에 근동 최고의 대저택 안의 방 두 개는 새날이 밝아올 무렵까지도 불이 꺼질 줄 몰랐다. 여명 속에서 그 고유의 빛살을 잃어버린 호롱불이 폐병환자 얼굴마냥 허옇게 변해 있었다.

꼬박 뜬눈으로 밤을 지새운 해랑은 지난날 아이가 유산된 그때와 거의 비슷한 몸 상태가 돼버렸다. 억호 씨였다. 새벼리 숲에서의 광란이라고 할 수밖에 없는 그 짓거리 결과로 잉태한 생명이었다. 그렇게 해서 생긴 태아였기에 또 그렇게 보내고 말았는지 모른다.

'이럴 때 내 곁에 언네라도 있었으모.'

밑도 끝도 없이 언네가 더없이 아쉬웠다. 이럴 줄 알았더라면 진작 언네와 맞먹을 만한 몸종 하나쯤은 만들어 둘 걸 하는 후회가 막심했다. 그것도 병이라면 큰 병이었다. 그냥 혼자 있는 게 마음 편하고 천한 종들이라도 이런저런 눈치 보고 싶지 않았기에, 특별한 경우가 아니면 몸종을 가까이 두지 않고 살아온 그녀였다.

'언네가 내하고는 쾌안았디제.'

비록 함께 지낸 기간이 별로 길지는 않았지만, 친모 못잖게 살갑게도

288

대해주던 언네였다. 평생 족두리를 써보지 못한 채 처녀 귀신으로 늙어가는 언네는 진심으로 해랑 그녀와 꺽돌을 친자식같이 여기고 있었는지도 모른다. 해랑 자신이 다른 사람 소생인 동업과 재업을 그렇게 받아들이는 것과 같은 맥락이 아닐까 싶었다.

'아, 그래도 이래서는 안 되제. 멤이 풀어져갖고 우짤라꼬?'

그녀 처지에서 보면 그것은 옳은 생각이었다. 그녀가 살기 위해서는 언네보다도 배봉과 억호 쪽에 서지 않으면 안 되었다. 오늘날까지 어떻게 버텨온 나의 고단한 삶인데 말이다. 아마 앞으로도 영원히 그럴 수밖에 없을 것이다. 해랑은 방을 번쩍이게 장식하고 있는 최고급 가구들이며 온갖 귀한 수집품들을 보며 마음을 다잡았다.

'내가 요 집에 안 들왔으므 저리 비싼 세간을 오데 기경이나 하것나? 왕비나 공주가 한 개도 안 부러븐 내다.'

그렇지만 가슴 한 귀퉁이가 황량한 들판으로 변하면서 허해짐은 막아낼 도리가 없었다. 그리하여 해랑은 손가락 하나 발가락 하나 까딱할 기운마저도 없어 그대로 자리에 누워 있기만 했다. 평소 훈련을 잘 받은 여종들인지라 아씨 마님이 부르기 전까지는 누구도 근처에 얼씬거리지도 않을 것이다.

'내가 이대로 누우갖고 죽어가도 아모도 모릴 끼다.'

그러자 또다시 기다리고 있었는지 엄청난 외로움과 설움과 무섬증이 밀려들었다. 대궐이 부럽지 않은 대저택에서, 수많은 비복 속에서, 오직 그녀 혼자뿐이라는 자각이 너무나 사람을 슬프고 힘들게 닦아세웠다. 그녀 신세가 외딴 바닷가 절벽에 홀로 둥지를 짓고 사는 이름 없는 새와 다를 바 없다는 비애감에 젖었다.

'니는 또 와?'

그런데 그녀를 더욱 괴롭히는 건, 그 어렵고 막막할 때 떠오르는 사람이 어머니 동실 댁이나 아버지 용삼이 아니라 비화라는 사실이었다. 그러면 그녀 또한 해랑이 아니라 옥진이로 돌아가 버리는 것이었다. 차라리 새끼 기생 효원이었다면 이토록 마음이 심하게 흔들리지는 않을 것이다.

'내가 에나 미칫는갑다. 돌아도 그냥 곱거로 돈 기 아인 기라.'

효원이 잘 추는 검무에 사용하는 칼이 생각났다. 내게 그 칼이 있으면 곧바로 목을 꽉 찔러 이 괴로운 인생을 끝막음하고 싶었다. 그러자 더한층 서러웠다. 실컷 통곡이라도 하고 나면 막힌 가슴이 조금은 후련해지련만 비복들이라도 듣게 되면 무슨 소리들이 나돌게 될지도 모르니 그것도 문제였다. 내 인생이지만 내 것이 아니구나, 여겨지는 동시에 오기가 불끈 생겨났다.

'시방 내가 무신 궁리하고 있노? 내가 이리 아파 꼼짝도 몬 하고 누우 있는 거를 보모, 비화는 춤이라도 덩실덩실 출 낀데.'

해랑은 머리를 흔들어 억지로 비화 모습을 내쫓았다. 그런데 겨우 내몬 그 자리에 얼른 들어앉는 게 남편 억호 얼굴이었다. 세월이 갈수록 오른쪽 뺨에 박혀 있는 점이 더 크고 검어지는 인상을 주는 그였다.

'하매 내가 싫증난 거는 아이것제?'

문득, 그런 생각에 사로잡히면서 해랑은 씁쓰레한 웃음을 떨구었다. 시아버지 암살 미수 사건 이후로 눈에 띌 만큼 안방 출입이 줄어든 억호였다.

해랑으로서는 그 까닭을 정확히 알 수가 없었다. 여하튼 그로서도 여간 큰 충격을 받은 게 아니었을 것이다. 어쩌면 아버지 다음 표적은 그 자신이라고 판단을 내린 건지도 알 수 없었다. 더욱이 그에게 언네는 가장 충직한 종이었다. 아버지와 동생 만호 부부가 나눈 밀담을 엿듣고 몰래 알려준 사람도 언네였다. 이런저런 앞뒤 일들을 꿰맞춰 볼 때 지금 억호 심경이 얼마나 착잡하고 복잡할지는 충분히 짐작이 갔다.

그뿐만 아닐 것이다. 그런 언네를 보내려고 하는 곳이 다름 아닌 설단이 집이라는 것 또한 그에게는 크게 마음에 걸릴 것이다. 다른 것들을 다 떠나서 설단은 재업의 친모였다. 지난날 아버지 배봉이 총애했던 여종과, 아들인 억호 자신이 임신시켰던 여종, 그 두 종이 한집에서 같이 산다는 건 아무리 예사로 받아들이려고 해도 마음의 턱에 걸릴 수밖에 없을 것이다. 게다가 동업직물 가문이라면 칼을 갈아대고 있을 꺽돌까지 함께 지내게 되었으니 더 뭘 논할까.

그러나 억호 스스로 아무리 궁리해본들 현재로서는 언네를 꺽돌과 설단에게 맡기는 게 그래도 가장 나은 방법일 것이다. 아내 해랑이 왠지 상세한 이야기는 해주지 않으려는 눈치였지만, 언네와 꺽돌 사이는 다른 비복들보다 좀 더 가까웠다는 말은 들은 그였다. 언네를 감쪽같이 죽여 없애지 않는 한은 누가 돌봐도 돌봐 주어야 할 형편인 것이다.

그런데 해랑이 잠시 억호 생각에 빠져 있을 때였다. 문득 방 밖에서 크게 들려오는 기침 소리가 있었다. 그녀는 비녀를 꽂은 머리카락이 쭈뼛이 곤두서는 느낌이었다. 남편이 아니라 분명 시아버지였다.

해랑은 심장이 '쿵' 내려앉는 소리를 들으면서도 어디서 그런 기운이 솟아나는지 재빨리 자리에서 몸을 일으키고 있었다. 그러고는 '아버님' 하고 부르며 서둘러 방문을 열었다.

최고급 건축 자재를 깐 대청마루에는 두 눈이 깊고 어두운 동굴만큼이나 쑥 들어간 배봉이 핼쑥한 얼굴로 서 있었다. 대단히 초췌하여 얼핏 해골 형상을 방불케 했다.

'시아부지도 간밤에 한숨도 몬 잤는갑다. 그라고 보이 밤구신이 둘이었거마는.'

해랑은 금방 알아차렸다. 그러자 마음은 한층 졸아들기 시작했다.

'증신 바짝 채리야것다.'

아침 댓바람부터의 방문이었다. 지금까지 배봉은 단 한 번도 아침은 커녕 낮에도 해랑을 찾은 적이 없었다. 언제나 한잔 거나하게 걸치고 귀가한 늦은 시각이었다. 그리고 그 모든 것에 앞서 맨정신인 건 이번이 처음이었다. 해랑은 또다시 오싹 몸을 떨며 생각했다.

'똑 몽유병자 겉다. 예전에 내매이로.'

배봉은 해랑이 무어라고 더 입을 열기도 전에 방문을 넘어 안으로 들어섰다. 허상과 다를 바 없어 보였다. 무언가에 쫓겨 온 듯한 그 모습이 서 있기조차 힘이 들어 어서 방바닥에 앉고 싶어 하는 것처럼 비쳤다.

"아버님, 여게 앉으시소."

배봉은 해랑이 얼른 내놓은 방석 위에 철버덕 주저앉았다. 그러고는 당혹감에 빠진 상태로 멍하니 서 있는 해랑에게 기운 없는 목소리로 말했다.

"니도 거 앉아 봐라."

꼬불꼬불하고 허연 머리카락 한 올이 배봉의 왼쪽 어깨 위에 붙어 있는 게 해랑 눈에 들어왔다. 그것은 그가 지금까지 살아오면서 받은 '인생의 훈장'과도 같았다. 아니다. 지나온 삶에 대한 체벌이라고 해야 더 마땅하지 않을까 싶었다.

"계속 그리 서 있을 끼가?"

"아입니더."

해랑도 힘겹게 자리에 몸을 내려놓았다. 하지만 해랑은 이내 고개를 숙이고 눈 둘 곳을 몰라하는 모습이었다. 사실은 속으로 궁리하는 게 많아서일 것이지만, 그런 티를 감추기 위한 위장이라는 것을 배봉은 아는지 몰랐다.

어쨌거나 배봉은 입을 꾹 다문 채 해랑 얼굴을 쏘아보듯 바라보았다.

비록 생기는 좀 없어 보이긴 해도 상한 물고기를 연상케 할 정도로 벌겋게 물든 눈이 여간 매섭지 않았다. 무엇보다 여전히 큰 덩치가 가냘픈 몸매에서 벗어나지 못하고 있는 해랑에게 버거운 위압감을 던져주기에 충분하였다.

얼마 동안 그렇게 아무 말 없이 뭔가 탐색하는 눈빛으로 해랑 얼굴을 바라보고 있었다. 이윽고 배봉 입에서 나오는 말은 다시 한번 해랑 가슴을 덜컥 무너지게 만드는 소리였다.

"언네를 꺽돌이하고 설단이한테 보내기로 했던 거 말이다. 그거 이약인데, 암만 생각을 거듭해 봐도……."

몸이 움찔하는 해랑을 보지 못한 척하면서 자기 생각을 밝혔다.

"쪼끔 더 고민해 보고 나서 정해야것다."

비록 물먹은 솜처럼 착 가라앉은 목소리였지만 무어라고 이의를 달지 못하게 하는 힘이 전해졌다. 지금까지 해랑이 취미 삼아 모아 놓은 그 방의 모든 장식품이 그 강력한 힘에 모조리 쓰러지고 엎어지는 것 같았다.

"아버님."

언제 봐도 작고 붉은 꽃잎을 갖다 붙인 성싶은 해랑 입술이 미세하게 떨렸다. 그 입술에서 아주 조심스럽게 말이 흘러나왔다.

"와 각중애 그런 말씀을?"

그러자 또다시 해랑 얼굴을 힐끗 바라다보는 배봉 눈초리가 여간 심상치 않았다. 그런 배봉에게서 속내를 드러내지 않으려는 기색이 확연히 엿보였다. 표정은 너무 심각하고 엄숙하여 되레 우스워 보일 지경이었다. 하지만 이어지는 이야기는 점점 더 해랑을 강하게 옥죄는 것이었다.

"우리가 안 있나, 아즉도 언네 조년하고 둘이 짜서 낼로 쥑일라 캔 공범을 모리는 요런 캄캄한 상태에서……."

해랑이 하루 열두 번도 넘게 들여다보곤 하는 크고 화려한 체경體鏡

을 통해 해랑을 흘낏 보고 나서 말을 계속했다.

"덜렁 언네를 집에서 내보낸다쿠는 거는 아모래도 멤이 안 놓인다 아인가베."

화사하면서 예스러운 기품이 넘치는 반달 모양의 창문 너머에 누가 있나 살피려 하는지 그쪽을 한참 째려보기도 하였다.

"그리 되모 언네 조 몬된 년이 또 틀림없이 그눔하고 만내갖고 안 있나, 내를 해칠라는 모책을 꾸밀 끼다."

해랑이 가장 아끼고 좋아하는 거멍쇠 장식이 금방이라도 쑥 빠져나가지 않을까 위태로워 보였다.

"아이라예, 아버님."

해랑은 자신도 모르게 변명조로 입을 열었다.

"그리키나 혼이 났는데 또 설마?"

"설마는, 사람 잡는 기 설마다."

배봉이 해랑 말을 잘랐다. 흔치 않은 일이었다. 그뿐만이 아니었다.

"덫을 놓았으모 한다."

단도직입적인 배봉 말에 해랑이 놀라 물었다.

"예? 더, 덫예에?"

그녀가 덫에 걸리기라도 한 것처럼 얼굴에서 핏기가 사라졌다. 배봉은 그 특유의 기분 나쁜 눈매로 해랑 눈치를 살피며 무슨 예언인 양 말했다.

"운젠가는 그눔이 언네를 구할라꼬 또 우리 집에 침입할 끼다."

"흡."

해랑은 가쁜 숨을 몰아쉬었다. 최고급 장식대 위에 놓여 있는 백자와 청자가 부딪쳐 산산조각이 나는 환영이 보였다. 배봉의 사랑방에 있는 도자기들을 보고 똑같은 것을 그대로 구입한 것이었다. 그 때문에 배봉의 심사가 틀어졌을 수도 있었다.

"곳간 문도 훌쩍 다 열어 놓고……."

배봉은 덫을 놓기 시작했다.

"또 파수꾼도 안 세우고……."

잠시 그렇게 말하더니 단언하였다.

"그리할 셈이다."

"……."

해랑 머릿속이 아침 햇살이 비치고 있는 방문 창호지같이 하얗게 변해갔다. 저쪽은 손을 열 번 쓸 적에 이쪽은 단 한 번도 쓰지 못하는 형세였다.

"그리해 놔도 언네 저년은 말이다."

배봉은 입귀를 흉하게 일그러뜨리며 잔인하기 그지없는 웃음을 띠어 보였다.

"두 다리를 몬 쓰이 달아나지는 몬할 끼다."

배봉의 불온한 시선이 비단 치맛자락에 가려 있는 해랑 다리 부위에 가 멎었다. 해랑은 떨리는 다리를 가까스로 자제하며 막 입을 열려고 하는데, 배봉이 아직 내 할 말을 다 하지 않았다는 듯 명령조로 나왔다.

"시애비 이약 더 들거라."

그러더니 약간 화난 어조로, 그러나 해랑 안색을 유심히 보아가며 또렷한 목소리로 천천히 하는 말이 듣는 사람을 감질나게 하였다.

"내 짐작에는 안 있나, 안 있나."

잠시 말을 멈추었다가 운기를 모아 한꺼번에 몰아치는 기세로 얘기했다.

"언네 공범 말이다, 그 공범은……."

배봉은 머리카락 뒤에서 숨바꼭질하려는 그따위 어리석고 얄팍한 짓일랑 하지 말라고 경고하는 투였다.

"고, 공범."

해랑은 자신이 공범인 것처럼 어쩔 줄 몰라 했다. 한데 허둥대는 그녀 머리 위로 불칼을 내리듯 떨어져 내리는 소리였다.

"우짜모 우리 집 안에 있는지도 모린다."

"예에?"

해랑은 누가 목에 흉기를 들이대도 그렇게 경악하지는 않을 것이다.

"우, 우리 집 아, 안에예?"

"하모."

짧게 대답하면서 배봉은 또 한 번 해랑 표정을 읽고 있었다. 해랑은 도저히 믿을 수 없다는 빛을 보였다.

"서, 설마?"

"……"

"그, 그거는 아일 깁니더, 아버님."

일순, 배봉 말투가 확 거칠어졌다.

"머를 믿고 그기 아이라꼬 하는 기고?"

그 방의 어떤 사물은 손을 내젓고, 또 어떤 사물은 고개를 끄덕이는 것 같았다.

"그, 그거는."

배봉은 크게 더듬거리는 해랑을 문초하는 목소리였다.

"봐라, 정맹할 수 없다 아이가?"

증명. 해랑은 입이 열 개 아니라 백 개라도 할 말이 없어지고 말았다. 설혹 그렇다는 것을 증명할 무슨 방법이 있다손 치더라도, 그게 아니라는 것을 증명해 보일 수는 없는 노릇이었다.

해랑은 더욱 간담이 서늘했다. 한겨울 꽁꽁 얼어붙은 남강 얼음판 위에 앉아 있는 느낌이었다. 아니, 점점 녹아가는 얼음 조각 위에 서 있는 아찔함이 덤벼들었다.

'해, 해나 누, 눈치를 챈 기가?'

심지어 그녀 혼자 속으로만 하는 혼잣말이 행여 배봉의 귀에 들릴세라 한층 마음의 소리를 낮추었다.

'범인이 꺽돌이라는 거를.'

그러나 해랑은 속으로 고개를 가로저었다. 아닐 것이다. 배봉 그 성질에 알았다면 하늘이 두 쪼가리가 나도 지금까지 이대로 있을 위인이 결코 아니었다.

'그라모 내를 함 떠볼라꼬?'

거기까지 생각이 닿는 순간, 해랑은 전신에 소름이 쫙 끼쳐 들었다. 그렇다면? 중문 감나무 근처 담장 밑에서 우려했던 대로 시아버지는 그녀를 의심하고 있다…….

'아아.'

해랑은 두근거리는 가슴을 가라앉히려고 갖은 애를 썼다. 심장 뛰는 소리가 배봉의 귀에 들릴까 두려웠다. 이건 도둑이 제 발 저리는 것과는 그 성질이 다른 것이다.

'각중애 저리 멤이 배낄 때는 머신가 있는 기라.'

급기야 해랑은 이제부터는 나 자신도 태도를 바꾸어야겠다고 마음을 고쳐먹었다.

'이왕 여우가 될라모 백여우 갖고는 안 되것다.'

체경에 비친 자신을 격려하고 용기를 주려고 노력하였다.

'꼬랑대이 천 개는 달린 천여우가 돼야제.'

그가 왜 느닷없이 그녀를 의심의 눈으로 보게 됐는지는 모르겠지만 자칫 억울한 누명을 둘러쓸 수도 있었다. 일단 자기 마음에 그렇다고 한

번 믿으면 누가 옆에서 아무리 바른 소리를 해도 제 고집대로 하고야 마는 배봉이란 것을 수차례 경험해온 해랑이었다.

그런 한편으로, 시아버지 판단에 그날 칼을 휘두른 게 집 밖이 아니라 집 안에 있는 누군가의 소행이라고 못 박히게 되면, 그만큼 꺽돌은 좀 더 안전해질 수도 있을 것이다. 그리고 시간도 벌 수가 있다.

'우쨌든 일이 점점 엉뚱한 데로 흘러간다 아이가?'

벌써 꼬리 천 개에 대한 작심의 효험이 나타나고 있는지 해랑은 조금씩 안정을 찾아가기 시작했다.

'이라다가 꺽돌이가 범인이라쿠는 기 들통나모, 내는 더 으심받기 된다.'

실로 상황이 묘해지고 있었다. 내가 살아남기 위해서는 우리 고을 사람 모두를 희생물로 삼을 수도 있다고 스스로에게 최면까지 걸었다. 정 안 되면 꺽돌이가 범인이라고 다 밝힐 각오를 다지고 있던 해랑이었다. 그런데 시아버지와 이 정도 이야기까지 해버렸으니 나중에 가서 어떤 다른 소리를 할 수도 없게 돼버렸다.

'인자는 낼로 위해서라도 꺽돌을 보호해야 할 처지가 안 돼삐릿나.'

그 당혹스러운 순간에도 부지런히 머리를 굴리던 해랑이, 배봉에게 감복 받았다는 표정 관리까지 한 얼굴로 입을 열었다.

"시방 아버님 그 말씀을 듣고 가마이 생각해본께예."

"……."

배봉은 해랑 입에서 더 많은 말이 나오기를 기다리는 기색이었다. 해랑 입장에서는 위험에 노출될 가능성이 더욱 높아진다는 얘기였다.

"그랄 수도 있것다, 하는 멤이 듭니더."

피하지 않고 바로 치고 들어가는 수법을 동원했다.

"근자지소행이라쿠는 말도 있고예."

종들이 우리에서 풀어놓았는지 오리들이 꽥꽥거리는 소리가 들려왔다. 물오리보다 좀 더 비대한 그 집오리들은 알을 낳게 할 목적으로 기르기도 하지만 육용종이 더 많았다.

"근자지소행이라, 근자지소행."

배봉은 상반신을 이리저리 흔들어가면서 해랑이 한 말을 여러 번이나 곱씹었다. 그 역시 처음 거기 왔을 때보다는 훨씬 여유가 있어 보였다. 그런데 다음 순간 그가 별안간 기습처럼 물었다.

"며눌아기 니가 볼 적에는 누것노?"

"예?"

해랑 가슴이 또 철렁했다.

"니는 영리한 사람 아이가."

말에 가시가 돋쳐 있다. 배봉의 가시는 단지 피가 약간 나고 쓰린 그 정도 성질의 것이 아니라 치명적인 상처를 입힌다는 사실을 해랑은 익히 알고 있다.

"내 그래서 물어보는 기다."

배봉의 입가에 야릇한 웃음기가 서리는 것을 해랑은 놓치지 않았다. 비수가 꽂혀 있는 그 웃음이 지금까지 얼마나 많은 사람을 해쳐왔는지 모른다.

"그, 글씨예. 지, 지는 잘 모리것심더, 아버님."

안색이 더없이 파리해지는 며느리를 압박했다.

"그래도 짚이는 사람이 있을 꺼 아이가, 하나라도."

없다는 말조차 내비칠 수 없는 해랑이었다. 배봉은 바싹 고삐를 조여왔다.

"그기 누고?"

아침의 밝은 빛살 속에 그대로 드러난 주름들이, 이제는 시아버지도 많이 늙었구나 하는 생각을 불러일으키게 하였다. 하지만 그건 비감이나 애틋함이라기보다도 되레 안도감과 고소함에 가까운 쪽이었다.

"해나 말입니더."

해랑은 홍수에 물이 불어난 개울에 놓인 징검다리 건너듯 조심조심 입을 열었다.

"아버님 눈에 쪼매 이상하거로 비이는 종눔은 없심니꺼?"

배봉이 노골적으로 신경질을 부렸다.

"내가 먼첨 물었다."

오리들이 물을 먹기 위해 별당 연못으로 몰려가는 기척이 전해졌다. 그것들이 내지르는 소리는 언제 어느 곳에서 들어도 해랑에게 썩 유쾌한 기분을 안겨주지 못했다.

"됐다 고마."

오리 울음소리는 겨울철에 남강에 서식하고 있는 왜가리 그것과 닮았다는 생각을 하는 해랑의 귀를 또 이런 말이 때렸다.

"없으모 놔 나뻐라. 없는데 우짜 끼고?"

스님을 폄훼하는 소리도 아무런 여과 없이 그대로 나왔다.

"지리산 중눔한테 가서 빼앗아올 수나 있것나."

해랑의 목이 추위를 타는 어린 짐승처럼 움츠러들었다.

"아버님."

방 구들장 밑으로 기어드는 그 말에 배봉은 큰 선심이라도 쓰는 품새였다.

"아이다, 우짜모 내가 잘몬 짚었는지도 모린다."

어느 누가 들어보더라도 아주 빤한 거짓말일 소리를 배봉이 했다. 비록 실제로는 그렇게 판단했다 하더라도 며느리 앞에서 그것을 사실대로 털어놓을 위인이 결코 아니었다.

"그래도 아버님 눈은…….."

해랑도 뒤지지 않았다. 말에 세금 붙지 않는다고, 그녀 역시 마음에도 없는 소리를 쏟아냈다.

"내 눈?"

배봉은 자조하듯 속임수를 쓰듯 냉소를 터뜨렸다.

"흥! 인자는 나이 무울 대로 무우갖고 모든 기 똑 안개 낀 거맹커로 뿌옇커로 비이는 썩어빠진 눈깔 아인가베."

해랑은 속으로는 '저 다 늙어빠진 쭈구렁태이가?' 하면서도, 입으로는 전혀 다른 말을 뱉어냈다.

"아버님, 그리 말씀하시모 안 되지예. 지 이약을 곡해하시거마예."

배봉이 모질게 선포하였다.

"내가 아츰부텀 닐로 찾은 거는, 니가 오늘밤에 언네를 꺽돌이한테 데꼬 갈 끼라 쿠기에, 그리하지 마라쿠는 이약해줄라꼬 온 기다. 그라이 그리 알거라."

"……."

해랑이 침묵을 지키고 있자 배봉은 입을 있는 대로 벌리고 두 팔을 높이 치켜들어 기지개를 켜며 물었다.

"우째서 대답이 없노?"

그냥 하는 헛말이 아니라고 넌지시 알려주려는지 비장한 빛까지 내비쳤다.

"내 수일 내로 그눔을 몬 잡아내모, 언네 조년을 땅속에 생매장해삐릴 끼다."

해랑이 이번에 새로 들여놓은 화류장과 버선농을 유심히 바라보기도 했다.

"함 두고 봐라, 내가 입으로만 이리쌌는가."

배봉의 기세가 너무나 드센 바람에 해랑은 더 얘기할 생각을 아예 접었다. 이런 경우에는 뭐니 뭐니 해도 침묵이 제일이다. 앞뒤 재지 않고 주절거렸다가는 정말로 의심과 미움을 사서, 언네보다 해랑 자신이 먼저 생매장될지도 모른다.

"어, 햇빛 한분 조오타!"

밝은 빛이 스며드는 방문과 창문을 번갈아 바라보고 있더니만 갑자기 다른 사람이 되어 배봉이 너스레를 떨기 시작했다.

"우리 아버님이 똑 아아 겉다 아입니꺼? 우짜든지 넘을 기시고 덮치무울라쿠는 이 험한 시상에서 우짜모 그리 순진하실 수가!"

내키지 않았지만 해랑도 좀 더 여우같이 굴었다.

"에나 그렇네예? 우리 조선 햇빛은 우리 동업직물 비단만치나 곱다 아입니꺼?"

"야야, 며눌악아. 니 에나 말도 잘 끌어다 쓴다."

"지가 오데 사실도 아인 거를 가짜로 지이낸 깁니꺼?"

"아, 내 이약은 그런 으미가 아이다."

이야기는 엉뚱한 방향으로 굴러가고 있었다.

"그거도 압니더. 와 지가 모릴 깁니꺼, 아버님 말씀을예."

배봉은 서글픈 표정을 지었다.

"황혼이 지는 내 인생에 아침이 새로 찾아와 준다모, 우리 동업직물 비단을 훨씬 더 빛낼 수 있을 낀데."

아닌 게 아니라, 그때 동창을 통해 들어오는 아침 햇빛은 때깔 좋은 비단처럼 눈이 부셨다. 그러자 해랑은 별안간 참아내기 힘들 정도로 강렬한 졸음이 몰려오는 것을 느꼈다. 지난밤에 조금도 눈을 붙이지 못한 데다, 시아버지와 한바탕 신경전을 벌인 터라 더욱 그럴 것이다. 해랑은 시아버지가 그만 돌아갔으면 했다.

'와 퍼뜩 안 돌아가고 있노? 여게 눌러붙어 살라쿠는 기가? 종들 입에서 또 무신 소리가 나오라꼬?'

그런데 배봉은 할 이야기가 모두 끝났는데도 자리에서 일어나려는 낌새가 조금도 보이지 않았다. 해랑 마음이 또다시 불안해졌다. 며느리에게서 뭔가를 알아내려고 하는 그의 눈빛이 그녀로 하여금 오금이 저리게 할 만큼 강렬한 두려움과 경계심을 던져주고 있었다.

그때 만일 재업이 어머니방으로 건너오지 않았다면 배봉은 온종일 그렇게 죽치고 앉아 있었을지도 모른다. 동업과는 달리 할아버지를 굉장히 어려워하고 무서워하는 재업은, 뜻밖에도 배봉이 와 있는 것을 보고는 당장 낯빛이 하얘지면서 어쩔 줄을 몰라 했다.

"이누움! 할배를 보고도 인사도 안 해?"

배봉이 필요 이상의 큰소리로 나무랐다. 그 역시 조손祖孫의 정을 품게 하지 못하는 재업을 영 마뜩찮아 해오고 있는 터였다.

"하, 할아부지."

해랑이 옆에서 지켜봤을 때는, 비록 목소리는 안으로 기어들었지만 그래도 인사는 하는 것 같았는데, 배봉은 듣지 못한 것인지 아니면 듣고도 공연히 생트집을 잡는 것인지 몰라도 호된 꾸지람부터 하는 것이다. 그러자 재업은 한층 당황한 나머지 도망이라도 칠 자세를 취했다.

"에잉! 대체 눌로 닮아갖고 고 모냥 고 꼴……."

하다가 배봉은 제풀에 속이 뜨끔해지는지 말끝을 흐려 버렸다. 사실 설단이 낳은 재업을 양자로 삼으라고 억호에게 먼저 권한 사람이 그였다. 그 당시는 그렇게 하는 게 최선의 방법이라고 여겼던 것이다.

그런데 날이 갈수록 후회하는 마음이 앞섰다. 왜 그런지는 잘 모르겠지만 아무리 해도 마음이 끌리지를 않는 것이다. 동업의 반, 아니 반의 반만이라도 좋으니 정을 느낄 수 있었으면 했다.

"내 갈란다."

어쨌든 간에 재업이 나타나자 배봉은 자리를 털고 일어섰다. 그리고 그대로 서서 해랑에게 무슨 말인가를 하려다 말고 돌아섰다. 해랑이 얼른 배봉 모르게 재업을 향해 눈짓을 했다. 어서 뒤따라 나서라는 신호였다. 배봉이 앞서고 해랑과 재업이 뒤따랐다.

"내가 다시 말할 때꺼지 그냥 있거라."

"예, 아버님."

잔뜩 위엄을 갖춘 배봉의 지시였고, 아주 다소곳하게 하명을 받는 해랑이었다. 이왕 내 뜻대로 되지 않을 일, 철저히 상대방 의견을 따라주는 게 더 상책이란 걸 터득하고 있는 그녀였다.

"이기 올매나 중요한 문젠고는, 내가 더 토를 안 달아도 알 끼라 본다."

남의 집 개 보듯 재업을 힐끔 보며 그렇게 다짐까지 받고 나서야 배봉은 돌아갔다.

"어머이!"

배봉의 모습이 사라지기 바쁘게 재업이 해랑의 품으로 달려들었다. 조금 더 있으면 키가 해랑만큼 될 정도로 자란 아이지만, 재업은 아직도 여전히 그렇게 어린 티를 벗어나지 못했다. 태어나자마자 어미와 떼어놓아 애정에 목말라하는 슬픈 새끼짐승과 닮았다고나 할까?

'우짜다가 저런 운맹을 타고 났으꼬.'

해랑은 그런 재업을 볼 때마다 마음 한 귀퉁이가 짠했다. 때로는 부담이 될 만큼 말이며 행동거지가 의젓한 동업에 비하면 그 애는 부족한 게 너무 많았다. 얼굴만 아버지 억호를 빼 박았지 성격이나 체격 등은 여린 어머니 설단의 그것을 고스란히 물려받았다는 사실도 애잔함을 주었다.

"어머이, 내는 할아부지가 싫어예."

배봉이 들으면 당장 치도곤을 안기고 집에서 쫓아낼 소리를 재업이 했다.

"그런 말 하모 안 된다. 할아부진데 와 싫어?"

해랑은 짐짓 꾸중하는 투로 말했다.

"그래도예."

고집 같잖은 고집이었다.

"동업이 새이 함 봐라."

동업의 이름이 나오자 한층 의기소침한 빛을 띠는 재업이었다.

"할아부지한테 우짜는고……."

그렇게 타이르다가 해랑은 말끝을 흐렸다. 솔직히 그녀도 시아버지가 싫은 것이다. 남들 눈에는 세상에 다시없는 시아버지와 며느리지만, 그 이면에는 살얼음판, 아니 전쟁터와 유사한 기류가 흐르고 있었다.

'지옥이 따로 없다. 내가 볼 적에는 이 시상이 바로 지옥이다. 우짜든 지 넘을 밟고 살아도 살아가기 심든 이런 데서, 착하거로 안 살모 죽어서 지옥 간다꼬? 지옥에서 우찌 지옥을 간단 말고?'

그녀 방인데도 배봉이 앉았던 자리에는 눈도 주기 싫었다. 그에게 앉으라고 내주었던 비단 방석을 내다 버리고 싶었다.

'장마당 천국이 우떻고 지옥이 우떻고 해쌌는 천주학재이들, 모돌띠리 사기꾼들 아이가, 사기꾼들.'

그런 생각을 하며 재업을 품에 안은 해랑의 머릿속에 설단의 모습이 그려졌다. 과연 이들 모자가 상봉할 날이 있을지. 언네를 제 친어머니에게 보내려고 한다는 걸 알면 이 아이는 어떤 마음이 될까? 어쩌면, 아니 틀림없이 나부터 보내 달라고 애원할 아이였다. 하지만 떼를 쓰지는 못할 아이였다.

"공부 하로 가야제."

"예."

재업을 서당에 보내고 나서 해랑은 유리거울 앞으로 가서 앉았다. 큰 거울에 비친 그녀 얼굴은 여전히 젊고 아름다웠다. 아이를 낳지 않은 몸은 자신의 눈으로 봐도 아직도 처녀로 비쳤다. 그러자 배꼽 아래의 단전丹田으로부터 시작하여 온몸에 뜨거운 기운이 퍼지는 느낌이 왔다.

'남녀가 맴을 준다는 기 이리도 심이 드는 기까?'

불현듯 홍우병 목사가 떠올랐다. 귀양지에서 생을 마감했는지도 모른다. 풀려났다고 하더라도 깊은 산중으로 들어갔을 것이다. 우리 둘이 같이 그러자고 하던 그였다. 해랑은 갈수록 온갖 상념에 병적일 정도로 빠져들기 시작했다.

'내가 지 증신이 있는 것가 없는 것가? 시방 당장 눈앞에 들이닥친 일만 해도 감당 몬 할 만치 버거운데 말이다.'

머리를 뒤흔들었지만, 소용이 없었다. 곧이어 정석현 목사가 생각나고 의암별제를 모시던 일이 바로 어젠 양 또렷이 되살아났다.

정말이지 그 순간만은 꽃이 되고 나비가 되었다. 관기라는 신분이 그날만은 슬프지 않고 자랑스럽기까지 하였다.

지금 돌아봐도 낯간지러운 일이지만 '해랑별제'까지 떠올렸었다. 옥진이 해랑이로 되게 한 것이 세상에 하나밖에 없는 별제別祭라고 치부하며 살아온 나날들이었다.

'그나저나 효원이는 요새 오데 있는고?'

나루터집 천얼이와의 만남을 그렇게 극구 말렸건만 끝끝내 듣지를 아니하고 어설픈 애정을 나누다가 교방에서 탈주한 효원이었다. 강득룡 목사와 고인보 선비, 그들과 효원 사이에 어떤 일이 있었는지를 모르는 해랑이지만, 효원이 교방에서 달아난 건 얼이 때문이라는 확신을 갖고 있었다.

'촉석문 앞에 있는 그 사주 관상쟁이 노인이 보통 사람이 아인 기라. 우짜모 넘들 앞날을 맹겡 알 보듯기 그리도 잘 알아맞히는고?'

그렇지만 지금 그 연인들이 어떤 상황에 처해 있는지는 까마득 모르는 해랑이었다. 그저 어디선가 둘이 만나 남들 눈을 피해가며 위험한 사랑을 불태우고 있겠거니 하고 짐작할 따름이었다.

농민군 출신과 관기 출신의 남녀 사이에 아이가 태어난다면 어떤 아이일까 자못 궁금했다. 그 아이가 살아갈 모습은? 운명은? 그의 부모처럼 왠지 순탄할 것 같지 않다. 그렇다면 차라리 세상에 나오지 않는 게 더 낫지 싶었다.

그러나 해랑 머릿속에서 효원과 설단에 대한 생각들은 길게 가지 못했다. 아무래도 우선 당장 발등에 불이 떨어진 격인 언네 일이 더 크게 자리를 잡았다.

'참말로 우짤 뿐했노 말이다.'

간밤에 언네에게 가려다가 그만둔 일이 정말로 다행이다 싶었다. 만약 꺽돌에게 데려다 주겠다는 말을 덜컥 해버렸다면 참으로 난감할 뻔했다. 아무리 집안에서 함부로 부리는 여종이지만 그녀도 사람인 것이다. 높고 큰 기대를 걸었다가 얼마나 실망과 낙담이 크겠는가 말이다. 하지만 무슨 일이 있어도 반드시 언네가 꺽돌을 의지하면서 여생을 보낼 수 있도록 해주리라 결심했다.

점심때가 조금 더 지나서였다. 그날따라 좀 일찍 출타했던 억호가 그 시각에 귀가했다. 간밤에 눈을 붙이지 못했던 해랑은 그때까지도 자리보전을 하고 있었다.

"오데 몸이 안 좋소? 안색이 나빠 비인다 아이요."

겨우 일어나 앉으며 손으로 머리를 매만지는 해랑에게 억호가 대단히 걱정스러운 어투로 물었다. 어쩌면 먼저 세상을 뜬 전처 분녀를 떠올렸는지도 모른다. 제아무리 바람둥이 사내라도 상처喪妻의 고통을 두 번이나 겪고 싶지는 않을 것이다.

"그냥 쪼꼼 어지러버서예."

해랑은 열이 나고 지끈거리는 이마를 손바닥으로 짚으며 대답했다. 그러자 억호는 아내 건강도 건강이지만 당장 오늘 밤, 일이 급하다고 여겼는지 또 물었다.

"언네는 밤 운제쯤 데불어 줄 끼요?"

해랑이 맥없이 고개를 흔들었다.

"아이라예."

억호가 멀뚱한 얼굴을 했다.

"아이라이?"

"그기예."

해랑은 무슨 말부터 어떻게 끄집어내야 할지 당혹스러웠다. 그러자 억호 화급한 성깔이 즉각 불거져 나왔다.

"허, 답답하요. 그기 우뚷다 말이오?"

해랑은 원망보다 더한 저주라도 하듯 하였다.

"아버님께서 있다 아입니꺼."

"아부지가?"

억호도 뭔가 일이 틀어졌다는 직감이 온 얼굴이었다. 해랑은 퍽 서운하고 아쉽다는 목소리로 말했다.

"오늘밤 데꼬 가지 말고, 쪼꼼 더 놔 두라꼬 하시데예."

"머라꼬?"

억호는 공연히 애먼 사람을 들볶는 태세로 나왔다.

"그라기로 해놓고 인자 와서 각중애 와 그라신다는데?"

"지도 잘 모리것어예."

해랑은 대충 그렇게만 둘러대었다. 시아버지가 나를 의심하는 것 같다는 소리를 할 수는 없었다. 그러면 남편도 나를 다른 눈으로 볼지 모른다는 우려 때문이었다. 억호는 충분히 그러고도 남을 사람이었다.

'시방 내한테는 온 사방팔방이 다 적이다, 적. 그리고 앞으로도 내 우군友軍은 얻기 에려블 기고.'

그런 자각이 들자 해랑은 아까보다도 몇 배나 더한 외로움에 휩싸였다. 시아버지는 그렇다고 할지언정 남편마저 믿을 수 없는 아내의 고뇌와 슬픔이 가슴을 후려쳤다.

'아아아.'

그러자 또다시 알 수 없는 감정이 킬킬거리며 그녀를 함부로 괴롭히기 시작했다. 그것은 영원히 치유할 수 없는 정신분열증과도 흡사한 것이었다. 그러지 않고서야 또 그 얼굴이 그녀 눈앞에 어른거릴 수가 없는 것이다.

비화였다. 부모보다도 서로를 좋아하고 이해하고 그리워하던 사이다. 저주와 한恨으로 출렁거리는 대사지의 핏빛 비밀을 속속들이 알고 있는 유일한 사람이다. 비화라면 지금 해랑 자신의 심경을 조금도 감추지 않고 있는 그대로 전부 드러내 보일 수 있지만, 이제 그것은 꿈에서라도 불가능한 일이 돼버렸다.

"사람을 앞에 앉히 놓고 혼자 무신 생각을 그리키 짜다라 해쌌소?"

억호가 그녀 얼굴을 들여다보며 물었다. 그의 오른쪽 눈 아래 박혀 있는 검은 점이 해랑 눈에 먼저 들어왔다.

"아, 아이라예, 아모것도."

해랑은 화들짝 놀랐다. 남편에 대해서라기보다도 그런 망상에 빠져드는 스스로에게 더 경악하였다.

'내가 또 미친 뱅이 도지는갑다.'

애당초 말도 되지 않을 이야기였다. 동업직물과 나루터집의 대결, 그것은 대代를 이어 벌어질 숙명적인 싸움이었다.

비화 아들 준서와 해랑 아들 동업. 그리고 또 그 자식들과 손자들에 이르기까지 끝없이 전해질 반목과 질시와 원한.

두 집안은 서로가 돌아올 수 없는 강을 건너고 말았다. 그리고 그 강 한복판에 서 있는 사람이 해랑 자신이었다.

"언네는 에나 다리 빙신이 돼삐린 기 맞소?"

억호는 아직도 믿을 수 없다는 표정이었다.

"죽을 때꺼정 앉은배이로 살아가지 않으모 안 될 신세라이?"

하긴 해랑 자신도 직접 그녀 눈으로 보지 않았다면 곧이듣지 못할 일이다. 멀쩡한 생사람을 앉은뱅이로 만들어 버린 일이 벌어진 것이다.

"증말 아부지가 독하고 모진 사람이오. 그래도 한때는……."

질투심을 이기지 못한 계모 운산녀가 언네의 몸을 인두로 지지고 칼로 도려냈다는 섬뜩한 괴담이 퍼질 정도로 언네에게 깊이 빠졌던 아버지가 아니냐, 하는 소리였다.

"다 지내간 일입니더."

해랑은 과거사를 끄집어내는 사람은 다 싫었다. 무조건 그랬다. 남편이라고 해서 예외일 수는 없었다. 아니, 그와의 사이에 얽혀 있는 지난 일들은 그녀에게 영원한 족쇄가 되어 항상 그녀가 바라는 저 '새'가 될 수 없게 하는 거였다. 그녀에게 날개는 무명無名의 환쟁이가 그린 싸구려 그림 속에 나오는 나비나 잠자리의 날개보다도 더 의미가 없는 것이다.

그렇지만 그런 해랑의 속내를 짚어내지 못하고 있는 아둔한 억호는, 제 딴에는 세상 이치를 통달한 사람처럼 굴었다.

"아, 옛날이 있기에 핸재도 있고, 또 미래도 있는 벱 아인가베?"

310

해랑은 대책 없는 사람과는 더 이상 얘기하고 싶지 않다는 빛을 보였다.

"인자 고만두이시더."

그러면서 또 혼자 어디론가 달아나고 싶다는 충동에 사로잡히는 그녀였다. 도대체 내게 무슨 일이 벌어지려고 가다 한 번씩 이런 어처구니없는 망상이 덮치는지 해랑은 그녀 스스로에게 겁이 났다.

"그거는 그렇고, 동업이 이약인데 안 있소."

잠시 후 그렇게 말머리를 푸는 억호 표정이 다소 심각해 보였다.

동업직물 비단처럼 찬연했던 아침 햇빛은 사라지고 어쩐지 후줄근히 늘어져 보이는 한낮의 햇빛이 창틀에 내려앉아 있었다.

"예? 동업이는 와예?"

느닷없이 화제가 동업에게로 옮겨지자 해랑이 놀라 눈을 크게 떴다. 사실 꼭 그럴 일이 아닌데도 그런 반응이었다. 오히려 부모가 자식 이야기를 하지 않는 것이 이상한 노릇일 터인데 그들은 그랬다.

"내 말 잘 들어보소."

억호는 그동안 혼자서 꽤 고민했다는 기색이 완연하였다.

"장차 우리 동업직물을 이끌어 갈 최고 갱영자가 될라쿠모 말이오."

오랜만에 참 멀리도 내다보는 그라고 생각하는 해랑의 귀에 이런 말이 들렸다.

"이리 좁은 바닥에서만 공불 시킬 끼 아이라 보요."

억호하고 만호 저놈들은 어릴 적부터 공부와는 담을 쌓고 살았다는, 자랑도 아닌 소리를 며느리에게 스스럼없이 하는 배봉이 떠오르는 순간이었다.

"한양으로 유학을 보내는 기 좋을 꺼 겉은 기라."

거울에 비친 억호 얼굴이 생소해 보였다. 그 순간에는 점도 없는 것 같았다.

"유학을 말입니꺼?"

해랑으로서는 아주 뜻밖이었다. 금전적인 문제는 없다고 할지라도 그밖에 고려해 보아야 할 것들도 적지 않을 것이다.

"우떻소, 당신 생각은?"

억호는 왠지 서두르는 눈치였다.

"그, 글씨예."

해랑이 멍한 얼굴을 하자 억호는 한발 물러서는 태도를 보였다.

"우선 당장 급한 거는 아인께, 올마간 여유를 갖고 생각해보도록 하시오."

"예."

억호가 다시 본래 이야기로 돌아갔다. 음성도 그의 음성을 되찾고 있었다. 그만큼 이제 그도 예전의 그 단순하고 즉흥적인 성격이 아니라 심사숙고하는 쪽으로 큰 변화를 했다는 증거였다.

"언네에 대한 내 생각은 배낀 기 없소."

해랑이 무척 조심스러운 어조로 말했다.

"시방 하신 그 말씀은……."

억호는 큰 덩치로 인해 바람이 일 정도로 방바닥에 벌렁 드러누우며 말했다.

"당신 뜻대로 하는 기 최선이라 보요."

거울 속에는 앉아 있는 해랑은 보이고 누워 있는 억호는 보이지 않았다.

"최선이든 최악이든, 이거는 전적으로 아버님 멤에 달린 있는 일입니더."

해랑의 그 말을 들은 억호는, 아버지라는 사람이 도무지 마음에 드는 게 없다는 걸 노골적으로 드러내려는지 퉁명스럽게 내뱉었다.

"내 곁으모 무담시 요리조리 안 재고 하로라도 더 후딱 집에서 내보내삐것소."

얼굴 점을 씰룩거렸다.

"데꼬 있어봤자 머 남을 끼 있다꼬 그라는고?"

"……."

그의 손이 슬그머니 해랑 허리에 와 닿았다.

예비 여학생들

읍내장터 채소공판장이 있던 자리.

바로 거기에 세운 상가 건물 노른자위에 있는 나루터집 제1호 분점.

송이 엄마에게 점장店長을 맡겨 놓고 있는 그 분점을 한번 둘러보기 위해 비화는 오랜만에 읍내장터에 왔다. 록주를 등에 업은 원아와 함께였다. 록주는 이제 자기 발로 걸어 다닐 수 있을 만큼 많이 자랐다. 그리고 커갈수록 나루터집뿐만 아니라 밤골집을 비롯한 상촌나루터 사람들의 귀여움을 독차지하고 있었다.

마침 그날이 5일 단위로 열리는 장날이어서 장터는 발 디딜 틈 없이 북적거렸다. 보부상이며 거간꾼(중개인)이며 객주며 되거리장사꾼(중매인) 등, 그야말로 별의별 장사치들이 보였다.

한 곳에 새끼로 매어 놓은 닭이나 오리들은 '꼬꼬댁, 꼬꼬', '꽥, 꽤~액' 소리 지르고 야단 난리가 벌어졌다. 그것들을 어떻게 해 보려고 덤벼들던 개가 몽둥이를 얻어맞고 '깽, 깨~앵!' 죽는 소리를 냈다.

투전판을 벌이고 있는 사람들 눈알은 꼭 썩은 동태 눈깔같이 벌겠으며, 아낙들과 아이들은 너무도 신기한 것이 많아 그것들을 전부 눈에 담느라고 누군가 옆에서 쿡 쥐어박아도 모를 정도였다. 길손들이 보자기로 싸서 어깨에 메고 있는 조그마한 괴나리봇짐 속에는 아마 노잣돈이나 식솔들에게 줄 선물이 들어 있을 것이다.

거기서 거래되고 있는 물품 종류도 남강 백사장 모래알만큼이나 많았다. 쌀, 보리, 콩, 밤, 감, 사과며 배, 삼베, 모시, 명주며 면포, 종이, 유기, 토기며 자기, 철물, 목물이며 방석, 벼루 석유며 담뱃대……

그곳이야말로 바로 그 고을과 인근 마을 사람들의 뜨거운 삶의 현장이요, 역사의 무대였다. 지난날 비화 자신이 직접 가꾼 채소 등속을 광주리에 담아 머리에 이고 팔러 다니던 그 공간이었다.

원아 등에 업힌 록주는 보이는 온갖 것들을 조막 같은 손으로 가리키며, 입으로는 무어라 알아들을 수 없는 여러 소리를 옹알대느라 잠시도 가만히 있지를 못했다.

"우리 록주는 와 아모도 안 닮았는지 모리겄네."

비화 입에서 또 그런 소리가 나왔다.

"지 아부지도 안 닮고, 지 어머이도 안 닮고, 록주야, 니 대관절 눌로 닮은 기고?"

원아는 아무 말 없이 그저 앞만 보고 걸었다. 딸이 없는 비화는 록주가 딸로만 여겨져 늘 기대 담긴 말을 입에 올리곤 하였다.

"에나 개성個性도 강할 거 겉다 아입니꺼?"

맞는 소리였다. 록주는 자랄수록 부모와는 다른 성격을 나타냈다. 비화 말에 원아는 언제나처럼 그저 씩 웃기만 했다. 비화도 따라 미소를 지었다. 두 사람 웃음 속에는 참으로 많은 사연이 감춰져 있었다.

그때쯤은 저 임술년에 유춘계의 주도하에 일어났던 농민항쟁 당시 형장의 이슬로 사라진 농민군들에 대한 기억도 많이 사라졌다. 그뿐만 아니라 유춘계가 우리말로 지은 '언가' 〈이 걸이 저 걸이 갓 걸이〉 노래도 듣기가 힘들어졌다. 자리에 퍼질러 앉아 두 손으로 쭉 뻗은 두 다리를 번갈아 두드리면서 웃음과 울음 섞인 소리로 그 노래를 부르던 사람들은 모두 어디로 갔을까?

그렇지만 비화는 아직도 어릴 적 대사지 못가에서 만났던 그 농민군들이 때때로 떠오르곤 한다. 친척 아저씨뻘 되는 유춘계, 얼이 아버지 천필구 그리고 원아 이모의 연인 한화주, 그 외에 이름도 알 수 없는 숱한 농민군들이다. 살아서도 무명無名이더니 죽어서도 무명인 그들이다.

'아아, 그분!'

그중에서 가장 젊고 잘생겼던 사람이 한화주였다. 예쁜 원아 이모와 서로가 참으로 잘 어울리는 한 쌍이었을 것이다. 물론 안 화공과는 어울리지 않는다는 이야기는 아니었다. 똑같이 그림 그리기를 좋아하는 남자들이었기에 그다지 큰 차이가 나지 않을지도 몰랐다. 하지만 사람의 정이란 그게 아니었다. 정이란 아무렇게나 떠나보낼 수도, 마음대로 미워할 수도 없는 비밀의 장난꾼이었다.

생각해보면 생각해볼수록 너무나 안타깝고 서글픈 노릇이지만, 보낼 사람은 보내고 남은 사람은 살아야 했다. 그리고 어렵고 힘든 사람에게는 웃음만큼 좋은 보약이 없었다. 다행히 록주가 있어 그들은 웃을 수가 있었다. 하늘이 보내준 최고 선물이 록주였다.

"인자 다 왔네?"

"아, 예."

그런데 저만큼 나루터집 제1호 분점이 입주해 있는 커다란 상가 건물이 막 그 자태를 드러내는 지점에 이르자, 두 사람 얼굴에서 웃음기는 씻은 듯이 사라졌다. 상촌나루터 흰 바위처럼 낯빛이 하얘지고 굳어졌다.

그들 눈은 자신도 모르게 분점 맞은편에 떡하니 자리 잡고 있는 동업 직물 점포를 향하고 있었다. 아무리 원수는 외나무다리에서 만난다는 속담이 내려오고 있다고는 할지라도, 하필이면 그렇게 정면으로 마주 보게 되는 자리였다. 도대체 무슨 일이 생기기를 더 바라서? 할 일이 많은 전지전능한 신도 어지간히 얄궂었다.

'천년이 가도 그거는 몬 잊는다. 안 잊는다.'

비화 머릿속에 그날의 기억들이 또렷하게 찍혀 나오기 시작했다. 해랑이 동업직물 비단으로 지은 의상을 하고 무대 위에 올라가 판촉 활동을 벌이던 날이었다. 세상 어떤 나비의 날갯짓보다도 더 우아하고 더 아름다워 보이던 그녀의 신들린 성싶던 춤사위였다. 온 장터가 떠나가라 열광하던 군중들이었다.

그리고 한참 마주 서서 서로를 노려보던 두 사람이었다. 이쪽을 잔뜩 깔보듯 높은 무대에서 아래를 내려다보던 해랑의 눈길이었다. 세상을 깡그리 불살라버릴 것처럼 이글이글 타오르던 비화의 눈빛이었다.

바로 그날의 그 기억이 두 사람을 똑같이 불러냈던 것일까? 차마 믿기지 않게도 비화는 나루터집 제1호 분점 앞에 서서, 해랑은 동업직물 점포 앞에 서서, 딱 마주친 것이다. 그 뜨겁고도 차가웠던 현장의 재현이었다.

그러자 마주 보고 있는 두 개의 상가 건물이 동시에 와르르 무너져 내릴 것만 같이 느껴졌다. 가는 날이 장날이라더니, 아니 오늘이 진짜 장날이기는 하지만, 공교롭게도 그런 식으로 그들 둘이 맞닥뜨릴 줄이야. 콩나물국밥과 비단의 해후였다.

"주, 준서 옴마!"

평소 차분하고 침착한 성품의 원아도 그날은 여간 황당해하는 빛이 아니었다. 지난날 조 관찰사에 의해 재영이 뇌옥에 갇혀 있을 때 비화 몰래 찾아가 부탁을 했지만 일언지하에 거절하던 해랑이었다.

'암만캐도 신이 잘몬 빚은 기라. 조런 인간을 우찌 저리?'

그녀 집 화려한 안방에서 보던 그때나 드넓은 시장바닥에서 보는 지금이나 해랑은 화가 치밀 정도로 여전히 젊고 아름다웠다. 어떻게 보면 약간 핼쑥해진 듯했지만 그게 오히려 빗물 머금은 해당화처럼 더 고혹적으로 비쳤다. 아무리 미워도 미워할 수 없을 것 같은 한 여자가 거기 있었다. 아무리 예뻐도 예뻐할 수 없을 것 같은 한 여자가 거기 있었다.

사태를 지켜보는 원아 눈동자가 두 사람 얼굴을 재빨리 번갈아 가면서 훑었다. 아무도 선뜻 입을 열지 않았다. 누구든지 먼저 말을 하는 쪽이 그 승부에서 지는 것처럼 보였다. 그리하여 세상은 그대로 멈춰 버릴 것같이 느껴졌다. 천주학 신자인 혁노가 하는 말에 의하면, 태초에 말씀이 있었다고 하는데, 지금은 그보다도 더 태초로 되돌아간 게 아닌가 싶을 지경이었다.

"……."

두 여자 전신에서 함부로 뿜어져 나오는 숨 막히게 하는 기운이 그대로 전해진 것인가? 아니면 어머니 원아의 심장이 걷잡을 수 없이 크게 뛰노는 것을 깨닫고 그 자신도 경직된 것일까? 끈으로 허리를 둘러맨 포대기 속에서 쉴 새 없이 연방 몸을 움직이면서 재잘대던 록주도, 그만 입을 다물고 얌전하게 엄마 등에 붙어 있었다.

그런데 비화가 전혀 상상도 하지 못한 사람이 또 나타난 것이다. 비화는 한순간 심장이 뚝 멎고 머릿속이 온통 하얗게 바래고 있었다. 속에서 이런 비명이 터져 나왔다.

'저, 저 딸아가!'

안골 백 부잣집 손녀 다미였다. 다미는 혼자가 아니었다. 얼핏 보더라도 일행이 꽤 여럿이나 되었다. 짐작건대 이제 얼마 있어 개교할 예정인 저 '사립정숙학교'에 함께 다닐 여자아이들인 모양이었다. 그렇게 보아서 그런지는 모르겠지만 하나같이 부유하고 진취적이고 똑똑해 보였다.

'그런데 저 사람은?'

하지만 더 사람의 눈길을 끄는 이는 그들 속에 섞여 있는 어떤 외국인이었다. 그는 키가 훌쩍 크고 얼굴빛이 여자보다도 더 희었다. 파르스름한 턱수염이 매우 인상적이었다. 그는 바로 호주선교회 달렌 선교사였던 것이다.

그들은 아마도 읍내장터 구경을 나온 게 아닌가 여겨졌다. 호기심과 기대감이 서려 있는 얼굴에는 저마다 활기가 흘러넘쳤다. 다미도 적잖게 놀라고 반가운 표정이었다.

"아, 여서 마님을 만나 뵈네예?"

그런 인사를 건네며 다미는 비화뿐만 아니라 안면이 있는 원아에게도 꾸벅 고개를 숙여 보였다. 검고 가지런한 머릿결이 아주 윤택이 나 보였다. 여자아이 중에서 가장 키가 커서 돋보이기도 했다.

"아, 반갑……."

원아도 얼떨결에 같이 머리를 숙여서 그 인사를 받았다. 다미가 동행한 이들에게 비화를 소개했다.

"상촌나루터에 있는 나루터집 주인마님……."

그러자 여자아이들뿐만 아니라 달렌 선교사도 알은체했다.

"저분이 바로 그 유명한 콩나물국밥집 여주인이시라고요? 나도 언제 꼭 한번 그 집에 가 보고 싶었어요."

조선말이 유창한 외국인이었다. 참 신기하기도 하고 놀랍기도 한 일이었다. 세상은 정말 많이 바뀌어 가고 있다는 실감이 나는 순간이었다. 젖빛 피부, 파란 눈동자의 외국인 입에서 이 나라 말이 나오고 있었다.

"여게 이짝은예."

다미는 달렌 선교사와 자기 벗들을 일일이 소개해주었다. 그들은 나루터집에 대해 안다고도 했고 부럽다고도 했다. 비화에게 다가가서 그녀의 손을 살짝 잡아보는 여자아이도 있었다.

그 모든 것을 옆에서 지켜보는 해랑 표정이 무척 야릇했다. 비화가 몹시 쑥스러워 눈 둘 곳을 찾다가 본의 아니게 해랑의 눈과 똑바로 마주쳤다. 그때 해랑의 눈빛은 조금은 부러워하는 것 같기도 하고, 어쩌면 은근히 비웃는 것 같기도 했다. 당연히 기분 좋은 쪽은 아니었다.

'아, 마님.'

그러나 그때 비화 마음을 온통 사로잡는 것은 그깟 해랑의 눈빛 따위가 아니었다. 곧장 뇌리에 떠오른 게 죽은 염 부인이었다. 저쪽 어디에선가 금세 그녀가 나타날 것만 같았다. 비어사에서 키우던 진돗개 '보리'도 컹컹 짖으면서 달려올 듯싶었다. 이것도 무슨 모를 질긴 연緣임에 틀림없었다. 염 부인 손녀 다미와 배봉 며느리 해랑……

더욱이 다미는 물론이고 다른 여자아이들도 모두가 해랑에 관해 잘 알고 있는 것 같았다. 처음에는 비화와 얼굴을 대하고 있던 그들은, 뒤미처 그곳에 해랑도 있다는 사실을 알고 놀라는 기색들로 바뀌었다.

"옴마야! 동업직물 작은 마님 아입니꺼?"

얼굴이 굴렁쇠처럼 동그랗게 생긴 여자아이 하나가 높은 소리로 말했다. 사람들은 운산녀를 큰 마님, 해랑을 작은 마님, 그렇게들 부르고 있는 모양이었다. 그러자 그 말을 들은 달렌 선교사도 호기심 어린 눈으로 말했다.

"그러면 저 여자분이 비단으로 유명한 동업직물의?"

그때쯤 다미와 그녀 일행들은 지금 그곳이 나루터집 분점과 동업직물 점포가 있는 자리라는 것을 깨달은 눈치들이었다. 물론 그 기구하고도 희한하기 그지없는 두 집안에 얽혀 있는 내막에 관해서는 안다고 해도 그저 피상적이고 부분적으로밖에는 모르고 있을 것이다.

비화는 그 경황 속에서도 나루터집과 동업직물이 제법 유명하기는 한 모양이구나 싶었다. 조선 처녀들이야 그렇다고 치더라도 이국인인 호주 사람도 알고 있을 정도니 말이다. 비화는 소망과 염원을 담아 자기암시 하듯 마음에 새겼다.

'호주에도 분점을 낼 날이 안 오까이.'

그렇지만 다미는 꿈에서라도 짐작하지 못할 것이다. 제 할머니가 지금 자기 앞에 보이는 해랑의 시아버지인 배봉에게 시달리다가 스스로 목숨을 끊었다는 사실을. 그래서인지 다미가 해랑을 대하는 태도 또한 다른 여자아이들과 조금도 다르지가 않았다. 다미도 해랑의 미모에 마음이 이끌리는지 환한 웃음으로 해랑을 대하고 있었다.

지극히 순간적이지만 비화는 강렬한 충동에 흔들렸다. 그것은 이미 그녀 자제력의 한계를 뛰어넘는 상황으로까지 나아가고 말았다. 바로 다미에게 모든 사연을 어서 들려주고 싶다는 거였다.

할머니가 배봉의 마수에 걸려 오랫동안 고통과 번민에서 벗어나지 못하다가 끝내 자살하고 말았다는 엄청난 사실을 알게 되면 다미는 해랑에게 어떻게 나올 것인가? 그러잖아도 염 부인 죽음에 강한 의문을 품고 거기 감춰진 비밀을 알아내기 위해 아직도 계속해서 비화 자신을 찾아오는 다미였다.

그런데 가까스로 지탱하고 있던 비화 가슴을 와르르 무너지게 만든 것은, 그다음에 또 들려온 다미의 말 때문이었다.

"달렌 선교사님! 지가 이름난 동업직물 비단을 선교사님께 선물해 드리고 싶어예."

'아, 다미가?'

그 소리를 들은 비화 심경은 동업직물 비단으로 만든 끈에 목이 졸려 질식사 하는 듯했다. 죽어 땅속에 누워 있던 염 부인이 바락바락 악을 쓰며 벌떡 몸을 일으키고 있는 환영도 보였다.

하늘에 있는 태양이 해바라기 빛으로 노랗게 변하고 있었다. 푸른 하늘이 강으로 비치면서 그 물속에 빠져 익사하고 있는 자신의 모습도 보였다. 모든 게 끝을 향해 치닫고 있었다.

"저, 보이소!"

그런 와중에서, 원아가 비화를 구원하기 위한 것처럼 다미 일행을 향해 말했다.

"마침 시방 때가 점심시간인께네 모두 우리 가게 안으로 들가이시더. 맛있는 국밥 한 그럭씩 대접하것심니더."

비화 눈이 자신도 모르게 해랑을 향했다. 왜 남의 상점에 들어오려는 손님을 가로채느냐며 화라도 낼 것 같아서였다. 아니, 그렇지는 않더라도 해랑이 어떤 반응을 보일 것인지 알고 싶기도 했다.

한데 그게 아니었다. 해랑은 어떤 소리도 듣지 않은 듯한 모습이었다. 얼굴에 가면을 둘러쓴 것만큼이나 표정 하나 없었다. 지독한 백치이거나 달관한 수도승이 아니면 지을 수 없는 빛이었다.

비화 가슴 한가운데를 차갑고 예리한 칼날이 긋고 지나갔다. 너희는 우리와 상대가 되지 않으니 어디 하고 싶은 대로 해 보라고 아예 무시해 버리는 것 같은 여유 만만한 태도였다.

"선교사님!"

다미가 달렌 선교사에게 물었다.

"비단부텀 사드리까예, 밥부텀 잡수실랍니꺼?"

달렌 선교사가 빙그레 웃으며 대답했다.

"비단 선물은 받은 걸로 하지요."

댕기 머리가 예뻐 보이는 여자아이가 말했다.

"금강산도 식후갱 아입니꺼?"

그 소리를 들은 달렌 선교사가 매우 재미있다는 얼굴로 웃었다.

"참, 조선에 그런 속담이 있다면서요? 하하하."

눈이 새카맣고 체구가 아담하게 생긴 여자아이가 달렌 선교사에게 물었다.

"금강산 가 보싯어예?"

달렌 선교사가 대답했다.

"아직 가 보지는 못했지만, 조선이 금수강산이라는 소리는 들었어요."

그는 놀랍게도 그 뜻도 알고 있었다.

"비단에 수를 놓은 것같이 아름다운 산천이다, 그런 의미가 맞지요?"

여자아이들이 환호성을 지르며 감탄하고 즐거워했다.

"맞아예! 맞아예!"

"우리 달렌 선교사님 에나 훌륭하시예!"

"니 그라다가 난주 선교사님 따라 호주에 가는 거 아이가?"

그런 여자아이들을 보면서 비화는 격세지감을 느끼지 않을 수 없었다. 순간적으로 어렸을 적의 비화 자신과 해랑, 아니 옥진의 모습이 눈앞을 스쳐 갔다.

'우리가 저만 할 때는 꿈도 몬 꾸던 말과 행동들을 해쌌고 안 있나.'

신식교육을 받으려는 여자아이들이니 더 저렇겠지 생각은 하면서도, 비화는 어쩐지 가슴 밑바닥이 더없이 먹먹해짐을 어쩌지 못했다.

'모도가 무섭거로 변해가고 있는 이 시상에서 내 혼자만 달라지지 몬하고 있는 기까? 그라모 옥지이는?'

그때 한 여자아이가 다미에게 말했다.

"다미야, 달렌 선교사님께 비단 선물을 꼭 사드리라. 알것제?"

"응, 그래."

다미가 웃음 가득 머금은 얼굴로 고개를 끄덕였다. 그러자 화제는 또다시 동업직물 비단으로 되돌아가기 시작했는데, 그때부터는 비화 귀에 여자아이들 목소리가 비단 천이 찢기는 소리처럼 들렸다.

"다린 고장에서도 저 비단이라모 알아준다 쿠데예."

"동업직물 비단은예, 일본에도 수출되고 있는 기라예."

"그래갖고예, 일본 사람들이 그리 좋아한다 안 해예?"

달렌 선교사는 그러잖아도 큰 두 눈을 한층 크게 뜨고 서양사람 특유의 행동인 듯 양쪽 어깨를 으쓱하며 말했다.

"이, 일본에도? 일본 사람들도? 오우, 놀라겠습니다!"

그러던 그가 문득 다른 말을 꺼냈다.

"참, 앞으로 우리 학교에 다닐 여학생들 교복 말이에요."

그러자 여럿이 동시에 병아리 떼같이 한꺼번에 입을 모아 말했다.

"교복예?"

달렌 선교사는 약간 고민에 싸이는 기색이었다.

"학생들이 입을 제복, 그것도 상당히 중요한 거지요."

그 말끝에 무대 위에 선 광대가 독백하는 것처럼 하였다.

"동업직물 비단으로 만든 옷을 입힌다? 아, 그건 좀 그렇고, 흠."

그들이 그러고 있는 사이에도 장을 보러 온 많은 사람이 쉴 새 없이 장터를 오가고 있었다. 그리고 그 사람들은 하나같이 가던 발걸음을 멈추고 서서 무척이나 신기하다는 눈빛으로 그 외국인을 한참 동안 바라보곤 했다.

"달렌 선교사님예!"

댕기 머리 여자아이가 어리광 부리는 목소리로 말했다.

"우리나라 여학상들 교복 이약 좀 해주이소. 우찌 입고 있는데예?"

"아, 좋은 질문!"

달렌 선교사는 외국인 특유의 감탄사를 발하고 나서 자기도 그것에 대해 이야기를 해 보고 싶었다며 들려주기 시작했다.

"조선 최초의 교복은 이화학당 여학생들이 입은 다홍색 무명 치마저고리였어요."

말똥구리가 굴러가는 것만 봐도 웃는다는 여자아이들이 막 술렁거리기 시작했다. 그러자 거기 장터 전체가 더 시끄럽고 어수선해지는 분위기였다.

"아, 말로만 듣던 이화학당!"

"다홍색 무맹 치매저고리!"

"옴마, 생각만 해봐도 에나 에나 멋져예."

그런 꿈에 부푼 소리들 가운데 이런 실용적인 질문이 나왔다.

"그리만 입고 겨울에는 안 추벘어예?"

"어이구, 그야⋯⋯."

달렌 선교사가 장신의 몸을 달팽이같이 움츠리며 춥다는 시늉을 지어 보이고 나서 대답했다.

"당연히 추웠겠죠."

자기를 뚫어지게 응시하고 있는 장터 사람들을 반짝이는 푸른 눈빛으로 둘러보면서 말했다.

"그래서 교복 위에 갓 저고리를 덧입거나 솜두루마기를 입었어요."

여자아이들은 저마다 그 모습을 연상해보는 표정들이었다.

"핵조 안에 있을 때는 그렇는데, 핵조 밖으로 나갈 때는예?"

알고 싶은 것도 많고 하고 싶은 말도 넘치는 나이의 여자아이들이기에 질문은 그 끝을 보이지 않았다.

"그럴 때도 그랬어예?"

그들 중에서 가장 멋있게 치장하고 나온 여자아이가 약간 갈색빛이 감도는 눈을 연방 끔벅이며 물었다.

"아니요, 외출할 때에는 교복에다 쓰개치마나 장옷을 썼지요."

여자가 외출할 때 머리에서 몸의 윗부분을 가리어 쓰는 쓰개치마까지도 알고 있는 그가 정말로 신기했다. 믿기 어려웠다. 외양만 외국인이지 속은 완전 조선인이 된 듯싶었다.

그런데 달렌 선교사는 그런 한복보다도 양복을 교복으로 입은 학교에 대해 더 큰 관심이 있었다. 어쩌면 당연한 일이었다.

"한성에 숙명여학교라고 있는데요, 그 여학생들은 양복을 입었답니다."

그런 후에 두 손으로 자기 몸을 쓸어내리듯이 하면서 들려주었다.

"여러분들은 아직 본 적이 없을지도 모르지만 자주색 원피스지요."

비화가 느끼기에 자주색 옷이 잘 어울릴 성싶은 다미가 물었다.

"원피스가 우떤 옷인데예?"

"아, 그것요?"

달렌 선교사는 여자아이들이 입고 있는 옷을 일일이 둘러보고 나서 설명해주었다.

"상의와 하의가 한데 붙어 하나로 되어 있는 옷이지요."

여자아이들 속에서 적잖게 놀라는 소리들이 나왔다.

"예?"

"그런 옷을?"

모두는 얼른 그 그림이 그려지지 않는다는 표정들이었다. 웃옷과 아래옷이 붙어 있는 옷이라니. 우선 이상한 옷이기도 하려니와, 아무래도 몸을 움직이기에 많이 불편하지 않을까 여겨지는 것이다. 그리고 그런 옷을 입으면 사람도 이상하게 보이지 않을까? 자칫하면 남들에게 놀림을 받을 수도 있을지 모른다.

그때 달렌 선교사와 여자아이들이 나누는 이야기를 유심히 듣고 있던 해랑이 낭랑한 목소리로 입을 열었다.

"앞으로는 그보담도 더 새로븐 옷들이 짜다라 맨들어질 깁니더."

"예?"

모두의 시선이 해랑에게 쏠렸다. 이어지는 해랑의 말은 그녀를 완전한 장사꾼 집안사람으로 보이게 하였다.

"우리 동업직물에서도 기존의 비단에만 안 매달리고, 더 좋고 더 신기한 옷감을 선보일라꼬 밤낮으로 노력하고 있지예."

비화는 그만 얼른 돌아서서 분점 안으로 들어가고 싶었다. 그런데 다미가 한술 더 뜨는 소리를 해랑에게 건넸다.

"시방 입고 계신 그 비단옷이 에나 이쁩니더."

키가 작고 몸이 마른 여자아이도 동경의 눈빛으로 말했다.

"얼굴하고 몸매는 더 이뿌시거마는."

남들이 그러거나 말거나 해랑은 그저 빙긋이 웃기만 하였다. 흡사 그렇게 웃도록 만들어진 인형 같았다. 그 모습에 반하기라도 했는지 달렌 선교사는 해랑 얼굴에서 좀처럼 눈을 뗄 줄 몰랐다.

"자아, 쌔이 들가이시더."

원아가 두 손으로 모두를 재촉했다. 그 또한 평상시 그녀가 하는 언동과는 거리가 멀었다.

"……."

그런 원아를 가만히 째려보고 있는 해랑의 눈매가 서늘했다. 원아가 자기를 찾아온 그날 이후로 해랑의 원아를 향한 감정 결은 비단처럼 곱지 못하고 무명천만큼이나 깔끄럽고 거칠 수밖에 없을 것이다.

"어이구! 이 손님들이 다 누고?"

송이 엄마와 다른 주방 아주머니들이, 여자아이들과 외국인 그리고 그들과 함께 들어오는 비화와 원아를 반갑게 맞이했다.

"봐라, 봐라. 우짜든지 가게는 원주인이 있어야 되는 기다. 원주인이 온께네 이리 귀한 손님들도 안 들오시나."

수더분한 송이 엄마가 그동안 꽤나 수다쟁이로 변해 있었다. 점장을 맡아서 일하다 보니 자연스럽게 그런 성격으로 바뀌고 있는지도 모른다. 그걸 본 비화는 나도 더 달라져야겠다고 마음먹었다.

"안이 에나 크고 칼끗하네예."

"상촌나루터에 있는 가게가 본점이람서예? 분점이 이 정돈데 본점은 우떨까예."

이런저런 소리들이 나오더니 나중에는 하나로 통일되었다.

"함 여쭤보고 싶은 기 있어예."

"그거 좀 갈카주이소."

여자아이들답게 저마다 나루터집 요리 비법이 무엇이기에 그렇게 맛있는 음식을 만들 수 있냐고 이구동성으로 물었다. 그들 뇌리에서 동업직물 비단은 사라진 것 같았다. 당연히 해랑의 존재도 마찬가지일 것이다.

'그렇제. 이런 식으로 동업직물을 내몰아뺄 끼다.'

비화는 내심 다짐을 거듭했다.

'내몰리고 또 내몰려서 내중에는 우리 고을에서, 아니 시상에서 흔적도 없이 사라질 그날이 올 때꺼지, 내는 기를 쓰고 기다릴란다.'

크고 투명한 창을 통해 살짝 내다보니 자기 점포 안으로 들어갔는지 해랑 모습은 보이지 않았다. 그녀는 나루터집 분점에 불을 확 싸질러버리고 싶은 마음이거나, 홍수가 져서 떠내려가 버렸으면 하는 저주를 퍼붓고 있는지도 모른다.

'그리 돼야 할 것들은 해랑이 니하고 동업직물이라쿠는 거를 아나?'

비화는 더 이상 그 생각은 하지 않기로 작정했다. 그런 데 아까운 시간과 힘을 낭비하고 싶지 않았다. 하지만 그럼에도 불구하고 그녀 머릿속에서 염 부인 모습은 지워지지 않았다. 심지어 거기 창문 위로 저 비어사 대웅전 뒤편 고목에 명주 끈으로 목을 매단 채 죽어 있는 염 부인 형상이 쉴 새 없이 어른거렸다.

그뿐만이 아니었다. 그녀가 진무 스님 꿈속에 나타나서 부탁했다는 소리도 자꾸만 들려왔다. 그건 이미 환청을 뛰어넘은 것이었다. 그것도 과거의 목소리가 아니라 현재, 더 나아가 미래의 목소리였다.

―비화, 비화를 불러주이소.

비화는 남들 모르게 고개를 흔들면서 가슴을 쥐어뜯고 싶었다. 애통하고 답답하기 이를 데 없었다. 또다시 다미만 다른 방으로 불러 앉힌 자리에서 염 부인과 배봉의 악연을 모조리 털어놓고 싶은 충동이 끈덕지게 들러붙었다. 하늘이 그렇게 하라고 오늘 다미를 만나게 해주었을 거라는 독단적인 믿음마저 생기는 것이었다.

"에나 한거석 컸다 아이가!"
"하모, 하나도 몰라보것다."
"다린 데서 만내모 더 안 그러까이?"
"아아들 크는 거 보모, 어른들 늙어가는 거는 빠린 기 아인 기라."
"언청이 아이모 째보라 쿠나?"
록주는 분점 아주머니들과 금방 친해졌다.
"록주야이, 우리 록주."
분점 아주머니들이 아주 귀엽다는 듯 록주를 막 어르면서 부르는 그 소리를 들을 때마다 비화는 아버지 호한이 생각났다. 당신이 손수 지어주신 록주라는 그 이름 때문에 그토록 곤혹스러워했던 지난 일들이 새삼 가슴팍에 차올랐다.

'안 화공이 고맙다 아이가.'

지금도 어디선가 화폭 위에 이 고을 풍경을 열심히 담아내고 있을 안석록도 떠올랐다. 하지만 원아 이모는 누가 록주라는 이름을 부를 때마다 반드시 떠오르는 얼굴이 있을 것이다. 그건 그녀에게 '추억'이라는 이름의 또 다른 고문일 것이다.

지금이 말할 때인가

다미 일행이 모두 국밥 그릇을 말끔하게 비웠을 때였다.

얼굴이 둥근 여자아이와 치장을 곱게 한 여자아이 둘이 서로 무어라 속삭이더니 달렌 선교사더러 이렇게 말하는 것이다.

"식후갱인께 인자 우리 금강산에 가예."

"금강산?"

달렌 선교사 반문에 그 여자아이가 또 말했다.

"예, 우리 달렌 선교사님 기경하시라꼬, 시방 금강산이 저만치 와 있어예."

"일만이천봉! 일만이천봉!"

달렌 선교사는 이제 곧 정숙학교 여학생이 될 여자아이들 비위를 잘 맞춰주려고 노력하는 눈치였다.

"여러분들이 원한다면 그렇게 해야지요."

원아가 비화를 보며 난감한 얼굴을 했다. 비화는 아무렇지 않은 척했지만, 표정은 이미 굳어 있었다.

그때였다. 다미가 이렇게 말했다.

"가고 싶으모 모도 댕기오이소. 그동안 내는 여서 콩나물국밥 맨드는 뱁이나 좀 배우고 있으께예."

그건 뜻밖이었다. 누구보다도 동업직물 비단에 제일 높은 관심을 보이는 것 같던 다미였다. 비화는 궁금증이 가득한 눈길을 다미에게 보냈다.

"그라모 달렌 선교사님 선물은 우짜고?"

"하모, 맞다. 선물!"

"다미야, 니 돈이 아까버서 그라는 기제?"

"텍도 아인 그 소리는 하지 마라. 다미 집이 우떤 집인고 모리는 기가? 비단 갖고 집을 지어도 될 정돈 기라."

"히히. 농담이다, 농담. 선물은 우리가 사드릴 낀께, 다미 니는 콩나물국밥 맨드는 뱁 잘 배와갖고, 난주 우리한테 맨들어 조라."

그런 떠들썩한 소리를 여운으로 남기고, 사립정숙학교 예비 여학생들과 달렌 선교사는 곧 우르르 나루터집 분점을 나가 통로 건너편에 있는 동업직물 점포로 들어갔다.

잠자코 창문을 통해 그 광경을 내다보고 있던 다미가 비화에게 고개를 돌렸다. 그런데 웬일인지 그 안색이 여간 예사롭지 않았다.

"내한테 할 이약이 있는갑네?"

비화가 물었다.

"예."

다미가 짧게 대답했다.

"저짝 방으로 들가까?"

"예."

이번에도 단 한마디였다. 그만큼 지금 심정이 무겁고 어지럽다는 증거가 아닐까 싶었다. 비화는 한층 긴장감에 사로잡혔다.

"록주 옴마, 안 있나."

"록주야이, 니 우리 집에 가서 내하고 같이 살자. 그라모 내가 니 해 달라쿠는 거 싹 다 해줄 낀게."

두 사람은 분점 아주머니들이 원아와 록주에게 무어라고 계속해서 말을 걸고 있는 넓은 홀에서, 가게 안쪽에 있는 조용하고 작은 방으로 자리를 옮겼다. 같은 분점 안인데도 그곳은 우선 공기부터 다르게 다가왔다.

"죄송한 부탁이 있어예."

자리에 앉자마자 다미가 기습처럼 빠르게 말했다.

"지가 여쭙는 말씀에 사실 그대로 이약 좀 해주시이소."

비화는 치마폭을 여민 채 한쪽 다리를 세우고 앉은 자세로 말했다.

"할무이 이약이라모 내가 하매 다 해줬는데……."

그때까지만 해도 비화는 이번에도 다미가 또 염 부인 죽음에 관해서 물어올 것이라고만 보고 있었다. 그래서 내심 그것에 대한 대책만 궁리하고 있었다. 한데 그게 아니었다. 비화가 그야말로 소스라치게 놀랄 소리가 다미에게서 나왔다.

"해나, 해나 말입니더. 우리 할무이가 살아 계실 적에, 동업직물 사람들하고 우떤 연관이 있었던 거는 아입니꺼?"

비화는 죽은 염 부인이 다시 살아 돌아온 것만큼이나 충격에 휩싸였다. 방금 들은 소리는 다미가 아니라 염 부인이 낸 소리로 들렸다.

"그, 그기 무, 무신 소리고?"

애써 태연한 척했지만, 비화 말은 누가 들어도 마구 떨리고 있었다. 다미의 야무진 입술 사이로 갈수록 경악할 말이 흘러나왔다.

"맞지예? 그렇지예?"

비화는 자세히 듣지 못한 사람처럼 했다.

"머, 머가?"

다미 역시 자꾸만 격해지려는 감정을 가까스로 억누르는 목소리였다.

"아까 마님께서 해랑이라쿠는 저 여자하고 함께 계시다가……."

비화는 자신도 모르게 앉음새를 고치고 있었다.

"그, 그거는 그랬디제."

비화의 엷은 연둣빛 치마폭에 시선이 가 있던 다미는, 고개를 들어 비화의 얼굴을 똑바로 바라보면서 확신에 찬 어조로 말했다.

"지가 나타난께 각중애 안색이 싹 배뀌시는 거를 봤심더."

비화는 스스로 생각해도 자기 안색이 또 바뀌는 것을 어쩌지 못했다.

"머라꼬?"

무슨 다른 말을 할 겨를도 없었다. 더욱 옥죄는 말이 나왔다.

"지가 잘몬 본 깁니꺼?"

비화는 더없이 허둥거리는 모습을 감추지 못했다.

"그, 그거는."

다미는 거의 필사적이었다.

"아이지예?"

이제 아무 말도 하지 못하는 비화에게 재차 확인했다.

"잘몬 본 기 아이지예?"

비화는 심장이 멎는 기분이었다. 다미도 굉장히 숨이 가쁜 것 같아 보였다.

'쟈가 시방꺼정 자꾸만 내를 찾아와갖고 지 할무이에 대해 물어본 데는 머신가가 있었다 아인가베.'

비화는 스스로에게 인식시켰다. 그러자 깜깜한 어둠 속에서 한 줄기 빛살이 뻗쳐 나오는 느낌이었다.

'하모, 맞다. 안 그라고서야 그리했을 리가 없는 기라.'

비화의 그런 예감은 갈수록 맞아떨어질 조짐을 보였다. 다미는 이참에 끝을 보지 않으면 안 된다고 단단히 벼르는 모습이었다.

"이상한 일이 있었어예."

"이, 이상한 일?"

그 이상한 일이란 소리가 비화 귀에는 무서운 일이란 소리로 들렸다.

"예, 마님."

다미 낯빛도 적잖게 질려 있었다. 비화는 억지로 마음을 다잡으며 물었다.

"무, 무신?"

홀에서는 원아와 록주, 송이 엄마를 비롯한 여러 주방 아주머니들 목소리가 더 이상 들려오지 않았다. 그 대신 손님들 소리가 났다.

"실은예, 마님."

과연 다미 입에서 나오는 이야기는 비화를 옴짝달싹할 수 없게 만드는 덫이 아닐 수 없었다.

"울 할무이께서 살아 계실 적에 말입니더."

비화는 누가 시키기라도 하는 것처럼 그 말을 되뇌었다.

"염 부인께서 살아 계실 적에?"

"예, 그때 말입니더."

당시를 떠올리는 다미 눈빛이 비상했다. 보는 사람 가슴이 서늘해질 판이었다. 그건 아직 나이 얼마 안 된 처녀에게서 볼 수 있는 성질의 것이 아니었다.

"저희 부모님이예, 지 오라버니들하고 지 옷을 맨들어 주신다꼬 동업 직물에 가서 비단을 사실라쿠모, 할무이가 절대로 그 집 비단을 몬 사거로 반대하싯거든예."

"……."

비화 눈앞에 번갯불이 번쩍였다. 다미가 동조를 구하는 목소리로 물었다.

"마님도 이상하시지예?"

그랬었구나! 그런 일이 있었구나! 비화는 견딜 수 없을 정도로 온몸이 저릿해지기 시작했다. 가족들에게 동업직물 비단을 사지 못하게 반대하였다.

"그 이유도 말씀 안 하심서, 무조건 그리하싯던 기라예."

방금 새 장판지를 깐 것처럼 아주 정갈한 방바닥으로 시선을 내리깐 채, 다미는 늙은이같이 긴 한숨을 내쉬고 나서 말을 계속했다.

"보통 때 다린 일 갖고는 그러신 적이 한 분도 없었다 아입니꺼."

비화는 금방이라도 터져 나오려는 오열을 참아내느라 안간힘을 다했다. 아아, 염 부인께서 그렇게 하셨구나, 그렇게.

"부모님들도 그리 말씀하싯지만, 아니 그리 말씀 안 하싯다 쿠더라도, 지도 에나 이상타는 생각을 지울 수가 없었어예."

다미가 쏟아내고 있는 말들은 천장과 사방 벽에 반사되어 허공을 둥둥 떠다니고 있는 환각을 자아내었다. 가슴이 한정 없이 저리는 그 와중에도, 이맛살을 크게 찌푸리는 다미가 비화 눈에는 한층 경계의 대상으로 비쳤다.

"그래예, 분맹히 머가 있었어예."

다미는 단언했다. 듣기에 따라서는 비화더러 빨리 자기 말에 수긍하라는 독촉으로 받아들여지기도 하였다.

"머가 있었다."

이윽고 그렇게 되씹는 비화 머릿속에 저 비어사 대웅전 뒤켠 고목에 명주 끈으로 목을 매달아 죽어 있던 염 부인 모습이 너무나 생생하게 살아나왔다.

그건 커다란 고목에 작은 낙엽 하나가 붙어 있는 형상이었다. 아니, 숨이 끊어지고 나니 낙엽보다 더 의미가 없는 게 인간이 아닌가 했었다.

'컹! 컹컹!'

염 부인 죽음을 세상에 알리기 위해 정신없이 달려갈 때, 옆에서 나란히 함께 뛰어주던 진돗개 '보리'가 함부로 막 짖어대던 소리도 귀에 들려오고 있었다. 진무 스님이 그렇게 당황하고 고통스러워하는 모습도 그날 처음 보았다.

'이기 증말 불가에서 장 이약하는 연緣이라쿠는 기까?'

비화는 온몸에 오톨도톨 소름 기가 끼쳐왔다. 입에서 비명이 터져 나오려는 것을 가까스로 참았다. 무서워도 이렇게 무서울 수가 있을까?

'하모, 연인 기라. 그라지 않고서야 우찌 이런 일이 생기것노?'

다미가 불덩이를 방불케 하는 이글거리는 눈으로 비화를 바라보고 있었다. 다미는 이미 여자아이가 아니었다. 그 아이 몸은 불을 집어삼킨다는 불가사리라는 괴물이 점령하고 있었다.

비화는 그 강렬한 열 기운에 쐬어 자신의 몸이 활활 타오르는 착각에서 헤어날 수 없었다. 조금만 더하면 그곳 분점이, 나아가 분점이 들어있는 건물 전체와 통로 맞은편에 있는 동업직물 점포, 종국에는 읍내장터 모두가 화염에 휩싸여 한 줌 잿더미로 변해 버릴 것만 같았다.

'하기사 내가 시방꺼지 잘몬한 긴지도 모린다.'

엄청난 공포와 두려움 속에서 그런 회의와 후회가 비화의 전신을 관통했다. 예리한 칼에 난자를 당하는 기분이었다.

'염 부인 복수도 몬 해줌서, 지 혼자만 알고 허송세월을 살아왔으이. 그리 자신이 없으모 누한테라도 알리서 해야 안 했나.'

죄인도 나 같은 죄인이 또 없지 싶었다. 그렇게 큰 은덕을 입었던 염 부인이었다. 그녀가 아니었다면 남편 재영이 없는 가정은 풍비박산이 나고 말았을 것이다.

'그라고 솔직히 앞으로도 운제 우떻게 염 부인 웬수를 갚아줄 수 있을

랑고 자신도 없다 아이가.'

급기야 이런 결론에까지 이르렀다.

'그렇다모 이참에 모든 거를……'

그러나 이제 고작 준서 나이 남짓한 어린 여자애에게 그 엄청난 비밀을 알려준다는 것은 너무나 큰 무리일 수 있었다. 실로 위험천만한 노릇이 아닐 수 없었다. 다미 자신은 다 컸다고 생각할지 모르지만, 비화가 보기엔 아직도 어리기만 한 여자애가 그 일을 알았을 때 받을 충격을 떠올려보면, 도저히 입을 열 엄두조차 나지 않았다. 하지만 언젠가는 한번은 꼭 털어놓아야 할 사연이었다.

'아, 우째야 되것노? 이리 좋은 기회가 또 오기도 안 쉬블 낀데.'

비화는 세상에 태어나서 그 순간만큼 결정을 짓기 어려운 상황을 맞은 기억이 없었다. 그녀나 다미가 상대해야 할 고정불변의 대상은 정해져 있었다. 그녀 자신의 경우라면 이렇게도 크고 깊은 갈등에 시달리고 힘들지는 않을 터였다. 고질병인 양 또다시 눈알이 쓰리고 머리가 지끈거렸다. 그 통증은 점점 더 심해져서 나중에는 견딜 수 없을 지경이었다.

'칼을 뽑아들 순간이 왔다모!'

이왕 염 부인과 임배봉 사이에 얽혀 있는 악연을 이야기하려면, 자식뻘밖에는 되지 않는 다미보다 다미 부모를 만나서 자초지종을 들려주는 게 훨씬 더 낫지 않을까 싶었다. 어린 다미가 그 엄청난 비밀을 알고 나서 받을 충격 때문이기도 하거니와, 또 배봉에게 복수를 하자면 어차피 어른들이 모두 알아야만 할 것이 아니겠는가? 하지만 지금, 이 상황에서 선택할 수 있는 최고의 상수上手일까?

'아이다. 그거는 아인 기라.'

그런 부정적인 생각이 일기도 했다. 현재 사정으로는 백 부잣집 사람들과 나루터집 사람들이 아무리 죽을힘을 그러모아 싸워본들, 동업직물

338

을 상대하기에는 아직도 역부족이라는 현실적인 판단이 자꾸 비화의 용기를 마른 나뭇가지처럼 꺾어버리는 것이었다.

그러나 뒤로 물러서려는 비화 마음을 꼭꼭 붙들어 매는 것은 다미 눈빛이었다. 염 부인을 닮아 온후하고 그윽한 눈이었다. 하지만 거기서 뿜어져 나오는 강한 기운은 비화를 한없이 허둥거리게 했다.

'저런 눈이 시방꺼정 백 부잣집이 있거로 한 바탕인지도 모리것다.'

그 눈의 마력은 예사롭지 않았다. 상대로 하여 거짓을 일절 입에 올리지 못하게 하는 묘한 기운이 서리어 있는 눈이었다. 그것은 '성실'과 '정직'이라는 말로 압축될 수 있는 성질의 것이었다. 대대로 근동에서 손꼽아주는 대갓집으로 널리 알려져 있으면서도 사람들에게서 원성과 욕을 듣지 않게 하는 어떤 분위기를 담고 있었다. 그 힘의 원천은 불가사의한 것만큼 두려웠다.

'내가 각중애 와 이라노? 내는 김 장군의 딸 아이가. 아부지 이름 석 자에 흙칠을 해서는 안 되는 기다. 내는 또 호래이를 맨손으로 잡아 나모에 매달아 놓았다는 천하장사 후손인 기라. 그란데 머 땜새?'

비화는 그 눈빛에 쐬어 몸도 마음도 마춰돼 버리는 기분이었다. 하지만 비화는 잘 알 수 있었다. 그때 진실로 자신을 그렇게 몰아가는 것은 저 '도덕'과 '양심'이라는 두 개의 바퀴였다. 그녀 마음속에 살아 숨 쉬는 도덕과 양심은 결코 더 이상의 허위나 기피를 용납하지 않으려 한다는 사실이었다. 더 나아가 그것이 바로 우리 집안의 내력이요, 앞으로도 자자손손 이어나가야 할 가훈이라는 확신을 품었다.

'그렇다모 우째야 되노.'

비화에게 최후 결단을 내리게 한 것은, 그때 다시 분점으로 돌아온 정숙학교 예비 여학생들과 달렌 선교사였다. 그들이 온 소리를 듣고 내다보니, 저마다 자랑스러운 훈장이나 상장처럼 손에 들고 있는 건 동업직물 비단이었다. 그들은 너나없이 그 고운 비단에 송두리째 마음을 빼앗긴 것 같았다. 심지어 어떤 여자아이는 그것에 입을 맞추기까지 하였다.

그 순간, 비화는 자신의 모든 것인 '콩나물국밥'이라는 게 너무 초라하고 형편없는 것으로 받아들여졌다. 비단과 콩나물국밥은 귀족과 천민, 하늘과 땅, 그런 차이라는 씁쓸한 자격지심이 덤벼들었다. 꽃잎같이 작은 해랑 얼굴과 남자 손처럼 커 보이는 자기 손이 미추美醜를 가름하는 표본인 양 여겨졌다.

비화 눈이 자신도 모르게 다미 얼굴을 향했다. 다미가 짓고 있을 표정이 궁금했다. 그렇지만 비화 눈은 다미 얼굴을 제대로 읽어낼 수 없었다. 비화는 아연실색했다. 아직도 어린 사람 표정이 그렇게 복잡한 것을 본 적이 없었다. 아니, 평소 사람을 알아보는 눈을 가졌다는 말을 많이 듣곤 하는 그녀가, 지금처럼 사람 내면을 짚어내지 못하는 경우도 드물었다.

'하늘이 다미한테만 주신 초인적인 그 뭣이까?'

그런 불가해한 느낌과 더불어 비화 마음에 비추어 다미가 그렇게 어른스러워 보일 수가 없었다. 기대고 싶을 정도로 믿음직스럽다고나 할까, 무슨 일이든지 해낼 수 있을 듯한 기분마저 드는 것이다. 비화는 머리털이 곤두서면서 등골을 후벼 파고 지나는 전율을 느꼈다.

'우짜모 염 부인 원혼이 다미 몸속에 들어가갖고 다미를 저렇게 이끌어가고 있는 건지도 모리것다.'

비화는 자신에게 속삭이듯 했다.

'자기 웬수를 갚아 달라꼬.'

그때, 다미가 일어서서 열려 있는 방문 가까이 다가갔다. 그러고는 계속 동업직물 비단을 들여다보고 있는 달렌 선교사와 벗들에게 이렇게 말했다.

"지가 여 있다꼬 또 오싯는데 죄송하지만도 모도 먼첨 가이소. 지는 더 남아서 마님하고 이약 쪼꼼 더 하고 가께예."

그러자 여자아이들이 다미를 보고 한꺼번에 입을 열었다.

"무신 이약인데 그라노?"

"달렌 선교사님한테 사드린 비단값은 안 줘도 되는 기라. 우리가 갹출해서 마련하기로 안 했나."

"우리가 여서 쪼꼼 더 기다리지 머."

팔짱을 낀 채 유심히 듣고 있던 달렌 선교사가 여자아이들에게 타이르는 어조로 말했다.

"우리는 그냥 가기로 해요. 다미 양이 여기서 더 하고 싶은 무슨 중요한 이야기가 있는 것 같군요."

여자아이들이 할 수 없다는 듯 다미에게 말했다.

"그라모 니는 그래라. 우리 먼첨 간다이."

"콩나물국밥 맨드는 벱은 잘 배와갖고 오이라, 알것제?"

다미가 달렌 선교사와 벗들에게 고개를 숙여 보이며 말했다.

"미안해예. 낼이나 모레 또 만내로 가께예. 그라이 오늘은……."

비화는 함께 왔던 일행들만 굳이 먼저 보내는 다미를 멍하니 바라보고만 있었다. 드디어 올 순간이 왔다는 자각에 심장이 거인의 발소리처럼 큰소리로 뛰기 시작했다.

'마님! 염 부인 마님!'

비화는 속으로 염 부인을 끝없이 불렀다. 부르고 또 부르는데 두 눈에서는 잠시도 쉴 새 없이 눈물이 흐르고 또 흘렀다.

'인자사 때가 온 거 겉심니더.'

분점 아주머니들은 달렌 선교사와 여자아이들을 배웅하느라고 가게 밖에까지 나가 큰 소리로 떠들고 야단들이었다.

"담에 또 오이라."

"내중에 더 커모 꼭 우리 며누리 삼고 싶은 사람이 거 있다 고마. 호호."

"달렌 선교사님도 안녕히 잘 가시이소."

"지도 운제 하느님 믿으로 가겄심니더."

다미도 바깥으로 따라 나갔다. 비화는 방에 앉아 두 손으로 연방 흘러내리는 눈물을 닦아내었다. 그런 비화를 가게 안에 혼자 남아 있던 원아가 아무 말 없이 무연한 눈빛으로 바라보고 있었다.

'마님, 지는 다미를 믿고 싶심니더. 아입니더, 하매 믿고 있심니더. 그러이, 마님.'

그렇게 속으로 기도 말을 하고 있는 비화 귀에 염 부인 음성이 들렸다.

―고맙거마는. 꼭 부탁한다 아인가베. 인자 내가 팬안하거로 눈을 감을 때가 왔는갑다. 그라모 이런 거 저런 거 싹 다 내삐리고 바람매이로 가볍거로 날라갈 수도 있을 기라.

그런데 그게 환청이라는 사실을 부인하고 싶은 비화 머릿속에 불현듯 찍혀 나오는 글자가 있었다.

―버리기.

'하모, 버리는 거. 그란데 우째서 우리는 내삐리지 몬하고 꼭 껴안은 채 상처를 입어야만 하는 기까? 불에 데이고 물에 퉁퉁 붇는데도, 불덩이를 안 끄고 물벼락을 안 피하고.'

아버지에게서 받은 밥상머리 교육을 통해 배웠던 삶의 진리와 철칙은 그다지도 실천하기 어려운 것일까?

"내 오늘은 우리나라 세시풍속 가온데서 '버리기'하고 연관된 거를 이약해 줄라쿠니 함 들어봐라."

그리고 나서 아버지가 먼저 들려준 게 저 '버선 버리기'였다.

"보름날 저녁에 안 있나, 그해 신수身數가 나뿌모 자기 새 보선(버선)에 동전을 넣어갖고 길거리에 내삐모 말이다, 액운을 막을 수 있다쿠는 기라."

그리고, 버선은 아니지만, 또 비슷한 것도 있다고 했다. 길거리에 나가 동쪽으로 나이 수대로 걸어가서, 제가 입었던 옷의 동정을 떼어버리고 달을 보며 네 번 절을 하는 것.

"아부지, 그리하모 에나 나뿐 액을 없앨 수 있는 기라예?"

비화가 물었는데 호한은 그에 대한 답은 하지 않고 대신 이번에는 또다른 버리기, 곧 '허새비 버리기'라는 세시풍속을 입에 올리기 시작했다.

"허새비, 본디 제웅을 허새비라 쿤다."

"……."

"요분에도 신순데, 그해 신수가 안 좋은 가족이 있으모 말이제, 짚을 갖고 사람 모냥을 한 제웅을 맹글어서……."

거기서 호한은 두 팔을 어깨 위로 치켜들고 두 다리는 벌린 채 쭉 뻗어 이제 말한 그 허수아비 모양을 만들어 보였다.

"그 제웅 안에다가 동전을 넣어 종이옷이나 피륙을 입힌다 아이가."

비화 눈에 아버지가 세상 모든 것, 심지어 자신마저 버리려고 하는 사람으로 비쳤다. 그 모습은 일찍이 보지 못했던, 너무나 생소하기만 한 모습이었다.

"아부지."

비화는 그만하시라고 말리고 싶었다. 하지만 호한은 거의 필사적으로 그 이야기에 집착하는 빛이었다.

"그래갖고 그 신수 나쁜 사람 이름하고 생년 간지干支를 써넣어 삼거리에 내삐리는 기라."

왜 삼거리여야 하는지 궁금했지만, 비화는 묻지 않았다. 입을 열면 당장 울음이 탁 터지고 말 것 같아 그러지 못했다.

'생각이 나거마.'

비화는 길가에 버려져 있는 허수아비를 본 기억이 되살아났다. 짚으로 엉성하게 만들어진 것이었지만 실제 사람으로 보이는 바람에 멀리 달아났었다. 그러면서 깜냥에도 이런 의문을 품었다.

'똑 내빼는 기 좋은 기까? 우짠지 쪼매 비겁하다꼬 안 여기지나. 그거 말고는 무신 다린 방법이 없으까?'

침묵하는 순간

비화는 일단 다미와 함께 분점에서 나왔다.

원아도 록주를 들쳐업고 따라나섰다. 원아는 눈시울이 붉었고 록주는 양쪽 뺨이 발그레했다.

바깥으로 나온 비화는 거기 긴 통로 맞은편에 있는 동업직물 점포를 한참 동안 말없이 노려보았다. 갖가지 아름다운 비단을 진열해 놓은 그곳은 인간들이 사는 세계와는 거리가 멀어 보였다. 비위가 상하는 소리지만, 천상의 선녀들이 사는 집이 그러할까 싶을 정도였다.

'고것이……'

해랑이 아직도 그 점포 안에 있는지, 아니면 집으로 갔는지는 알 수가 없었다. 평소에 잘하지 못하는 욕설이 자꾸 튀어나오려 하였다.

'우짜모 딱 숨어갖고 내다보고 있는지도 모리제. 야시 겉은 년!'

저 대사지 못물에 거꾸로 콱 처박아 죽여 버리고 싶었다. 그렇다, 다른 곳이 아니라 바로 그 대사지인 것이다.

'내는 죽어 저승에 가서도 니년 비밀을 지키줄라 멤 묵었다.'

그런데? 왜? 해랑이가, 아니 옥진이가 왜 비화 자신을 배신했는지 아직도 이해, 아니 용서할 수 없다.

'비화 마님이 달라지싯다.'

다미 시선이 비화 눈길이 가는 곳마다 계속해서 좇았다. 영리한 다미
는 벌써 비화의 심경 변화를 읽고 있었다. 강단 있게 생긴 입술을 꼭 깨
물고 있는 품이 여간 비장해 보이지 않았다. 보는 사람 심장이 얼어붙을
지경이었다. 그런 다미는 비화보다 더 긴장되고 벅찬 기대감에 흔들리
기 시작했다.

"마님, 시방 오데로 갑니꺼?"

"상촌나루터."

그게 두 사람이 나루터집 제1호 분점에서 나온 후 서로 나눈 유일한
대화였다. 그것을 끝으로 하여 상촌나루터로 돌아오는 내내 모두는 서
로에게 그 어떠한 말도 없었다. 그들 머릿속에는 하나같이 배봉 집안만
이 자리 잡고 있었다. 경남 관찰부가 있는 고장답게 거리에는 많은 사
람과 우마차, 가마 등이 오가고 있었지만 어떤 것도 그들 눈에 들어오지
않았다.

다미는 원아 등에 업혀 있거나 등에서 내려 잠시 걸리기도 하는 록주
를 보면서 이따금 '까꿍'을 해주고, 그러면 그새 낯을 익힌 록주는 '까르
르' 웃고 하는 사이에, 언제나처럼 피부가 검은 뱃사공들이 남강의 푸른
물살을 헤쳐 가며 노를 젓고 있는 광경이 더할 수 없이 정겨운 상촌나루
터까지 당도했다.

'끼룩, 끼루룩!'

갈매기 울음소리와 비슷한 소리를 내는 물새들이 강에서 이쪽으로 날
아오며 반가운 소리로 그들을 맞아주었다. 상촌나루터를 둥지 삼아 살
아가고 있는 생명체들은, 사람이고 새이고 물고기이고 수초이고 간에
모두가 한 가족이라고 할 만하였다.

'첨벙!'

어른 팔뚝만 한 잉어가 수면 위로 높이 뛰어올랐다 도로 내려갔다. 그놈이 일으킨 둥근 파문이 한참 동안 사라지지 않았다. 어떤 대상을 향한 미련을 버리지 못한 채 줄곧 그 주변에서만 맴을 돌고 있는 듯이 보였다.

그것은 강의 나이테처럼 보였다. 인생의 연륜도 그 사람 '삶의 강'에서 저렇게 물결 지고 있을 것이다. 각기 다른 모양과 빛깔의 무늬로 존재할 것이다.

"달보 영감님은 잘 계시는지 모리것네."

원아가 남강 건너편 달보 영감 오두막집이 자리하고 있는 산등성이를 쳐다보면서 혼잣말을 하였다.

"그런께 말입니더. 할무이도 그렇고예."

원아 말을 받는 비화 가슴이 칼로 도려내듯이 아렸다. 벌써부터 달보 영감님이 더 오래 사시지는 못할 거라는 비관적이고 절망적인 생각을 떨쳐버릴 수 없었다.

'그런 은인이 또 있으까이?'

이곳 터줏대감으로 있을 때 참 많은 도움을 받았다. 배봉과 점박이 형제를 쫓았고, 치목 아들 맹쭐에 의해 물에 빠져 죽을 뻔했던 얼이를 구해주기도 했다. 아무리 세월 앞에 견딜 장사가 없다고는 하지만, 그래도 사람이 늙고 병들어가는 것만큼 슬프고 신경질 나는 일은 없었다.

'내는 에나 인덕人德이 많은 사람인갑다.'

비화는 어쩐지 죄스럽다는 감정에 젖으면서 콧잔등이 찡해왔다.

'진무 스님도 장마당 그리카나 두루두루 보살펴주시고, 염 부인도 챙기주싯고, 달보 영감님도 그렇고…….'

그뿐만 아니라 지금은 그의 큰아들 원채에게 준서와 얼이가 택견을 배우고 있다. 되새겨볼수록 그들 부자에게서 받은 은혜가 적지 않았다.

'절대로 안 잊고 있다가 내중에 몇 배로 갚아드리야 하는 기라.'

밤골집과 무척 사이좋은 형제지간처럼 나란히 붙어 있는 나루터집 앞에 도착했을 때였다. 비화가 원아에게 얼굴을 돌리며 낮은 소리로 말했다.

"작은이모, 죄송하지만 먼첨 들가시모 안 되까예. 지는 다미 처녀하고 둘이서 할 이약이 좀 있어갖고예."

"그라까?"

원아 말도 물밑에 가라앉은 돌덩이처럼 무거웠다. 언제나 맑고 고운 음성이 그 순간에는 이끼가 낀 것같이 탁하게 나왔다.

"예, 식구들한테도 그리 좀 말씀해주이소."

분점에 있을 때나 그곳까지 오는 도중에, 그게 무엇인지는 정확하게 짚어낼 수는 없지만 어쨌든 이미 무슨 눈치를 알아챈 원아는, 두 사람을 향해 그저 고개만 끄덕여 보인 다음에, 록주를 한 번 추슬러 업고는 나루터집 문간 안으로 들어갔다.

걸어오는 동안에 록주는 잠이 들었는지 어머니 등에 얼굴을 깊이 파묻고 있었다. 나도 예전에는 저 아이처럼 어머니 등에 업혀 잠을 자던 시절이 있었다는 생각에 비화는 가슴이 뭉클해지고 말았다. 하지만 더 이상 그런 회억에 잠겨 있을 때가 아니었다.

"오데 사람들이 벨로 없는 데가 좋것거마는."

그러면서 비화가 주위를 둘러보자 다미 또한 동의하였다.

"예, 마님."

비화는 용기를 내려고 몹시 애쓰는 기색이 완연했다. 그녀는 만취한 술꾼이 그러듯 크게 휘청거리는 다리를 간신히 떼 놓았다.

"가 보까?"

다미 대답도 똑같이 떨려 나왔다.

"예."

비화가 앞장서고 다미가 뒤따랐다. 세월이 갈수록 어제 다르고 또 오늘 다르게 번창해가는 상촌나루터였다. 매일 우마차며 가마며 장사꾼들을 비롯한 수많은 인파로 북적대는 그곳은 과연 남강 최고 역사를 지켜오는 나루터다웠다. 강줄기를 따라 쭉 형성된 상가며 주택들은 얼마나 많고 나룻배는 또 얼마나 많은가? 하지만 그곳에 살고 있는 사람들 사연은 그보다도 훨씬 더 많을 것이다.

'죽어 눈 감으모 다 고만인데……'

지난날 비화가 맨 처음 염 부인에게 그 나루터에서 콩나물국밥집을 열겠다는 말을 했을 때, 염 부인은 탄복과 더불어 크게 격려해주었다. 그러고는 대뜸 장사 밑천을 대주겠다고 하던 그녀였다. 그 당시 염 부인 모습이 선연히 떠오르면서 비화는 대책 없이 그저 자꾸만 눈물이 쏟아지려고 하였다. 비화는 속으로 오열하며 애타게 그녀를 부르며 고했다.

'마님, 염 부인 마님. 마님 손녀 다미하고 같이 있심니더.'

이윽고 얼마를 가자 사람과 우마차가 점차 뜸해지면서 철썩이는 강물 소리만 들리는 한적한 곳이 나타났다. 갓을 쓰고 중치막을 날리는 중년 사내 둘이 옆을 지나가는 것을 마지막으로 사람 그림자는 더 보이지 않는 장소였다.

"우리 저 바구에 올라가서 이약하까?"

비화 손가락이 가리키는 곳에는 물속에 아랫도리를 담근 흰 바위 하나가 있었다. 바로 얼이와 효원이 밀애를 나누던 그 바위였다.

"바구가 에나 좋네예."

다미의 필요 이상으로 커진 그 말소리를 강하게 의식하며 비화는 애써 심상한 척 얘기했다.

"하모, 여 상촌나루터 기물奇物이 아인가베."

바람소리, 물소리, 새소리가 한데 어우러져 또 다른 광대패 공연을 펼치고 있는 양상이었다. 하지만 지금 그곳에는 다른 관객들은 없고 오직 그 두 사람뿐이었다. 그리고 명확히 말해 그들은 관객이 아니라 연출자였다.

"상촌나루터에는 멋진 기 에나 천지삐까리다 아입니꺼?"

"멋진 사람들도 쌔삣거마는. 장사꾼들도 그렇고, 뱃사공들도 그렇고."

서로가 마음을 가라앉히려고 지금 그 상황에는 어울리지도 않는 그런 소리를 주고받으면서 그들은 흰 바위에 올라가 나란히 앉았다. 누가 보면 모녀가 정답게 앉아 있는 모습으로 비칠 것이다.

그렇지만 그때 그곳 공기는 금방이라도 탁 끊어질 고무줄만큼이나 팽팽했다. 조금 전까지 이리저리 불던 바람도 뭘 아는지 이제는 움직임을 멎었다. 해가 서산마루에 걸리기까지는 아직 시간이 좀 남아 있었다.

침묵, 그 순간에는 모든 것이 침묵. 남강도 침묵의 강이었다. 새도 침묵의 새였고, 하늘도 땅도 침묵하는 얼굴이었다.

'저 아이 속은……'

다미는 그저 가만히 있었다. 하지만 비화는 백 마디 말보다도 더 많은 독촉을 받는 기분이었다. 염 부인 생전에 그녀에게서 받았던 은혜를 떠올리면 독촉이라고 치부하는 것 자체가 안 될 소리라고 여기면서도, 감당하기 어려운 부담감은 좀처럼 덜어버릴 수가 없었다.

그런 한편으로, 내가 어째서 하필 다미를 여기 흰 바위 있는 곳으로 데리고 왔을까 하는 의문이 들었다. 나루터집 살림채도 은밀한 이야기를 나누기에 하등 문제 될 게 없었다. 그러다가 비화는 내심 고개를 끄덕이는 자신을 보았다.

얼이. 그래, 얼이다. 얼이와 흰 바위.

얼이는 술이 취하면 어김없이 흰 바위 이야기를 꺼냈다. 도대체 무슨 소린지 도통 알아들을 수 없는 말들을 콩알새알 늘어놓는데, 그 속에는 언제나 효원이란 이름이 들어가 있었다. 그래서 때로는 얼이가 아니라 효원이 하는 이야기가 아닌가 하는 착각마저 들 지경이었다.

그런데 옆에서 듣고 있는 사람들을 한층 혼란스럽게 몰아붙이는 것이 또 있었다. 무엇 때문에 그러는지는 알 수가 없어도, 얼이는 자기 입으로 효원을 말해놓고서 또 제 혼자 소스라치게 놀라는 모습을 보이기도 했다. 그런 얼이에게 의아함을 넘어 위험하기 짝이 없는 무엇인가가 엿보이곤 하였다.

'얼이하고 효원이 사이에 무신 일이 있는 기 틀림없는 기라.'

더욱이 그 비밀은 보통 사람들이 상상조차 할 수 없는 엄청난 파장을 몰아오리라는 예감을 던져주는 것이었다.

'우짜노? 안 그라고서야 얼이가 저런 모습을 비일 리가 없제.'

비화는 아무래도 짚어내기 힘든 말과 행동을 하는 얼이에게 그런 아찔한 느낌을 받았다. 그리하여 흰 바위에 가면 그 두 사람 사이에 숨겨져 있을 비밀을 알아낼 수 있을 거라는 생각도 했다. 막연하지만 그랬다.

비밀. 염 부인과 임배봉 사이에 얽혀 있는 비밀.

그 비밀을 들려주기에도 흰 바위보다 좋은 장소가 없을 듯싶었다. 그렇지만 그건 어쭙잖은 하나의 핑계였는지도 모른다. 천기와도 같은 그 기밀을 함부로 발설한 죄를 다른 것에다 덮어씌우기 위해서라고 하면 될까. 이러나저러나 결과는 마찬가지라는 사실을 뻔히 잘 알면서도 말이다.

"마님, 지발 부탁드립니더."

마침내 다미 말이 비화 귓전을 찡하게 울렸다. 그게 비화에게는 흡사

저 아래 강 속으로부터 새 나오는 것으로 전해졌다.

"……."

비화는 벙어리 물고기인 양 입을 열지 않았다. 거기 물가에서 자라고 있는 수초가 이리저리 흔들리고 있었다. 아마도 사람 그림자를 보고 근처로 몰려드는 물고기가 있는 모양이었다.

'그라고 보이 아인갑다.'

허상을 좇는 건 인간만이 아니라는 묘한 생각을 했다. 하긴 어쩌면 다미도 비화 자신도 한갓 허상에 지나지 않을는지 모른다. 세상 자체도 그러하지 싶었다. 그렇다면 너무나도 웃기는 짓이 아닐 수 없다. 못난 짓? 아니다. 못난 생각은 이제 버리자.

"사실대로 말씀을 해주시이소."

다미는 얼핏 철딱서니 없는 아이 같기도 했지만, 산전수전 다 겪은 늙은이 쪽에 더 가까워 보였다. 애 영감 준서는 저리로 가라 할 정도였다.

"사실."

비화의 긴 침묵과 짧은 대답을 감당해내기에도 한계에 다다른 모양이었다. 다미는 더욱 절절한 목소리가 되면서 애원조로 나왔다.

"지는 마님을 믿심니더."

다미 음성은 점점 강물 소리를 닮아가고 있었다. 몸도 파도치는 강물처럼 흔들렸다.

"그러이 지한테……."

"음."

신음 같은 소리를 내며 비화가 천천히, 아주 천천히 입을 뗐다.

"그리할라꼬 여꺼정 왔제."

그러자 다미는 앉은 채 고개 숙여 말했다.

"고맙심니더, 마님."

하지만 그게 또 끝이었다. 그 짧막한 대화를 나누고는 또다시 침묵이 가로놓였다. 계속 이러다간 그런 상태로 밤을 새우고 말 것이다.

다미 못잖게 비화 마음도 무척 초조하고 급했다. 그렇지만 도대체 어디서부터 무슨 말을 어떻게 꺼내야 할지 막막하기만 했다. 장고長考 끝에 스스로 결론을 내렸고, 이야기를 해주겠다고 약속은 했지만, 도저히 누설할 수가 없었다.

네 할머니가 임배봉에게 겁탈당했다. 그게 빌미가 되어 오랫동안 돈도 바치고 몸도 더럽히며 살았다. 그러다가 더는 견딜 수가 없어 결국 스스로 목숨을 끊었다.

그런 소리를 어떻게 해줄 수 있단 말인가, 그런 소리를.

임배봉이 네 할머니에게 빼앗은 돈을 밑천으로 해서 재산을 불렸고, 그것을 토대로 이 비화 집안 땅을 야금야금 먹어치웠다.

그런 사연을 낱낱이 밝혀주어야 한다는 것인가, 그런 사연을.

그러니까 오늘날의 저 동업직물은 다미 네 집안과 이 비화 집안을 희생물로 삼아서 생겨난 것이다.

그런 내막을 내 입으로 까발려야 하는가 말이다.

"무신 말씀이라도, 우떤 이약을 하시더라도……."

다미는 숨이 가쁜지 잠시 쉬었다가 어렵사리 말을 이었다.

"안 놀래고 다 들것심니더."

남강 건너편 푸른 능선 위로 날고 있는 하얀 물체는 왜가리였다. 왜한 마리밖에 안 보이지? 비화 머릿속을 생뚱맞은 생각이 파고들었다.

"아모리 심이 들고 괴로븐 일이라도 괜안아예."

역시 대단한 여자아이였다. 주변에서 천재 소리를 듣고 있는 준서에게 뒤처지지 않았다. 하지만 그래도 어디까지나 아이는 아이가 아닌가? 차라리 다미가 영리한 아이가 아니라 바보 어른이라면 비화 자신이 이토록 힘들어하지는 않을 것이다. 그래도 어른은 어른이기에 그렇다.

"죄송해예."

어른 같은 아이가 다시 말했다.

"마님께 상세한 말씀을 듣기 전에는, 여게를 안 떠날랍니더."

처음에는 부탁이었지만 그때쯤은 숫제 협박으로 들릴 지경이었다. 그렇지만 그런 다미로 말미암아 비화는 용기를 얻고 있는 것도 사실이었다.

"마님이 먼첨 가시도, 지는 남아 있을 깁니더."

망부석을 떠올리게 하는 소리도 나왔다.

"남아서 이 바구겉이 돼삘 깁니더."

강 가장자리로 몰려나왔던 물고기들이 다시 강심으로 돌아간 걸까? 이제 수초는 철사로 만든 조형물처럼 아무런 움직임이 없었다. 그 물풀들도 말이 나오길 기다리다가 지쳐버렸는지 모른다.

"말씀을 몬 들으모 저 강에 뛰들랍니더."

"머라꼬?"

"죄송해예."

"다미 처녀."

마침내 비화는 세상에서 최고로 힘든 결단을 내렸다. 아이 같은 어른이 되기로 하였다. 어른들 이야기를 아이들 이야기처럼 풀어내기로 하였다.

"내 하나도 안 기시고 막 바로 이약할 끼구마."

"예."

다미가 몸을 움츠렸다. 그러자 그 아이 몸은 작아지고 작아져서 나중에는 없어지고 말 것만 같았다.

"내, 내는……."

비화는 다미 몸이 소멸돼 버리기 전에 모든 것을 이야기해주지 않으면 안 된다는 강박감에 빠져들기 시작했다.

"안 그라모 내가 더 미칠 거 겉은께."

그리하여 비화는 강으로 뛰어드는, 아니 익사 직전의 자신을 보는 심정으로 입을 열었다. 그건 신체의 입이라기보다 마음의 입이었다.

"임배봉이라쿠는 인간이제."

그 말을, 영원히 밖으로 빠져나오지 못할 것 같던 그 말을 내뱉는 순간부터, 비화는 몸도 마음도 가누지 못할 정도로 기진맥진해버린 듯싶었다. 험준한 고갯마루를 열 개도 더 넘게 허위허위 넘어온 사람처럼 보였다.

그리고 그때부터 모든 것은 보다 현실로 다가왔다. 허상이 아니라 실상이었다. 그 고통, 그 슬픔, 그 질책이 응분의 질량과 무게를 싣고 덮쳐왔다.

"임배봉……."

다미 또한 누군가에게 목을 졸린 아이를 연상시켰다. 한쪽으로 쏠려 있는 눈동자가 얼핏 사팔뜨기 같아 보였다. 어쩌면 엄청난 충격을 접한 나머지 눈의 혈관이 터져 그만 실명失明을 한 게 아닌가 하고 더럭 겁이 나기도 했다.

"다, 다, 다미."

비화가 더할 나위 없이 걱정스러운 얼굴로 간신히 물었다.

"괘, 괘안나?"

"……."

그러나 다미는 말이 없었다. 그런 그 애의 귀밑머리가 강바람에 보일 듯 말 듯 나부끼고 있었다. 애잔한 아름다움이 묻어나는 모습이었다.

'아즉 에린 처녀가 아이라 성숙한 여인네 겉다.'

그 와중에도 그런 생각을 하면서 비화는 다시 물었다.

"괘안은 기제?"

비로소 다미가 대답했다.

"예."

비화가 계속 물었다.

"우리 담에 만내서 이약하까?"

일순, 다미가 세찬 도리질을 하며 발악하듯 외쳤다.

"아입니더!"

한 번 더 그랬다.

"아이라예!"

그러고 나서 다미는 암탉이 제 그림자에 놀라듯이 자신의 소리에 놀라는 모습을 보였다. 하지만 그 반응이 오래가지는 않았다.

"그, 그."

다미는 이내 확인하는 목소리로 물었다.

"임배봉, 임배봉이라 쿠싯지예?"

비화는 답을 하는 대신 잠자코 고개만 끄덕였다. 더 입이 열리지 않아서였다.

"임배봉."

다미는 그 이름 석 자를 가슴속 깊이깊이 새겨두려는 듯이 여러 차례나 되풀이해서 곱씹었다. 처음 말을 배우는 아이 같았다.

비화는 다미가 좀 더 세세한 내막을 물어오면 어떻게 해야 할까 하는 조바심에 머리가 어지러웠다. 아무튼, 뜻은 정확하게 전달하되 표현은 에둘러서 해야 한다. 아무리 아직은 어린 여자애지만 그래도 세상 남자와 여자 사이에서 일어날 수 있는 일들에 대해서는 알 만한 나이이다.

'씨~잉.'

바람은 상류에서 하류 쪽으로 불다가 또 어느 순간에는 갑자기 그 흐름을 바꾸기도 하였다. 그러다가는 증발해버리기라도 했는지 자취도 보이지 않았다. 바람도 마음의 갈피를 잡지 못하고 있는 것일까?

다미의 나이를 짚었던 비화 판단이 옳았다. 다미 물음이 이러했다.

"울 할무이가 그거 땜에 오래 마이 괴로버하신 기 맞지예?"

이번에도 비화는 가까스로 고개만 끄덕였다. 도무지 입에서 말이 나오지 않았다. 강 건너편에서 들려오는 물새 소리도 '꺽, 꺽' 하는 게 간신히 소리를 내는 것 같았다. 비화는 눈을 가리고 귀를 막고 싶었다. 그때 보이고 들리는 모든 것들이 그야말로 엉망진창, 뒤죽박죽이었다.

저 새도 명주 끈에 목을 매인 것일까? 지금 저기 강가 모래밭에 떠밀려 나가 있는 고목 둥치는 염 부인 시신이 매달려 있던 그 나무가 아닐까? 이 강물 소리야말로 시퍼렇게 멍든 가슴의 망자亡者가 내는 핏빛 울부짖음인가?

"울 할무이, 울 할무이가예."

다미는 노망기 있는 늙은이가 컴컴하고 좁아터진 골방에 혼자 앉아서 그러고 있는 것처럼 중얼중얼하기 시작했다.

"그래서, 그래갖고, 몬 사실 꺼 겉애서예."

그렇게 탈기하고 있는 다미 몸 위로, 만취한 얼이가 나는 못 살겠다고 울며불며 소리치던 모습이 생생히 겹쳐지면서 비화는 미칠 것만 같았다.

"역시 지 생각이……."

비화는 그 황황한 중에도 아무것도 생각할 수 없는 나보다도 다미가 몇 배나 더 낫다는 판단이 섰다.

"맞았네예, 지 생각이."

그러던 다미가 작고 흐릿하던 목소리에서 크고 또렷한 목소리로 바꿔면서 역습하듯 물어왔다.

"마님 말고 또 이 일을 알고 있는 사람이 있어예?"

"내 말고 없거마는. 아모도 없제. 있어서도 안 되고."

비화는 곧장 대답했다. 아마도 아까 나루터집 제1호 분점에서부터 시작하여 지금 흰 바위에 와 앉아 있는 이때까지 통틀어 처음으로 보이는 자신감일 것이다.

그 소리는 허공에 산산이 흩어져 강으로 떨어져 내렸다. 그리고 강은 순식간에 그 소리의 잔해를 집어삼켰다.

다미는 더 말이 없었다. 반쯤 눈을 뜨고 무언가를 골똘하게 생각하는 품이 비어사 대웅전 부처를 떠올리게 했다. 아니, 살아생전 상념에 잠길 때의 염 부인을 기억나게 했다. 역시 같은 피붙이 모습은 그렇게 때와 장소를 가리지 아니하고 불쑥불쑥 나타나 보이기도 하는 모양이었다.

'우리 준서만 아 영감인 줄 알았더이.'

그동안 지나치리만치 어른스러운 준서를 보며 살아온 터라, 다미의 그런 모습에도 어느 정도 익숙해질 수 있었는지 모른다.

그러나 아무래도 격한 감정을 억누르느라 애쓰는 빛을 감추지 못하고 있는 다미는 아직도 어린 여자애일 뿐이었다. 그건 아니다. 다미가 아직도 어려서가 아니라 다미가 아닌 누구라도, 설혹 백 살을 먹은 늙은이일지라도, 지금 그 같은 상황과 맞닥뜨리게 되면 다미와 똑같은 모습일 것이다.

만약 비화 자신이었다면 어땠을까? 모르긴 해도, 이루 말로 나타낼 수 없는 발작 증세를 보였을 것이다. 하지만 낯선 외계의 별에 혼자 내던져진 것처럼 막막하긴 마찬가지였을 것이다. 그녀 스스로가 지금까지 세상에 부대끼면서 근근이 살아온 나날들을 되짚어보면 그 답은 자명해졌다.

358

'비화야, 넘을 기시는 거보담도 자기 자신을 기시는 기 상구 더 나뿌다는 거를 와 알지 몬하노?'

비화는 비화가 비화에게 하는 소리를 들었다. 다미는 다미가 다미에게 하는 소리를 들었을까?

'그라모 내는 우뗗노.'

응당 죽여 없애야 할 적이 누군지 몰라서 여태껏 복수하지 못하고 있었는가? 아니다. 그건 아닌 것이다. 그 적을 알기에, 아니 그 적을 너무나도 잘 알아서, 오히려 그 적의 털끝 하나 건드리지 못한 채 그저 허송세월만 잡아먹은 것이다. 어른인 그녀가 이럴진대 어린 다미가 어쩌겠는가?

'쌩, 쌔~앵.'

날씨도 현상 유지가 힘든 모양인지 별안간 거짓말같이 세차지는 바람이 남강을 거슬러 불어오고 있었다. 그런 탓에 지금 강물은 꼭 역류하고 있는 것처럼 보였다. 비화도 피가 거꾸로 도는 듯했다. 아무리 어렵고 격한 처지에 놓이더라도 순리대로 행동해야 하는데 그렇지 못한 것이다.

'내가 너모 성급했는갑다. 아즉은 이약해줄 때가 아이었는데.'

그런 후회가 흰 바위 밑동을 후려치는 물살처럼 밀려들었다. 하지만 다시 주워 담을 수는 없는 물이다. 비화는 조심스레 물었다.

"부모님께는 우짤 낀고?"

"예?"

잠시 사이를 두었다가 한 번 더 그랬다.

"부모님……."

"예."

다미는 고개를 깊숙이 숙였다. 해랑의 이마만큼이나 하얗고 깨끗한 이마가 슬펐다. 나는 예쁜 이마를 보면 왜 마음이 이다지도 어두워지는 것일까? 비화는 목젖으로 울컥 치미는 뜨거운 기운을 느끼며 세 번째 물었다.

"모돌띠리 말씀드릴라 쿠제?"

다미가 고개를 번쩍 치켜들었다. 그러고는 까만 눈을 반짝이며 되물었다.

"마님 곁으모 우짜시것어예?"

저만큼 한적한 둑길 위에 기다랗게 늘어서 있는 키 큰 나무들이 일제히 한쪽으로 쏠리고 있었다.

"내 곁으모?"

별안간 강물이 '와와' 소리를 내는 듯했다. 지난 통한의 임술년에 농민군들이 흰 수건을 검은 이마에 두르고 죽창과 몽둥이와 농기구를 흔들어대며 목이 터져라 〈이 걸이 저 걸이 갓 걸이〉 노래를 내지르던 그 함성처럼 들렸다.

"예, 마님."

다미 눈길이 비화 쪽으로 당겨졌다. 비화는 몹시 당황했다. 역시 남의 일은 남의 일인가 보았다. 그보다 더 이상의 것까지는 미처 생각지 못했다.

"그, 글씨."

비화는 할 말을 찾지 못했다. 머리가 겨울날 남강 두꺼운 얼음장 아래에 갇혀버린 돌멩이나 낙엽같이 굳어버렸다.

"지 멤도 마님 멤하고 안 달라예."

비화가 그러고 있을 때 다미가 제 물음에 스스로 답하는 모양새가 되었다.

"내 멤하고 안 다리다."

비화가 자기 말을 되뇌자 다미는 울상을 지으며 이렇게 얘기했다.

"모리것어예."

"모리것다."

"하여튼 그래예."

이번에도 비화는 남이 조종하는 대로 움직이는 망석중이 같았다.

"모리것는데 하여튼 그렇다."

"예."

이제 슬슬 둥지를 찾아가려는 걸까? 왜가리가 수면 위를 낮게 날다가 갑자기 몸을 높이 솟구치더니만 허공 멀리 어딘가로 날아가고 있었다. 그러자 날렵한 물총새도 그렇게 따라 했다.

아들이 못나 보이면

서서히 황혼이 깔리기 시작하는 것을 보니 시간이 꽤 지난 모양이었다.

"다미 처녀하고 내하고는 말이제."

처음 보는 것같이 물새들이 하는 동작을 올려다보고 있던 비화가 말했다.

"같은 배를 타고 있다 아인가베."

그러고 나서 새삼 꼽추 달보 영감이 젓던 나룻배를 생각하였다.

"이 시상에 같은 배가 있으까예?"

다미는 그렇게 반문하며 비화 얼굴을 쳐다보다가 고개를 내저었다.

"그래도 마님은 울 할무이보담은……."

"그래도 내는……."

비화 가슴이 콱 막혔다. 이렇게 답답할 수가?

"죄송해예. 지가 또 지멋대로 말을 했네예."

비스듬히 낙조를 받고 있는 다미 얼굴에 그늘이 짙었다. 검고 숱 많은 속눈썹이 더 길어 보였다. 염 부인도 그랬었다.

'사람이 시상을 살아감서 돈 없는 걱정이 젤 편한 걱정인 기라.'

문득, 염 부인 그 말이 비화 머릿속에 떠올랐다. 당시는 그 말을 전혀 이해하지 못했다. 그것은 이해하고 말고의 문제가 아니라고 여겼다. 가진 자의 허세로 들리기도 했다. 감히 염 부인을 폄훼하거나 지탄할 마음은 추호도 없었지만, 솔직히 털어놓자면 그랬다. 그런데 지금 와서 헤아려보면 맞는 소리였다. 불변의 진리 같은 것이었다.

"당분간은 부모님께 말씀 안 드리고 싶어예."

가만히 눈을 내리깔며 다미가 말했다.

"그으래?"

그게 바로 내 마음이라고 일러주려다가 비화는 그만두었다. 대신 사뭇 흔들리는 목소리로 확인만 하였다.

"당분간이라 캤나?"

"우짜모 영원히 그리할지도 모리지만예."

비화 시선이 밑으로 내려오면서 지금 그들이 앉아 있는 흰 바위에 꽂혔다.

'아이다. 바구도 영원한 바구는 없다.'

붉은 비명에 간 농민군들과 천주학 신자들을 기억 이편으로 일으켜 세웠다.

'그라모 죽는다쿠는 기 영원이까?'

물새들이 남기고 간 울음소리의 여운이 잦아들고 있었다.

'그거도 아인 거 겉다.'

그때 다미가 또 듣는 사람 가슴이 철렁할 정도로 깊은 한숨을 내쉬며 말했다.

"이런 일을 알기 되모, 부모님 심정이 우뜳겄어예."

그러자 아버지와 어머니 얼굴이 눈앞에 동시에 나타나 보이면서 통곡이라도 하고 싶어지는 비화였다.

"그거는 그렇지만도, 다미 처녀."

속마음과는 다르게 당부하였다.

"그래도 어른이 할 일이 있고……."

끝까지 듣지도 않고 다미가 불쑥 말했다.

"마님이 계신다 아입니꺼?"

"내, 내가?"

비화 말끝이 거센 강바람에 속절없이 흔들리는 수초만큼이나 크게 떨렸다.

"그라모 내하고?"

다미가 결심을 다지듯 또렷한 목소리로 대답했다.

"예, 마님."

비화는 흰 바위 뿌리가 통째로 뽑히면서 기우뚱 쓰러지는 것 같은 강한 현기증을 느꼈다. 다미가 걱정스러운 얼굴로 물었다.

"안 되까예?"

비화가 손을 들어 이마를 짚으며 되물었다.

"그기 가능할까?"

그 물음을 받아 다미가 또 되물었다.

"마님은 복수하는 거를 포기하신 거는 아이다 아입니꺼?"

비화 낯빛이 그때 막 놀에 물들기 시작하고 있는 서산머리보다도 붉어졌다.

"그, 그거는…….'

다미가 당찬 목소리를 던져왔다. 그게 비화에게는 관아 포졸들이 들고 다니는 오라같이 전해졌다.

"지가 도로 짐이 된다꼬 생각하시예?"

비화는 얼른 이마에 갖다 댔던 손을 내저었다.

364

"아이제."

새초롬하게까지 느껴지는 다미였다.

"그거는 아이제."

저녁이 되자 강 주변은 왠지 크게 술렁거리는 분위기였다. 다미가 아까처럼 천천히 눈을 내리깔며 말했다.

"그라모 됐심니더."

다미 입에서는 실타래 풀리듯이 계속 말이 흘러나왔다.

"지가 절대로 마님께 짐이 되는 짓은 안 하것심니다."

흰 바위를 비추던 볕기는 완전히 사라졌다.

"저희 가문 이름을 걸고 말씀드리는 깁니더."

남강 건너편 산등성이에 해가 아슬아슬하게 걸려 있었다. 하늘 중천에 떠 있을 때 오래 머물러 있는 것으로 보이지, 지금, 이 시각이 되어일단 산마루에 내려앉으면 해는 금방 넘어갈 것이다. 인간살이도 그럴것이다.

'그래, 시간이 너모 한거석 가삐릿거마.'

비화는 아주 오래고 깊은 잠에서 깨어나는 기분이었다.

'인자부텀이라도 서둘러야 안 하나.'

댕기를 풀어서라도 지는 해를 붙들어 매고 싶다던가.

'내 보고 그리해라꼬, 하늘이 내한테 다미를 보내신 기다.'

댕기가 아니라 머리카락을 잘라서라도 그래야 한다. 배봉에게 복수하기 전까지는.

'하모, 해가 진다. 시간이 없는 기라.'

그러자 비화는 그대로 계속 흰 바위에 앉아 있을 수가 없었다. 너무나 가슴이 벅차오르고 머리털이 뭉텅뭉텅 빠지는 듯하면서 일어나 마구달리고 싶다는 충동과 욕망을 억누르기 힘들었다. 드디어 비화는 선머

습처럼 벌떡 일어서며 큰 소리로 말했다.

"우리 퍼뜩 가야제, 임배봉이한테로."

그 말이 떨어지기 무서웠다.

"예, 마님!"

다미도 비화와 마찬가지로 씽 바람 소리가 날 정도로 몸을 일으켰다. 그리고 그다음에 다미 입에서 나오는 말이 비화 가슴을 얼어붙게 했다.

"은실이 언가하고 내하고 둘이 이런 관계가 될 줄은 에나 몰랐어예."

"으, 은실이?"

"예, 인자부텀은 언가도 아이지만도예."

"그, 그래."

비화 머리끝이 쭈뼛 곤두섰다. 전신에 찬물을 확 끼얹힌 느낌이었다. 은실, 만호와 상녀 부부의 외동딸 은실.

"아시지예? 은실."

다미 물음에 비화는 애매모호한 목소리로 응했다.

"응? 으응."

그렇다면? 그렇다면 다미는 지금까지 은실을 '언가'라고 부르며 서로 가깝게 지내왔다는 소리가 아닌가? 그런 일이? 하늘을 머리 위에 나란히 두고 살 수 없는 그들 두 사람의 손녀들이?

그런데 그런 사실 못지않게 비화 마음을 강하게 휘어잡는 게 또 하나 있었다. 그건 바로 저 '언가'라는 말이었다.

남강 모래알만큼이나 무수한 세상 사람 중에서 유일하게 비화 자신을 그렇게 불러주던 단 한 사람, 해랑. 아니 옥진.

'아아, 그 말, 그 말!'

그랬다. 비화 가슴 깊은 곳에서 '언가'라는 그 말은 언제나 '강옥진'이라는 이름과 짝하고 있었다. 옥진이 해랑이 된 이후에도 한참 동안은 매

한가지였다. 그것은 사람을 헤어나기 어려운 마취 상태로까지 끌고 가는 정녕 무섭고도 힘센 작용을 하였다. 말의 힘이란 게 그렇게도 대단할 줄이야.

비화는 정신이 아뜩해지면서 갑자기 온몸에서 기운이란 기운은 모조리 풀려나감을 느꼈다. 왜 어째서 지금에 와서까지도 그러한지는 알 길이 없었다. 그렇지만 분명한 것은, '언가'라는 그 말을 듣는 순간부터 엄청난 무력감에 빠져버렸다는 사실이었다. 손끝 하나 발끝 하나도 움직일 수 없으면서 온몸이 그대로 흰 바위 속으로 녹아 들어가고 있었다.

"마님! 마님!"

돌변한 비화의 그러한 모습이 다미 눈에도 그대로 비쳐들었던 것일까? 다미가 깜짝 놀란 얼굴로 비화를 부르며 물었다.

"마님! 각중애 와 그라시예, 예에?"

그 말이 비화 귀에는 저 멀리서 방죽을 때리는 파도 소리인 양 아스라이 들렸다. 다미는 바위에서 강으로 그대로 굴러 내리려는 비화를 부축하려고 무진 애를 써가며 더 큰소리로 물었다.

"오, 오데 안 좋으시예?"

그러자 비화는 머리며 두 손까지 한꺼번에 내저었다.

"아, 아이라. 아이라."

하지만 말은 그렇게 하면서도 비화는 모래로 만든 사람이 파슬파슬 허물어지듯이 도로 흰 바위에 털썩 주저앉다시피 하고 있었다.

"마님?"

다미는 비화 옆에 바싹 붙어 앉으며 몹시 걱정스러운 낯빛을 하였다.

"어, 어지러버신 기라예?"

"아이라."

두 손을 내밀어 비화 다리를 주무르며 다미가 울음기 서린 소리로 말했다.

"아이모 다리가 아푸신 기라예?"

"아이라 캐도?"

비화는 억지로 웃어 보였다.

"하모, 쪼꼼 어지러벗던 기라."

저 아래에 펼쳐져 있는 모래밭은 갈수록 흰빛을 잃어가고 있었다.

"다리도 쪼매 아푸고……."

다미는 더 이상 입을 열지는 않아도 그 말을 곧이듣지는 않는 눈치였다. 마구 커진 눈이 본래대로 돌아갈 줄 몰랐다. 차츰 어두워지는 사위와 더불어 안색이 어두웠다.

"후~우."

비화는 손바닥으로 앞가슴을 지그시 누르면서 깊은 심호흡을 하였다. 그러자 걷잡을 수 없게 두근거리던 심장 박동이 조금은 가라앉기 시작했다.

"우째예?"

다미가 그런 비화를 가만히 보고 있더니 이렇게 말했다.

"지보담도 마님이 더 걱정되네예. 염려가 되예."

가볍게 질책하듯, 아니면 주의를 주듯 이렇게도 말했다.

"은실이라는 이름만 듣고도 그리 충객을 받으시다이."

그러고 보니 다미는 비화가 은실 때문에 그만 감정이 격해져서 그런 반응을 보인 것으로 받아들인 모양이었다.

"마님 심정 이해할 수 있심니더."

다미는 기력이 바닥을 모르는 목소리로 계속 말했다. 앙증맞고도 끈질긴 아이였다.

"솔직하거로 말씀드리모, 지도 마님하고 가리방상해예."

비화는 지난날 낙담과 실의에 빠져 있던 자신에게 힘을 북돋워 주기 위해 이런 말 저런 말을 해주던 염 부인과 함께 있다는 착각이 들 지경이었다.

"인자부텀은 은실이 언가도 아이고, 은실이도 아이라예."

그래, 맞다. 옥진이 동생도 아니고, 옥진이도 아니다.

"웬수지예. 철천지웬수예."

그렇게 곱씹는 다미의 야무진 입언저리에 비수 같은 기운이 묻어나 보였다. 아니, 입에 비수를 물고 있는 것으로 비쳤다.

"다미……."

비화가 입을 열어 무슨 말을 하려는데 다미가 서둘러 끊었다.

"몸도 안 좋으신데 암 말씀도 하시지 말고 그냥 계시예."

틀림없었다. 지금 다미 몸속에는 염 부인이 들어가 있는 것이다. 잠시 손녀의 몸을 빌려 비화와 재회를 하려는 것이다.

"시방꺼정 마님 심장이 올매나 상하싯것어예."

비화 눈에서 왈칵, 눈물이 솟구치려 했다. 염 부인 품으로 몸을 던져서 덥석 껴안고 싶었다. 생사를 초월하는 뜨겁고도 깊은 포옹을.

"그라이 쬐그만 충객에도 이리하신다 아입니꺼?"

흰 바위가 차츰 검은 바위로 변해갔다. 바위 밑둥을 때리는 물소리가 한층 커지고 있었다. 그것은 어둠 속에서 반란군이 내지르는 함성이 되어 사람 귀를 울렸다.

'하모, 맞제. 시방 들리고 있는 저 소리는 앞으로 내하고 다미 처녀가 함께 내지를 바로 그 소린 기라.'

비화 마음은 이성과 감성이 짝을 지워 훨훨 날기 시작했다. 그것은 위대한 비상은 아니라 할지라도 운신도 하지 못하게 발을 묶어 놓았던 지상에서의 탈출임에는 틀림이 없었다.

'빼앗긴 것을 모도 되찾기 위해 일어난 농민군의 외침, 바로 그거 아인가베.'

그런 비화 귀에 계속 들려오는 소리가 있었다.

"그동안 마님이 지한테 비이주신 모습이 인자는 쪼꼼 이해가 가예. 아모리 헤아리봐도 알 수가 없었거든예."

비화는 자신이 말을 하지 않아도 천만 개의 말을 하고 있다는 느꺼운 기분에 젖어갔다. 아니다. 다미가 그만큼의 말을 듣고 있다는 얘기가 될 것이다.

"죄송해예. 그라고 고마버예."

어느새 해는 꼴깍 넘어갔다. 스산한 강바람이 사람을 겨냥하여 사방 팔방에서 불어왔다. 강 위에도 산등성이 위에도 물새는 보이지 않았다. 그 대신 조금 더 어둠이 깔리면 달과 별이 모습을 드러낼 것이다.

그렇다, 영원한 것은 없다. 오직 찰나만이 있을 뿐.

비화는 갈수록 감상적이 되어 갔다. 나도 이제는 나이를 먹었구나 싶었다. 딸 정도밖에 되지 않은 다미에게서 이런 소리를 듣고 있다니.

'그래, 그래, 그렇거마는.'

할아버지 김생강 세대가 가고, 아버지 호한 세대도 가고, 이제부터는 이 비화 세대로 막 들어가는구나 했었는데, 어느 틈에 준서 세대가 저만큼에서 손짓을 하고 있구나.

"올해 다미 나이가 올매지?"

그렇게 물었다가 비화는 이내 그 말을 다시 거두어들였다.

"아, 아인 기라."

다미는 무척 당혹스러워하는 비화 얼굴 위에서 문득 어떤 다른 얼굴을 만났다. 그러자 가슴이 더없이 먹먹해지면서 어쩐지 낯이 화끈거리기 시작했다.

이름이 준서라고 하였지. 박준서. 비화의 외동아들. 그녀를 볼 때마다 곧장 붉어지며 어쩔 줄 몰라 하던 얼굴.

그래, 빡보였지. 얼굴에 난 빡보만 아니라면 퍽 잘생긴 얼굴이었는데. 공부도 그렇게 잘한다면서.

그런데 다미의 그런 기억이 불러낸 것일까? 아니면 인간들이 모를 신의 주사위가 던져진 것인가? 참으로 남강 용왕도 예상치 못했을 일이 벌어졌다.

천만뜻밖에도 강가 저쪽에 준서가 나타난 것이다. 준서가 그곳에 오다니. 얼이도 있었다. 낙육재에서 공부를 마친 다음에 원채에게서 택견까지 배우고 나서 잠깐 바람 쐬러 나온 그들이었다.

"헉헉."

어쨌든 한참 멀리서 그들의 비밀 집회소인 흰 바위에 앉아 있는 사람들을 발견하고 누군가 하고 급하게 달려왔던 그들은, 비화와 다미가 함께 있는 것을 보고는 둘 다 하나같이 까무러칠 듯이 놀라는 빛이 되고 말았다.

"어? 누야!"

준서보다도 얼이 입이 먼저 열렸다. 이제는 내 나이도 나이인 만큼 '누야'가 아니라 '누님'이나 '막둥이 이모'라고 불러야겠다고 제 입으로 말하면서도, 막상 실제로 부를 땐 또 그렇게 '누야'였다. 하긴 한두 해도 아니고 이미 오래전부터 그렇게 불러왔으니 바꿔 부르기가 쉽지 않을 것이다.

그러고 보면 얼이가 천방지축으로 노는 것 같아도 사실 낯가죽은 그다지 두꺼운 편이 아닌 것이 분명했다. 오히려 만나는 사람마다 붙들고 하느님 믿으라고 달라붙는 혁노가 더 사교적이고 외향적인 성격에 가까울 수 있었다.

'내도 누야가 더 좋다.'

비화도 그 소리가 더 편했다. 얼이를 '성' 또는 '새이'라고 부르는 아들 준서를 놓고 보면, 앞뒤가 제대로 맞지 않은, 한참 어색한 엉터리 호칭이지만. 하지만 중요한 것은, 그까짓 호칭 따위가 아니었다. 더 소중하고 귀한 것은 마음의 부름인 것이다.

"너거들이 왔네?"

비화 음성에 반가운 기운이 묻어 나왔다. 그렇지만 그것은 잠시였고, 비화 심정이 이내 혼란스러워지기 시작했다. 그녀 마음의 한복판에 눈을 뜨지 못하게 하는 뜨겁고도 세찬 모래바람이 강하게 일어나고 있던 것이다.

'우리 준서가…….'

이번에도 다미와 마주친 준서의 표정 때문이었다. 자기 얼굴을 손으로 가리고 싶어 하는 듯했다. 비화는 자신도 모르게 천기누설같이 속으로 중얼거렸다.

'준서가 다미를 좋아하고 있다.'

비화 자신도 다미가 싫은 건 아니었다. 도리어 언제나 가까이하고 싶은 아이였다. 특히 염 부인을 생각하면 더욱 그랬다. 다미와 만남을 통해 염 부인 영혼에 좀 더 다가가 있다는 자위감도 얻었다. 다미를 보면 염 부인이 더 생각나서 한층 괴롭고 힘이 든다는 것도 부인할 수는 없었다.

'그렇는데 와?'

그런데 실로 묘한 일이었다. 준서가 다미에게 그런 감정을 품고 있다는 사실을 확인하는 순간부터 비화 마음에 야릇한 거부감이 일어났다. 도대체 그게 무슨 억하심정인지 모를 노릇이었다. 여하튼 그게 무엇이라고 딱 꼬집어 말해 보일 순 없지만, 갑자기 눈앞에서 보이지 않도록 다미를 빨리 보내버리고 싶은 충동에 휩싸인 것이다.

'야윈 말이 삐낌(삐침) 잘 탄다더이.'

꿈에서라도 입 밖으로 내기 싫은 소리가 비화 입안에서 맴돌았다.

'내가 준서 얼골 땜에 이라는 기까?'

내 속에서 나온 자식이라고 해서 하는 소리가 아니고, 얼굴만 그렇지 않으면 넓은 세상 어디에 내놓아도 한군데 빠질 데 없는 아이였다. 겉으로 보기에는 몸이 조금 약한 것 같기는 해도, 얼이를 따라 달보 영감님 큰아들 원채에게서 조선 전통무예라는 택견을 배우기 시작한 후부터는, 신체 건강뿐만 아니라 정신 건강까지도 훨씬 더 많이 좋아진 것으로 보였다. 그 정도면 됐지, 무얼 더 자꾸 욕심낼까.

'찰싹, 찰싹.'

쉴 새 없이 모래펄에 와 부딪는 천년의 강물 소리가 그녀 뺨을 계속해서 때리는 소리로 다가왔다.

'내 보고 증신 채리라꼬 남강 용왕님이 저라시는갑다.'

물론 다미는 대단한 처녀이기는 했다. 근동에서 알아주는 성내 안골 백 부잣집 손녀답게 아직은 어려도 감히 범접할 수 없는 높은 기품이 서려 있었다. 거기에 총명과 미모까지 갖췄으니 아들을 가진 사람이라면 누구나 입맛을 다실 만하였다. 흔히들 얘기하는 일등 규수였다.

'우째서 또?'

그런가 하면, 비화는 다미를 대할 때마다 해랑의 어린 시절이 소롯이 되살아나곤 하였다. 그것은 더없이 싫은 현상이었다. 두 번 다시는 뒤도 돌아보고 싶지 않은 혐오와 고통의 현장과도 같이 그 지난날들은 목숨 걸고 거부하고픈 대상이었다.

'씰데없이 무신 짓이고, 내가?'

하지만 그러고 싶지 않다고 해서 그것이 인력대로 되는 일도 아니었다. 그렇다고 해랑과 다미가 서로 닮은 데가 많은 것도 아니었다. 오히려 그 반대에 가까웠다.

해랑은 너무 요염하다 못해 천박해 보일 위험까지 내포하고 있었다. 그만큼 세상 어떤 여자도 따라올 수 없는 아름다운 용모와 아리따운 맵시였다. 오죽하면 지난날 그 어린 나이였음에도 불구하고 저 '매구'라는 소리를 듣고 기생 어미까지도 가마를 멈추고 서서 바라보았을까?

그에 비하면 다미는 조선의 전형적인 요조숙녀였다. 더없이 안존安存한 여자아이였다. 발걸음 한 번 내딛는 데도, 손놀림 한 번 하는 데도, 결코 협수룩한 구석이 없었다. 대갓집 고명딸로서의 기질과 품성을 지녔다. 다미 나이 정도였을 때 염 부인도 그랬을 거라고 보는 비화였다.

'그란데? 그렇는데?'

그러함에도 비화 자신은 왜 언제나 해랑과 다미를 같은 연장선상에 올려놓고 바라보게 되는 것일까? 무엇보다도 그 둘의 나이 차이가 얼마나 나는데 말이다. 정녕 알 수 없는 노릇이었다. 비화는 아직도 그 연유를 알지 못했다.

"마님, 지 먼첨 가보것심니더."

언제 일어섰는지도 모를 다미가 말했다. 얼핏 바라본 안색이 약간 파리하고 굳어 있었다.

"아, 괘안은데?"

비화 입에서는 마음과는 다른 소리가 나왔다.

"날도 어두버지는데 혼자 가지 말고 같이 가는 기 좋제."

그러나 다미는 벌써 흰 바위 아래로 내려서고 있었다. 일단 한번 마음먹으면 즉시 실천에 옮기는 아이라는 인상을 비화는 또 받았다.

"그라모 내도……."

비화도 다미를 따라 땅에 발을 디뎠다.

"저, 누야."

얼이가 비화에게 무슨 말인가를 하려다가 그만두었다. 그게 얼이에게는 너무 어울리지 않아 보여 비화 심경은 더욱 싱숭생숭해졌다.

"빠른 시일 안에 함 찾아뵐것심니더, 마님."

다미가 먼저 작별인사를 건넸다.

"그래? 그라모 그때 보까."

비화도 헤어지는 말을 했다.

"건강하시이소."

그 말을 남기고 다미는 약간 빠른 걸음걸이로 그곳을 떠나기 시작했다. 그녀 발밑에서 모래알 서걱거리는 소리가 유난히 비화 귀를 세게 휘어잡았다. 극히 순간적이지만 시간이 흩어지는 모래가 되어 산산이 부서져 내리는 기분이 들었다.

그리고 다음 찰나, 비화는 또다시 보지 말았어야 할 것을 보고야 말았다. 준서 얼굴에 가득히 서리는 서글픔과 아쉬움의 빛을.

'내 아들이 시상에서 젤 잘난 줄 알았더이.'

자존심이 깎인 것까지는 아니라 할지라도 비화 심정이 참으로 착잡하고 참담했다. 상대는 나에게 그렇게 큰 은혜를 베풀어주었던 염 부인 손녀라는 생각을 머릿속에 주입해도 어쩔 도리가 없었다.

"성내 안골 백 부잣집 손녀 맞지예?"

이윽고 다미의 고운 뒷모습이 저만큼 멀어져 가자 얼이가 물었다. 비화는 잠자코 고개를 끄덕였다. 사실 지금은 다미에 대한 준서의 감정 따위에 신경을 기울이거나 마음 상해할 계제가 못 되었다.

'시방부텀 복수가 시작될라쿠고 있다 아이가.'

맞았다. 무슨 방식으로든 간에 이제부터는 배봉에게 접근을 시도해야 할 단계까지 온 것이다. 어쭙잖은 감상이나 한가한 자세 따위는 절대 용납되지 못한다. 칼집에서 칼을 뽑아 들었으니 적도 칼을 겨누게 될 것이다. 그야말로 혈투다.

현재로서는 다미가 할머니 염 부인 원수를 갚으려고 어떻게 나올지 모르지만 아직은 앳된 처녀 아이에 불과하다. 아무래도 주도하는 쪽은 비화 자신이어야만 마땅했다. 긴장감을 수반한 그런 자각이 그녀를 숨 막히게 몰아갔다.

"준서야, 안 있나."

얼이도 무슨 낌새를 챈 걸까? 확실한 것은 잘 모르겠다. 여하튼 준서 를 대하는 태도나 말투가 여느 때와는 많이 달랐다. 그리고 그건 준서 또한 마찬가지였다.

"짜아식. 각중애 귀머거리가 돼삣나?"

"……."

"인자 버부리꺼지?"

흰 바위가 있는 곳에 오면 언제나 그렇듯, 지금도 얼이는 효원의 체 취를 맡고 그 예쁜 모습을 떠올리고 있을 것이다. 어쩌면 그 감정에서 벗어나기 위해서 그는 준서를 상대로 시답잖은 소리를 던지고 있는지도 모를 일이다. 하지만 준서는 전혀 다른 세계에 들어가 있는 것이다.

"니 인자부텀 이 성아하고는 서로 이약 안 하기로 작심한 것가, 머 꼬?"

바라보이는 모든 사물의 윤곽은 갈수록 희미해지고 있었다. 하늘과 강의 경계선조차 지워지고 있었다. 이러다간 끝내 새와 물고기가 서식 처를 맞바꾸게 되는 것은 아닐까. 물에서 아가미로 숨을 쉬는 새와 하늘 에서 날갯짓하는 물고기.

사람과 사람의 마음이 접하고 있는 경계에는 무엇이 있을까? 그것은 너무나도 높고 깊어 영원히 넘나들 수 없는 영역으로 가득히 채워져 있 다고 보는 게 맞는 것인가? 다가가려고 하면 할수록 더 많은 상처를 입게 되는 그 무엇. 마치 '불로 만든 가시 울타리'와도 같은 것 말이다.

"하이고, 용왕님요. 퍼뜩 이리 좀 나와보이소. 얼릉 나오시서 우리 준서 딱 붙어삔 입 좀 떼주시이소, 예에?"

메아리 없는 산에서 질러대는 것 같은 얼이 혼잣말이 늘어날수록 비화 심경은 더 어둡고 무겁고 답답하기만 했다. 거기 흰 바위보다도 큰 쇳덩이 밑에 깔린 느낌이었다. 아니, 지구라는 거대한 땅덩어리를 두 팔로 떠받치는 형벌에 시달리고 있다고 해야 마땅할 것이다.

"준서! 서준! 준서! 서준!"

급기야 얼이는 준서를 뒤바꿔놓기 위한 최후의 시도로 이름 앞뒤 순서마저 그렇게 마구 흩뜨려놓기에 이르렀다. 하지만 경經을 읽어줄 소도, 동풍을 들을 귀를 가진 말도 그때 그곳에는 없었다.

"니 이 쌔애끼, 얼이 새이 콱 죽고 나모 말할 끼가?"

"……."

"꼭 내 입에서 고상하지 몬하고 험한 소리 나오거로 할 참인가베?"

비화는 현실을 직시하려고 눈을 크게 뜨고 귀를 높이 곤두세웠다. 얼이가 준서더러 연방 무슨 말인가를 시키려 노력하고 있었다. 하지만 준서는 단 한마디 대꾸도 없이 그저 넋 나간 아이가 된 채 멀거니 어두워지고 있는 강 어딘가를 바라보고 있을 뿐이었다.

'바보.'

비화 눈에 그 모습이 바보 같았다.

— 백성 4부 16권으로 계속

백성 15

초판 1쇄 인쇄일 • 2023년 10월 25일
초판 1쇄 발행일 • 2023년 10월 30일

지은이 • 김동민
펴낸이 • 임성규
펴낸곳 • 문이당

등록 • 1988. 11. 5. 제 1−832호
주소 • 서울시 성북구 동소문로 65−2 삼송빌딩 5층
전화 • 928−8741~3(영) 927−4990~2(편)
팩스 • 925−5406

ⓒ 김동민, 2023

전자우편 munidang88@naver.com

ISBN 978−89−7456−567−1 03810

값은 뒤표지에 표시되어 있습니다.